Владимир Набоков
Избранные сочинения

ПРИГЛАШЕНИЕ НА КАЗНЬ
СОБЫТИЕ
ИЗОБРЕТЕНИЕ ВАЛЬСА

ナボコフ・コレクション

ウラジーミル・ナボコフ

処刑への誘い

小西昌隆 訳

戯曲 事件 ワルツの発明

毛利公美 沼野充義 訳

新潮社

目次

INVITATION TO A BEHEADING
THE EVENT
THE WALTZ INVENTION
By Vladimir Nabokov

Приглашение на казнь
Событие
Изобретение Вальса

Владимир Набоков

Japanese translation published by arrangement with
The Estate of Dmitri Nabokov
c/o The Wylie Agency (UK) LTD.

Design by Shinchosha Book Design Division

ナボコフ・コレクション

処刑への誘い
Приглашение на казнь

戯曲

事件 三幕のドラマ的喜劇
Событие

ワルツの発明 三幕のドラマ
Изобретение Вальса

処刑への誘い

Приглашение на казнь

小西昌隆 訳

«Comme un fou se croit Dieu, nous nous croyons mortels».

Delalande, Discours sur les ombres.

狂人が自分は神だと考えるように、われわれは己れを死すべきものと考える。

ドラランド『亡霊論』

I

法律にしたがって、キンキナトゥス・Ц《ツィー》に死刑判決が囁き声で告げられた。全員が微笑を交わしながら立ち上がった。白髪の判事が、彼の耳に口を押しつけ、いく度か息を吹きかけて宣告を終えたあと、ゆっくり、剝がれるようにして彼から離れた。しかるのち、キンキナトゥスはもとの城塞へ移送されていった。その台座になっている断崖に道が巻きつき、城門へ伸びてくぐっていく。亀裂にもぐり込む蛇だ。気持ちは落ち着いている、けれども蜿々と続く廊下を探検してゆくあいだ彼は体を支えられ、というのも、歩くようになったばかりの子供のように足許がおぼつかなく、さもなければ水上を歩く夢を見ていてふとこんなことができるのだろうかと疑問に思った人間みたいにどこかへ落ちていきそうだったのだ。看守のロジオンはキンキナトゥスの独房の扉をなかなか開けられずにいた——違う鍵だな——いつもこの始末だ。とうとう扉が根負けした。なかではスチールベッドのうえでもう弁護士が待っていた——物思いに没頭するというより肩まで浸かり、燕尾服なしで（法廷のウィーン・チェアのうえに忘れてきたのだ——その日は暑くて抜けるような青空だった）座っていたが、囚人《めしうど》が連行されると、待ってましたとばかり跳び上がった。しかしキンキナトゥスは会話どころではなかった。水漏れのするボートみたいに監視孔の開いた独房でもひとりきりになれるならそれでいい。とにかく――彼はひとりにしてほしいと述べ、一同は一礼して出ていった。

　というわけで――われわれは結末に近づきつつある。開いた小説の右側のまだ閉ざされた部分、われわれが美味しく読んでいるあいだそっと手探りしてまだだいぶあるのか機械的に確かめていた（そのたびに落ち着き払った忠義な厚みが指を喜ばせていた）その部分が、ふいにこれといったわけもなくすっかり薄っぺらになっていて、つまりこの数分、目を走らせていたらもう山場を越えて下り坂に入っているというわけなのだが――そして……恐ろしや！　さくらんぼうの山がわれわれの前で赤くべたべたと黒ずんでいたのに、ふと見ると実がぽつぽつちらばるだけになっている。ほら、むこうの傷痕つきのはすこし腐っている、こいつは種のまわりの肉と皮が干涸びてしわしわだ（しかもこういうのにかぎって堅くて熟れていない）。恐ろしや！　キンキナトゥスは袖無しのシルクの上着を脱いで長衣を着ると、震えを抑えるために足を踏み鳴らしながら独房のなかをうろつきだした。机のうえになにも書かれていない紙が一枚白く見え、その白さから浮き上がるようにして、驚くほど先の尖った鉛筆が横たわっていた。キンキナトゥス以外の任意の人間の寿命ほど長く、六面どれをとっても黒檀みたいにきらきらしている。啓蒙された人差指の子孫といったところだ。キンキナトゥスは書いた。《それでも私は比較的。このフィナーレを私はこのフィナーレを予感していたから》。ロジオンは扉のむこうに立って厳格な船長《スキッパー》みたいな注意力で監視孔を覗いていた。キンキナトゥスは首筋に寒気を感じていた。彼は書いたものを線で消すとそっと線を重ねだし、すると装飾の図案が芽生え、しだいに伸びていってくるっと巻き、羊の角になった。恐ろしや！　ロジオンは青い監視孔から上下する水平線を見つめていた。酔って気分が悪くなった方はいませんか？キンキナトゥスが。汗がふき出して辺り一面が暗くなり、彼は毛根という毛根をひとつひとつ感じていた。時計が刻《とき》を——四回か五回——打ち、それが獄中に反響《オートグル》し、うなりのうねり《ペレグール》がしかるべく、痛飲《ペレグール》した酔っぱらい《ザグローク》みたいにふるまった。肢をうごめかせながら蜘蛛が天井から糸を延ばして降りてきた——囚人たちの公けの友人だ。しかし壁をノックする者はなかった。いまのところキンキナトゥスが唯一の囚人（こんなに巨大な城塞の！）だったからだ。

　しばらくすると看守のロジオンが入ってきてワルツを一周申し込んだ。キンキナトゥスは承諾した。ふたりはぐるぐる回りだした。ロジオンは革ベルトの鍵束をがちゃつかせ、体臭に煙草とにんにくのにおいをさせ、赤髭に息を喘がせながら歌を口ずさみ、錆ついた関節を軋ませた（老けたもんだぜ、ちくしょう、ぱんぱんになっちまった、息があがる）。ふたりは廊下にとび出した。キンキナトゥスはダンスの相手よりずっと小柄だった。キンキナトゥスは木の葉みたいに軽かった。ワルツを舞う風が彼の長いが薄い口髭の金色の毛先をふわふわと揉みほぐし、大きな澄んだ目は臆病な踊り手の目がみなそうであるように斜めを向いていた。そう、彼は成人男性にしてはいやに小柄だった。マルフィニカは、彼の深靴はきつくて履けないとよく言っていた。廊下の折れ目に、名前のついていない別の守衛が、鼻の下にガーゼを詰め込んだ犬の仮面をかぶって完全軍装で立っていた（完全軍装し、気をつけの姿勢のまま左手の指先で支えた小銃を肩にあてがって二時間ほど立つ帝政ロシア時代の罰）。彼のまわりに円を描いて滑るように独房へ戻ってくると、ここでキンキナトゥスは友好的に気絶と手をとり合っている時間があまりに短かったのを残念に思った。

　また凡庸なわびしさを込めて時計が鳴った。時間は算術数列で進行する。八時だ。畸形の小窓も日没の光には通行可能で、燃え立つような平行四辺形が脇の壁に伸びた。独房は非凡な顔料を含んだ黄昏の油絵具にたっぷり満たされた。それでは問題です、扉の右のところにあるのは次のうちどちらでしょう——敢然たる色彩派《コロリスト》の画家の筆になる絵なのか、それとももう存在しない類いの絵窓（窓穴の装飾枠に絵が描いてある。十五〜十八世紀のロシア建築にみられる）がもうひとつ開いているのか（実際にはこれは二列に組んで詳細な「囚人規則」を書き込んだ羊皮紙が掛かっていたのであって、捲れあがった角、赤い題字、装飾模様、古代の市の紋章——すなわち羽根を生やした高炉——が必要な素材を夕映えに提供していた）。独房の家具を構成しているのは机、椅子、スチールベッドだった。もうだいぶ前に運ばれていた午餐（死刑囚の食事は監獄長と同じものと決まっていた）が亜鉛《トタン》引きの盆のうえで冷めかかっていた。すっかり日が暮れた。ふと、金色の、濃く煮出したみたいな電気の光が広がった。

　キンキナトゥスはスチールベッドから足をおろした。頭のなか、首筋からこめかみにむかう対角線上を、九柱戯《ケーゲル》の球が転がり、止まって引き返した。その隙に扉が開き、監獄長が入ってきた。

　彼はいつものとおりフロックコートを着て、胸を突き出して素晴らしくまっすぐに立ち、片手を打合せに差し込み、もう片方の手は背中に回していた。蠟色の分け目をつけた黒光りのする理想的なかつらが頭蓋骨をなめらかに覆っていた。愛情抜きに選んだ顔はむっちりした黄色い頬をしていくらか旧式の皺を刻んでいたが、ふたつの、たったふたつのぱっちりした目だけで、型どおり生き生きしていた。彼は柱みたいなズボン《パンタロン》の足を規則正しく動かしながら壁と机のあいだを通ってスチールベッドにあとわずかのところまでやって来て——ところがその威厳たっぷりに固太りした体つきにもかかわらず、落ち着き払って空中にかき消えた。しかし一分後にまた扉が開き、ただ今回は聞き慣れた軋みをともなっていたのだが——いつものとおりフロックコートを着て胸を突き出した同じ彼が入ってきた。

「信頼できる筋から本日あなたの運命が決したことを知って」味のある低域《バス》の声で彼が切り出した。

「これを私の務めと心得ました次第です、旦那様、つまり……」

「親切。あなた。とても」（これはもうすこし並べ替えてやらないと）

「あなたはとても親切だ」（「これはどうもご親切に」くらいの意味）咳払いして、なにやらおまけのようなキンキナトゥスが言った。

「とんでもない」（「お助けください」「減刑してください」等ともとれる）この言葉の配慮のなさに気づかぬまま、監獄長が声をあげた。「とんでもない！　務めです。いつものことです。ところでつかぬことをうかがいますが、なぜ食事に手をつけないんです？」

監獄長は覆いをとり、なかでラグーが冷え固まっているボウルをその敏感な鼻に近づけた。二本の指でじゃがいもをつまむと力強く咀嚼を始め、そのときすでに眉毛でなにか別の皿のをとろうとしていた。

「これ以上どんな料理がご入り用なのか分かりません」彼は不満たらしく言い、このままでは食べにくいと、シャツカフス《マンシェット》をぱりぱりいわせながら机にむかって腰掛け、キャビネットプディングにとりかかった。

　キンキナトゥスは言った。

「やっぱり知っておきたいんです、これから長いのかどうか」

「極上のサバイヨンですな！　やっぱり知っておきたいでしょう、これから長いのかどうか。残念ながら私にも分かりません。私が知らされるのもいつも最後の最後で、何度も苦情を出しました、やりとりした文書をそっくりご覧に入れたってかまいません、関心がおありなら」

「だから明日の朝かもしれない、と？」キンキナトゥスは訊ねた。

「関心がおありなら」と監獄長は言った。「いやはや、実に美味、満腹ですよ、私が申し上げられるのはこれだけです。さて今度はpour la digestion（仏語で「腹ごなしに」の意味）、煙草を一服勧めさせていただきましょう。心配ご無用、万一の場合、これは最期からたったの二本目ですがね」彼は気の利いたひと言をつけ足した。

「ぼくがお訊きするのは」とキンキナトゥスが言った。「ぼくがお訊きするのは、野次馬根性でそうしているわけじゃないんです。なるほど臆病者というやつはいつだって物見高い。でも断言しますが……。ぼくが悪寒だのなんだのをとめられなくたって——そんなことどうだっていいでしょう。馬がふるえていてもそれは騎手の責任じゃない。ぼくがいつなのか知りたいのは——そのわけは、死刑判決は死の刻を正確に知ることであがなわれるからです。ずいぶん贅沢でしょうが、当然の贅沢です。なのにぼくは自由の身で生きている人間にしか堪えられないような無知のなかにとり残されたままでいる。それからもうひとつ、ぼくの頭のなかには手はつけたもののそのつどやりかけになってしまった仕事が大量にあって……。処刑されるまで時間がなくてどうせきちんと仕上げられないなら、とてもとりかかる気になれませんから。そういうわけです」

「ああ、どうぞ、ぶつくさおっしゃるには及びません」監獄長がいらついて言った。「第一にそれは規則に反しておりますし、第二に——私はあなたにロシア語でお話しし、分からないと繰り返し申し上げています。私からお伝えできるのは、あなたの婿殿の到着が今日か明日かと待たれているということですべてですが——しかしその方も到着してひと休みして環境に慣れてもまだ道具を試さなければいけません、ただし自分のをもってこなければの話ですが、これは大いに、大いにありえますな。煙草は強くありませんか」

「いえ」キンキナトゥスは答え、うつろに自分の煙草へ目を落とした。「ただ考えてみると法律によれば——まあ、あなたじゃありませんから、市政管理官が……」

「話は終わりです、もうたくさん」と監獄長が言った。「実を言えば私がここに来たのは苦情を聞くためじゃなく、別の……」目をぱちくりさせながら彼は片方のポケット、もう片方のポケットとなかをまさぐり、ようやく胸の内ポケットから、あきらかに学校用ノートから破いてきた罫紙を引っぱり出した。「ここは灰皿がありませんな」煙草をかるく揺すりながら彼が言った。「しかたない、この残ったソースに棄てましょう……。そうなんです。ライトがどうもちょっとばかり強いみたいで。なんだったら……。ああもう大丈夫、なんとかいけます」

彼は紙を広げると、角縁の眼鏡をかけるかわりに目の前にかまえ、はっきりした口調で読み上げだした。

「《囚人《めしうど》よ！　万人の眼差しが汝に向けられ……》一同起立したほうがいいな」彼は気になって読むのを中断し、椅子から立ち上がった。

キンキナトゥスも起立した。

「《囚人《めしうど》よ！　万人の眼差しが汝に向けられ、汝の判事らが歓喜し、汝が断頭直後の身体的不随意運動にそなえんとするこの厳粛なとき、我、汝にはなむけの言葉を送らん。我が定めは――このことは私もけっしして忘れません――法の許すかぎりの数多《あまた》の快適なる設備を汝の獄暮《ひとや》らしに用意することと相なった。それゆえ汝のあらゆる謝意の表明にたいし、あらんかぎり注意を払うことを我が喜びとするものであるが、謝意の表明は書面にて、紙は片面使用が望ましい》」

「さあ」眼鏡をたたみながら監獄長が言った。「これでおしまいです。これ以上お引きとめすることはありません。なにか必要なものがあればお知らせを」

彼は机にむかって腰をおろし、ペンをせかせか走らせはじめ、そうすることで接見が済んだことを示した。キンキナトゥスは出ていった。

　廊下の壁でロジオンの影が影の丸椅子《タブレ》のうえでせむしになって居眠りをし——赤髭が端から数本ほんのちらっとふいに光った。先を行くと壁の折れ目で別の守衛が制服の仮面を脱ぎ、袖で顔を拭っていた。キンキナトゥスは階段を降りた。石段は滑り、狭く、幻の手摺が触知不能な螺旋《らせん》を描いていた。下まで来て、また廊下を行った。鏡像みたいに裏返しに「事務室」と書かれたドアが開け放たれていて、インク壺に月が輝き、机の下のほうでくず籠かなにかが猛り狂ったようにがさがさいって臓腑《はらわた》を煮えくり返らせていた。きっと鼠でも落ちたんだろう。さらに多くのドアを通り過ぎたところでキンキナトゥスは蹴躓いてひと跳ねし、見ると分解された月のさまざまな部分がいっぱいにちらばった小さな庭に出ていた。今夜の合言葉は沈黙だった——門前の兵士がキンキナトゥスの沈黙に沈黙で応えて彼を通し、ほかの門でもどこも同じだった。霞がかった城塞の威容をあとにして夜露に濡れた急勾配の芝を滑り降り、灰色の崖道に出て、本道の湾曲を二、三度横切り——この本道は城塞の最後の影をようやくふり切ると、よりまっすぐ、流れたいように流れだした——そして模様みたいな橋を渡って乾上がった小川を越え、キンキナトゥスは市街に入った。高台にのぼり、サドーヴァヤ通りを左に曲がり、灰色がかった花をつけた灌木の茂みの前を飛ぶように過ぎた。どこかで窓灯りがまたたいて、どこかの塀のむこうで犬が鎖をがちゃっといわせ、しかし吼えたてはしなかった。そよ風は逃亡者の剥き出しの首をさっぱり冷やすためにできることはすべてしてやっていた。ときおり漂ってくる芳香が、もうすぐタマーラ庭園だと言っていた。その庭園のことをどんなにか知っていることだろう。そこではマルフィニカが花嫁のころ、蛙やコフキコガネを怖がっていたころ……。そこでよく、すべてが厭になって独りになって、口のなかでライラックを嚙みしめて粥《カーシャ》みたいにし、涙にくれたとき……。緑の若草萌ゆる〝そこ《タム》〟、むこう《ターモシニエ》の丘陵、池の悩《トムレーニエ》ましさ、遠くの楽団のタムタタム……。彼はマチューヒンスカヤ通りに折れ、市の誇りである古代の工場の廃墟や囁いてくる菩提樹や永遠に誰かの名の日（個人の名があやかっている守護聖人の記念日。誕生日を意味することもある）を祝いつづける通信官《テレグラフ》たちのお祭り気分に浮かれた白い別荘《ダーチャ》の前を通り過ぎ、テレグラフナヤ通りへ出た。そこから細い通りが上り坂になり、また菩提樹たちが控えめにざわめきだした。男がふたり、辻公園の暗闇のなかでベンチらしきものに座って小声で話をしていた。「彼は間違っているのに」とひとりが言った。もうひとりがはっきりしない口調で答え、どうやらそろってため息でもついたようだが、ごく自然に木の葉のざわめきとまじり合った。キンキナトゥスは、月が雪だるまみたいなおなじみの詩人の彫像——立方体の頭、はりつき合った両足——の見張り番をしている円形広場に走り出て、もう何歩か駈けると自宅のある通りに来ていた。右手に並んだ一様な家の壁に月のデッサンした枝の絵が多様に戯れ、おかげでキンキナトゥスは影の表情、窓と窓のあいだの眉間の皺だけで自分の家が分かった。二階のマルフィニカの窓は暗いが開いている。子供たちはきっと鉤鼻のバルコニーで寝ているにちがいない。そこになにかが白く見える。キンキナトゥスは正面階段を駈けのぼり、扉を押し開け、灯りのついた自分の独房に入った。ふり返ると、もう閉じ込められていた。恐ろしや！　机のうえで鉛筆が輝いていた。蜘蛛が黄色い壁にへばりついていた。

「消灯を！」キンキナトゥスは叫んだ。

　孔から覗いていた監視者が灯りを消した。闇と静寂が一体化しかけたが、時計が邪魔を入れ、十一時を打ってすこし考えてからもう一回鳴り、キンキナトゥスは仰向けに寝転んで暗闇に光の点が静かにちらばってしだいに消えていくのを見つめていた。闇と静寂が完全な融合を遂げた。そのときだった、そのときになって（つまり夜半すぎ、恐ろしい、恐ろしい一日が、ぼくにはどんなに恐ろしかったかとてもきみに説明できないのだが、その日が終わって監獄のスチールベッドに仰向けに寝転びながら）キンキナトゥス・Цはようやく現状をはっきりと認識した。

まず、夜になると瞼を裏から覆ってくる黒のヴェルヴェットのなかに、マルフィニカの顔がロケットの写真みたいに現れた。人形のように赤い頬、子供のように秀でたきらきらした額、つぶらな茶色い目の斜め上へ高々と伸びてゆく薄い眉。彼女は頭をふり向かせながら目をしばたたき、そのやわらかな、クリームのように白い首には黒のヴェルヴェットのチョーカーリボン《バールハトカ》が這い、ドレスの、ヴェルヴェットのやさしさをもった《バールハトナヤ》静けさは、下へ広がるにつれ闇にまざりあっていった。彼が今日、傍聴人のなかにそんな装いの彼女を認めたのは、ペンキを塗りたての被告席のベンチに連行され、そこに座る気になれず脇に立ち、それなのに両手をエメラルド色に汚し、記者たちがベンチの背凭れに残った彼の指紋を貪欲に写真に収めていたときだった。彼は彼らの凝らした額に目をくれたり、めかしこんだ男たちの色鮮やかなズボン《パンタロン》やめかしこんだ女たちの手鏡や玉虫色のショールを眺め渡したりしていたのだが――顔ははっきりせず――見物人のうちで記憶に残ったのは、ひとり、丸い目のマルフィニカだけだった。ともに化粧して互いにそっくりな弁護士と検事（法律は両者が父違いの兄弟になるよう求めていたが、かならずしも揃えられるわけではないので、そういうときはメーキャップしていた）はめいめいに割り振られた五千語を名人芸的な早口でまくしたてた。ふたりが交互にしゃべり、判事が瞬間的な抗弁の応酬を追いながら右に左に頭を振り、人々の頭という頭が規則正しく左右に振られていたわけだが――するとひとりマルフィニカだけがやや横へ顔を向けたまま動かなくなり、子供がびっくりしたみたいに、鮮やかな緑色をした庭園のベンチの脇に立っているキンキナトゥスに目を釘づけにした。古典的断頭術《デキャピタシオン》の側に立つ弁護士はアイディアマンの検事を苦もなく打ち負かし、判事が審理を総括した。

「透明性」や「不可入性」という言葉が水の泡みたいに次々に浮かび上がってははじけていくこう

した弁論の断片がいまもキンキナトゥスの耳に谺《こだま》し、血流の音は拍手に変わっていくのだが、マルフィニカのロケットの顔はずっと彼の視界に消え残り、それが消えたかと思うと判事が――大きな浅黒い鼻の広がった毛穴まで見てとれるくらい密着してきたが、洋梨みたいな鼻の頭のやつから毛が一本だけ、しかし長いのが、とび出している――しっとりした囁き声で判決を告げた。「公衆のありがたきお許しにより、あなたに赤いシルクハットがかぶせられます」――法の作り出した代用句で、その真の意味はどんなスクールボーイ《シュコーリニク》でも知っている。

《なのにぼくはこんなに入念に作られている》キンキナトゥスは暗闇で泣きながら心のなかで言った。《ぼくの脊椎の湾曲はこんなにうまく、こんなに神秘的に計算されている。ぼくは生きていればまだ走り抜けられる何露里《ヴェルスター》（二十世紀初頭まで用いられたロシアの長さの単位。一ヴェルスターは約一・一キロメートル）もの距離がふくらはぎのなかにこんなにきつくとぐろを巻いているのを感じている。ぼくの頭はこんなにしっくりして……》

時計が何時のだか分からない半を打った。

2

ひとカップのぬるいココアといっしょにロジオンが彼のところへもってきた朝刊――地元紙の『おはようございまーす』とそれよりはまともな『公衆の声』という機関紙――はいつもと変わらずカラー写真が満載だった。最初の新聞に彼は自宅のファサードを見つけた。子供たちがバルコニーから、義父がキッチンの窓から、カメラマンがマルフィニカの部屋の窓から見つめている。次の新聞に写っているのはその窓からの見慣れた眺めだ、柵で囲った前庭に林檎の木、開いた木戸、ファサードの写真を撮っているカメラマンの姿が見える。ほかに彼は自分の写った写真を二枚、おとなしい青春時代の彼を描き出したものを見つけた。

キンキナトゥスは誰も知らない行きずりの男を父に生まれ、幼少期をストロープ川対岸の大きな寄宿舎で過ごした（小鳥が囀《さえず》るみたいによくしゃべり、痩せっぽちで、見た目にまだとても若いカエキリア・Ц――プルドゥイ公園で真夜中彼を身ごもったとき彼女はまったくの少女だった――とようやく彼がちらっと顔を合わせたのは、もう二十代になっていたときのことだ）。幼いころ、奇蹟的に危険を察知したことがあってから、キンキナトゥスはつねに警戒しながら自分のある特性を隠す術に磨きをかけていった。よそからの光線を通せず、おかげで気を抜くとお互いに透明な霊魂たちの世界にただひとつの黒ずんだ障害物であるかのような不思議な印象を与えてしまい、それでもいわば錯視のような複雑なシステムに訴えて透光的であるふりをする術を身につけたというわけなのだが、しかし一瞬でもわれを忘れ、自分のことというか狡猾に照明しておいた霊魂の諸平面が回転するときその動きをかならずしも注意ぶかく追えていなかったりすると、たちまち騒ぎがもちあがった。同い歳の子たちが、いっしょにゲームで盛り上がっているさなか、まるで彼の眼差しの澄みやかさやこめかみの淡い青さはずる賢い目くらましであって実際にはキンキナトゥスは不可入なのだと感づいたみたいに、いきなり彼から離れていったこともある。ときには、沈黙が襲うなか、教師が忌々しげな当惑といった体《てい》で目のまわりに皮膚の蓄えを残らずかき集めて皺を作り、長いあいだ彼を見つめた末にようやく問いかけてきたりした――

「いったいどうしたのかね、キンキナトゥス」と。

そんなときキンキナトゥスはその手にわれをとり戻し（ロシア語で「気をとり直す」という意味の慣用句）、胸に押さえつけて安全な場所へ移すのだった。

時がたつにつれて安全な場所はどんどん少なくなって、いたるところに公衆の懸念の放つやさしい陽光が射し込むようになり、それに扉の小窓は、扉の外の監視者が眼差しで貫けない場所が独房全体に一点もできないようにとりつけてあった。だからキンキナトゥスは多色刷りの新聞紙を丸めて投げつけたりはしなかった――彼の幽霊がやってのけたようには（幽霊はわれわれの誰にも――きみにも私にも、ほら、ここにいる彼にも――ついてきて、その瞬間にやりたいと思ってできずにいること……をやってくれる）。キンキナトゥスはおとなしく新聞を脇へ置き、ココアを飲み干した。ココアの表面を覆っていた茶色い膜が唇のところでしわくちゃの屑になった。そのあとキンキナトゥスは彼には長すぎる黒い長衣を着て、房飾り《ポンポン》のついた黒い上履きをはき、黒い頭蓋帽《エルモルカ》をかぶり――収監初日から毎朝そうしているとおり独房のなかを歩きだした。

　子供時代、郊外の芝生にて。みんながやるのは、ボール遊び、豚ごっこ、大蚊《ががんぼ》遊び、馬跳び、ラズベリー遊び、突き刺しっこ……。彼は身軽ですばしこかったが、あまり遊んでもらえなかった。冬になり、街の坂道がなめらかに雪に覆われると、サブーロフ社の「ガラス」橇で滑り降りるのがどんなに愉しかったか……。橇で遊んでから家へ帰るとき、夜はなんと足早にやって来たことか……。なんという星空だ――天上はなんと思いや悲しみに満ちているのか――しかし地上の人間の知ったことじゃない。酷寒《マロース》の金属的な闇のなか、食べられそうな窓が黄色や赤の灯りをつけていた。シルクのドレスのうえに狐の毛皮の短いコートを羽織った女たちがアパートからアパートへ駆け足で通りを渡り、トロッコ電車がつかの間きらきらと吹雪を巻き起こしながら雪をかぶったレールのうえを走り去っていった。

　小さな声。「アルカージイ・イリイチ、キンキナトゥスを見てください」

　彼は密告者たちに腹を立てたことはなかったが、その数は増えつづけ、長じて怖るべき大人になった。彼らにとってあたかも一立方サージェン（サージェンは二十世紀初頭まで用いられたロシアの長さの単位。一サージェンは約二・一メートル）の夜から彫り出したみたいに本質的に暗く不可入なキンキナトゥスは、光線をとらえるとあわてふためきながら光伝導体にみえるように立とうとしてあちこち向きを変えた。周囲の人間は単語半分だけで（「最初のひと言を聞くだけで」という意味のロシア語の慣用表現）互いに理解しあえた――彼らにはなにか思いもかけないかたちでV《イージッツァ》（二十世紀初頭まで用いられた「イ」の音を表すロシア語の古いアルファベットのひとつ。ただしそれ以前からほとんど使われなくなっていた）とかいう文字で終わって投石器《ぱちんこ》や鳥になるような、そんな驚くべき結果をもたらす言葉などなかったからだ。子供のころつれていってもらって自分でもその後教え子たちをつれていったことのある第二大通り《ブールヴァール》の埃っぽい小さな博物館は、珍品、逸品を集めていたが――そのどれもが彼以外のすべての市の民にとっては、彼ら自身が互いにそうであるように、限界づけられ透明だった。名づけられていないものは――存在していないのだ。残念ながらすべては名づけられていた。

《無名なる存在、無対象なる実体性……》と書いてあるのを、キンキナトゥスは壁のうえの、扉が開いていると隠れる場所に読んだ。

《永遠に名の日を迎える者たちよ、私に諸君を――》――別の場所にはそう書いてあった。

その左には走り書きのきれいな筆跡で、一本の余計な線もなく、《注意したまえ、やつらが諸君と話しているとき――》――このあとは、ああ、消されていた。

その隣に、子供っぽいぎこちない字で《以後、私は執筆者に罰金を科す》――署名は監獄長。

もうひとつ、古ぼけた、謎めいた一行が読みとれた。《死ぬまでに測《スメーリチェ・ド・スメールチ》ってください――そのあとでは手遅れです》

「どうせぼくの測定結果は出ている」キンキナトゥスはまた歩きだし、歩きながら拳の先でこつこつ壁を叩いてそう言った。「でもとても死ぬ気になんかなれやしない！　魂が枕の下にもぐり込んでしまった。おお、そんな気になれないんです！　このあたたかな体から這い出ると寒いんでしょう。そんな気になれませんよ、ちょっと待ってください、もうすこし寝かせてくださいって」

十二、十三、十四。十五になるとキンキナトゥスはおもちゃの製作所で働きだした。そこの仕事に就けられたのは、背が低いから、というわけだ。夕方になると、ドクトル・シネオコフ記念水上図書館という、市の小川のちょうどその場所で溺死した人物に名をちなんだ図書館へ行き、緩慢で魅力的なさざ波の音を聞きながら古書に酔った。錨鎖のつぶやき、波の音、小さな廻廊の小さなオレンジ色のランプシェイド、波の音、月光を浴びて粘ついたなめらかな水面《みなも》――遠くを見れば、高い橋が真っ黒な蜘蛛の巣を張っているなかを走り抜けてゆくちっぽけな火影《ほかげ》。しかしやがて貴重な書物の数々が湿気で傷みだし、おかげでとうとう、特別に運河を掘って水をそっくりストローピ川へ引き、小川を乾上がらせるはめになった。

　製作所で働いているあいだ彼は長時間手の込んだがらくた相手に奮闘し、つまりは女子生徒むけのぬいぐるみ製造に従事していた――そこにはベケシャ（毛皮の裾長外套）を着た小さな毛むくじゃらのプーシキンもいれば、花柄のウェストコート《ジレ》を着たクマネズミみたいなゴーゴリも、ジプーン（農民の裾長上着）を着た鼻の大きな《トルストノーセニキイ》老トルストイもいたし、ほかにもたとえば服のボタンを全部留め、レンズの入っていない眼鏡をかけたドブロリューボフ（十九世紀半ばに活躍した急進的批評家）といったものが大量にあった。この神話的な十九世紀につくりものの愛着を抱いてみせたキンキナトゥスは、もうすっかり古代の霧に深入りして、そこに偽りの安らぎの場を見出すつもりでもいたのだが、しかしほかのことが彼の注意を惹いた。

　そこで、つまりその小さな工場で、マルフィニカが働いていたというわけだ――しっとりした唇を半開きにして糸で針の耳（「針の穴」のロシア語的表現）に狙いを定め、「こんにちは、キンキナチク（キンキナトゥスの愛称）！」――するとほら、やたらに広大な（おかげで遠くの丘陵が、その至福に満ちた遠さのせいで煙色をしていることさえあった）タマーラ庭園での、あのうっとりするような彷徨の始まりだ。しだれ柳たちがしおたれて涙川三筋（「しだれ柳」はロシア語で「泣き柳」と表現される。「涙川三筋」とした部分はロシア語で「号泣する」という意味の慣用表現）、それが小さな虹をそれぞれ架けた三本の滝となって湖へ流れ落ち、するとそこでは一羽の白鳥が自分の反映と手をとり合って仲睦まじく泳いでいる。林に囲まれた平らな草地、石楠花《しゃくなげ》、樫の林、緑色の長靴を履いた、一日中かくれん坊でもしているような陽気な庭師たち、あとは岩窟《グロット》だとか、三人のひょうきん者が三つ几帳面に並べていったこんもりしたものがある（おっと、騙された——茶色く塗ったブリキ製の贋物だ）田園風のベンチがあって——並木路にとび出してきてみるみるうちに陽光のもたらすふるえる斑点となる仔鹿がいて——こんな感じだったな、この庭園は！　そこが、そこが——マルフィニカのたわいないおしゃべりの、白いストッキングとヴェルヴェットの靴を履いた足の、冷たい胸の、ワイルドストロベリーの味のする薔薇色のキスの場所だ。ここから見えないものかな——せめて木の梢、遠くの丘陵だけでも……。

キンキナトゥスはきつく長衣の紐を結え直した。キンキナトゥスは意地悪く叫びたててくる机をずらし、後じさりながら引っぱった。それはひどく厭がり、ひどく身震いしながら石畳の床をずってゆき、その振動は窓のほうへ（つまり壁がはるか高いところに格子を嵌め、その裏手に、ゆるやかに傾斜した窓穴を開けているほうへ）退がってゆくキンキナトゥスの指に、キンキナトゥスの上顎に伝わった。やかましいスプーンが落ち、カップがダンスを始め、鉛筆が転げだし、本が本のうえを滑った。キンキナトゥスは後肢を跳ね上げた馬みたいな椅子を机のうえにもち上げた。最後に自分もよじのぼった。しかし当然ながらなにも見えず——暑い空が、その青さにうんざりして退散していった雲の名残の白髪を細く梳いているだけだった。キンキナトゥスはやっと格子に手が届いたきりだったが、そのむこうは小さな窓のトンネルになっていて、なだらかにのぼった先にまた格子が嵌まり、岩だらけの峡谷のような剝落した壁面にも光の格子ができていた。そこの壁面に、さっき読んだ消えかけの文のひとつに似た、きれいな、馬鹿にした筆跡で、こう書かれていた。《なにも見えやしない、おれも試した》

キンキナトゥスは爪先立ちになり、力んで真っ白になった小さな手で黒い鉄棒に摑まっていて、顔の半分に陽射しの格子ができて左の口髭が金色に輝き、鏡のような瞳のなかにはそれぞれちっぽけな金色の檻が収まり、下へいってうしろに回ると、大きすぎる上履きから踵がもち上がっていた。「下手すると落っこっちまいますぜ」すでに三十秒ほどそばに立って、いまはがたっと揺れた椅子の脚を握りしめているロジオンが言った。「大丈夫、大丈夫、ちゃんともってます。降りてきていいですぜ」

　ロジオンは矢車菊のように青い瞳をし、いつものように素晴らしい赤髭をたくわえていた。この美しいロシア人の顔がキンキナトゥスを仰いでいたが、彼はその顔を裸足の裏で踏みつけ、つまり彼の幽霊が踏みつけたというわけだが、キンキナトゥス本人はもう椅子から机のうえに降りていた。ロジオンは彼を赤ん坊みたいに抱きかかえると大事そうに下へおろし——そのあとヴァイオリンみたいな音を立てながら机をもとの場所に戻して端からそのうえに腰掛け、組んだ上の足をぶらつかせ、もう片足を床につっぱり——オペラに出てくる遊び人が酒場の場面でとるわざとらしく馴々しいポーズをとり、キンキナトゥスは顔を伏せ、泣かないように長衣の紐の結び目をほじくった。

　ロジオンは意味ありげな視線を投げ、空のジョッキをふり回しながら、バス・バリトンで歌っていた。この威勢のいい歌は昔よくマルフィニカも歌っていたやつだ。涙が急にキンキナトゥスの目からあふれ出した。調子がなにやら最高潮に達して騒々しく床にジョッキを叩きつけると、ロジオンは机からとび降りた。その先は彼はもう、ひとりきりだが、コーラスで歌っていた。そしていきなり両手を差し上げ、出ていった。

　キンキナトゥスが床に座ったまま涙越しに上へ目をやると、格子の反映はもう場所を変えていた。彼はためしに机を動かしてみたが——百回目だ——ああ、脚は百年も前からねじで固定されていた。彼は干無花果《ほしいちじく》を食べ、また独房のなかを歩きだした。

　十九、二十、二十一。二十二歳のときΦ《エフ》級教師として幼稚園へ異動になり、同時にマルフィニカと結婚した。新しい職務（びっこやせむしやがちゃ目の子たちの相手）を遂行しだしたほとんどその日に、ある重要人物によって彼にかんする第二水準の密告がなされた。慎重なことに、キンキナトゥスの根本的非合法性について考えを述べるのに、推定のかたちをとっていた。このメモランダムとならんで、彼が製作所で働いていた時分にそのもっとも炯眼《けいがん》な同僚たちからときおり寄せられていた古い苦情も、市の長老たちによって審議された。養育評議会《ソヴィエト》の議長とほかに数人の役人がかわるがわる彼と密室に閉じこもって法の命ずる実験を行った。数日のあいだ彼は一睡もとらせてもらえず、譫妄《せんもう》の森のふちまで道の通じた無意味な早口のおしゃべりを強いられ、自然界のさまざまな事物や現象に宛てて手紙を書かされ、日常生活のひとこまを演じさせられ、いろいろな動物や職業や病いの物真似をさせられた。彼はこれをすべてやり抜き、このすべてを堪え抜いた――彼には若さと機転と気力があったし、生きることを渇望していたからだ――マルフィニカとすこしでもいっしょに生きることを。彼らはしぶしぶ彼を釈放し、惜しむに値しない最低ランクの子供たちの指導を続けさせることにした――ひとまず様子を見ようというわけだ。彼はコーヒーミルみたいな携帯用の小型オルゴールを奏でながら子供たちを二列に並べて散歩につれ出し――また、祝日にはいっしょにシーソーに乗り、葡萄の房みたいになって舞い上がってはみんなそろって静まり返り、どさっと落ちては悲鳴をあげた。何人かには読書を教えてやった。

一方マルフィニカは結婚一年目から浮気を始めた。相手も場所も手当たり次第だった。キンキナトゥスが帰宅すると、彼女はたいていどこか満腹したような笑みを浮かべて、むっちりした下顎をまるで自分に小言でもいうみたいに首に押しつけ、正直な茶色い瞳で額越しに見つめながら鳩みたいにやさしい声をひそめて「マルフィニカったら今日もまたあれをしてたのよ」と言った。彼は女みたいに片方の手のひらを頬にあてがい、数秒のあいだ彼女を見つめると声にならない声で泣き喚いてその場を去り、彼女の親戚たちでいっぱいになった部屋をすべて抜けてトイレに鍵をかけて閉じこもり、足を踏み鳴らしたり水を流したり咳払いしたりで泣き声に偽装をほどこした。ときには彼女も言い訳にこんな説明をしてよこした。「私って、やさしい子ね。これは本当にたいしたことじゃないのに、男の人にはたいした慰めになっているんだから」

まもなく彼女は妊娠した――ただし彼とは関係がなかった。男児出産に及ぶとすぐにまた妊娠し――また彼とは関係なかった――女の子を産んだ。男の子のほうはびっこで性悪、頭が鈍くて丸々太った女の子はほとんど盲だった。障害のせいで子供はふたりとも彼の幼稚園に入ってきたが、身のこなしが軽くてスマートで頬の赤いマルフィニカがこの不具とでぶの子たちを家につれて帰るのを見ていると、不思議な感じがした。キンキナトゥスは自分に注意を払うのを次第にすっかりやめてしまうようになり――そんなある日、市立公園で催されたなにかの公開集会でふいに混乱が駈け抜け、ひとりが大声を張り上げた。「市の民の諸君、われわれのなかに……」――このあと恐ろしい、ほとんど忘れ去られていた単語が続いたが――風がアカシアの木立に吹きよせ――そしてキンキナトゥスは立ち上がってその場を離れるよりほかうまい手をみつけられぬまま、道ばたの茂みからぼんやり葉っぱを毟っていた。十日後、彼は捕まった。

「きっと明日だ」独房のなかをゆっくり歩きながらキンキナトゥスは言った。「きっと明日だ」とキンキナトゥスは言い、手のひらで額をこねくりながらスチールベッドに腰をおろした。日没の光線がもうおなじみの効果を繰り返した。「きっと明日だ」ため息まじりにキンキナトゥスは言った。「今日は静かすぎた、でも明日になれば朝早くから……」

しばらくみな沈黙していた。世のあらゆる囚人《めしうど》たちの喉を潤してきた、底に水のたまった素焼きの水差しも、四人組が聞きとれない声で囁きながら正方形の秘密でも議論しているみたいに肩を組み合っている壁も、なんとなくマルフィニカに似ているヴェルヴェットの蜘蛛も、机のうえの大きな黒い本たちも……。

「考えすぎだ」キンキナトゥスはそう言っていきなり哄《わら》った。彼は立ち上がって長衣、頭蓋帽、上履きを脱いだ。リンネルのズボンとシャツも脱いだ。かつらみたいに頭をとり、サスペンダーみたいに鎖骨を外し、鎖帷子《くさりかたびら》みたいに胸郭を脱いだ。尻を脱ぎ、足を脱ぎ、腕を脱ぎ、長手袋みたいに隅に抛《ほう》った。残りの部分もだんだん拡散してかすかに空気を色づけるだけになった。キンキナトゥスははじめのうちなんとなく涼しさを満喫しているだけだったが、やがて自分の秘密の環境にすっかり浸ってしまうと、そこで自由に、陽気に――。

閂《かんぬき》が鉄の雷鳴を轟かせ、キンキナトゥスは投げ棄てたものを、頭蓋帽にいたるまで一瞬ですべて身につけた。看守のロジオンが葡萄の葉で飾りつけた丸いバスケットに淡黄色のプラムを一ダース入れてもってきたのだ――監獄長の奥さまからプレゼントですぜ。

キンキナトゥス、お前の犯罪的訓練で、お前も気力が恢復したな。

3

廊下にざわざわと高まる宿命の声のうなりでキンキナトゥスは目を覚ました。

前の日彼はこんな目の覚め方に覚悟を決めてもいたのだが——結果はいっしょだ——心臓と呼吸は思うに任せるものではなかった。衿元を心臓にかぶせて外を見せないようにし——静かに、大丈夫だから（信じがたい災難に遭ったとき子供に言って聞かせる按配で）——心臓を隠してかるく体を起こすと、キンキナトゥスは耳を澄ました。大量の足が摩擦音を立てている、聴度の層はさまざまだ。声がする——やはり大量に立ち並ぶ各層から聞こえてくる。声がわき上がる、なにか訊いている声だ。別の声がする、近くだ、それが答えを返している。奥から誰か急いでやって来る者があり、さっと走り抜けたかと思うと、氷上を滑っていくみたいに石畳のうえをずった。監獄長の低域《バス》の声が騒音のなかで数語——聞きとれなかったが間違いなく命令している——言葉を発した。なにより恐ろしいのは、この騒ぎのなかを子供の声——監獄長には娘がいた——がすり抜けてくることだった。キンキナトゥスは弁護士の愚痴るテノールもロジオンのくぐもった声も聴き分け……。

するとまた駈けながら誰かが響きのいい問いを投げかけ、誰かがいい響きで答えを返した。呻き声がし、ぱちぱち、こつこつ音がする――ちょうど長椅子の下に棒で探りを入れているみたいに。「みつからんか？」監獄長がはっきりそう訊いた。足音が駈け抜けた。足音が駈け抜けた。駈け抜けて戻ってきた。キンキナトゥスはたまらず床に足をおろした。結局マルフィニカとは会わせてもらえなかったか……。着替えたほうがいいのか、それとも人が来てぼくに服を着せるんだろうか？ああ、もう分かりましたから、入ってください……。

しかしもう二分ほど彼は苛まれつづけた。いきなり扉が開き、弁護士が滑りながらとび込んできた。

髪が乱れ、汗だくだった。指が左のカフス《マンシェット》をいじくり、目が泳いでいた。

「カフスボタンが片方失くなったんです」彼は喚いて犬みたいに小刻みに息を出し入れした。「なにか引っかけて……きっと……かわいいエンモチカといっしょのとき……あのおてんば娘はいつも……燕尾服の尻尾に摑まって……私が立ち寄るたびに……いや肝心なのはなにか音が聞こえたという……なのにそっちを見なかった……見ていればチェーンがはっきり……とても大事にしてたのに……まあしかたない……たぶんまだ……見張りの連中には全員約束しておいたから……にしてももったいない……」

「寝ぼけた馬鹿らしい間違いだ」キンキナトゥスは小声で言った。「空騒ぎを曲解していた。心臓に悪い」

「ありがとうございます、それには及びません、くだらないことです」弁護士はうつろにつぶやいた。同時に相変わらず目を独房の隅々に走らせていた。大切な小物を失くしたことが彼を悲しませているのは明らかだった。それは明らかだった。小物を失くしたことが彼を悲しませていた。小物は大切なものだった。彼は小物を失くしたことで悲しんでいた。

　キンキナトゥスはかるく呻きながらまたベッドに寝転んだ。弁護士が彼の足許に腰掛けた。

「こちらに向かっているときは」と弁護士が言った。「とても張り切って愉快な気分でいたんです……。それがいまはこのくだらないことでがっくりきてしまって――いや、つまるところこれはくだらないことです、そうでしょう――もっと重要なことがあるんですから。で、気分はどうですか」

「腹を割って話したい気分です」目を閉じてキンキナトゥスは答えた。「ぼくの推論したところをいくつかあなたと共有しておきたいんです。つまりぼくのまわりにいるのは出来損ないの幽霊みたいなものであって人間じゃない。彼らはぼくを責め苛んでいるわけですが、こんなふうに苛むことができるのは、無意味な幻影や不吉な夢や譫妄の廃物や悪夢のがらくたくらいなものです――どれもこれもわれわれの世界で実生活として通っているものですが。理屈だけでいえば――目が覚めてくれればと思っています。でもほかからの手助けがなければぼくは目を覚ませないし、なのにこの手助けというのがひどく怖くて、おまけにぼくの魂は怠け癖がついてこの窮屈な襁褓《むつき》（赤ん坊に巻きつけ拘束する帯状の布。十七～十八世紀頃までヨーロッパで用いられた産着）に慣れきってしまっている。ぼくのまわりにいる幽霊のなかで、ロマン・ヴィッサリオーノヴィチ、あなたがたぶんいちばんのできそこないですが、でも他方で――われわれのでっち上げの日常におけるあなたの論理的位置づけによれば――あなたは一種の助言者、弁護者なんだから……」

「なんなりとお申しつけを」キンキナトゥスがやっと口をきいてくれたのが嬉しくて弁護士は言った。

「じゃあお訊きします。なにを根拠に、ぼくに処刑の正確な日どりを知らせるのを拒むんですか。

待ってください――話はまだ終わっちゃいません。いわゆる監獄長とやらが直接的な回答を避けて、引き合いに出すのが……。待ってくださいって！　ぼくが知りたいのは、第一に期日の指定は誰に左右されるのか、第二にその機関か、人か、あるいは人の集団から、どうしたら納得のいく説明を得られるのか……」

たったいま躍起になって話をしようとしたばかりの弁護士が、今度はなぜか黙りこくった。青い眉と長い兎唇《みつくち》の化粧をした彼の顔はとくに思考の動きを見せなかった。

「カフスから手を離して」とキンキナトゥスは言った。「集中してください」

ロマン・ヴィッサリオーノヴィチは急に体勢を変え、落ち着きのない指を組んだ。彼は哀れっぽい声で言った。

「そんなふうに言われても……」

「ぼくは処刑される」とキンキナトゥスは言った。「それは分かってる。その先を！」

「話題を変えましょう、お願いですから」ロマン・ヴィッサリオーノヴィチは悲鳴をあげた。「あなたはどうして、せめていまくらい、許容の範囲内にとどまっていられないんですか。まったく恐ろしい、私の力じゃどうしようもない。私がこうしてお邪魔したのは、ただなにか合法的なお望みがないかお訊きするためです……たとえば」（ここで彼の顔に生気が戻った）「ことによると、法廷で述べられた弁論を活字のかたちで所有しておくことをお望みでは？　それをご希望の場合、最短期間でしかるべき願書を提出しなければなりませんが、これだったら私とあなた、ふたりでいっしょにいま作成してしまいたいところですね――その弁論がいったい何部、どんな目的で必要なのか、くわしい動機をもとに指定して。ちょうど暇な時間がすこしばかりありますから、さあ、ああどうかこれにとりかかりましょう、お願いです！　私は特別の封筒まで用意してきたんです」

「面白そうですが……」キンキナトゥスは言った。「でもその前に……。本当にどうしても答えてもらえませんか」

「特別の封筒ですよ」弁護士はそそのかすようにもう一度言った。

「けっこう、こっちにください」キンキナトゥスはそう言うと、中身の入った分厚い封筒を細かく引きちぎってくしゃくしゃにしてみせた。

「もったいないことを」ほとんど泣きだしそうに弁護士が叫んだ。「なんてもったいないことを。自分がなにをしたか、まるでお分かりでない。恩赦状が入っていたかもしれないのに。替えなんてありませんよ！」

キンキナトゥスはひと摑み、紙くずを拾い上げ、なんとかひとつでも意味のとおる文ができないか試してみたが、どれもこれも、ごちゃごちゃだったり、歪んでいたり、ばらばらだったり、だった。

「あなたはいつもこうだ」弁護士は吠え面をかき、こめかみを抱えて独房のなかをうろつき回った。「あなたの救いはあなたの手のなかにあったかもしれないのに、それをあなたは……。恐ろしい！私にあなたをどうしろ、と？　いまや万事休すだ……。でも私としては――非常に満足です……。あなたにそう覚悟させようとしてきたんですから……」

「よろしいかな？」扉をすこし開け、その幅の分だけ広がった声で監獄長が訊いた。「お邪魔じゃないですか？」

「どうぞどうぞ、ロドリグ・イワーノヴィチ」弁護士が言った。「どうぞ、親愛なるロドリグ・イワーノヴィチ。ただ、私たちはあまり愉快なことになっておりませんが……」

「ところでわれらが好男子の死刑囚さんは本日のところいかがでしょうな」優雅にして堂々たる監

獄長が、その肉づきのいいリラ色の両手でキンキナトゥスの小さな冷たい手を握りながら、冗談めかして言った。「万事順調ですか？　どこも痛みませんか？　われらが疲れ知らずのロマン・ヴィッサリオーノヴィチとずっとおしゃべりですかな？　そう、ところで愛するロマン・ヴィッサリオーノヴィチ……嬉しいお知らせですよ――うちのおてんば娘がついさっき階段であなたのカフスボタンをみつけたんです。La voici（仏語で「ほらこれです」）。これはフランス製の金ボタンじゃありませんか？　実に優美です。ふだん私はお世辞なんて言いませんが、これは言わせてもらわなければなりませんな……」

　ふたりはその魅力的な装飾品を眺め回したり、その来歴や価値を議論したり、驚いたりするふりをしながら隅のほうへ離れていった。キンキナトゥスはこの隙にスチールベッドの下のものをとり出し――ビーズみたいに細かく連なった音を甲高く、締めくくりにとぎれがちに立て……。

「いや、いい趣味です、いい趣味をしておいでだ」監獄長は繰り返し言いながら弁護士と腕を組み交わして隅から戻ってきた。「あなたのほうは、つまり健康体というわけですな」と、ベッドにもとどおりよじのぼっていたキンキナトゥスに、彼はなにげなく声をかけた。「しかしやはり駄々をこねちゃいけませんぞ。公衆が――そして公衆の代表たるわれわれ一同が望んでいるのはあなたの幸福なのです、このことはたぶんお分かりでしょう。孤独を和らげるということでは、われわれはあなたに協力する用意まであるんです。数日中にここの文字番号の独房（革命前のホテルでVIP仕様の豪華客室の番号が数字ではなく文字で表示されていたことから豪華な独房を含意している）のひとつへ新囚人が入居してくるのですからな。ご紹介しますのであなたの気も晴れるでしょう」

「数日中？」キンキナトゥスは訊き返した。「つまりもう何日かあるというわけですね」

「まったく、なんて人だ」監獄長は笑った。「彼はなにもかも分かっていなきゃならんようですな。

ねえ、ロマン・ヴィッサリオーノヴィチ」

「おお、わが友、それを言っちゃいけません」弁護士はため息をついた。

「そうですとも」鍵束をときおりかるく揺すりながら前の言葉に続けて彼は言った。「旦那、あなたはもっと人の言うことを聞かなきゃいけません。なのに万事が自尊心、怒り、悪ふざけですからな。昨日の晩、この旦那にこのプラムをもってまいったわけですが――どう思いますか――お召し上がりにならないんで、潔しとせずってわけですな。そうですとも。ところで新入りの囚人さんの話が途中でした。お暇なときに彼とたっぷり話をしてみるんですな、ほら、そんなにしょんぼりしちまってるんですから。どうです、間違ったことを言ってますか、ロマン・ヴィッサリオーノヴィチ？」

「いや、ロジオン、そのとおりだとも」思わず頬笑んで弁護士が請け合った。

ロジオンは髭をひと撫ですると言葉を続けた。

「私はこの旦那がやたらかわいそうになりました――ここに入ってきましてね、見ちまったんです、机に椅子をのっけてそのうえに突っ立って、体の弱った猿公《えて》みたいに格子に小さな手足を伸ばしてらっしゃるんで。一方、お空ときたら真っ青で、燕は飛ぶわ、雲も飛ぶわ――天のお恵みでさあ、喜ばしいこって！　この旦那をちっちゃな子供みたいに机からおろして私は大声で泣きまして――ええ嘘じゃありませんとも――大声で泣きました……。私はこの憐れみってやつにやたら襲われたってわけでして」

「彼を上につれていってみたらどうだろう」弁護士がためらいがちに提案した。

「なに、かまいませんとも」ロジオンは堂々たる懐の深さを示してゆったり言った。「いつでも大丈夫でさあ」

「長衣をお召しください」ロマン・ヴィッサリオーノヴィチがそう言葉をかけた。

キンキナトゥスは言った。

「あなたたちに従います――幽霊、化け物《オーボロトニ》（狼男のような人から動物、動物から人へ変身する化け物）、パロディのみなさん。あなたたちに従います。ですが、それでもぼくは要求します――いいですか、要求します」（もうひとりのキンキナトゥスが、上履きを失くさんばかりにヒステリックに地団駄を踏んだ）「教えてほしい、どれだけぼくに寿命が残っているのか……それに妻と会わせてくれるのか」

「きっとくれますよ」ロジオンと目をくれ合ってロマン・ヴィッサリオーノヴィチが答えた。「ただそんなにしゃべっちゃいけませんね。では行きましょう」

「お通りのほどを」ロジオンが言い、錠の開いている扉を肩で衝いた。

三人は全員で外へ出た。先頭に足がちんばで、着古して色褪せた乗馬ズボンを尻のところでだぶつかせたロジオン、そのうしろに、黒いかつらの終わるうなじのところでセルロイドの衿に汚れた痕をつけ、薔薇色がかったモスリンの縁をのぞけている、燕尾服の弁護士、そのうしろ、いちばん最後に、上履きを失くしかけ、長衣の衿元を掻き合わせているキンキナトゥス。

廊下の折れ目で名前のついていない別の守衛が彼らへ親しげに敬礼した。青白い石の光と薄闇の区域がかわるがわるやって来た。歩きに歩いて――折り返してはまた折り返し――湿気が壁へ描き出した、あばらの浮き出た恐ろしい馬みたいにみえる同じ模様の前を何度か通り過ぎた。そこかしこで電気をつけなければならず、埃をかぶった電球が、上や横から苦く黄色い灯りをともした。もっともたまに息をひきとっているものもあり、そのときは濃密な闇のなかで足をひきずった。一か所、ひと筋の天の光が思いがけず、説明のつかない仕方で上から落ち、あばた面の敷石で砕かれて煙を立ててきらめいている場所があり、そこで監獄長の娘のエンモチカが、きらきらしたチェックのワンピースにチェックの靴下を履いて——子供のくせに小さな踊り子みたいな大理石のふくらはぎをしている——ボール遊びをしていて、ボールが規則正しく壁をノックしていた。彼女はふり返ると、薬指と小指で頬から横へ金髪をひと房、香油でも塗るみたいな仕種でかきあげ、眼で短い行列を見送った。ロジオンは脇を通るとき愛想好く鍵束をがちゃつかせ、弁護士は輝く髪をかるく撫でてやったが、彼女はキンキナトゥスを見すえていて、彼はびっくりしたような微笑を返した。廊下の次の曲がり角まで来て三人はそろってふり返った。エンモチカは、きらきらした赤と青のまだらのボールでかるく水を叩くような音を立てながら、彼らを見送っていた。

また暗闇を延々と歩き、やがてとぐろを巻いた消火ホースのうえで赤い電球が光っている行き止まりに出た。ロジオンが背の低い鍛鉄の扉を開錠すると、その先で急な石段が巻き上がっていた。ここですこし順番が入れ替わった。ロジオンが拍子をとるようにその場で足踏みし、そのまま、まず弁護士、ついでキンキナトゥスを先にやると、やわらかく足を踏み替えてしんがりについた。その急な階段は着々と背丈を伸ばし、それが成長する先に立ち込めた靄が同じ歩調でゆっくり明らんでいったが、のぼるのは骨が折れ、おまけにいやに長々のぼっていたものだから、キンキナトゥスは暇つぶしに段を数えはじめて三桁まで数え、しかし足を踏み外してこんがらがった。空気がすこしずつ青白くなってきた。キンキナトゥスはくたびれはて、踏み出す側の足を変えず、赤ん坊みたいによちよちのぼった。もうひとひねりのぼると、いきなり濃厚な風が吹きつけてきて夏空が目もくらむばかり広がり、燕の鳴き声が甲高く響いた。

見るとわれらが探検家たちは塔の広い屋上テラスにいて、そこからは息を呑むはるかな遠景が広がっていた。なにしろ、塔が巨大なばかりか、城塞全体が、それをその怪物的な産物みたいにしている巨大な断崖のうえに、巨大に聳《そび》えていたのだ。はるか眼下にほとんど垂直に並んだ葡萄畑が見え、とぐろを巻いたクリーム色の道が水の涸れた川床へくだってゆき、弓なりの橋を誰か赤い服を着たちっぽけな人間が渡っていたが、その前を走る点はどうやら犬だった。

その先に、大きく半円を描きながら日向のなかに市が広がっていた。色とりどりの家が丸い木をお供に従え、幾重にも整然と列をなして行進し、かと思えば、斜めに這いつくばって自分の影を踏みつけながら坂をくだっていくものもあり――第一大通りを行き交う動き、そしてその突き当たりの有名な噴水が戯れている場所に独特の光のまたたきも見てとれた。さらに遠く、地平線と地平線のあいだをつなぐ丘陵が煙色の襞をなしているほうへ、樫の林の薄黒いさざ波が伸び、小さな湖があちこちで手鏡みたいに輝き――ほかの明るい楕円形の水たちはやわらかな霞のなかできらめいて、西の彼方、曲がりくねったストローピ川の生涯が始まるところに集合していた。キンキナトゥスは手のひらを頬にあてがい、ぴくりともしない、なんともいえずぼんやりとした、そしておそらく悦びでさえあるような絶望のなかで、タマーラ庭園の霞と輝きを、そのむこうで消えかかっている灰青色の丘陵を眺め――ああ、目を離すことができないまま時間がたっていく……。

彼から数歩離れたところで、進取の気概に満ちたある種の草本植物が上まで覆っている幅広の石造りの胸壁《パラペット》に弁護士が肱をついていて、背中が石灰で汚れていた。彼は左足のエナメル靴で右足を踏みつけ、指で頬を押しあげて下瞼を裏返しながら、物思わしげに虚空を見つめていた。ロジオンはどこかで箒を見つけてきて黙ってテラスの敷石を掃いていた。

「まったくなんて魅力的なんだ」キンキナトゥスは庭園に、丘陵にむかって言った（向かい風でこの「魅力的」を繰り返すのは、なぜだかとりわけ心地好く、子供が耳を押さえたり剝き出しにしたりして聴覚世界が一変するのを愉しむのに似たものがあった）。「魅力的だ！　この丘のこんな姿は、こんな神秘的な姿は、これまで見たことがない。この丘襞に、この陰った谷に、本当にぼくはどうしても——。いや、これは考えないほうがいい」

彼はテラスをぐるっとひとめぐりした。北は平野がのびのびと広がり、そこを雲の影たちが駆けていった。草地と畑が互い違いになっていた。ストローピ川のひん曲がったところに、半分雑草に覆われた飛行場の輪郭と、いまでも祝日になると——おもに不具者たちの愉しみのために——大空を飛ぶこともある、人参色の翼に色とりどりの継ぎを当てた、尊敬すべき、古ぼけた飛行機の収まっている建物が見えた。物質は疲れはてていた。時間は甘くまどろんでいた。市内に薬剤師をしている男がいるが、彼の曾祖父さんが、商人たちが空の旅で中国へ行き来した様子を記録に残しているそうだ。

キンキナトゥスはテラスを一周してまた南の胸壁に戻ってきた。彼の目ははなはだ不法な散策をしていた。いま彼は、あの花をつけた灌木を、あの鳥を、木蔦のひさしの下へ伸びてゆくあの小径を、見分けているような気がしていた。

「もうよろしいでしょう」箒を隅に抛り棄て、また自分のフロックコートを羽織りながら監獄長が温厚に言った。「さあ、みなさんお家《うち》に帰りましょうや」

「ええ、時間です」時計を見て弁護士が答えた。

最前と同じ小さな行列が引き返していった。先頭は——監獄長ロドリグ・イワーノヴィチ、そのうしろに——弁護士ロマン・ヴィッサリオーノヴィチ、そのうしろが——新鮮な空気をたらふく詰め込み、神経性のあくび（生あくびのロシア語的な言い方）を連発している囚人《めしうど》キンキナトゥス。監獄長のフロックコートは後ろが石灰で汚れていた。

4

ロジオンの朝のお出ましに乗じて——盆を捧げもつ手をかいくぐって——彼女が入ってきた。「チュ、チュ、チュ」注意するみたいに彼は舌打ちし、ココアの嵐を封じるまじないをかけた。そしてしなやかな足で背後の扉を閉め、口髭のなかでぶつぶつ言った。「このいたずらっ子め……」

エンモチカはその隙に机の陰にしゃがみ込んで彼から身を隠した。

「読書ですかい？」輝かんばかりの善人づらでロジオンが言った。「けっこうですな」

キンキナトゥスはページから目をあげないまま、牛の鳴き声を肯定調の弱強格《ヤンブ》でうなった——が、目はもう行をとらえていなかった。

ロジオンは単純な務めを果たして——光線のなかで踊り狂っている塵を雑巾で追い払い、蜘蛛に餌をやって——立ち去った。

エンモチカは——相変わらずしゃがんだままだ、けれどもほんのすこし自由になって、尻をスプリングにでも載せたみたいにかすかに体を上下させ——産毛の生えた剝き出しの腕を組み、薔薇色の口を半開きにし、白髪といってもいいくらい色の薄い長い睫毛をしばたたいて机の上越しに扉を見ていた。もうおなじみの仕種だが、適当な指で亜麻色の髪をさっとこめかみからかきあげると、本を脇へ置いて事の成り行きをうかがっていたキンキナトゥスに流し目をくれた。

「行っちゃったよ」キンキナトゥスは言った。

彼女は膝を伸ばして立ち上がったが、腰は屈めたまま、扉を見ていた。戸惑っている、これからどうしたらいいのか分からないのだ。ふと歯をこぼすとバレリーナのふくらはぎをちらっときらめかせ、扉に駆け寄った——もちろん錠が下りている。彼女の腰の波紋織《モアレ》のサッシュリボンがひらめいて、おかげで独房の空気が元気づいた。

キンキナトゥスは彼女にふたつ、よくある質問をした。彼女はもったいぶった顔つきで名前を言い、十二だと返事をした。

「じゃあ、ぼくはかわいそうだと思う?」キンキナトゥスは訊いた。

彼女はこれになにも答えなかった。隅に立っていた素焼きの水差しを顔のほうにもち上げた。空っぽだろ、よく鳴るよ。底にむかってふぅふぅやると、一瞬のちにはまた駆けだし——今度は壁にもたれて立ち、肩甲骨と肱だけで体を支えながらひらべったい靴を履いた足に力を込めて前へずらせ——またまっすぐ立ち直った。ひとりで頬笑んだかと思うと顔をしかめ、夕陽を見るみたいにキンキナトゥスに目をくれながらずり落ちていった。これをすべて考え合わせると——この子は人見知りで落ち着きがない。

「もしかしてぼくがかわいそうじゃないのかい?」キンキナトゥスは言った。「まさかそんなわけないよね。さ、こっちへおいで、おばかさんのダマ鹿ちゃん(ダマジカ、あるいはファロージカはロシアでは優美さや速さの象徴)、それで教えておくれ、ぼくが何曜日に死ぬのか」

しかしエンモチカはなにも答えず、床にずり落ちておとなしく座り、もち上げてすくめた膝に、なめらかな太腿を下からのぞけながらスカートの裾をひっかぶせ、その上に顎を押しつけた。

「教えておくれ、エンモチカ——本当にお願いだからさ……。だってきみは全部知っているんだろ——知っている気がするんだ……。お父さんは食事のとき話をしてたろ、お母さんはキッチンで話をしてたろ……。みんな、みんな話してるんだ。昨日の新聞は几帳面に小さな窓が刳《く》り貫いてあった——ということは、このことは話題になってるんだ、なのにぼくだけが……」

彼女はつむじ風に巻き上げられたみたいに床から跳び上がり、また扉に駈け寄って——手のひらというより手のかかとで——叩きだした。束ねていない、色の薄い、絹のような髪の垂れたところは、ロングの巻き髪《ブークル》になっていた。

《きみが大人だったら》キンキナトゥスは心のなかで言った。《きみの魂がたとえわずかでもぼくの憂いを帯びていたら、きみは古代の詩の世界みたいに、やや暗めの夜を選んで見張りを酒に酔わせ……（レールモントフの詩「隣の女」（一八四〇）の引喩）》

「エンモチカ！」彼は叫んだ。「お願いだ、教えてくれ、何度でも言う、教えてくれ、ぼくはいつ死ぬんだ？」

彼女は指を嚙みながら本の積み上がっている机に近づいた。一冊、威勢よく開いてページを引き破らんばかりにばさばさめくり、ばたんと閉じ、別のをとった。彼女の顔にはずっとさざ波めいたものが走っていた——そばかすだらけの鼻が皺を寄せたり、舌が頬を内側からつっぱらせたりしていた。

がちゃり、と扉がいった。おそらく監視孔を覗いたのだろう、ロジオンがたいそうご立腹で入ってきた。

「シッ、シッ、お嬢さん！　これで罰を食らうのは私なんです」

　彼女は甲高く哄《わら》い、彼のザリガニみたいな手をかわして開けっ放しの扉にとんでいった。そこの戸口のところで、ふと、魅力的なダンスのように正確に立ち止まり――そして投げキッスをよこすでも沈黙の同盟を結ぶでもなく、肩越しにキンキナトゥスに目をくれ、視線を切ると――また同じリズムの唐突さで――さっとその場を離れ、大股の、高くきびきびした足どりで、ほとんど飛び立っていきそうに駈けていった。

　ロジオンはぶつぶつ、かちゃかちゃ、鈍重に彼女について行こうとした。

「ちょっと待ってください」キンキナトゥスは声をあげた。「本を全部読み終わってしまって。また蔵書目録《カタログ》をもってきてほしいんです」

「本ね……」腹立ちまぎれにロジオンは嗤い、ことさらに音を響かせて、後ろ手に扉を閉めて錠をかけた。

　なんという憂鬱。キンキナトゥス、なんという憂鬱だ！　なんと冷たい、石のような憂鬱だろう、キンキナトゥス――時計の打つ無慈悲な刻《とき》の音も、でっぷり太った蜘蛛も、黄色い壁も、黒いウールの毛布の粗い肌ざわりも。ココアに膜が。ちょうど真ん中のところを二本の指でつまみ、それを――もはや平らな被膜ではない、皺の寄った茶色い小さなスカートを――表面から剝ぎとる。その下でココアはほのかにあたたかく――いくらか甘く、どろりと澱んでいる。鼈甲《べっこう》の縞みたいに焦げたトーストが三切れ。監獄長のモノグラムが型押ししてある丸いバター。なんという憂鬱だろう、キンキナトゥス、ベッドにはどれだけパン屑がとんでいるのだろう。

　ひとしきり嘆き、オウを連発し、全身の関節を軋ませると、彼はスチールベッドから立ち上がり、憎たらしい長衣を着てうろつきだした。まず、どこかに新しいのがみつかるのを期待して、壁の落書きにもう一度片っぱしから目を通した。切り株にとまった鴉の子みたいに長いあいだ椅子のうえに立ち、じっと、天のわずかな配給品を見上げた。また歩いた。すでに暗記している囚人規則八箇条をまた読み返した。

一、獄舎を離れることを無条件に禁ず。
二、囚人《めしうど》のおとなしきことは囚獄《ひとや》の誇り。
三、毎日一時と三時のあいだは何卒ご静粛に。
四、婦女の連れ込みを禁ず。
五、守衛と歌い、踊り、ふざけることは、双方の同意にもとづき、所定の日にのみ許される。
六、その内容において囚人の地位と肩書きに相容れぬおそれのある夜間の夢、すなわち、明媚な風景、知人との散策、家族との午餐、また当該囚人を現実状態、覚醒状態において寄せつけざる個人たちとの性的交渉、すなわち彼がそれをもって法的に強姦者とみなされるところの行為の夢については、囚人はこれをいっさい見ないか、逆の場合においてもみずからただちに中断することが望ましい。
七、囚獄《ひとや》の歓待を受ける以上、囚人《めしうど》は、逆に、掃除その他、監獄スタッフの作業へ参加を申し入れられるかぎりにおいて、その参加を拒んではならない。
八、物品ならびに囚人本人の紛失につきまして、監獄上層部はいっさい責任を負いかねます。

憂鬱だ、憂鬱だ、キンキナトゥス。また歩いてみろ、キンキナトゥス、長衣で壁を、椅子を払いながら。憂鬱だ！　机に積み上がった本はすべて読み終えている。そしてすべて読み終えていることは分かっていながら、キンキナトゥスはひとしきり探し、ひっかき回し、分厚いのを一冊ちらっとのぞき……、腰もおろさず、そのすでに目にしたことのあるページを片っぱしからめくった。

それはかつて——かろうじて想像の及ぶ時代に——出ていた雑誌の合本だった。蔵書の量と稀少性にかけて市内で第二とされる監獄の図書館は、そうした稀覯本を何冊か所蔵していた。それは、どんな単純な代物も、若さと、そして自分の製造に費やされた労力が崇拝の念にとりまかれていたことから来る生まれついての生意気ぶりとできらきら輝いていた、遥かな世界だった。それは全面的な滑らかさの時代であって、油を差した金属が音も立てずにアクロバットを演じてみせ、背広服の整ったラインが筋骨隆々たる肉体の前代未聞のしなやかさのなすがままになり、特大の窓の流体ガラスが建物の角でまるく撓《たわ》み、メリヤスの水着を着た乙女が燕みたいに——きらめくプールの上空を、それがカップのソーサーの大きさにしかみえなくなるくらい高く——自由に飛び、走り高跳びの選手が、飾り筋を入れた短パンに旗のような襞が走っていなければ怠けて休んでいるとしかみえないような緊張の極限に達して空中で仰向けに横たわり、そして水が、はてしなく流れ、滑っていたのだ、落下する水のしとやかさ、バスルームのめくるめく細部、両翼をひろげた影を這わせている大海原の繻子《しゅす》のようなさざ波。なにもかもがつややかに照り映え、あらゆるものが、摩擦の欠如としてのみ定義されるある種の完璧さに情熱的に惹かれていた。生は円環のあらゆる魅力に酔い痴れ、回転のあまり足下から大地が消え失せるくらいの眩暈《めまい》に陥り、そして滑り、倒れ、吐き気と物憂さで衰弱し……こう言うべきかどうか……気がつけばいわば異次元に——。そう、物質は歳をとり、くたびれはてている、伝説の時代からそのまま残っているものはほとんどなく——機械が二、三台、噴水が二つ三つあるだけで——過去を懐かしむ人間なんてひとりもいない、「過去」の概念そのものが別物になってしまっているのだ。
《そしてたぶん》とキンキナトゥスは心のなかで言った。《こうした絵解きは間違っている。時代に、当時の写真の特性をもち込んでいるのだ。この豊かな陰影、夥《おびただ》しい光、陽灼けした肩の光沢、まれにみる反映、ある境位から別の境位へのよどみない移行——こうしたものはたぶんすべて、陽画、独特の光の記録《スヴェートピシ》(十九世紀に用いられた「フォトグラフ」の翻訳語)、この独特の芸術形式に属するものでしかなく、世界は実のところ、けっしてそこまで湾曲や水分や速度に満ちていたわけではないのだ——ちょうどわれわれの無邪気な撮影機が、われわれの今日の、手っとり早く釘を打ちつけてペンキを塗りたくった世界を、独自の仕方で表現しているみたいに》
《そしてたぶん》(とキンキナトゥスは格子のマス目の入った紙に手早く書きはじめた)《こうした絵解きは……。時代に、当時の……。この豊かな……。夥しい……。ある境位から……。世界はけっして……。ちょうどわれわれの……。しかしこんな憶測を並べたところで、それがはたしてぼくを憂鬱から救ってくれるのか。ああ、わが憂鬱よ——ぼくはお前を、いやぼく自身を、どうしたらいいんだ。彼らもよくまあぼくから秘密にしておくものだ……。苦しみを越えた試練を経なければならない私、うわべだけでも威厳を保つために(どうせ無言のまま蒼褪《あおざ》めるくらいが関の山だし——どうせ英雄でもないのだから……)その試練のとき、おのれの全能力を駆使しなければならない私、この私は、ぼくは……ゆっくり衰弱してきている……知らされないままは恐ろしい——さあ、いい加減、教えてください……。とんでもない話だ、朝が来るたびに心臓がとまっていたら……。一方で、どれだけ時間が残っているのか分かったら、ぼくはなにかを……。小さな作品を……検討済みの考えをメモしたものでも……。いつか誰かが読んでくれれば、全身が、知らない国で最初の朝を迎えたみたいになるはずだ。つまりぼくが言いたいのは、ぼくはその人に突然幸福の涙を流させるだろうということで、その目はとろけ――そしてそれを過ぎれば世界はきれいになる、洗い流されてさっぱりするのだ。でもどうやって執筆にとりかかれというんだ、時間があるかどうかも分からないのに、いや、これこそ苦悩の元だ、昨日は時間があったのにと独り言をいってみてはまた昨日やっておけば……と考えることになる。やらなければいけない明白で正確な仕事があるのに、魂をゆったり整えて、死刑執行人のバケツが……魂よ、お前に差し出され、顔を洗わせようとするその朝の目覚めの瞬間にそなえなければならないというのに……、そうなのだ、こうしたことがあるというのに、お前はわれ知らず、脱走という――ああ、脱走という――凡庸な、狂った夢想に耽っている……。彼女が今日、足を踏み鳴らして哄いながら駈けてきたとき――つまりぼくが言いたいのは……。いや、やはりなにかを形にしておかなければ……。私はただの人間ではありません……、私はあなたたちのなかにあって生きた人間なのです……。私の目がみなさんと違い、聴覚が、味覚が違うだけでなく――嗅覚が鹿の、触覚がアブラコウモリのそれみたいなだけでなく――肝心なのは、これをすべて一点で結びつける能力が……。いや、秘密はまだ明らかになっていない――これだって火打道具でしかなく――ぼくは火の点きはじめについても火そのものについてもまだおくびにも出しちゃないのだ。わが生涯。昔、子供のころ、学校の遠足でほかの子たちからはぐれてしまったことがあり――もしかしたらこれは夢だったのかもしれないけれど――炎天下の真昼どき、寝ぼけた小さな街へ迷い込み、どれだけそこが寝ぼけていたかというと、明るい白壁のたもとの腰掛け《ザヴァーリンカ》（農家の外壁の周囲にほどこした防寒用の盛り土。木枠を嵌めて腰かけられるようになっている）で居眠りしていた人がやっと立ち上がって私を街のはずれへ案内しようとしてくれたのに、壁のうえの彼の青い影はすぐに彼のあとを追おうとしなかったほどで……いや、分かってます、分かってますとも、ここにはぼくの見落としが、間違いがあるんでしょう、影はまるでもたついてなくて、まあ、壁の凸凹にでもひっかかっていただけで……――でも、これこそがぼくの表現したいことなのだ、彼の動きととり残された影の動きのあいだの――この一瞬、このシンコペーション――これがぼくの生きているたぐいまれな時間なのだ――間《ポーズ》、中断こそが――そのとき心臓が綿毛のように……。ほかにも不断にぼくを襲う震えについても書いておきたいし、世界となにか――それがなにかはまだ言えないけれど――を結ぶ見えない臍の緒のまわりにぼくの思考の一部がつねに群がっていることも……。けれどどうやってぼくにそれが書けるというんだ、時間が足りず、むだに心をかき乱すのを恐れているときに……。今日、彼女が駈けてきたとき――まだ子供だが――ぼくの言いたいのはこれだ――まだ子供だが、私の思考にとってのなんらかの抜け穴をもっている子供だ――私は古代の詩の言葉で思った――見張りを酒に酔わせ……私を救ってくれたら、と。もし彼女がこんな子供の姿のままますっかり大人の頭がある場所などありはしないと私はいたずらに繰り返すが……。いやある！　みつけてやる！　荒野にも花咲く窪地があるんだ！　山の岩壁の陰にはすこし雪が残っているのだ！　でもこれは体によくないんじゃないか――ぼくのやっていることは――ぼくはこんなに衰弱しているのに、自分を焚きつけ、最後の力まで奪おうとしている。なんという憂鬱だろう、ああ、なんという……。分かっている、ぼくは自分の恐れからいちばん最後の被膜をまだ剝いでいない》

　彼は考え込んだ。そのうち鉛筆を拋り出し、立ち上がってうろついた。時計が刻を打つのが聞こえた。時計の音を台がわりに、足音がそのうえへのぼり、台が消えると足音だけが残り、そして独房に入ってきた。スープをもったロジオンと蔵書目録《カタログ》をもった司書殿だった。

　これは背はばかに高いが病人みたいな顔つきの男で、青白く、目に隈があり、頭の禿げは黒ずんだ冠を戴いたみたいに髪にとり巻かれ、長い上半身はところどころ色の褪せた青いセーターをかぶって、肱に藍色の継ぎを当てていた。死ぬほど細いズボンのポケットに両手を突っ込み、小脇に黒革の装幀の大きな本をたばさんでいた。キンキナトゥスはすでに一度彼に会う栄誉にあずかっていた。

「カタログ」司書が言ったが、その話し方にはどことなく挑発的な簡潔さがあった。

「どうも、置いておいてください」キンキナトゥスは言った。「選びますので。掛けてお待ちになるんでしたら——ぜひ。お帰りでしたら……」

「帰る」司書は言った。

「分かりました。ではカタログはあとでロジオンに渡しておきます。これはもっていってかまいません……。この古代人の雑誌はどれも——素晴らしい、感動的です。この重たい本を錘《おもり》みたいにして時間の底へ落ちていきましたよ。魅力的な感覚ですね」

「いや」司書が言った。

「またもってきてください、年代を書いておきます。それとなにか小説も、新しめのものを。もうお帰りですか？　忘れ物はありませんか？」

ひとりになったキンキナトゥスはスープに口をつけ、同時にカタログをめくった。基礎部分は入念に美しく活字が組んであったが、活字テクストの合間合間に細かいが読みとりやすい赤インクの手書きの字で大量のタイトルが書き込まれていた。書名の並び方のせいで専門家でなければこのカタログでものを調べるのは難しく——アルファベット順ではなく本のページ数で並んでいて、おまけにそこにはどの本がどれだけ遊び紙を（一致を避けるために）貼りつけているか記載してあった。そういうわけでキンキナトゥスはこれといったあてもなく、よさそうなものを探した。カタログは模範的なまでにきれいな状態を保っていた。それだけに、最初のほうの白紙になった裏ページに子供の手で続き物の鉛筆画が落書きしてあったのは驚きだったが、絵の意味はキンキナトゥスにはすぐには分からなかった。

5

「心からおめでとうと言わせてください」翌朝、キンキナトゥスの独房に入りざま、監獄長がつやのある低域《バス》の声で言った。

　ロドリグ・イワーノヴィチはふだんよりずっといい身形《なり》にみえた。礼服のフロックコートの背中は馭者の背中みたいに中綿をたらふく詰め込み、幅広でひらべったく太り、かつらは光沢を帯びて新品さながら、こってり味つけした生パンみたいな顎は白粉《おしろい》をはたいてそれこそカラチ（錠前型の白パン）、衿穴のところではまだら模様の口を開けている蠟引きの花が薔薇色をしていた。そのすっくとした佇まいの背後から——彼は戸口で晴れがましそうに立ち止まっていた——これも礼装の、やはりポマードを塗りたくった獄吏たちが野次馬をしていた。ロジオンはなにかのちっぽけな勲章まで佩用《はいよう》していた。

「覚悟はできています。すぐ着替えますから。今日だというのは分かっていました」

「おめでとうございます」監獄長はあたふた動き回っているキンキナトゥスにはおかまいなくもう

一度言った。「あなたに新しい隣人ができましたことをご報告する光栄を賜りたく存じます――ええ、そうなんです、たったいまお越しに。待ちくたびれちまったんじゃ？　いえなんでもありません――これからは、心の友、遊び仲間と仕事仲間がいっぺんにできるのですから、そんなに退屈しませんよ。それから――いや、もちろんこれは厳重にここだけの話にしておかなければいけませんが、お伝えしてもいいでしょう、奥さまとの面会に許可がおりましたよ、demain matin（仏語で「明朝」の意）です」

キンキナトゥスはまたスチールベッドに座って言った。

「そうですか、それはよかった。感謝します、ぬいぐるみ、馭者、いや化粧した下賤の輩さん……。すみません、ぼくはちょっと……」

そこまで言うと、独房の壁が揺らいだ水面の反映みたいに撓《たわ》んだりくぼんだりしだし、微笑《ザズイブリッツァ》した監獄長にさざ波《ザズイブリッツァ》が立ち、スチールベッドがボートになった。キンキナトゥスはひっくり返らないようへりに摑まったが、握ったオール受けがもげ――そして喉まで浸かりながら千の花がまだらに浮かぶなかを漂い、手足をとられ、沈んでいった。袖捲りした手が棹や鉤竿でいっせいに小突いたり引っ掛けたりして彼を岸へ引き揚げにかかった。引き揚げが完了した。

「神経過敏ですね、小柄な女性にありがちの」監獄医がそう言ったが、それはロドリグ・イワーノヴィチだった。「呼吸を楽に。なにを食べてもかまいません。寝汗はかきますか。その調子で続けてもらって、で、もしおとなしくするんだったら、ことによると、ええ、ことによるとですが、ひと目くらい新入りさんを見せてあげてもいいかもしれないんですが……でもいいですか、ひと目だけですよ……」

「どのくらいですか……その面会は……どのくらい時間をくれるんですか……」やっとのことでキ

ンキナトゥスは口をきいた。

「すぐですから。そうあわてずに、昂奮しないで。見せると約束した以上お見せしますから。上履きをはいて髪を撫でつけてください。思ったんだが……」監獄長が物問いたげにロジオンを見ると、ロジオンはうなずいた。「とにかく、どうか絶対なる静粛を守ってください」とまたキンキナトゥスにむかって言い、「それになにも手で摑んだりしちゃいけませんよ。さあ、立って、立って。あなたはこういうことに値する人間じゃないし、素行ときたら、いやはや、ひどいものですが、それでも許可がおりているから……。これから先は――私語厳禁です、お静かに……」

爪先立ちになって両手でバランスをとりながらロドリグ・イワーノヴィチが出てゆき、彼といっしょに、つい、シュといってしまうぶかぶかの上履きをはいたキンキナトゥスも外へ出た。廊下の奥のばかでかいボルトを並べた扉の前にはロジオンがもう腰を屈めて立ち、蓋をのけて監視孔を覗いていた。彼は目を離さぬまま、さらなる静粛を求める手つきをしながら、いつの間にかそれを別の――手招きの――仕種に変えた。爪先立ちの監獄長がいっそう伸び上がり、いかめしく顔をしかめてふり返ったが、キンキナトゥスは少々足を引きずらないわけにはいかなかった。廻廊の薄暗がりのあちこちに獄吏のぼんやりした人影が群れ、背中を丸め、なにか遠くのものを見分けようとするみたいに小手を翳《かざ》していた。実験室助手ロジオンは、焦点を合わせた接眼レンズの前にロドリグ・イワーノヴィチを通した。背中を密に軋らせてロドリグ・イワーノヴィチは食い入るように覗き込み……。その間、灰色の闇のなかではぼんやりした人影が音もなく駈け足で移動し、互いに音もなく呼び寄せ合って横隊を組んでゆき、その大量のやわらかな足は、すでにピストンみたいにその場で上下し、出動のかまえをとっていた。監獄長はようやくゆっくり離れると、キンキナトゥスの袖をかるく引っぱり、教授がたまたま居合わせた門外漢を呼んでプレパラートを見せようとするみたいに彼を招き寄せた。キンキナトゥスはおとなしくその小さな明るい円にへばりついた。はじめのうちはあぶくみたいな陽光と横縞しか見えなかったが——やがて自分の独房にあるのと同じスチールベッドが見えるようになると、その脇には、きらきらした鋲を並べた頑丈なトランクがふたつと、トロンボーンでも入っていそうな大きな長方形のケースが積み上がり……。

「どうです、なにか見えるでしょう」そばに屈み込んで口の開いた墓穴の百合みたいなにおいを馥《ふく》郁《いく》とふりまきながら監獄長が囁いた。

肝心なものはまだ見えていなかったがキンキナトゥスはうなずき、視線を左へずらし、するとそのとたんにしっかり見えた。

机にたいして半身にかまえ、飴細工みたいに身じろぎもせず、髭のない太った小男が椅子に腰掛けていて、歳は三十そこそこ、時代遅れだが清潔な、アイロンをかけたての囚人用パジャマ——全身横縞の——を着て、横縞の靴下と新品のモロッコ革のスリッパを履き——その短い足を組んで脛をむっちりした手で抱え、まだ穢れを知らない靴底を見せつけ、小指に透明な藍玉《アクアマリン》がきらきら光り、驚くほど丸い頭のうえの薄亜麻色の髪は真ん中に分け目が入り、長い睫毛が智天使《ケルビム》のような頬に影を投げ、フランボワーズ色の唇が隙間からきれいに並んだ素晴らしい歯を白くのぞけていた。全身がかすかにきらめきに覆われ、ふりそそぐ陽光の束にかすかに溶け込んでゆくかのようだった。机のうえには、革のフレームのしゃれた旅行用時計のほかなにもなかった。

「もういいでしょ」監獄長がにっこり頬笑んで耳打ちした。「あたしだって見たいんだから」そしてまたへばりついた。

ロジオンがキンキナトゥスに、もう帰る時間だと合図した。獄吏たちのぼんやりした人影が一列になって恭しく近づいてきたが、監獄長のうしろにはもう観覧希望者たちの立派な尻尾が伸びていて、なかに何人か、長男づれがいた。

「われわれはあなたを喜ばそうとしているんですぜ」最後になってロジオンはそうつぶやいたが——キンキナトゥスの独房の扉をなかなか開けられず——その褒美にロシア語の円い言葉（原語では круглое слово。「悪態」を意味する「固い言葉 крепкое слово」のもじり）までくれてやると、それが効いた。

すべてが静まり返った。すべてがふだんどおりだった。

「いや、すべてじゃない——明日にはきみが来てくれる」キンキナトゥスはさっきの失神のせいでまだふるえたまま、声に出して言った。

《ぼくはきみになんて言葉をかけたらいいんだろう》彼はなおも思いを馳せたりつぶやいたりふるえたりした。《きみはぼくにどんな言葉をかけるだろうか。なにがあろうとぼくはきみを愛してきたし、愛しつづけることだろう——両膝をつき、肩をうしろへよじらせ、刑吏に踵を見せ、鵞鳥《がちょう》のような首をこわばらせて——とにかく、そのときでさえ。そしてそのあとも——たぶんなによりもそのあとにこそ——きみを愛しつづけることだろう——いつかぼくらのあいだに真の、完全な説明がつく——そうなればもうなんらかのかたちでぼくときみができあがり、お互いにぴったりくっつき合い、パズルを解き明かすのだ、点から点に線を引くやつで……一度も……鉛筆を浮かさないように——しながらか……それともまたほかのかたちか……で結びつけ、線を引き、するとぼくときみから、あの、ぼくの胸を焦がすまたとないぼくらの模様ができあがるのだ。やつらが毎朝あんなことを続ければ、ぼくはしつけられてすっかり木偶《でく》の坊になるだろう……》

キンキナトゥスは大きくあくびした——涙が頬を伝い、口のなかにまた繰り返し小さな山がせり上がってきた。神経だ——睡くはなかった。明日までなにかで暇をつぶさなければならなかった——新しい本はまだきていない、目録《カタログ》は返していないが……。そうだ、あの絵！　でもいまとなっては、明日の面会とくらべると……。

疑いなくエンモチカのものである子供の手でひと続きの絵が描いてあり、それが（昨日キンキナトゥスの思ったとおり）一貫した物語、約束、夢想の実例になっていた。はじめは水平の線、つまり当城塞の石床というわけだ、その上に昆虫みたいな幼稚な椅子、上のほうには六マスに分かれた格子。また同じ絵だ、ただし格子のむこうに不満たらしく口許を下にひん曲げた満月が加わっている。次は三本線の椅子《タブレ》の上に看守、目玉がないが――眠っているということだな、床には鍵を六つ束ねた環っか。今度も同じ鍵束だが、やや大きい、そこにつんつるてんの袖からものすごい五本指をした手が伸びている。面白くなってきたぞ、扉が半開きになってなにやら鳥の肢みたいなものがのぞいている――これだけだが、それを目にしているのは逃げの一手の囚人《めしうど》なのだ。そのご当人が出てきた、巻き毛のかわりに頭にいくつもコンマを打たれ、画力相応に二等辺三角形のかたちに描かれた黒っぽい長衣を着せられ、その彼を少女――フォークみたいな足、波線のスカート、平行線の髪――が手引きしている。同じものが今度は見取図のかたちをとり、つまり正方形の独房、曲線の廊下、それに道順が点線で書き込んであって、最後のところがアコーディオンのような階段になっている。ついにエピローグだ、暗い塔とそのうえに満足そうな月――口許がうえを向いている。

いや――自己欺瞞だな、馬鹿ばかしい。子供の落書きだ、なんの考えもない……。書名を書き出したらカタログは脇へどけておこう。そうさ、子供の……。舌を右に突き出して、ちびた鉛筆をきつく握り、力を込めすぎて白くなった指でそれを押さえつけながら……。しばらくすると――きれいに丸を描きあげたあと――体をうしろへ伸ばしたり頭を左右に傾けたり肩胛骨を回したりしてまた紙にへばりついて、舌を左にずらしながら……いやにがんばって……。馬鹿ばかしい、もうこんなことを考えるのはよそう……。

なにで暇をつぶすか、しおたれた時間をどう元気づけてやったものか探しあぐねていたが、キンキナトゥスは明日のマルフィニカのために外見をさっぱりさせることにした。ロジオンは裁判の前日キンキナトゥスが中に入ってばちゃばちゃやったのと同じ種類のたらいをまたもってくることに同意した。水を待っているあいだキンキナトゥスは机に向かった。今日の机は少々ぐらついた。《面会は、この面会は》キンキナトゥスは書いた。《まず間違いなく、ぼくの恐ろしい朝がもう近いことを意味している。明後日のちょうどこの時間、ぼくの独房は空っぽになっているだろう。でもぼくはきみに会えるのを幸せに思う。私たちはふたつの階段を別々にのぼって製作所へ行き、つまり男と女は階段が違ったのだが――最後からふたつ目の踊り場でいっしょになるのだった。私はもうマルフィニカをかき集めてはじめて出会ったときの姿に戻すことはできないが、たしか、彼女が笑いだす一瞬前に口をすこし開けることにはすぐに気づいたはずだ――それにつぶらな茶色い眼にも、珊瑚のイヤリングにも――ああ、いま彼女を、あの真新しい、まだ堅いころの姿で再現できたら――そのあとだんだんやわらかくなっていったのもすぐに気づいた――そして彼女がぼくに頭をふり向けたときの頬と首のあいだの皺、もうぬくもりを帯びた、ほとんど生き物みたいな皺も。彼女の世界。彼女の世界は単純な部分を単純に結合して成り立っていて、たぶん、料理本のどんな単純なレシピも、彼女が鼻歌まじりに――毎日、自分用、私用、いやみんな用に――焼き上げていたその世界にくらべれば複雑だろう。けれどどこから――まだあの、最初のころに――どこから突然の……悪意、かたくなさが……。やわらかく、おかしく、あたたかな彼女、それが突然に……。はじめのうちは彼女がわざと、つまりほかの女が自分の立場にあったらどんなに怒り、依怙地になるか見せつけようとでもしているのだろうかと、そんなふうに思っていた。それが彼女の本性なのだと分かったとき、私はどれだけ驚いたことだろう。なんてつまらない理由で――ぼくのいとしいお馬鹿さん、小さな頭をしているんだね、亜麻色のふさふさした全体に指を通してさわってみると――彼女はそのふさふさの髪に穢れなき滑らかさ《グラートコスチ》を、それに頭頂部には処女のような光沢をもたせる術を心得ているのだ。「おたくのかみさんは静かで滑らか《チーシ・ダ・グラーチ》（「平穏無事」という意味の成句）ですが、噛み癖がありますね」――忘れえぬ彼女の最初の情夫が私にそう言ったが、しかも卑劣なことにこの「噛み癖がある《クサーチャヤ》」という形容辞は言葉の綾などではなく……彼女は実際あるとき……すぐにでも追いやらなければ襲いかかって人を片輪にしかねない思い出のひとつだ。「マルフィニカったら今日もまた……」――それに一度ぼくは見た、見た、見たのだ――バルコニーから――私は見たことがある――そしてそれ以来どんな部屋にも、私が近づいていることを遠くから――咳払いや無意味な喚き声で――知らせずに入ることはなくなった。あの体の曲線を、あの息せき切ったあわてぶりを――タマーラ庭園の木陰になった隠れ場所でかつて私のものだった――そしてその後私の失った――もののすべてを目にするのは、どれだけ恐ろしいことだったろう。数えてみると彼女には何人……。永遠の拷問、それは午餐のとき誰かしら情夫と話していることであり、陽気な顔をして、ナッツをぽりぽり、死刑を言い渡す《プリゴヴァーリヴァチ》みたいにくっちゃべって《プリゴヴァーリヴァチ》いることであり――腰を屈めてうっかりテーブルの下の怪物の下半身を目にするのは死ぬほど怖く、テーブル越しに腰から上が見えている完全に容姿の整った上半身は若い男女のそれで、平然と食べたりしゃべったりしているわけだが――下半身はなにか四本足をしたものがもつれ合い、猛り狂って……。ナプキンを落としたりすると私は地獄に堕ちた。マルフィニカはそのあと自分のことを（まさにこの複数形で）「私たち、見られてたから、恥ずかしかったわ」といった具合に話してよこし――そして唇をとがらせるのだった。それでも――ぼくはきみのことを愛している。ぼくはきみを、やるせなく、破滅的に、どうしようもなく……。あの庭園に樫があるかぎり、ぼくはきみを……。きみはぼくが人から望まれておらず、避けられていることを視覚的に証明されたとき——自分がなにも気づいていなかったのに驚いていたけれど——きみから隠しておくのはとても簡単だったんだ！　きみが改心してくれと懇願したのを憶えている、ぼくのなかのなにを改め、それが実際にどうなされるのか本当はさっぱり分かっていなかったくせに。それにいまにいたるまできみはなにも分かっていないし、分かっているのかいないのかよく考えてみたこともないし、なのに驚くときはほとんど気持ち好さそうなくらいに驚いている。ところが廷吏が帽子をもって傍聴人をひとめぐりしたとき、きみはやはり自分の紙切れを抛り込んだんだ》

　波止場のたもとで揺れているたらいのうえに、なんの罪もない、陽気で魅力的な蒸気が立ちのぼっていた。キンキナトゥスは突発的に——二段階の素早い動作で——ため息をついて文字の埋まったページを脇へのけた。約《つま》しい小さな洋櫃から、彼はきれいなタオルを引っぱり出した。キンキナトゥスはあまりに小柄で細く、おかげでたらいのなかへすっぽり入れた。カヌーに乗ったみたいに座って静かに漂っていった。赤みがかった夕陽が蒸気とまじり合って石造りの独房の小世界を色とりどりに揺らめかせていた。航行を終えてキンキナトゥスは立ち上がり、陸に揚がった。体を拭きながら彼は眩暈や心臓の疲労と戦っていた。彼はひどく瘦せていて——日没の光を浴びてそれが肋骨の影を強調しているいま、胸郭（ロシア語を字義どおりにとれば「胸の檻」）の構造そのものが擬態の成果にみえた。それは彼の環境、彼の牢獄のもつ格子状の本質を表していたのだ。かわいそうなわがキンキナトゥス。彼は体を拭きながら自分で自分の気を紛らわそうとして血管という血管を眺め回し、われ知らず、もうじき自分は栓を抜かれてこの中身がそっくり流れ出るのだと考えていた。彼の骨は軽く、細く、おとなしい足の爪（お前たちはなんてかわいくて無邪気なんだ）がなにかを待ちかまえるみたいに、赤ん坊のように注意ぶかく、下から彼を仰いでいて——彼がそうやって——裸のまま、尾骶骨から頸椎まで痩せこけた背中全体を扉の外の監視者たちに見せつけながら（むこうから囁き声が聞こえ、なにか話し合ったりがさごそやったりしていた――でもどうってことはない、どうぞご勝手に）――スチールベッドに座っていると、キンキナトゥスは病弱な少年といっても通った――首筋を見ても、細長くくぼんで、濡れ髪が尻尾みたいに垂れて、男の子っぽいですな――それにめったにないくらいお手頃だよ。さっきの小さな洋櫃からキンキナトゥスは手鏡と香りつき除毛液の小壜をとり出した。それは見るたび、マルフィニカの脇腹のあの異様に毛の濃いほくろを思い出させた。口髭を慎重によけながら、刺々しい頬に擦り込んだ。

これでよし、さっぱりした。ため息をつき、まだ家の洗濯のにおいのするひんやりしたナイトシャツを着た。

日が暮れた。彼は横になって相変わらず漂っていた。ロジオンがいつもの時間に灯りをつけ、バケツとたらいを片付けた。蜘蛛が糸を延ばして降りてきて、ロジオンがその毛むくじゃらの小さな肉食動物《けだもの》にむかってカナリア相手にそうするみたいに話しかけながら差し出していた指にのった。そのあいだ、廊下に通じた扉はいくらか開いたままになり――そこになにかちらっと見え……一瞬、薄い色をした巻き髪のねじれた毛先が垂れ下がったのだが、そのときロジオンがサーカスの丸天井からぶら下がったちっぽけな軽業師が引っ込んでいくのを見上げながら体を揺すると、消えてしまった。扉はずっと四分の一開いたままだった。革のエプロンをかけ、縮れた赤髭をたくわえた重量級のロジオンが、独房のなかを緩慢に移動し、刻を打つ前に（いまは直通なので近くなっている）時計がしゃがれ声を出しはじめると、ロジオンはどこかベルトの裏のあたりから凸面の懐中時計をとり出して時間を合わせた。そのあとキンキナトゥスが寝ているとみると、鉾槍みたいに箒にもたれながらかなり長いあいだ彼を見つめた。なにとも知れない考えに達して、彼はまた体を揺すり……。そうこうするうち、赤と青のまだらのゴムボールが音もたいした勢いもなく扉から駆け込んできて、直角三角形の垂辺上をまっすぐ進んでスチールベッドの下へ転がり込み、一瞬姿を隠してそこでがたっと音を立てると、底辺に沿って、つまりロジオンへむかって転げ出し、彼のほうではいっこうそれに気づかぬまま、足を踏み替えたとき偶然蹴とばし——するとボールは斜辺を通って姿を現したときの扉の隙間から出ていった。ロジオンは箒を肩に担いで独房をあとにした。灯りが消えた。

キンキナトゥスは眠っていなかった、眠っていなかった、眠っていなかった——いや、眠っていた、のだが、呻き声をあげてまた這い出し——また眠っていなかった、眠っていた、眠っていなかった——そしてすべてはごっちゃになった、マルフィニカが、断頭台の丸太が、ヴェルヴェットが——一体どうなるのか——どっちだろう。処刑なのか、それとも面会だろうか。しまいにすべてが溶け合ったが、灯りがついたせいで彼はまた一瞬顔をしかめ、ロジオンが忍び足で入ってきて、机から黒いカタログをひったくって出てゆき、灯りが消えた。

6

なんだろう、これは――ありとあらゆる恐ろしい、夜の、のそのそしたものにまじって――これはいったいなんなのだろう。それは荷をいっぱいに積み込んだ、巨大な、眠りという名の荷車にいやいや載せられて最後の最後に去ってゆき、まさにいま、いのいちばんにとび出してきたのだった――そのとても心地好い、心地好いものが――大きく、鮮明になりながら、心を熱いもので満たしながら。マルフィニカが今日やって来るのだ！

そこへ、芝居でやるみたいに盆に載せてロジオンがリラ色のメモをもってきた。キンキナトゥスはベッドに座り、次の文句を読んだ。《百万の謝罪を！　許されざる失態です。法令集をひもといたところ、面会が許されるには裁判から一週間が経過していなければならないことが明らかになりました。そういうわけで、明日に延期しましょう。みんな元気で、よろしく伝えてください、こちらは相変わらずで、苦労の種が尽きません、番小屋用に送られてきたペンキはまたしてもまったく使い物にならず、この件はすでに文書にして言っているのですが、回答がありません》

ロジオンはなるべくキンキナトゥスに目をやらないようにしながら机から昨日の食器をかき集めていた。天気はどうやら曇り空で、上から洩れてくる光は灰色をし、いたわり深きロジオンの黒っぽい革服が生皮《きがわ》のようにつやなくみえた。

「しかたない」キンキナトゥスは言った。「どうぞご勝手に……。どうせぼくは無力なんだ」(もうひとりのやや小さいキンキナトゥスはカラチみたいに体を丸めて泣いていた)「明日なら明日でいいですよ。でも呼んでもらいましょうか……」

「はい、ただいま」そのひと言を待ってましたとばかりロジオンが喜び勇んで言い——むこうへと び出しかけたが、扉の外でいやにうずうずうず待ちかまえていた監獄長の現れるのがすこしばかり早すぎ、おかげでふたりは鉢合わせになった。

ロドリグ・イワーノヴィチは壁掛けのカレンダーを手にして——それをどこに置いたものか迷っていた。

「百万の謝罪を」と彼は声を張り上げた。「許されざる失態です! 法令集をひもといたところ……」自分のメモを一字一句違わず復唱すると、キンキナトゥスの足許に腰掛けてあわててつけ加えた。「いずれにせよ、あなたは不服を訴えることができますが、このことをあらかじめお断りしておくのは私の務めと心得ますから申し上げます、次の大会が開かれるのは秋で、そのころまでには星やらなにやらが過ぎてますよ。いいですか?」

「訴えるつもりはありません」キンキナトゥスは言った。「けれども、あなたにお訊ねしたい。この偽りの世界を間に合わせている偽りのものの偽りの道理のなかに、あなたが約束を果たすと請け合ってくれそうなものがひとつでもありますか」

「約束?」カレンダーの厚紙(日暮れどきの城塞、水彩画)であおぐのをやめ、監獄長が驚いて訊いた。「なんの約束ですかな？」

「明日ぼくの妻が来るという約束です。この件でぼくに保証《ギャランティ》を与えることに同意してもらえないにせよ――ぼくはもっと広い問題を立てているんです。そもそもこの世界になんらか担保になるものが、なにかひとつでも請け合ってくれるものが存在するのか、存在しうるのか――それともここではギャランティという観念そのものさえ知られていないのか、と」

間《ポーズ》。

「ところでわれわれのかわいそうなロマン・ヴィッサリオーノヴィチですが」監獄長が言った。「聞きましたか？　寝込んでしまって、風邪なんですよ、どうやらかなり悪そうで……」

「いっさい答える気はないみたいですね。論理的です――無責任（ロシア語を字義どおりにとれば「非応答可能性」）も最後には自分の論理を作り上げますから。ぼくは三十年間、さわると中身の詰まっている亡霊たちのあいだで生きてきました、自分が生きた、現実の存在であることを隠したまま――でもこれからは、捕まってしまったんだからあなたたちに遠慮することはなにもない。せめてこの世界の碇綻ぶりを、そっくり身をもって確かめてみることにしますよ」

監獄長はひとつ咳をすると――何事もなかったように続けた。

「あまりに風邪がひどいので、私も医者として彼が参加できるかどうか自信がありません――つまりそのときまでに健康が戻るかどうか――bref（仏語で「ようするに」の意）あなたの慈善興行《ベネフィス》に間に合うかということなんですが」

「出てってください」キンキナトゥスは声をふりしぼった。

「そう気を落とさず」監獄長は続けた。「明日ですよ、明日、あなたが夢にまで見ていたことが叶いますから……。かわいらしいカレンダーでしょう？　芸術作品です。いえ、これはあなたにもってきたわけじゃないんですが」

キンキナトゥスは目を閉じた。彼がまた目を開いたとき、監獄長は彼に背を向け、独房の真ん中に立っていた。椅子のうえにどうやらロジオンが置き忘れたらしい革のエプロンと赤髭がちらばっていた。

「本日のところはお宅をとりわけきれいに片付けて」ふり返らずに彼は言った。「明日の面会に万全を期しませんと……。われわれがここの床磨きをしているあいだ、どうぞ……どうぞ……」

キンキナトゥスがまた目を閉じると小さくなった声が続けた。

「どうぞ廊下に出ていてください。長くはかかりません。明日のために力を惜しまずがんばりましょう、明日はきちんとしたかたちで、こざっぱりおめかしして、晴れがましく……」

「出てってください」腰を浮かせ、全身をふるわせながらキンキナトゥスが声を荒げた。

「それはできかねますな」エプロンのベルトに手間どってまじめな口調でロジオンが言った。「ここであの――そう、ひと働きしなきゃいけませんからな。そら、埃っぽいったらありませんや……。ご自分でもちょっとはありがとうを言うことになりますぜ」

彼はポケットミラーをちらっと見て両頰の髭をふわふわ立てると、ようやくスチールベッドに近寄ってきてキンキナトゥスに着替えを渡した。上履きにはあらかじめしわくちゃの紙がすこし詰めてあり、長衣の裾はきちんと丈を合わせてピンで留めてあった。キンキナトゥスはふらつきながら着替えを済ませ、ロジオンの腕にもたれるようにして廊下へ出た。そこの丸椅子に彼は腰掛け、病人みたいに袖のなかで腕を組んだ。ロジオンは病室の扉を広く開け放って掃除にかかった。椅子が机のうえに置かれ、スチールベッドからシーツが剝がされ、バケツの把手ががちゃっといい、吹き抜けてきた風が机の紙束をめくりながら調べものをし、紙が一枚床をめがけて滑空した。

「なにをそんなふやけちまってるんです？」ロジオンが、水が跳ねたりごとごといわせたりして騒ぎたてるのに敗けじと声を張り上げた。「ちょっとばかり、廊下でも、散歩してきたら、どうです……。なに、心配ご無用で――もしものときには、ひと声叫んでくれさえすれば、疾風《はやて》のように現れますんで」

キンキナトゥスは素直に丸椅子から立ち上がった――けれども城塞の足下の断崖と間違いなく同じ種類の岩でできている冷たい壁伝いに進みだしたとたん、数歩（なんたる足どりだ、弱々しくて、重みがなくて、おとなしくて）その場を離れたとたん、ロジオンと開けっ放しの扉とバケツの位置を後じさるように伸びてゆく遠近法へ変換したとたんに――キンキナトゥスは自由が流れをなしているのを感じた。角を曲がると自由はさらに広々と飛沫をあげた。裸の壁はかいた汗がアラベスク模様になって流れていたりひび割れたりしているほかはなにも飾り気がなく、ただ一か所、誰かが黄土色を使ってペンキ屋の手つきで走り書きしているところがあり、「ブラシのテスト、ブラシのテス」の文字――とおどろおどろしい垂れ痕――が残っていた。慣れないひとり歩きをしたせいでキンキナトゥスの筋肉はへたり、脇腹が差し込んだ。

そのときだった、キンキナトゥスは立ち止まり、そしてまるでこの石造りの僻地にたったいま足を踏み入れたみたいに辺りを見回しながら意志のすべてをふりしぼって自分の一生をまともに思い起こし、現状を極限まで正確に理解しようとした。もっとも恐ろしい罪、認識論的卑劣さという、めったにお目にかかれずおいそれと口にも出せない、おかげで不可入性だの不透明性だの阻害といった回りくどい言い方をする羽目になる卑劣さのかどで起訴された男、その罪で死刑判決を受けた男、城塞に投獄されていつだか分からないが間もなく逃れがたくやって来るその刑の期日を待っている男（処刑は、彼があらかじめまざまざ体感しているところでは、一本の化け物みたいな歯を踊り狂わせた挙げ句、引っぱり上げてめきめきいわせるようなものなのだが、ただし彼の全身がその赤く腫れた歯茎、頭がその歯なのだった）、いま牢獄の廊下でとまりかけの心臓を抱えて立っている男——、まだ命があり、まだ手つかずで、まだキンキナトゥスの——キンキナトゥス・Цは、自由への、もっとも単純な、物質的自由、いや物質的に実現可能な自由への、激しい渇望を覚え、次の瞬間——まるでそれがすべて彼の本質が流出して光冠状に放射していったものであるかのような五感に迫る明瞭さで——浅くなった川のむこうの市街、彼のいまいる高い城塞がどの地点からでも——あるいは明るく、あるいは青く、さまざまに——のぞめる街を想像した。その自由の波はあまりに強く、甘く、辺りのものが実際よりよくみえてしまうほどで、彼の看守たち——実のところ人はみな彼の看守なのだが——は御しやすくみえ……生活世界の幻影ひしめくなかに理性はありうべき細道をみつけ出そうとし……目の前でなにか夢みたいなものが戯れた……まるでニッケルめっきの球面が一点でまばゆく陽光を照り返しているときのその点のまわりの千の虹色の針みたいに……。監獄の廊下に立ち、ちょうどゆったり勘定を始めた時計が重量感たっぷりの音を響かせているのを聞きながら、彼は朝のこの爽やかな時間にふだん営まれているような街の暮らしぶりを思い浮かべた。マルフィニカが目を伏せ、買い物かごをぶらさげて家から出てきて水色の歩道を歩いてゆき、三歩うしろから黒い口髭のさっそうとした男がついてゆく。白鳥やゴンドラの形をしたトロッコ電車がメリーゴーラウンドの揺り籃みたいに人を乗せ、大通りを次々流れるように走ってゆく。空気の入れ替えに家具屋の倉庫からソファや肱掛椅子が運び出され、通りかかった学校の生徒たちがそれに腰をおろしてひと休みし、手押し車いっぱいにみんなのノートや本を積んできた当番の子が大人の赤帽よろしく額を拭う。ぜんまい式で二人乗りの、この地方でいう「ミニ時計」（こいつは昔の車、あの豪華なニス塗りの貝殻の退化した末裔なのだが……でもなんだってぼくはこんなものを思い出したんだ？　そうか——雑誌の写真だ）が、ひと水浴びてさっぱりした舗道でジコジコいっている。マルフィニカがフルーツを選んでいる。とっくの昔に地獄の名所に驚くのをやめてしまった、老いさらばえたおぞましい馬たちが、各工場から品物を市の支給品ごとに運んでゆく。金色の顔をして白いルバシカを着たパンの露店商たちが大声を張り上げながら白パンでジャグリングしていて、次から次へ高々と抛り上げては摑みとってまたくるくる回転させている。藤をはびこらせた窓辺で四人の陽気な通信屋《テレグラフィスト》が酒を飲み、道ゆく人の健康を祝してワイングラスをかち合わせては掲げている。有名なだじゃれ好きで、貪欲な、髪を鶏冠みたいに立てて赤いシルクのズボン《パンタロン》を穿いた老人が、マールイエ・プルドゥイ公園の園亭《パヴィリオン》で火傷しながらフライド・フフリキ（おそらくブブリキというドーナツ状の白パンに由来する。あるいは熱くてブブリキと発音できない状況をスペル違いによって表現しているだけで、ただのブブリキかもしれない）をむさぼっている。ほら、雲が決壊した、吹奏楽団の伴奏に合わせてまだらな陽光がなだらかな坂道を駈けたり、路地に立ち寄ったりしている。通行人たちが足早に歩いてゆく。菩提樹やカルブリン（おそらく尿素 carbamide と尿 urine のかばん語。立ち小便のことだろう）や濡れた埃のにおいがする。ソンヌイ大尉廟の前の永久噴水が飛沫を降らせながら石像の大尉やその象のような足下の浅浮彫《バ・ルリエフ》りやかすかに揺らした薔薇を広々と湿している。マルフィニカが目を伏せ、いっぱいになった買い物かごをぶらさげて家に向かい、三歩うしろからめかしこんだブロンドの男がついてゆく……。時計が刻を打つあいだ、キンキナトゥスは壁を透かしてこんなものを見聞きし、そのうち、実際にはこの市のなにもかもが、キンキナトゥスの秘密の生や罪の炎にくらべ、つねに完全に死んだ、恐ろしいものだというのに、そして彼もそのことをはっきり分かっていて、希望がないことも分かっているというのに、それでも歩き慣れたまだらに陽を浴びた通りへ行ってみたくなってきた……が、ちょうど時計が鳴りやみ、想像の大空は雲に覆われてゆき、牢獄がまた力をとり戻した。

キンキナトゥスは息をひそめて先へ進み、また立ち止まり、耳を欹《そばだ》てた。行く手の、未知の彼方で、ノックするような音がしたのだ。

それは規則正しく小刻みにトクトク木を打ちつけるみたいな音で、自分の木の葉もいっせいにふるえだすなか、キンキナトゥスはそのノックに招かれているような気がした。彼は先へ歩きだし、注意をそらすことなく、ちかちか瞬き、ふわふわと、そして何度目かの角を曲がった。ノックはいったんやんだが、そのあと見えない啄木鳥みたいにそばに飛び移ってきた。トク、トク、トク。キンキナトゥスが足を速めるとまた暗い廊下が曲がった。ふいに——昼の光ではないが——明るくなり、するとノックがまとまりのある、自己充足した音になった。先を見ると、青白く照らし出されたエンモチカが壁にボールを抛っていた。

通路はそこのところが広くなっており、はじめキンキナトゥスには、左の壁に大きな深い窓があってそこからそのおまけみたいな不思議な光が注いでいるようにみえた。エンモチカは腰を屈めてボールを拾い、ついでにソックスを片方引っぱり上げると、ずるそうな顔ではにかむようにふり向いた。彼女の剝き出しの腕と脛に明るい産毛が逆立っていた。眼が白っぽい睫毛の下から輝いていた。すると彼女は体をまっすぐ起こし、ボールをもったほうの手で顔から亜麻色の巻き髪をかき上げた。

「ここは歩いちゃいけないところなのよ」と彼女は言い、口になにか含んでいて——それが頰っぺたの裏でかちっといって歯に当たった。

「なに舐めてるんだい？」キンキナトゥスは訊いた。

エンモチカが舌を突き出すと、一個の独立した生き物みたいな舌先に、きらきらしたバーベリーのキャンディが載っていた。

「まだあるんだけど」彼女は言った。「いります？」

キンキナトゥスは頭を振った。

「ここは歩いちゃいけないところなのよ」エンモチカはもう一度言った。

「どうしてさ？」キンキナトゥスは訊いた。

彼女は肩をすくめるとおどけた顔をみせながらボールを摑んだ手を反り返らせ、そしてふくらはぎを張りつめさせて、彼にくぼみというか窓にみえたところへ近づいてゆき——もじもじしながら、かと思うと急に脛を長くみせ、そこの窓台みたいな石造りのでっぱりに腰を落ち着けた。

いや、それはただの窓らしきものでしかなかった、というよりショーウィンドウだ、飾ってあるのは——そうとも、たしかだ、見間違えるわけがない——タマーラ庭園の眺めだ。何層か立て並べた平面に色調をくすんだ緑にまとめて絵の具を塗りたくり、隠れた電球に照らし出されているこの風景は、陸槽《テラリウム》や舞台装置の雛形よりも吹奏楽団がそれを背に力みかえる背景幕を思わせた。配置と遠近法という点ではすべてをかなり正確に伝えていた——色にめりはりがなかったり樹々の梢がそよともしなかったり照明がいつまでもぐずぐずしていたりといったことをひとまず措けば、目を細めると、まさにこの牢獄の、塔の窓から、あの庭園を眺めているのだと思い込めなくもない。寛容な眼はその道を、林のその生い茂った緑を、さらに右手の柱廊玄関《ポルティコ》も点々と並ぶポプラも見分けてゆき、説得力のない湖の青色の真ん中の青白い筆の痕だってなんだか分かってやった——どうやら白鳥だ。奥にはお定まりの霞のなかに丘陵が丸く見え、上にいくと、役者たちがその下で生き死にする濃い灰青色の空に、積雲がぴくりともせず並んでいた。これは全体にどこか爽やかな感じに欠け、古びて、埃をかぶっているし、キンキナトゥスの覗いているガラスにもそこらじゅうに点々と汚れ——そのいくつかから子供の五本指を広げた手が復元できた——がついている。

「だとしてもあそこへつれてってほしいんだ」キンキナトゥスは囁いた。「なんとか頼むよ」

彼はエンモチカと並んで石造りのでっぱりに腰掛け、ふたりでショーウィンドウのなかの人工的な遠景を覗き、彼女は謎めいた指先で小径をいくつかうねうねたどり、髪からヴァニラの匂いをさせていた。

「おっ父《と》うが来た」ふとふり返ると彼女がかすれた声で早口に言い、床に滑り降りて姿を隠した。なるほど、キンキナトゥスの来たのとは反対側から（はじめは鏡かと思った）、鍵束をかちゃかちゃいわせてロジオンが近づいてきていた。

「どうぞお帰りを」冗談めかして彼が言った。

ショーウィンドウの灯りが消え、キンキナトゥスはここへ来たときと同じ道を戻るつもりで足を踏み出した。

「どっちへ行くんです？」ロジオンが大声で言った。「まっすぐ行っちまってください、そっちのほうが近道なんで」

キンキナトゥスはそのときようやく気づいたのだが、廊下がいくら曲がってもそれは彼をどこへつれ出すものでもなく、むしろ広大な多角形をなしているのだった――というのもいま角をひとつ曲がってみて彼は奥のほうに自分の部屋の扉を認めたからで、そしてそこへ向かう途中、新入りの囚人が投獄されている独房の前を通り過ぎた。この独房の扉は大きく開け放ってあり、なかで、以前見た、感じのいい小男が、横縞のパジャマを着て椅子のうえに立ち、壁にカレンダーをトク、トクと――啄木鳥みたいに――打ちつけていた。

「見惚れてちゃいけませんよ、はにかみ屋さん」ロジオンがやさしく言った。「さあさあ、帰りましょう。お宅はずいぶん片付いたでしょう？　いまじゃお客さんを呼んだって恥ずかしくありませんぜ」

どうやら彼のとびきりのご自慢は、蜘蛛が清潔で申し分なく正確な、見るからに作りたての巣にのっかっていることだった。

7

魅惑の朝！　それは自由に、これまでのような摩擦もなく、昨日ロジオンが洗った格子奥の窓ガラスから射し込んだ。黄色のべとつく壁からしきりに新居のにおいがする。まだ空気が割り込んでぴったりへばりつけていないまっさらなテーブルクロスが机を覆っている。気前よく水を浴びせてもらった石畳の床は、噴水みたいな涼気をただよわせている。

キンキナトゥスはもってきたなかでいちばんの身形《なり》をし——彼が教育者としてガラ公演のとき身につける権利を有しているシルクの白いストッキングを穿いているあいだに——ロジオンは監獄長宅の小さな庭に咲いていた頬っぺたのふくぶくしい牡丹の挿してある濡れた水晶の花瓶をもち込んでそれを机の真ん中——いや、まったくの真ん中ではない——に置き、後じさりながら出ていったが、一分後には丸椅子ともう一脚おまけの椅子をもって戻ってきて、その家具を適当にではなく、計算と趣味にもとづいて配置した。彼は何度か出入りしたが、キンキナトゥスは「もうすぐですか？」とはあえて訊かず——晴れの日にふさわしくぱりっときめて客が来るまでなんとなくなにも手につかないあのとりわけ無為なひとときにそうするみたいに――ぶらぶらと、慣れない片隅に座ってみたり、花瓶の花をまっすぐにしてみたり――おかげでとうとうロジオンが気の毒がって、もうすぐだと言った。

十時きっかり、いきなりロドリグ・イワーノヴィチが姿を現し、自前のもっとも堂々としたもっとも上等のフロックコートに身を包み、仰々しく、尊大な、昂奮を抑えきれないご様子で、どっしりした灰皿を置くと、ひととおり辺りを点検した（キンキナトゥスだけは別で、そのふるまいはまるで自分の仕事に没頭している執事《マジョルドム》が死んだ家財（原語は мертвый инвентарь（死せる農具）でふつう家畜以外の農業資本を意味するが、ナボコフは家財道具くらいの含意で用いている）の飾りつけにしか注意を向けず、生きたほう（直前の「死せる農具」との対で「生ける農具」というとふつう家畜のことだがここでは召使い等を指している）は勝手に自分を飾りたてるにまかせているといった按配だった）。彼はゴムのポンプをつけた緑色の香水壜をもって戻ってきて力強い音とともに松の薫りを噴きちらしだし、進路がキンキナトゥスとかち合うと、かなり失礼に押しのけた。ロドリグ・イワーノヴィチはロジオンとは別のかたちで椅子を並べ、見張った目でその背凭れを長いあいだ見つめていた。ばらばらだな――竪琴型とП《ポコイ》字型か。ようやく頬をふくらませて口笛とともに空気を吐き出すとキンキナトゥスのほうを向いた。

「あなたの準備はいいですか」と彼は訊いた。「忘れ物はありませんか。靴のバックルは大丈夫ですか。なんでここが皺になってるんです？　まったく、あなたという人は……。お手てを見せてごらんなさい。Bon（仏語で「けっこう」の意）。これから汚さないようにしてください。もうじきだと思います」

彼は出てゆき、廊下に彼のよく通るいかにも管理責任者らしい低域の声《バス》が殷々と響き渡った。ロジオンが独房の扉を開け、その位置に固定し、戸口に横縞の小さなドアマットを広げた。

「いらっしゃいませ」ウィンクして囁くと、彼はまた姿を隠した。

するとどこかで三度、錠に差し込まれた鍵ががちゃがちゃいい、入り交じった声が聞こえ、風がふわりと立ってキンキナトゥスの髪がそよぎ……。

彼はひどく昂奮し、唇の震えがずっと微笑のかたちをしていた。

「こちらへ、さあ、着きました」監獄長が低声域《バス》でそう言いそえるのが聞こえ、次の瞬間、本人が姿を現すと、彼は丸々太った横縞の小柄な囚人を、慇懃に、その小作りな肱を支えて手引きしていて、囚人は入ってくる前にドアマットのうえで立ち止まり、モロッコ革の両足を音もなく揃えてきれいなお辞儀をした。

「ムッシュー・ピエールをご紹介させていただきます」わくわくしながら監獄長がキンキナトゥスに話しかけた。「さあさあ、どうぞ中へ、ムッシュー・ピエール、ご想像もつかないでしょう、一同、どんなにあなたをお待ちしていたか……。みなさん、ご紹介します……。待ちに待ったご対面です……。教訓説話に出てきそうな光景ですな……。厭な顔をなさらずに、ムッシュー・ピエール、どうぞ悪しからず……」

彼は自分でなにを言っているのか分かっておらず――むせ返ったり、重たいダンスのステップでうろうろしたり、揉み手をしたり、甘ったるい照れくささを隠しきれずにいた。

ムッシュー・ピエールはいやに落ち着いてきりっとしていて、近づいてくるともう一度お辞儀し――キンキナトゥスが機械的に握手を交わすと、彼はキンキナトゥスのするりと逃げようとする指を自分の小さくてやわらかな手のなかにふつうよりも半秒ほど長く、愛想の好い年輩の医者が握りしめるみたいに――とてもやわらかく、おいしそうに――引きとめ、そして離した。

歌うような甲高いかすれ声でムッシュー・ピエールは言った。

「私もようやくあなたとお知り合いになれて非常に嬉しく思っています。あえて希望すればもっと近しくなりたいですね」

「ごもっとも、ごもっとも」監獄長が哄《わら》った。「ああ、お掛けください……。楽になさって……。ご同輩もここであなたとお会いできたのが幸せすぎて言葉がみつからないようです」

ムッシュー・ピエールは腰掛け、そのとき彼の短い足が床に届かないことが明らかになったが、もっともこれで彼の貫禄というか、ある選ばれた肥満体に自然の授けるあの独特の優雅さがそこなわれることはいささかもなかった。彼は釉薬《うわぐすり》をかけたようなきらきらした眼で慇懃にキンキナトゥスを見つめ、ロドリグ・イワーノヴィチは、やはり机を囲んで腰掛けると、笑ったりけしかけてみたり、快感に酔い痴れながらふたりのあいだで視線を行き来させ、客人がひとこと発するたびにそれがキンキナトゥスに惹き起こす印象を貪欲に追いかけていた。

ムッシュー・ピエールが言った。

「あなたはお母さまに瓜ふたつですね。私は個人的にお会いしたことは一度もないのですが、ロドリグ・イワーノヴィチが親切にもお写真を見せてくださる約束をしてくれたのです」

「かしこまりました」監獄長が言った。「手に入れましょう」

ムッシュー・ピエールは言葉を続けた。

「これもそうですし、とにかく私は写真というものに若いころから夢中で、いま私は三十歳ですが、あなたは？」

「彼もちょうど三十です」監獄長が言った。

「ほらごらんなさい、私は言い当ててしまったわけだ。あなたもこれに関心がおありというからにはさっそくお見せしましょう……」

お手のものといった手早さで、パジャマの上着の胸ポケットからふくれあがった財布を、そこから分厚く束になった最小サイズのアマチュア写真をとり出した。彼はそれをちっぽけなトランプカードみたいにめくりながら一枚ずつ机に置き、ロドリグ・イワーノヴィチはそれを引っ摑んでは感嘆の声をあげたりしげしげ眺めまわしたり――そして見惚れつづけたまま、かと思えばもう次の一枚に手を伸ばしたりしながら、写真を隣へのろのろ回していった――もっとも隣に座っている人間は、身動きひとつせず押し黙っていたわけなのだが。その写真にはどれもムッシュー・ピエールが、それもやたらいろいろとポーズをきめたムッシュー・ピエールが写っていた――庭で顕彰ものの巨大トマトを手にしていたり、なにかの手摺に尻を片方載せていたり（横顔、口にパイプ）、あるいはロッキング・チェアに揺られて読書の最中、傍らにはストローを挿したグラス……。

「最高です、素晴らしい」ロドリグ・イワーノヴィチはそう言いそえながらもじもじしたり頭を振ったり、一枚一枚食い入るように見つめていたかと思えば一度に二枚手にとってそのあいだで視線を行き来させさえした。「おお、これはまたなんという二頭筋！　誰に想像できましょう――あなたの優美な体つきからして。腰が抜けました！　ああ、お前はなんて魅力的なんだ――あなたが小鳥とお話ししてますよ！」

「ペットです」ムッシュー・ピエールが言った。

「実に面白い！　なんとまあ……。それにこれはまたなんとも――どうやら西瓜をお召し上がりですね！」

「仰せのとおり」ムッシュー・ピエールは言った。「あちらのはもうごらんですね。では――こちらを」

「うっとりします、そう言わせてください。これはこちらにやりましょうか、彼がまだ見ていないので……」

「私が三つの林檎でジャグリングしているところです」ムッシュー・ピエールが言った。

「お見事！」監獄長は満足のしるしにかるく舌鼓まで打ってみせた。

「朝の紅茶を嗜んでいるところです」ムッシュー・ピエールが言った。「これが私で、これが亡き父上です」

「そうでしょう、そうでしょうとも、分かります……。実に高貴なお皺です！」

「ストローピ川の岸辺で撮った一枚です」ムッシュー・ピエールが言った。「あなたは行ったことがありますか」彼はキンキナトゥスに話しかけた。

「たぶんありません」ロドリグ・イワーノヴィチが答えた。「それで、これはどちらです？ なんとエレガントでかわいらしいコートでしょう！ ところでこちらのではお歳より上にみえますな。ちょっと待ってください、さっきの如雨露《じょうろ》をおもちのやつをもう一度拝見したいのですが」

「どうぞ……。もってきているのはこれでおしまいです」ムッシュー・ピエールは言い、またキンキナトゥスに話しかけた。「あなたがこれにそんなに関心をおもちと分かっていればもっともってきたのですが、うちにはアルバムが十冊ほどたまってますから」

「奇蹟だ、驚きです」ロドリグ・イワーノヴィチは繰り返し言い、幸せそうにくすくす笑ったりあと息をもらしたり追体験してみたりで涙ぐんでいた目を、ライラック色のハンカチで拭った。

ムッシュー・ピエールは財布をたたんだ。ふと彼の手にひと組のトランプカードが現れた。

「なんでも一枚思い浮かべてみてください」机にカードを並べながら彼は申し出て、灰皿を肱で押しのけ、また並べていった。

「一同、思い浮かべました」監獄長が溌溂と言った。

ムッシュー・ピエールはちょっとおどけて額に指を当ててみせてからさっとカードをかき集め、

束にしたのを凜々しくぺらぺらやって、クラブの3を投げ出した。

「これはびっくり」監獄長が声をあげた。「まったくびっくりしました！」

カードの束は現れたときと同様いつのまにか消え――落ち着き払った顔をしてムッシュー・ピエールが言った。

「医者のところへお婆さんがやって来ます。先生さま、とお婆さんは言います、あたしゃひどい病気になっちまって、そのせいでおっ死《ち》にゃしねえかとたいそう恐ろしゅうて……。――どんな症状がありますかな？――頭がふらふらしますだ、先生さま」ムッシュー・ピエールはもぐもぐ言ったりふらついたりしながら婆さんを演じてみせた。

ロドリグ・イワーノヴィチは大笑いしながら拳で机をひとつ叩くやあやうく椅子から転げ落ちそうになり、咳き込み、呻き、なんとか落ち着きをとり戻した。

「ムッシュー・ピエール、まったくあなたは社交界の華です」彼は泣きながら言った。「本物の華です！　こんなに笑えるアネクドート（小咄のこと）は生まれてこのかた聞いたことがありません！」

「まったくあなたは悲しげで、やさしいったらありませんね」ムッシュー・ピエールがむくれた子供を笑わせようとするみたいに唇を横に引きながらキンキナトゥスに話しかけた。「ずっと黙りどおしのくせして、口髭はぷるぷるふるえてるし、お首の血管はどくどくいって、お目めときたら潤んじゃって……」

「なにもかも嬉しすぎるせいです」監獄長があわてて口をはさんだ。「N'y faites pas attention（仏語で「お気になさらず」の意）」

「ええ、まったく、喜ばしい一日、赤丸つきの一日です」ムッシュー・ピエールが言った。「私の心もどんどん沸き立ってきています……。自慢じゃありませんが、ご同輩、あなたは私のなかに外面的な社交性と内面のデリカシーという珍しいとりあわせをみつけることでしょう、饒舌と沈黙する能力とか、茶目っ気とまじめさとか……。誰かいないか、泣きじゃくってる赤ん坊をあやしてくれる者は、誰かいないか、この子のおもちゃを直してくれる者は？　ムッシュー・ピエールが。誰かいないか、後家さんの味方をしてくれる者は？　ムッシュー・ピエールが。誰か分別のある助言を与えてくれる者は、誰か薬の指示をしてくれる者は、誰か嬉しい知らせをもってきてくれる者は？　誰か、誰かいないか？　ムッシュー・ピエールが。全部――ムッシュー・ピエールが」

「素晴らしい！　才人《タラン》だ！」詩でも聞いていたみたいに――一方で眉毛を片方たえずぴくつかせながらキンキナトゥスをちら見していたのだが――監獄長が叫んだ。

「これは私の考えですが」ムッシュー・ピエールは続けて言い、「そう、ところで」と自分で話の腰を折った。「お部屋には満足してますか？　夜は冷えませんか？　食事はお腹いっぱいもらってますか？」

「彼は私と同じものをもらっています」ロドリグ・イワーノヴィチが答えた。「素晴らしいごちそう《ストール》を」

「素晴らしい、胡桃材風のテーブル《ストール》をね」ムッシュー・ピエールがまぜっ返した。

監獄長はまた大笑いしようとしたが、そのとき扉が開き、陰気なのっぽの司書が本の束を小脇に姿を見せた。喉がウールのスカーフを巻かれていた。挨拶ひとつせず、彼はスチールベッドにどさっと本を抛り出し――するとそのうえで一瞬、埃で製図されたその本の立体幾何学的な幽霊が宙に浮かび――浮かんだかと思うとふっとふるえてちりぢりに消えた。

「ちょっとお待ちを」ロドリグ・イワーノヴィチが言った。「たぶんあなたはまだご存じないですね」

司書はふり向きもせずうなずき、礼儀正しいムッシュー・ピエールは椅子から立ち上がった。「どうぞ「ムッシュー・ピエール、どうぞ」烏賊《いか》胸に手のひらを当てて監獄長は懇願しだした。「どうぞ――彼にあなたの手品を見せてやってください」

「いや、それほどのものでは……。これはまあ他愛もないといいますか……」ムッシュー・ピエールは謙遜したが、監獄長がおさまる気配はなかった。

「奇蹟ですよ！　赤魔術ですとも！　われわれみんなのお願いです！　さあ、お願いですから……。ちょっと、ちょっと待ってください」扉のほうへ行きかけた司書に監獄長が声高に言った。「これからムッシュー・ピエールがなにか見せてくれるんです。さあ、どうぞよろしくお願いします！あなたも行かないでって言うのに……」

「ここにあるカードから一枚思い浮かべてください」コミカルなもったいをつけてムッシュー・ピエールは言うと、シャッフルしてスペードの5を投げ出した。

「違う」と司書は言って出ていった。

ムッシュー・ピエールは丸っこい肩をすくめた。

「すぐに戻ります」監獄長はつぶやくと、これも出ていった。

キンキナトゥスと客、ふたりきりになった。キンキナトゥスは本を開いて読み耽り、つまりずっと最初の一文を読み返していた。ムッシュー・ピエールはキンキナトゥスに和平でも申し入れるみたいに手のひらを上に向けて机に手を置き、やさしい笑みを浮かべて彼を見つめていた。監獄長が戻ってきた。拳がしっかりウールのスカーフを握っていた。

「ムッシュー・ピエール、ことによると、お役に立つこともあろうかと」彼はそう言ってスカーフを渡し、腰をおろすと、馬みたいに騒がしく鼻息を整え、親指の先から爪がもげかかって鎌みたいに突き出しているのを見つめた。

「ええっと、なんの話でしたっけ？」素敵な気配りで何事もなかったみたいにムッシュー・ピエールが声をあげた。「そうそう──写真の話でした。いつか自分の撮影機をもってきてあなたを撮ってさしあげましょう。愉しいですよ。なにをお読みなのかな、見てもいいですか」

「本を片付けたほうがいいんじゃないですか」抑えのきかない声で監獄長が言った。「お客さまがいらしてるんですから」

「そっとしておいてあげてください」ムッシュー・ピエールが頬笑んだ。

沈黙がやって来た。

「遅くなってまいりました」時計を見ながら監獄長が低い声を出した。

「ええ、すぐ行きます……。ふう、なんて無愛想な人でしょうね……。おや、ごらんなさい──唇がぴくぴくして……ほらほら、お陽さまが顔を出しますよ……。無愛想な人だ、無愛想な……！」

「行きましょう」立ち上がって監獄長が言った。

「すぐに……。ここは居心地がいいのでなかなか離れられませんね……。いずれにしても、親愛なるご近所さん、これから私は頻繁にお宅をうかがえる許可を利用して、頻繁に──もちろんあなたが許可してくれればの話ですが──でもあなたは許可してくださいますよね──でしょう……？ではさようなら。さようなら！　さようなら！」

誰かの物真似で滑稽にぺこぺこやりながらムッシュー・ピエールが退散し、監獄長は色っぽく鼻にかかった音を発しながらまた彼の小さな肱を支えた。出ていった──かと思うと間際になって「すみません、忘れ物です、すぐに追いつきますので」という声がし──監獄長が独房へなだれ込むように戻ってきてキンキナトゥスのそばへ寄ってくると、そのリラ色の顔から一瞬笑みが消えた。

「恥ずかしい」歯の隙間から音がした。「あなたのせいで恥ずかしい思いをしました。あなたのふるまいときたら……。行きます、行きます」彼はまた顔をきらきらさせて声を張り上げ——机から牡丹の花瓶をひったくると、水を撥ねちらかしながら出ていった。

キンキナトゥスはずっと本を見つめていた。ページに一滴しずくが落ちた。文字がしずくのなかでプティ（八ポイント活字のドイツやロシアでの呼称）からシセロ（十二ポイント活字の大陸ヨーロッパでの呼称）になり、ルーペを置いたみたいにふくらんだ。

8

（鉛筆を削るのに、じゃがいもの皮を剝くみたいにナイフを手前に引くのもいれば、棒を削ぐようにむこうへ削る人間もいる……。ロジオンは後者だった。彼は刃がいくつかとコルク抜きのついた古い折りたたみナイフをもっていた。コルク抜きの寝場所に屋根はなかった）

《今日で八日目》（キンキナトゥスは三分の一以上減った鉛筆で書いた）《私はまだ生きていて、つまり自分で自分を丸っこく限界づけ、覆い隠しているのだが、そればかりか、死すべき者がみなそうであるように自分の死期を知らず、未来の確率（「存在しつづけることの確率」ともとれる）は未来が思弁的に遠のくのに反比例して低下してゆくという万人に共通の公式を自分に当てはめることもできている。なるほど私の場合、慎重さがごく小さい数字をしか使わないよう命じてはいるわけだが——まあたいした問題じゃない、ぼくは生きているのだ。今夜私に——これがはじめてというわけではないけれど——特別なことが起こった。私は自分から次々に被膜を剝いでゆき、そして最後に……どう書いたらいいのか分からないな——分かっているのはつまりこういうことだ、順々に剝ぎとっていくうちに、ぼくは最後の、不可分の、硬い、光り輝く点にたどり着き、するとその点がこう言うのだ、我あり！　と――鮫の血まみれの脂肪のなかの真珠の指輪みたいだ――おおわが真実よ、わが永遠よ……、私にはこの点があれば十分だ――実をいうとこれ以上なにも必要ない。ことによると来たるべき世紀の市民、早く来すぎた客（奥さまはまだお眠《やす》みです）かもしれない――いやことによると、というか単純にはまあ、物見高くて絶望的に祝祭的な世界のなかの定期市の怪物《モンスター》だろう――この私は、苦難の人生を送ってきたのだ、その苦難の、その苦難のことを述べておきたい――のだけれど、時間切れになる気がしてしようがない。物心ついて以来――いやぼくは不法な眼力で自分のことを記憶しているのだ――自分のことを知りすぎているがゆえに危険な自分自身の共犯者だな……。ひどく燃えさかった闇のなかから私が出てくる、はげしく独楽《こま》みたいに回転し、ものすごい推進力と熱さだ――その激しさは私がいまだに私のその原初の震え、最初の火傷、私の自我《われ》の原動力を感じる（眠っていたりやけに熱いお湯に浸かったりしたときに）ほどだ。私はとび出してきた――つるつるの裸ん坊で！　じゃなくって、そうそう、ほかの人間には禁じられ、閉ざされた領域から、だから、そう、私はなにかを知っている。そう……なのにいまになっても、どうせすべて終わっているいまになっても……。ぼくは人をそそのかすのを怖がっているんだろうか？　そうでもしないとぼくの語ろうとしていることからはなにも生じないじゃないか、残るのは縊《くび》り殺された言葉の真っ黒な屍だけだ、絞首刑になったような言葉だけ……夕暮れの描き出すГ《グラゴーリ》みたいな絞首台《グラゴーリ》の輪郭、鴉のような……。ロープにさせてくれないかという気はする、というのも斧になることが確実に、逃れがたく分かっているからだ、いまの私にとって時間は貴重で、どれほどわずかな執行停止も延期もありがたく、時間稼ぎになるなら……ぼくが言っているのは考える時間のことだ――事実と空想のあいだの往復無銭旅行をさせるために私が思考に休暇を与えられるなら……。ぼくはもっと多くのことを言わんとしているのに、書く力量の乏しさが、焦りが、動揺が、弱気が……。私はなにかを知っている。私はなにかを知っている。けれどもそいつがひどく表現しがたいんだ！　だめだ、無理だ……投げ出したくなってきた――それなのに――なにかすこしでも表現できないものがあるときの、あの、ミルクみたいに沸騰して盛り上がっていきそうな、くすぐったくて気が狂いそうになる感覚がある。いや、とんでもない――ぼくは自分という人間に舌なめずりしているわけでもなければ、暗い部屋で熱烈に自分の魂の相手をしてやろうと目論んでいるわけでもなく、考えを述べたい――世界中の沈黙への面当てに――という欲望のほかにいっさい、なんの欲望もないのだ。怖くてたまらない。いやに吐き気がする。しかし何人《なんぴと》も私から私を奪えはしない。怖くてたまらない――ほら、さっきまであんなにはっきり握っていたなんとかの糸を失くしそうだ。どこだ？　落っことした！　私は紙のうえに屈んでふるえ、鉛筆を芯まで嚙み、そこを通して視線が私の首筋を刺してくる扉から、丸めた背中でなんとか身を隠そうとしている――なんだかいまにも全部くしゃくしゃに丸めて引き破ってしまいそうだ……。私は手違いでここへやって来たのだ――とくにこの牢獄へというのじゃなく――ようするに、この恐ろしい、縞柄の世界へ。この世界は家内制工芸《クスターリ》の立派なお手本といったところだが、本質的に――災厄、恐怖、狂気、間違いであり――そしてほら、巨大な熊の彫り物がぼくに木槌をふり下ろしたというわけだ。でもぼくは、ごく小さいころから夢を見てきたっていうのに……。私の夢のなかで世界は高められ、霊性を賦与されており、私が現《うつつ》であれほど恐れていた人間たちが、そこではふるえる屈折を受けて、まるで猛暑のとき物の輪郭そのものに生命を与えるあの空気の戯れに立ち込められとり巻かれでもしたみたいに姿を現し、彼らの声や歩き方や目の表情、それに服の表情までが――心躍らせるような意味を帯び、もっとかんたんに言おう、私の夢のなかで世界は生気をとり戻し、目が覚めたとき絵と化した実生活の塵埃を呼吸するのがもはや息苦しく感じるくらい、魅力的なまでに堂々として自由で軽やかなものになるのだった。おまけに私は夢と呼ばれるものが半実在であり、実在を約束するものであり、実在の入り口や実在の息吹きであるという考えにだいぶ前から慣れてしまっていて、つまり夢というのはそのきわめて漠然とした、稀釈されたような状態において、われわれご自慢の現よりも真実在を多く含んでいるのであり、現のほうこそ半睡状態、気持ち悪いうたた寝であって、意識の周縁の向こう側を流れている実在界の音やイメージが外部からそこに滲透してきて奇妙きてれつに姿を変えているのだ――夢のなかでなにやら裏のある恐ろしい物語の聞こえてくるのが、窓ガラスを小枝がこすっているせいだったり、自分が雪に埋もれてゆくところが見えたりするのが、毛布がずり落ちかかっているせいだったりするみたいに。なのにぼくは目を覚ますのが怖いんだ！　あの瞬間が怖いのだ、もっと正確に言えばあの瞬間の半分が――樵《きこり》式の喉音がひと声あがったあと……そのときにはもう真っ二つになっている瞬間が。――しかしなにを怖がる必要があるだろう？　私にとってそれはもう斧の影でしかなく、落ちてくる「ハッ」という声を聞くのもこの耳ではないというのに。だとしても怖いものは怖いんだ！　こんなふうにすらすら書いて片付けられる問題じゃない。だが悪いことに、未来に開いた穴が私の思考をたえず引きずり込もうとしていて――ぼくはほかの話を、ほかのことを説明したいのだが……ぼくは曖昧に、また力なく、プーシキンの決闘する詩人（プーシキン『エヴゲーニイ・オネーギン』の登場人物レンスキイのこと。「曖昧に、また力なく」は同作第六章第二三連の引用）みたいに書いている。たぶんもうじき私の首のうしろ、華奢な椎骨と椎骨のあいだに、第三の眼が開くだろう、つやのある眼球上に息づく瞳をもち、薔薇色の曲流をいく筋も走らせてかっと見開いた狂った眼が。触るんじゃないぞ！　いやもっと力強く、しゃがれ声で。触るな！　おれはなにもかも予感しているんだ！　それに私の耳には私の未来の嗚咽が、首を斬られたての人間の発するごぼっごぼっという恐ろしい咳の音が、しょっちゅう鳴り響いている。いやこんなんじゃだめだ、夢と現にかんする考えもなってない……。待てよ。ほらまた、すぐにもきちんと考えを述べ、言葉を仕留められそうな感じがしている。ああ、私にこの狩りの仕方を教えてくれる者はなかったし、書くという古代の生まれつきの技術はとっくの昔に忘れ去られ、そのころは学校で教える必要もなく、火事みたいに燃えあがってほとばしっていたのだが――いまでは音楽と同じくらいありえないものにみえ、音楽もかつては化け物じみたグランドピアノから引き出され、早口に囁いたり、あるいはいきなり世界を叩き割って、ひとつひとつまとまった、きらきら輝く巨大なかけらにしていたのだ――ぼく自身はそのすべてを思い描くことができるのだけれど、でもみなさんはぼくではないし、そこにとり返しのつかない不幸があるというわけだ。書く力がないなりに、私は犯罪的な直感で、どう言葉が組み立てられ、どうふるまえば、日常の言葉が賦活され、隣からその輝きや熱や影を借り、みずからも隣の言葉に反映しつつ、それをそうした反映によって一新させる――おかげで行全体が生きているみたいに連続的に色合いを変化させる――のかを察知していて、そうした言葉の隣接関係を察知しつつ、でもぼくはそれをものにすることができないのだ、いまここのものでないぼくの課題のためにそれがぼくには欠かせないのに。ここじゃない！　ふたつの「T《トヴェルド》」に支えられ閉じ込められた出口なき「ここ《トゥット》」が、吼えやまぬ恐怖の拘禁されている暗い監獄が、私を摑まえ、圧迫している。しかし夜になるとなんという光が、なんという……。それはある、ぼくの夢の世界は、それがないなんてことはありえない、へたくそなコピーが存在するとしたら見本が存在するはずなのだから。睡たげな、丸みを帯びた、青いそれが、ゆっくりと私をふり返る。譬えるならどんより曇った日に目を閉じて仰向けに寝転んでいるとき――瞼の裏でふと暗闇が動きだし、それがちょっとずつ気怠い笑顔に変わったかと思うとそのまま熱い幸福の感覚になり、雲から太陽が出てきたんだなと分かるようなものだ。そんな感覚から私の世界は始まる。煙色の空気が徐々に晴れ――そこへそんなふるえながら光り輝いているやさしさが行き渡り、そうやって私の魂が生まれ故郷で伸び広がり……。でもそれから、その先は……？そう、境界線があってそこを越えると私は力を失い……。空中へ引っぱり出されると言葉が破裂してしまうのだ、水圧のかかった真っ暗な深海でしか呼吸することも光ることもできないあの球形の魚が網のなかではじけてしまうみたいに。しかし私は最後の努力をしていて、おっと、どうやら獲物がいるらしい――なんだ、獲物の顔が一瞬見えただけか！　そこでは――人間の眼差しが真似のできない理性に輝いている。そこではここで拷問にかけられて死んだ奇人たちが自由の身で散歩している。そこでは時間が望みどおりに、まるで襞と襞をかき寄せると任意のふたつの模様がぴたりと合う柄物の絨毯みたいに折りたため――そしてふたたび絨毯の襞が伸びるとき人はその後も生きつづけることになる、さもなければ未来の絵柄を過去の絵柄に重ね合わせつづけるのだ、果てしなく、果てしなく――ドレスのサッシュベルトを選んでいる女のぐずぐずした延々たる集中力で――今度は彼女（先の「獲物」という女性名詞も指している）のほうから滑るようにぼくのほうへやって来てくれた、規則正しく膝でヴェルヴェットを衝きながら――すべてを理解し、ぼくに理解できる彼女が……。そこは、そこは――ここで私たちがぶらつき、かくれん坊をしていたあの庭園の原型《オリジナル》だ。そこではなにもかもがその魅惑の明証性で、完璧な善のもつ単純さで人を驚かせる。そこではなにもかもが魂を慰撫し、あらゆるものが子供の知るあの可笑しさに満ちている。そこではたまにその反射光がここへ跳ねてくるあの鏡が輝いている……。そしてこのすべてが――間違っている、こんなだとはかぎらない――ぼくはこんがらがり、後へも先へも進めず、ほらを吹いているのだ――砂底にちらっと見えた輝きを探して水のなかを前進し、手探りすればするほど、水は濁り、見つけ出して手にとる確率は下がるのだ。いや、ぼくはまだなにも言っていないか本に書いてあるようなことしか言っていないわけだが……いま存在している誰かのためにせっせと励んでいるのだとしたら結局のところ拋り出すべきだろうし、拋り出しているだろう、けれども、ぼくの言語を話せる人間はこの世にひとりもいないというか、かんたんに言うなら話す人間はひとりもいないし、さらにかんたんに言うなら人間はひとりもいないのだから、ぼくが配慮しなければならないのは自分のこと、考えを述べるよう強いてくるあの力のことだけだ。ぼくは寒い、私は衰弱している、ぼくは恐ろしい、私の首筋が瞬きし、かたく閉じては、また狂ったようにじっと見つめている――それでもやっぱり――ぼくは水飲み場のコップみたいにこの机に鎖で縛りつけられている――考えを述べてしまうまで立ち上がるわけにはいかないのだ……。ぼくは繰り言のようにこういっている（新たに加速をつけながら、繰り返し唱える呪文のリズムで）、繰り言のようにこういっている。私はなにかを知っている、私はなにかを知っている、私はなにかを……。まだ子供のころ、まだカナリアみたいに黄色い、大きな、寒々しい施設で生活し、私と同い歳の連中全員が造作も痛みもなくそうなったとおりの木偶の坊の大人という幸いなる非在になれるよう、そこで私やほかの何百という子供たちが教育されていたころ、まだぼろ切れみたいな本や派手に挿絵を入れた参考書や魂に吹き込む隙間風に囲まれて呪われた日々を送っていたそのころから――私は知るともなく知っていた、私は驚くこともなく知っていた、私は人が自分を知るように知っていた、私は知りえないことを知っていた――たぶんいま知っているよりはるかにはっきりと知っていた。というのも生きることに私はへとへとになっているからで、不断の震え、知識の隠匿、偽装、恐怖、全神経をあげての――気を抜かないように、大きな音を立てないようにという――病的な努力のせいで……いまだに私はこうした努力のそもそもの始まりが刻み込まれている記憶のなかのその部分に痛みを感じているのだが、つまりそのときはじめて私は自分には自然に思えていたことが実際には禁じられたありえないもので、そのことを考えただけで罪になるのを知ったのだ。その日のことは忘れない！　たしかそれは文字を書けるようになったばかりのころだ、というのも学校の庭園の花壇ではペチュニアと草夾竹桃《くさきょうちくとう》とマリーゴールドが長ったらしい格言を形作っていて、その言葉を書き写すことのできる子供たちは小さな銅の指輪をはめていたのだが、私には自分がそれを小指にしているのが見えるからだ。私は低い窓台に両足を抱えて座り、私と同じように長い薔薇色のシャツを着た同い歳の子たちが庭園の芝生で手をつないでリボンを何本も巻きつけたポールのまわりで輪になっているのを見下ろしていた。罰を受けていたのかって？　いや、むしろほかの子たちが私をゲームに入れたがらなかったことや、彼らの仲間に入ったとき私のほうで感じていた死にたくなるくらいの気後れ、気恥ずかしさ、いや憂鬱な気分が、半開きになった窓枠の影に鋭角に区切られた、窓台のこの白い隅っこのほうがいいように私に思わせたのだ。ゲームの求める喚声や赤毛のギーチカ（この小説の虚構空間特有の隠語で「女教師」の意味。педагог（教師）を女性化したпедагогичка（本来、教育学専攻の女子学生を意味する）を縮めている）のよく通る命令口調の声が私のところまで届いていて、私は彼女の巻き髪や眼鏡を見ていた——早く回るようにと彼女がもっとも背の低い子たちを小突いているのを、片時も私のもとを去らなかった身の毛もよだつような恐怖心で見守っていた。この女教師も、縞のポールも、真っ白な雲も、そのなかを通り抜けさせてもらった滑りゆく太陽が、ふいにあまりに情熱的な、なにかを探し求めるような光を放ち、それが開いた窓枠のガラスのなかであまりにきらきらと反復されるのも……。ようするに私は恐怖や悲しみを感じるあまり、まるで私を乗せた無意味な生にブレーキをかけ、そこから滑り降りようとするみたいに自分のなかに沈み込み、そこに隠れようとしていたのだ。そのとき私のいる石造りの渡り廊下の奥にいちばん歳のいった養育官——名前は忘れた——が現れ、太って、汗ばみ、胸は毛むくじゃらで真っ黒だった——水を浴びにいくところだったのだ。まだ離れたところから私にむかって音響で増幅された声で庭園に行くようどなりつけると、彼は足早に近づいてきて、タオルをふり上げた。悲しみのなかでぼんやりしながら、無感覚に、無邪気に――階段から庭園へおりてゆくかわりに（渡り廊下は三階にあった）――私は自分がなにをしているのか考えもせず、しかし実のところ素直に、いや従順なまでに、窓台からふわふわした空中へ足をおろし、そして――裸足になったようになかば感じる（靴を履いていたのに）ほかとくになにも感じず――ゆっくりと前へ進み、ごく自然なかたちで足を前に踏み出し、相変わらずぼんやりしたまま、朝とげの刺さった指をしゃぶったり眺めたりしていた……のだが、いきなり、異常な、耳をつんざく静寂が物思いから私をつれ出し――私は眼下に、呆然とした子供たちの私を見上げる青白い雛菊みたいな顔と、どうやら仰向けにひっくり返ったらしいギーチカを認め、丸く刈られた灌木とまだ芝生に落ちきらないタオルを認め、私自身――薔薇色のシャツを着て空中でまっすぐ立ったまま硬直している少年――を認め、ふり返って、私から空中を三歩離れたところに、たったいまあとにしたばかりの窓と、毛むくじゃらの手を差し出して不吉なまでに驚愕した……》（残念ながらここで独房の灯りが消えた――十時きっかりにロジオンによって消されるのだ）

9

そしてまた一日が声のざわめきで幕を開けた。ロジオンが不機嫌そうに指示を出し、ほかの三人の獄吏が手を貸していた。マルフィニカの一族が総出で、しかも家具をそっくりもち込んで、面会に現れたのだ。こんなはずはない、長らく待ちわびていたこの再会がこんなふうになろうとはわれわれには思いもよらなかった……。彼らはいやにどやどや押しかけてきた。マルフィニカの歳を食った父親——禿げた大頭、目の下のたるみ、こつこついわせている黒いステッキのゴム先——、マルフィニカの弟たち——そっくりの双子だが、口髭がひとりは金色、もうひとりのは真っ黒——、マルフィニカの母方の祖父さん祖母さん——もうむこうが透けて見えそうなくらいの歳寄り——、最後の最後でなぜか足止めされてしまったが三人の元気な従姉妹、マルフィニカの子供たち——びっこのディオメドンと病的に丸々した《ポルネニカヤ》ポリーナ——、最後にマルフィニカ本人だ、よそゆきの黒いドレスを着て、白く冷たい首にヴェルヴェットのチョーカーリボン、手には鏡、傍らには申し分のない横顔をしたとても礼儀正しい青年がたえずつき添っていた。

義父はステッキにもたれながらいっしょにやって来た革張りの肱掛椅子に腰をおろし、スエードの太った足を片方なんとか足置きに載せると、忌々しげに頭を振り、重たい瞼の下からキンキナトゥスをじっとねめつけ、キンキナトゥスのほうでは、義父のあたたかそうな上着を飾る肋骨飾《ブランデンブルク》りや、なにやら不断の嫌悪感を表しているような口許の皺、それに血管の浮き出たこめかみの赤黒い染みがそれこそ血管のうえで大きな干葡萄みたいにふくれあがっているのを目にして、慣れ親しんだ不穏な感覚にとらわれた。

祖父さんと祖母さん（祖父さんはよぼよぼで、しょぼくれ、継ぎのあたったズボンを穿き、祖母さんは断髪女で真っ白なビーヴァー刈り（角刈りに似た髪型）、シルクの傘袋に収まりそうなくらい痩せている）はふたり並んでお揃いの背凭れの高い二脚の椅子に腰掛けた。祖父さんは金めっきの額縁に入れた、かさばった自分の母親の肖像画――朦朧とした若い女がやはり誰かの肖像画を手にしている――を小さな毛深い手から放そうとしなかった。

そのあいだも家具や所帯道具や果てはばらばらにした壁の一部までが続々とやって来ていた。幅広の鏡つき衣裳簞笥がそのプライヴェートな鏡像（ようするに夫婦の寝室の一角で――陽光が帯のように床を這い、手袋が片方落ち、奥のほうで扉が開いている）ごと現れて輝いている。整形外科的な小細工を弄した陰気くさい三輪車が入ってくる。象嵌入りの小卓に、もう十年来、柘榴《ざくろ》のように赤い扁平な香水壜とヘアピンが載っている。マルフィニカが薔薇の模様を織り込んだ自分の黒い寝椅子に腰をおろした。

「困ったぞ、困ったぞ！」義父が大声で言い、ステッキを衝いた。

老人たちがびくっと微笑した。

「パパったら、およしなさいよ、もう千回もそればかり」マルフィニカが小声で言い、寒そうに肩をすくめた。

彼女の青年がフリンジのショールを渡したが、彼女は薄い唇の片端でやさしく嗤い、彼の敏感な手を押し返した（「私が男の人でまっさきに見るのは手なの」）。彼は通信官《テレグラフ》のシックな黒の制服を着て、菫《すみれ》の香水をふっていた。

「困ったぞ！」義父は力を込めてもう一度言うと、キンキナトゥスをこってり、くどくど罵りだした。キンキナトゥスの視線を、ポリーナの緑地に白い水玉模様の服がそらした。赤毛で寄り目で眼鏡をかけ、水玉模様と丸い体が笑いというより悲しみを誘うこの子は、茶色いウールのストッキングとボタン留めのブーツを履いた太った小さな足を鈍重に運びながら、列席している面々に近づいていっては、ひとりひとり観察するみたいに、眉間の裏でつながっていそうな小さな色の濃い瞳で、真面目くさって黙々と眺め回した。このかわいそうな娘は首にナプキンが結わえてあった——朝食のあと外してやるのを忘れたらしい。

義父がひと息ついてまたステッキを衝くとキンキナトゥスが言った。

「はい、かしこまりました」

「黙れ、無礼者め」彼は声を荒げた。「わしにはきさまからちょっとばかりは敬意を——きさまが死の戸口に立っている今日という日くらい——期待するだけの資格がある。ぬけぬけと断頭台にのぼるような真似を……。説明するのだ、どうしたらそんなことができたのか、どうしてわざわざそんなことを……」

マルフィニカは、青年が遠慮がちにもぞもぞしながら寝椅子の上の自分のまわりや尻の下を手探りしているのを見て小声でなにか訊ねた。

「いいえ、大丈夫です」彼も小声で返事した。「ぼくはきっと来る途中で片方を……。大丈夫、みつかりますよ……。ところで、どうなんです、たぶん寒いんじゃないですか？」

　マルフィニカは否定的に頭を振りながらやわらかな手のひらを彼の手におろし、すぐにその手を引っ込めて膝のところでドレスを直すと、シーッと囁くように言って、自分を押しのけようとする叔父たちにつきまとっている息子を呼びつけた――お話を聞いているんだから邪魔しないの。尻の高さでゴムで絞ってある灰色の上っ張り《ブルーズ》を着たディオメドンは、リズミカルにひねりをくわえて全身を歪めながら、それでもかなり機敏に叔父たちと母のあいだの距離を踏破した。彼の左足は健康で血色もよかったが、右足が複雑な装具をはめた小銃みたいになっている。銃身一挺に何本ものベルトといったところだ。つぶらな茶色い目と薄い眉は母譲りだが、顔の下半分、ブルドッグみたいに垂れた頬――これはもちろん赤の他人のものだった。

「ここにお座り」マルフィニカはひそめた声で言うと、寝椅子から手鏡が滑り落ちかかったのを素早くぴしゃっとやって摑まえた。

「答えてもらおう」義父は続けた。「お前のような幸せな家族もちがどうしてわざわざそんなことをしでかしたのか――素晴らしい家具、立派な子供たち、自分を愛してくれる妻――どうしたらそれを一顧だにせず、考え直さずにいられたのだ、この悪党め。わしもときには自分がただの耄碌じじいでなにも分かっちゃいないという気がすることがある――さもなきゃこうした底ぬけに忌まわしいことを許さなきゃならんからだ……。黙らんか！」彼ががなり――老人たちがまたふるえあがって微笑した。

　黒猫が後肢をつっぱって背筋を伸ばしながらキンキナトゥスの足に脇腹をこすりつけ、そのあといつの間にか、自分のことを目で追っていたサイドボードのうえに姿を現すと、そこから弁護士の肩に音もなく跳びのり、たったいま忍び足で入ってきたばかりの弁護士は、片隅でフラシ天張りのクッションチェア《プーフ》に腰掛け——ひどい風邪っぴきなものですから——洟を擤もうとかまえたハンカチ越しに、列席者や、独房を、まるでそこで競売でもやっているみたいに見せている、さまざまな家庭用品を眺め渡していたのだが、猫が彼を驚かせ、発作的に、彼は猫をかなぐり棄てた。

義父は臓腑《はらわた》を煮えたぎらせ、罵倒の言葉を倍増させていたが、もう声がしゃがれてきていた。マルフィニカは手で目を覆い、彼女の青年は頬骨の力こぶをうごめかせながら彼女を見ていた。背凭れの湾曲した小さなソファにマルフィニカの弟たちが座っていて、黒髪で全身黄色ずくめ、開衿シャツを着たほうは、まだ音符の書き込まれていない五線紙——彼は市の一流歌手のひとりだった——を筒状に巻いてもち、その兄で瑠璃色の乗馬ズボンを穿いただじゃれ好きのめかし屋は、義兄にプレゼント——蠟細工のフルーツをてかてか盛ったボウル——をもってきていた。おまけに彼は袖にクレープ織の腕章（喪章のこと）を巻いていて、キンキナトゥスと目を合わせながらそれを指差していた。

雄弁な怒りが頂点に達すると義父は急に息をつまらせて肱掛椅子をがたつかせ、おかげで隣に立って彼の口を眺めていたおとなしいポリーナは椅子のうしろへ尻もちをつき、誰も気づいていませんようにとそのまま寝転んだ。義父はがさがさいわせながら煙草の箱を開けだした。全員が黙りこくっていた。

くしゃくしゃに丸められていた音がしだいにばらけだした。マルフィニカの黒髪のほうの弟が咳払いして《Mali è trano t'amesti...》（イタリア語風のナンセンスな歌詞。一説には「死はいとおしい、これは秘密だ（Smert' mila; èto taina = Смерть мила; это тайна）」のアナグラム）とこっそり歌い——口ごもってちらっと兄に目をやると、恐ろしい目つきでにらまれた。弁護士はなにかに頰笑みかけながらまたハンカチにとりかかった。寝椅子のマルフィニカはショールを掛けるよう懇願してくる自分の騎士《ナイト》——監獄の空気がすこし湿気てますから——とひそひそ言葉を交わしていた。ふたりは「あなた」で話していたが、この「あなた」という名の船は、なんというやさしさを積んでほとんど聞きとれないふたりの会話の水平線上を游弋《ゆうよく》していたことだろう……。老人がいやによぼよぼ椅子から立ち上がると、肖像画を老婆に渡して、自分ご同様によぼよぼしている炎に手を翳《かざ》しながら、娘婿、ようするにキンキナトゥスの義父のほうへ近づいてゆき、それを彼に……。しかし炎が消え、娘婿は腹立たしげに顔をしかめた。

「ご自分のまぬけなライターには、まったく、愛想がおつきになったでしょう」彼は不機嫌な、だがもう怒りの消えた声で言い――すると場に活気が戻り、みんないっせいに口を開いた。

《Mali è trano t'amesti…》と声高らかにマルフィニカの弟が歌った。

「ディオメドン、いますぐ猫を放しなさい」マルフィニカが言った。「おとといも一匹絞め殺しているでしょう、毎日はだめよ。ねえヴィクトル、お願い、あの子から猫をとりあげてくださいな」

まわりが元気になった隙に、ポリーナは肱掛椅子のうしろから這い出してそろそろ立ち上がった。弁護士がキンキナトゥスの義父のところへ行き、火を貸した。

「《不平》という言葉を思い浮かべたら」だじゃれ好きの義弟がキンキナトゥスに声をかけた。「それを逆さに読んでごらん（「不平 ропот」を逆さから読むと「斧 топор」になる）。な？ 面白いことになるだろ？ まったく、兄貴――とんでもないことになったもんだね。まったく、なんでまた兄貴もそんな気を起こしたんだい？」

そのとき人知れず扉が開いた。ムッシュー・ピエールと監獄長がそろって後ろ手を組んで戸口に立ち――節度をもって瞳だけ動かすかたちで、静かに一座を見渡していた。ふたりはそうして一分ほど見てから立ち去った。

「いいかい」熱い息をはきかけながら義弟は言葉を続けていた。「この面立ちのいいお友達のいい話をよくお聞き。悔い改めるんだ、キンキナチク。さ、お願いだから。ひょっとしたらまだ許してもらえるかもしれないんだぜ。な？　考えてもみなよ、首をちょん斬られるのがどんなに気分悪いか。どうってことないんだから、さ、悔い改めなよ――利口になるんだ」

「ごきげんよう、ごきげんよう、ごきげんよう」そばへ来ながら弁護士が言った。「キスはよしてください、私はまだひどい風邪ですから。なんのお話でしょうか。私でお役に立てますか？」

「通してください」キンキナトゥスが囁いた。「妻にちょっと話しておかなきゃならないことが……」

「婿殿、いまのうちに財政問題を話し合っておこうか」機嫌の直った義父が言いながら杖を差し出し、キンキナトゥスを蹴躓かせた。「こら、待たんか、話の途中だぞ！」

　キンキナトゥスは先へ進んだ。十人分の食事が用意してある大きな食卓を回り込んでから屏風と衣裳箪笥のあいだを抜けなければ、寝椅子にもたれたマルフィニカのところへ行けなかった。青年が彼女の足にショールをかぶせた。キンキナトゥスはもうあとわずかのところまで来ていたが、急にディオメドンの憎々しげな金切り声がした。彼はふり返り、すると、どうやってここに来たのか、エンモチカがちょうど少年をからかっているところが見えた。彼女はびっこの真似をして片足に体重をのせ、複雑に顔をしかめているのだった。キンキナトゥスがその剝き出しの前腕を摑んだが、彼女はふり切って駆けだし、好奇心で静かな恍惚に達したポリーナが急いでよたよたあとを追った。

　マルフィニカが彼に顔を向けた。青年が礼儀正しく立ち上がった。

「マルフィニカ、ちょっと話が、お願いだ」キンキナトゥスは早口に言い、床に落ちたクッションに躓き、煙草の灰で汚れた長衣を掻き合わせながら寝椅子の端にぎこちなく腰掛けた。

「軽い偏頭痛《ミグレーヌ》です」青年が言った。「無理もありません。こんなふうに動揺させるのは彼女に毒です」

「まったくです」キンキナトゥスは言った。「ええ、おっしゃるとおり。お願いです……ふたりきりにしてもらわないと……」

「失礼しますぜ、旦那」そばでロジオンの声がした。

キンキナトゥスが立ち上がると、ロジオンと獄吏がもうひとり、目と目を合わせて、マルフィニカが上体をもたせて横たわっている寝椅子を摑んで恨みがましく喉を鳴らしてもち上げ、出口へ運んでいった。

「さよなら、さよなら」赤帽の歩調に合わせて体を揺らしながら子供みたいにマルフィニカが声を張り上げ、しかしふと目を閉じて顔を覆った。うしろから彼女の騎士《ナイト》が黒いショール、花束、自分の制帽、片方だけの手袋を床から拾い上げてはそれを手に憂い顔でついていった。辺りはてんやわんやだった。双子は食器を洋櫃にしまっていた。彼らの父親は喘息病みみたいに息を出し入れしながら面の多い屏風ととっ組み合いを演じていた。弁護士はどこで手に入れたのか、一枚の広々した包装紙をみんなに差し出してまわっていたが、彼は濁り水に淡いオレンジ色の小魚を一匹泳がせている鉢をそれでくるもうとして失敗しているところをみつかっていた。てんやわんやしているなか、プライヴェートな鏡像を描き出した幅広の衣裳簞笥が妊婦みたいに突っ立ち、ぶつけられたりしないよう、鏡の腹を大事そうに抱えて脇へ向けていた。それはうしろへ傾けられ、よろよろと運ばれていった。キンキナトゥスのところにみんなが別れを告げにきた。

「では悪い思い出をもたぬようにな（「ごきげんよう」という含意の別れの挨拶）」と義父が言い、冷ややかな敬意を込めて慣習の求めるままキンキナトゥスの手にキスした。金髪の兄が黒髪の弟を肩車してその恰好でふたりはキンキナトゥスに別れの挨拶をし、生きた山みたいに出ていった。祖父さん祖母さんはよぼよぼふるえながらぺこぺこお辞儀し、そのたびに朦朧たる肖像画を押し頂いた。獄吏たちは相変わらず家具の運び出しを続けていた。子供たちがやって来た。真面目くさったポリーナは頭を上げっぱなしにし、逆にディオメドンは床ばかり見ていた。弁護士がふたりの手をとってつれていった。最後にエンモチカがとんできた。蒼褪め、泣き腫らして、鼻が薔薇色になり、濡れた唇をわななかせ——黙りこくっていたが、ふとかるく音を立てて爪先立ちになり、ほてった両腕を彼の首に巻きつけ——聞きとりがたい声でなにやら囁くと大声で泣きじゃくった。ロジオンが彼女の手をとりぶつくさ言っているところからみてだいぶ前から彼女のことを呼んでいたらしいのだが、ここまできて決然と彼女を出口へ引きずっていった。彼女はのけぞり、髪を流れさせながら頭をねじってキンキナトゥスへ向け、手のひらを上に、見かけはバレエの囚われの女みたいだが本物の絶望の影を帯びている魅力的な手を彼のほうへ差し伸べ、ロジオンに引きずられるままいやいや——白目を剝き、肩紐が片方ずり落ちていた——あとに続いたが、そのとき彼は手の振りものびのびと、バケツの水みたいに彼女を廊下へぶちまけ、そして相変わらずぶつくさ言いながらちりとりをもって帰ってきて、机の下にひらべったく横たわっている猫の死骸をすくった。扉が轟音を立てて閉まった。いまではおよそ信じられなかった、この独房でついさっきまで……。

10

「ぼくのものの見方を身近に知るようになれば狼くんもぼくに人見知りしなくなるはずだ。もっともなにがしかすでに達成されたものがあるわけだし、ぼくはそれを心から嬉しく思っているのだけれど」ムッシュー・ピエールはいつもの流儀で机にたいして横向きに座り、でっぷりした太腿をぴったり組み、そのオイルクロスを掛けた机を楽器がわりに片手で音なき和音を奏でながら、そんなことを言っていた。キンキナトゥスは頭を支えてスチールベッドに寝転んでいた。「いまは私たちだけだし、外は雨ですね」ムッシュー・ピエールが続けて言った。「こういう天気は心を開いて内緒話するのにもってこいです。これをかぎりにはっきりさせてしまいましょう……。私の印象では、われらがお偉方の私にたいする態度があなたを驚かせているといいますか、神経を逆撫でにしているみたいですね。なんだか私がさも特別の立場にあるかのようなことになっていますが――まあまあ、つべこべ言わないでください――こうなったらざっくばらんにいきましょう。ふたつお話しさせてください。あなたもわれらが親愛なる監獄長のことはお分かりでしょう（ところで、この狼くんは彼にたいして公平とはいえないな、でもその話をする前に……）、彼がいかに感じやすく、いかに情熱的で、いかに新しもの好きか、ご存じでしょう――最初のころ、彼はあなたにも夢中だったと思いますよ、だから彼がいま私にむけて燃え上がらせているパッションはあなたの心をかき乱すものではないはずです。ねえきみ、妬きもちはやめましょう。第二に、不思議なことにどうやらあなたはなんで私がここに抛《ほう》り込まれたかいまだにご存じないみたいですね――でもいまこそお話しするときです、あなたも多くを理解なさるでしょう。すみません――あなたの首のところにあるのはなんでしょうか――ほら、そこそこ――そう、そこ」

「どこです？」キンキナトゥスは機械的に訊き、頸椎をさすった。

ムッシュー・ピエールが近づいてきてスチールベッドの端に座った。

「ほらここです」彼は言った。「でもいま見ると――これは影が落ちてそうなっているだけでした。なにか小さな腫れものに見えまして。なんだか頭の動かし方がぎこちないですね。痛みますか？風邪ですか？」

「ああ、ぼくにかまわないでください、お願いですから」キンキナトゥスが悲しげに言った。

「いや待ってください。手はきれいですからここを診させてください。どうやらやはり……。ほらここ、痛くありませんか？　ではここは？」

彼は小さいが筋肉質な手でてきぱきキンキナトゥスの首に触れ、注意ぶかくそこを診察しながらかるく口笛みたいな鼻息を立てた。

「いやなんともありません。万事良好です」ようやく体を離し、患者の衿首を叩きながら言った。

「ただここがおそろしくか細いですね――でもこれはこれで万事正常です、ところが、ね、たまにあるんですよ……。舌を見せてください。舌は胃の鏡です。なにか羽織ってください、なにか、ここは冷えますから。なんの話でしたっけ？　おっしゃってください」

「もしあなたが本当にぼくのためを思ってくれているのであれば」キンキナトゥスは言った。「そっとしておいてもらいたいんですが。出ていってください、お願いです」

「まさか私の話をおしまいまで聞く気がないとは」ムッシュー・ピエールがにっこり笑って言い返した。「まさか自分の結論は不可謬であるとそんなに頑固に信じてらっしゃるとは——おまけにぼくはその結論を知らないという——いいですか、私は知りませんからね」

　キンキナトゥスは鬱《ふさ》いで黙りこくっていた。

「では話をさせていただきましょう」どこか厳かにムッシュー・ピエールが続けた。「どんな罪を私が犯したのか。私が訴えられたのは——それが正当だったかどうかはさておき——私が訴えられたのは……。なんでだと思います？」

「いいから言ってください」力なく嗤ってキンキナトゥスは言った。

「びっくりしますよ。私が訴えられたのは……。ああ、恩知らずの疑りぶかき友よ……。私が訴えられたのは、あなたの脱獄幇助未遂を問われたからなのです」

「本当に？」とキンキナトゥスが訊いた。

「私はけっして嘘は言いません」ムッシュー・ピエールは堂々とそう言った。「たぶん嘘をつかなければならないこともあるでしょうし——まあそれはさておき——たぶん正直であろうとして些末なことにとらわれすぎるというのも馬鹿げたことですし、結局なんのためにもなりません——まあ、そんなもんですよ。でも事実は事実で変わりません、私はけっして嘘は言いませんから。小鳩さん、私がここへやって来たのはあなたのせいなのです。私は真夜中に捕まって……。場所ですか？　ヴイシネグラード（「最高の街」「さくらんぼうの街」という意味。第一次大戦の開戦後ペテルブルグがペトログラードに（さらにその後、レニングラードに）なったのをはじめ、ソ連時代も引き続きいくつか「〜グラード」

という都市名が使われた）ということに。ええ——私はヴイシネグラードの人間です。岩塩も採れれば果樹園もあります。もしいつか私を訪ねにくることをお望みでしたら、地元のさくらんぼ《ヴイシニ》をご馳走しますよ——このだじゃれ《キャランブール》は私のではありません——われわれの市の紋章でそうなっているのです。そこで——いや紋章で、ではありません、牢屋で、です——あなたの従順な僕《しもべ》は三日三晩過ごしました。そのあと臨時裁判です。それが済んで——ここへ移送されてきたのです」

「つまりあなたはぼくを救おうとして……」キンキナトゥスは思案げな声で言った。

「そうしようとしていたかどうかは私の問題ですよ、心の友、ペチカの裏のごきぶりさん（友人への皮肉な呼びかけ）。ともかく私はそれで訴えられました——密告者たちにね、公衆というのはいつでも若くてかっかしているものです、それで《私はこうしてあなたの前に陶然として立っている……》（ワシーリイ・クラソフの詩「スタンザ」（一八四二）をもとにした一八八〇年代のロマンスをムッシュー・ピエールは替え歌にしている。もとは「私はまたきみの前に恍惚として立っている」）というわけです——憶えていますか、こんな歌謡曲《ロマンス》を？　重要証拠というのが当城塞の見取図かなにかにどうやら私のものらしい書き込みの入ったもので。私はですね、ごくごく細かいところまであなたの脱走のアイディアを練ったらしいのですよ、ごきぶりくん」

「らしい、なんですか、それとも……」キンキナトゥスが訊いた。

「この人ときたらなんてナイーヴで魅力的なんだろう」ずらっと歯をのぞけてムッシュー・ピエールが笑った。「この人にかかるとすべてが単純だ——いやはや、実生活にないくらいに」

「でも知りたい気がして」キンキナトゥスは言った。

「なにをです？　私の判事たちが正しかったかどうかをですか？　実際に私があなたを助けようとしたかですか？　まったく、あなたという人は……」

「ということは本当なんですね」キンキナトゥスは囁いた。＊

ムッシュー・ピエールは立ち上がって独房をうろつきだした。

「これはそっとしておきましょう」ため息まじりに彼は言った。「ご自身で決めてください、疑りぶかき友よ。どちらにしましても——私がここへやって来たのはあなたのせいなのです。それだけではありません、私たちはいっしょに断頭台《エシャフォー》にのぼるんですよ」

彼は静かな、軽快な足どりで、代金国もちの（「囚人用の」という意味のジャルゴン）小さなパジャマにぴっちり包まれた体のやわらかな部分をはずませながら独房のなかをうろつき——キンキナトゥスはどんよりと重たい注意力で敏捷な肥満体の一歩一歩を追っていた。

「冗談半分に信じてみますよ」ようやくキンキナトゥスが言った。「ひとまず様子を見ましょう。いいですか——ぼくはあなたを信じます。ついでに、こう言えばもっとそれっぽくなるでしょう、ありがとうございます」

「ああ、なんのことです、そんなもったいない……」ムッシュー・ピエールは言い、また机の脇に座った。「私は事情を分かってもらいたかっただけなのですから……。実に素晴らしい。いまではふたりとも気が楽になりましたね、そうでしょう？ あなたがどうか分かりませんけれど、私は泣きたい気分です。しかもこれは——いい気持ちですよ。泣いてください、この体にいい涙をこらえないでください」

「ここは実に恐ろしいところですね」そっとキンキナトゥスが言った。

「なにも恐ろしくなどありませんよ。ところでここでのあなたの生活態度にはずっとお小言しようと思っていたんです。まあまあ、邪険にしないでください、友人のよしみでお許しを……。あなたはわれらが善良なるロジオンにたいして不公平ですし、監獄長殿にたいしてはなおさらです。かりに彼があまり賢くなく、いささか仰々しくて軽はずみなところのある——しかもおしゃべり好きの

――人間だとしても、です――それはそうだし、私自身も彼にかまっていられないこともありますし、もちろん胸に秘めた思いを打ち明けることなど、あなたにはできても彼にはできません――とくに、こんな言い方をしてすみません、猫たちが心を引っ掻いて音を立てている（「憂鬱である」という意味の成句から）ようなときに。しかし彼の欠点がどんなものであるにせよ、人間がまっすぐで、正直で、善良です。めったにないくらい善良ですよ――とやかく言わないでください――分かっていなければこんな話はしませんし、私はけっして口からでまかせで言っているわけではないのです。それに私のほうがあなたより経験も豊かで人生や人間のことはよく分かっています。あなたがロドリグ・イワーノヴィチをはねつけるときのむごいくらいに冷たい態度や傲慢なまでの蔑みようは見ていて胸が痛くなります。ときには彼の目にひどく悩んでいる様子が読みとれたりもしますし……。ロジオンについてですが、あなたほど頭のいい方がいささか乱暴なうわべの背後にこの子供のまま大人になったような人間の感動的な情け深さをまったく見抜けないなんてどうしたことですか。ああ分かっていますとも、あなたが神経質になっているのも、女っ気がなくてたいへんなのも――とはいえ、キンキナトゥス――これは失礼、でもやはりいけません、よくないことです……。ともかくあなたは人を侮辱しています……。私たちがここでいただいている素晴らしい午餐にはほとんど手もつけませんし。けっこう、かりにそれがあなたの口に合わないにせよ――信じてください、私もいささか美食《ギャストロノミー》には通じているのです――それでもあなたは愚弄しています――だってそれを作ってくれた人がいるわけですし、がんばってくれた人もいるのですから……。分かりますよ、ここにいると退屈することもありますし、ちょっとは浮かれ騒いだりしたくもなります――でもどうして自分のこと、自分のやりたいことしか考えないのですか、どうしてあなたはほのぼのした愛すべきロドリグ・イワーノヴィチのかいがいしい冗談に一度としてにこりともしてやらなかったのです……。たぶんあとであなたの反応を思い返しては泣きくれて夜も眠れずにいると思いますよ……」

「弁護はともかく、機知にとんでいます」キンキナトゥスは言った。「でもぼくは人形にかけては専門家です。負けませんよ」

「無駄骨か」ムッシュー・ピエールがむっとして言った。「これはあなたがまだ歳若いせいでしょう」沈黙をはさんで彼はそうつけ加えた。「いやいや、そう不公平なことではいけません……」

「教えてください」キンキナトゥスが訊いた。「あなたも知らされていないままなんですか。あの宿命の輩はまだ来ていないんですか。明日にもばっさりやられるんじゃないですか」

「そういう言葉はお使いにならないほうが」声をひそめてムッシュー・ピエールが言った。「とくにそういうイントネーションでは……。なにかまともな人間にあるまじき下品な感じがしますよ。どうしたらそんなことが言えるのか――あなたには驚かされてばかりです……」

「それでも――いつなんでしょう」キンキナトゥスは訊いた。

「その時が来たときでしょうね」ムッシュー・ピエールは生返事で答えた。「なんという馬鹿げた野次馬根性です？　ともかく……。いや、あなたにはまだ学ばなくてはならないことがたくさんあります、そういうことはいけません。そういった不遜な態度や偏見は……」

「でも彼らはどれだけ引き延ばせば……」睡たそうにキンキナトゥスは言った。「もちろん人には慣れというものがありますが……。来る日も来る日も心を準備させて――そのくせ出し抜けにやられる。そうやって十日がたちましたが、ぼくは狂っちゃいません。とんだ希望なんですが……。水中にあるみたいにぼんやりした――でもそれがよけいその気にさせるんですよ。あなたの脱走の話ですけど……。ほかにも誰かがそのことを気にかけてくれているとぼくは思っていて、思い当たる節が……。あるほのめかしが……。でもこれがぺてんで、布地の皺が人間の顔にみえているだけのことだったらどうしたら……」

彼はため息をついて口ごもった。

「いや、それは面白い」とムッシュー・ピエールが言った。「それはどんな希望です？　その救世主は誰なんです？」

「想像です」とだけキンキナトゥスは答え、「で、あなたは逃げる気はあるんですか」

「逃げるって——どういうことです？　どこへですか？」ムッシュー・ピエールは驚いて訊いた。

キンキナトゥスはまたため息をついた。

「どこでも同じじゃないですか。あなたもいっしょだとすると……。でも、分かりませんけど、あなたはその体格で速く走れるんですかね。あなたの足は……」

「いや、これはその、あなたもほら吹きですね」椅子のうえでもじもじしながらムッシュー・ピエールが言った。「脱獄なんて子供のおとぎ話の世界のことですよ。それから私の体型にかんするご意見は胸に秘めてもらってかまわないので」

「睡くなってきました」とキンキナトゥスは言った。

ムッシュー・ピエールが右の袖を捲った。刺青がちらっと見えた。驚くほど白い皮膚の下で、筋肉が太った丸い生き物みたいにのたくった。彼はすっくと立ち上がると片手で椅子を摑み、ひっくり返してゆっくりもち上げていった。応力でふらつきながらそれを頭上高くに掲げ、そしてゆっくり下ろした。これはまだほんの小手調べだった。

こっそり息を出し入れしながら彼が赤い小さなハンカチで時間をかけて念入りに両手を拭っているあいだ、蜘蛛がサーカス一家の末っ子よろしく、巣のうえでちょっとした簡単な曲芸を演じていた。

彼にハンカチを抛り投げてムッシュー・ピエールはフランス式に声を張り上げ、見ると逆立ちしていた。丸い頭がすこしずつ美しい薔薇色の血に満たされてゆき、ズボンの左足がずり下がって踝がのぞき、逆さまの目は——そういうポーズをとると誰でもそうなるように——蛸そっくりになった。

「いかがです？」またぱっと立ち上がってみせると、乱れた服を整えながら彼が訊いた。

廊下から割れんばかりの拍手が聞こえ——すると道化師《クロウン》がひとりとび出してひょこひょこ歩きながら拍手を始めたが、もろに柵にぶつかった。

「いかがです？」ムッシュー・ピエールがまた訊いた。「ちょっとは力があるでしょう？　敏捷さもね？　それともこれではまだ物足らないですか？」

ムッシュー・ピエールは机にひょいと跳びあがって逆立ちすると、歯で椅子の背凭れをくわえた。音楽がやんだ。ムッシュー・ピエールは堅く嚙みついた椅子をもち上げてゆき、張りつめた筋肉がふるえ、顎骨が軋んだ。

静かに扉が開き——深長靴《ボットフォルト》を履いて、鞭をもち、白粉をはたき、目がライラック色にくらむほど明るく照明を浴びたサーカス団長が入ってきた。

「大昂奮《サンサシオン》です！　世界一の演し物《ノーメル》です！」と彼は囁きかけるように言い、シルクハットを脱いでキンキナトゥスの隣に座った。

なにかめりめり音がし、するとムッシュー・ピエールは口から椅子を放し、とんぼを切ったかと思うと床に立ち戻っていた。しかしどうやら万事上首尾とはいかなかったらしい。彼はすぐさまハンカチで口を覆い、そそくさ机の下、それから椅子の上を確かめ、ふと椅子の背凭れに食らいついている蝶番つきの総入れ歯を目にすると、低い声で悪態をつきながらもぎとりにかかった。壮観に歯を剝き出したそれは、一度食らいついたら死んでも放さない犬みたいにかじりついていた。それならというわけで、ムッシュー・ピエールはうろたえもせず椅子を抱きかかえ、それごと出ていった。

ロドリグ・イワーノヴィチはなにも気づかず狂ったように拍手していた。しかし舞台は空っぽのままだった。彼はキンキナトゥスへ胡乱に目を投げ、もうしばらく、ただ、さっきまでの熱を失くした拍手を続け、そしてはっと体をふるわせると、落胆の体《てい》で桟敷席をあとにした。

公演はあれで打ち切りだった。

訳注（＊）一〇六頁《「ということは》に始まる一行が、底本としたシンポジウム版（一九九九）からは省かれているが、『現代雑記』誌掲載時（一九三五）、およびパリの出版社ドーム・クニーギから出された初版（一九三八）に倣った。一九六六年にやはりパリのエディションズ・ヴィクターが引用符や段落を変更してこの小説を再刊しており（シンポジウム版の底本はこの版）、未確認だが、その際手違いで抜け落ちたものと思われる。

11

いまでは新聞は独房へ届かなくなっていた。死刑執行《エグゼキュシオン》にかかわりうるものがことごとく切り抜かれているのに気づいてキンキナトゥスのほうから拒否したのだ。朝の食事は粗末になった。ココア──薄くともココアはココア──のかわりに出されるのが、茶葉が船団をなして浮かんでいる出涸らしの紅茶、トーストは嚙めた代物ではなかった。ロジオンは黙りこくった気難しい囚人《めしうど》のお世話にうんざりしているのを隠そうともしなかった。

彼が独房でその奉仕全体にかける時間は、まるでわざとやっているみたいに日増しに長くなっていた。彼の燃え立つような赤髭、瞳の無意味な青さ、革のエプロン、ザリガニの螯《はさみ》みたいな手──このすべてが繰り返し、うっとうしい、辟易するような印象を刻んでくるので、掃除のあいだ中キンキナトゥスは顔を壁へ向けていた。

今日もそんな按配なのだが──戻ってきた椅子が直立した背凭れの上端にブルドッグみたいな深い歯型をつけていたことだけは、この日の始まりの独自の目印になっていた。椅子といっしょにロジオンはムッシュー・ピエールの短い手紙——羊の毛皮みたいにカールした筆跡、壮麗な句読点、ヴェールをひらめかせて舞っているような署名——をもってきた。隣人は冗談めかした愛想のいい言葉を織り交ぜて昨日の友好的な対談に感謝し、すぐに再度の対談がなされるよう希望を述べていた。

《保証させてください》と手紙は結んであった。《私は体の力が、とても、とても、強い〔下線が二本、定規を使って引いてある〕のです。もしまだ納得いただけないようでしたら、敏捷さと驚くべき筋肉の発達の、面白い〔下線〕実例を、ほかにもう少々お目にかける光栄を、何卒賜りたく存じます》

その後キンキナトゥスは三時間ぶっ続けで、いや、悲しみが金縛りにかけた分、ところどころ目立たぬ穴が開いているのだが、口髭をひねったり本をめくったりしながら独房のなかを歩き回った。いまや彼はこの独房のことは徹底的に調べ上げていた——たとえば長年暮らしたあの部屋にくらべても、ずっとよく分かっている。

壁はこんな具合だ。それはつねに変わることなく四面あり、くまなく黄色に塗られているが、影に入るとその基調は濃いなめらかな粘土色といえばいいのか、窓の明るい黄土色の反映が昼を過ぎその移ろいゆく場所にくらべるとそんな色に見え、また、ここには、つまり光の当たっているところには、厚ぼったい黄色のペンキのいぼがひと粒残らず——ブラシの毛たちの仲好く走り回っていた痕が波打つような急カーヴを切っているのまで——はっきり見てとれ、それに馴染みぶかいひっ掻き傷もあるのだが、ここにこの貴重な光の平行四辺形が到達するのは午前十時だった。

自然石の床からは、踵を摑んで這っている冷気が立ちのぼる。発育不全の意地の悪い小さな木霊《エコー》がかるく凹面になった天井のどこかある部分に棲みつき、天井の中心には電球〔籠がかぶさっている）があり――いやそうじゃない、まったくの中心ではない、このいびつさは苦痛なくらい目を苛立たせる――その意味で劣らず苦痛なのが、塗りつぶそうとしてやりかけになった鉄扉だった。
　代表的な家具三点――スチールベッド、机、椅子――のうち、最後のものだけは動かせる。蜘蛛も移動する。この栄養の行き届いた黒い小さな肉食動物《けだもの》は、マルフィニカがどう見ても具合の悪そうな一角のどこにどう吊るしたら洗濯物を干せるのか見つけだすときに発揮するのと同じ機転で、上のほう、ゆるやかに傾斜した窓穴のとば口に、第一級の蜘蛛の巣のための支点を見出していた。体の前へ肢をたたみ、八方へ毳立った膝を突き出させ、手が鉛筆を自分のほうへ伸ばしてくるのをつぶらな茶色い目にとめると、そこから視線を切らずに後じさりだす。そのくせロジオンのばかでかい指からは、肢の先で蠅だの蛾だのをやけに嬉しそうにひったくるのだ――たとえばいまにしても、蜘蛛の巣の南西側に、絹のような陰影を帯び、ぎざついた輪郭にそって青い菱形を並べた紅色の蝶の翅が、一枚、わびしくぶら下がっている。それがほんのわずかにかすかな隙間風で揺れていた。
　壁の落書きはいまでは塗りつぶされていた。規則一覧も消えていた。音の響く底に暗い洞窟さながら水をたたえたクラシカルな水差しも――たぶん割れてしまったのだろう――もち出されたきりだった。その――役所か病院かどこかほかの――待合室のような素っ気なさが「監獄的なもの」の特徴を抑圧しているこの部屋は、もう日が暮れかかり、耳鳴りのほか物音もなく……そんななかこの待たされていることの恐怖が天井のいびつに見出された中心となぜか結びついているとき、素をさらし、怖く、寒かった。
　あるときからチェックのオイルクロスをかぶっている机に、黒靴みたいな装幀をした図書館の本が何冊も載っていた。殴り書きの文字で埋め尽くされた紙が風車小屋で挽かれた粉みたいに積み上がってきた山のうえに、すらっとした体型は見る影もなく、あちこち強く噛まれた鉛筆が寝転んでいた。そこについ前日、つまり面会の翌日にキンキナトゥスの書いたマルフィニカ宛の手紙も拋ってあったが、彼はなかなかそれを送る踏ん切りがつかず、別の気候でなければ実のないままの優柔不断な物思いに代わって当の悩みの種のほうで実をつけてくれやしないかと期待するみたいに、いったん寝かせておいたのだった。

　このへんでキンキナトゥスの貴重さについて話をしておこう、その肉体の不完全さ、つまり彼の肝心な部分がまったく別の場所にあり、ここで当惑しながらさまよっているのは彼のとるに足らない部分でしかないという話を――、ここにいるのは哀れな、ぼんやりしたキンキナトゥス、相対的に愚かな――夢のなかで人が騙されやすく弱く愚かになるみたいに――キンキナトゥスにすぎないのだ。しかし夢のなかでも――同じことだ、どのみち――彼の本当の生はあまりに透けて見えていた。

　透きとおるほど蒼褪め、落ちくぼんだ頬に産毛が伸び、毛の本質であるその柔らかさのあまりこれは鼻の下で陽光がもつれているのかと思わせるような口髭を生やしたキンキナトゥスの顔、眼差しが滑るように走って陰影の一定しない目がやや幽霊じみ、あらゆる苦しみにもかかわらずまだ若々しいキンキナトゥスの小さな顔は――彼が隠しだてをやめたいまはとくに――その表れからすると、われわれのもとではまったく許されないものだった。開衿シャツ、はだけた黒い長衣、細い足にはぶかぶかの上履き、頭のてっぺんの哲学者風の頭蓋帽《エルモルカ》、こめかみにまばらにかかった髪がかるくそよいでいる様子（やはりどこからか隙間風が吹いているのだ！）が、この全体に曰く言いがたく不届きな感じのするイメージを補完していた――その不届きさというのはかろうじて分かるくらいの千の細部が相互に織りなしたものであって、あたかも完全には描きあがっていないようにみせながら巨匠中の巨匠が手がけている唇のきらきらした輪郭だとか、空白のままでまだ陰影のついていない両腕の舞うような動きだとか、息づいたような目のなかで散っていったかと思うとまたまとまったりする光線だとか、そうしたものでできているわけだが……しかしこんなふうに分析や検討を経たものをすべて揃えてもまだキンキナトゥスを理解することはできず、それはあたかも彼がおのれの存在の片端からいつの間にか別の平面へと移行しているような、たとえば木の複雑に入り組んだ葉むら全体が影のなかから光のなかへ移行するとき別の境位の顫動のなかへどこから浸りはじめているのか見定められないのと似たようなものだった。適当にでっち上げられた独房という有限空間内の移動において、キンキナトゥスは、空中の舞台袖へ、空中で光を放っているある種の隙間へ、自然に、造作なく滑り抜け――そして回転鏡の反射光がありとあらゆる物の表面を駈け足で移動していって、ふと空中の向こう側、異次元の深みへ去っていくかのように消えてしまうときにみせるのと同じくつろいだ滑らかさで、そこへ立ち去ってゆく、そんな一歩をいまにも踏み出しそうだった。そのとき彼のなかのすべてはうっすらして睡たげな――しかし本質的に異常なくらい力強く、熱い、特異な生に満ちていて、血管はもっとも水色らしい水色に脈打ち、水晶みたいにきれいな唾液が唇を湿らせ、溶けた光に縁どられて頬や額の皮膚がふるえ……こうしたものにおちょくられるたび、監視者は、ぬけぬけと滑り去ろうとする肉体を、それがほのめかし、曖昧に体現しているすべてのものを、ありえない、自由な、まぶしいそのすべてを、ばらばらに、ずたずたに、根こそぎにしてしまいたくなり――もういい、たくさんだ――それ以上歩くな、スチールベッドに横になるんだ、キンキナトゥス、刺激したりいらつかせたりしないように――するとどうだろう、キンキナトゥスは扉越しの視線が獰猛に昂揚しているのを感じとると、横になったり机にむかって腰掛けたりして本を開いてくれるのだった。

机のうえに黒く見える本はこうだった。第一に、キンキナトゥスが自由の身にあったころには時間がなくて読みきれなかった現代の長篇小説、第二に、古代文学を短くまとめ直したり抜粋したりしたものを寄せ集めた、数えきれないくらいいろいろ出版されているアンソロジーのうちの一冊、第三に合本された雑誌のバックナンバー、第四に、間違って届いた――彼には頼んだ憶えがない――知らない言葉で書かれ、すり切れた豆本数巻にわたる、濃密な労作。

長篇というのは名作『Quercus』（ラテン語で「樫の木」の意。ただし正確にはブナ科コナラ属の樹木を指す）で、キンキナトゥスはもう、たっぷり三分の一、約千ページを読んでいる。小説の主人公は樫の木だった。小説は樫の木の伝記だった。キンキナトゥスのとまっているところで樫は二百歳を越えていて、単純計算が耳打ちするに、本の終わるころ、木は少なくとも六百歳だった。

この小説のイデーは現代の思考力の極致とされていた。木（水音のざわめき絶えぬ山谷《さんこく》へくだる斜面の崖っぷち、そこにぽつねんと力強く生えている）が漸次的に生長していく隙に、作者は樫の木が目撃者たりえた歴史的事件――あるいは事件の影――を次から次へことごとく掘り起こしてゆき、それは典雅な葉むらの木陰にてひと息入れんと馬と馬――黄金の馬《イサベル》と丸黒駁《くろぶち》の馬――から降り立った戦士《もののふ》同士の対話だったり、山賊どもの少憩と頭にかぶるものとてなく逃げいだしたる乙女の歌だったり、雷雨の空が青くジグザグに裂けるなか皇帝《ツァーリ》の怒りを免れようと高官があわてて通り過ぎてゆくところだったり、マントを背にまだ――葉の影の動くせいで――ぴくついているようにみえる死体だったり、村人のあいだのつかの間のドラマだったりした。ひとつの段落が一ページ半続くあいだ、どの単語も「п」で始まっていることもあった。

作者はどうやら撮影機をかまえてQuercusのてっぺんあたりの枝に座っているらしく――獲物を見つけ出しては捕まえた。さまざまな人生模様がやって来て、照り映える緑を額縁に一瞬立ち止まっては去ってゆく。平時の、なにも起きない隙間部分は、樹木学的、鳥類学的、鞘翅類《しょうしるい》学的、神話学的観点から見た当の樫の木の学術的記述だとか——民衆のユーモアをまじえた通俗的な記述だとかで埋められていた。ついでに言えば樹皮に刻まれたモノグラムの全リストが、くだくだ注釈つきで挙がっていた。最後に、水音の音楽や夕焼けの配色や天気の品行に少なからぬ注意が払ってあった。

　キンキナトゥスはしばらく読んで脇へやった。この作品は文句なく時代の生み出した最高傑作だが——彼は鬱々とページを踏破しながら、ひっきりなしに物語を物思いの波に飲み込ませていた。この遠くのもの、偽りのもの、死んだものが、ぼくにとってなんだというのだ——死ぬ準備をしているぼくにとって。さもなければ北海かどこかの島で暮らしているというまだ青年の作者のほうがやがて死んでいくところを想像し——、これはなんだか笑えてくるのだが——いつかかならず作者は死ぬというのが——笑えるのは、ここで唯一本当のこと、現実に疑いえぬものが、死——作者の身体的な死の不可避性——以外にないからだった。

　光は壁のうえで場所を変える。ロジオンが彼のいわゆるフリューシュテュック（独語で「朝食」の意）をもって現れるころだ。蝶の翅がまた、色つきの白粉を残して彼の指のあいだをすべっていく。

「まさかあいつは相変らず来ないんですか」とキンキナトゥスは訊いた。問うのもすでにいく度目かになり、ロジオンをひどく怒らせてきたこの質問だが、今回もなにも返事はなかった。

「面会はもうさせてもらえないんですか」キンキナトゥスは訊いた。

　例によって胸がむかついてくるのを感じた彼は、スチールベッドに寝そべって壁のほうを向くと、そこに絵ができあがろうとする手助けを延々続け、それはつやつやしたペンキのこぶとその丸い影とで素直に成り立ってくれるのだが、たとえばちっぽけな横顔が鼠みたいなでか耳をしているのを見つけてはそのあと見失ってもうもとに戻せなくなったりといったことを繰り返した。この黄土色は墓場臭く、にきびだらけでぞっとしたが、それでも視線は必要なおできを選び出してまとまりをつけてやることを続けていた――ごくかすかにでも人間の顔に見えるものを、それだけ欲し、渇望していたのだ。ようやく彼は寝返りを打って仰向けになると、変わらぬ注意ぶかさで天井の影とひび割れを見つめた。

《まあとにかく、やつらはどうやらぼくの息の根を止めたらしい》キンキナトゥスは心のなかで言った。《あれも果物ナイフでいけそうなくらいのへたばりようだ》

しばらく彼はスチールベッドの端に座り、膝で両手を挟みつけて背中を丸めていた。ふるえるようなため息をひとつついてまたうろつきだした。それにしてもこれは何語だろう。模様みたいな細かい活字が密集し、鎌状の文字のなかになにやら点が打ってあったり小魚が跳ねたり、たぶん東洋のものなんだろうが――どことなく博物館の短剣《キンジャール》に彫られた文字を思わせる。いやに古い豆本だ、ページがどんよりして……黄色い染みにまみれたのまで……。

時計が七時を打ち、じきにロジオンがディナーをもって現れた。

「たぶんあいつはまだ来てないんでしょうね」キンキナトゥスは訊いた。

ロジオンは出ていきかけたが、戸口のところでふり返った。

「恥と嘲りの種ですぜ（「イザヤ書」第三〇章五節に出てくる言い回し）」啜り泣いて彼は言った。「朝から晩まで洋梨を叩き落としてばかりいて（「無為に過ごす」という意味の慣用句）……こっちがあなたの食事やら身の回りの世話やらでくたびれてまともに立ってられないってのに、あなたときたらくだらないことを訊いてうんざりくることしかなさりゃしない。ちぇっ、厚かましい……」

時間は一様な虫の羽音を立てながら流れつづける。房内の空気は暗くなり、もうすっかり視覚を失くしてしおたれてくると、天井の中心で事務的に灯りがついた――いや、そのとおり、中心というわけではない――苦痛の前兆だ。キンキナトゥスは服を脱ぎ、『Quercus』を手にベッドに寝転んだ。作者はすでに――夜の真っ黒な樫の木の根もとの涼しい苔のうえで携帯ボトルのワインを飲《や》っているテトス*、プデンス*、さまよえるユダヤ人*という三人の陽気な旅人の会話から察するに――文明時代に達しようとしている。

「まさか誰も助けてくれないなんてことが？」ふとキンキナトゥスは声高に問いかけ、ベッドに座り直した（なにももっていないことを見せつける貧乏人のような手つき）。

「まさか誰も」キンキナトゥスは壁の無慈悲な黄色を見つめ、空っぽの手のひらをなお掲げたまま、もう一度言った。

隙間風が樫の森のそよ風に変わった。頭上に繁茂する鬱蒼たる影からもげ落ちてきた、実物の倍はある、見事なまでにきらきら黄色っぽく塗られてつや出しされ、自分のコルクのカップをエッグスタンドの卵みたいにぴったりはめた、小道具のどんぐりが、毛布のうえで跳ね、転がった。

訳注（＊）一二一頁

テトスはパウロの弟子。「テトス書」はパウロがクレタ島のテトスに宛てた書簡のかたちをとっているが、十九世紀以来、偽作との主張がなされている。

プデンスはやはりパウロの「テモテ後書」第四章二一節に言及のある人物。この書簡も十九世紀以来偽作と言われており、この人物の実在性も疑わしい。

さまよえるユダヤ人とはヨーロッパの伝説上の人物。ゴルゴタにむかうイエス・キリストから家の前で足を休めさせてくれと求められたのを拒絶し、最後の審判の日まで休むことなくさまよいつづける運命を負わされた。

12

彼はにぶくノックしてきたり痒いところをぼりぼり掻いたりするような音のせいで目を覚ました。ばらばらとどこかでなにかが崩れ落ちていた。夜すこやかに眠りについて夜半過ぎに熱で目が覚めたときの感じだ。彼はかなり長いあいだこの物音――トゥルップ、トゥルップ、テック、テック、テック――に耳を傾けていた、その意味に考えをめぐらすわけでもなく、ただなんとなく――というのもそのせいで目が覚めて、耳はほかにどうしようもなかったからだ。トゥルップト、コツン、ガリッ、バラバラバラバラ。どっちだ？　右か？　左か？　キンキナトゥスはかるく体を起こした。聞いているうち――頭全体が耳に、全身が張りつめた心臓になり、聞きながら彼はもう、二、三の徴候についてはその意味を把握しつつあった。独房の暗闇は浸出が薄い……暗いものが底にたまっている……。窓の格子のむこうは――灰色の薄明かり、ということは三時、いや三時半か……。見張りたちは凍死したみたいに眠りこけているな……。音はどこか下のほうから来ている――いや、どうやら上だ、いや、やっぱり下か――壁のむこうから床の高さのところを大鼠が鉄の爪でがりがりいわせているみたいだ。
とくにキンキナトゥスを昂奮させたのは、城塞の夜の静寂《しじま》のなかで――たぶんまだ遠く離れているだろうが――疑いなく達しうる目標を追い求める、その音のひたむきな自信、頑ななまでの真剣さだ。息を殺しながら彼は幽霊のようにふわりと、一葉の煙草の巻き紙みたいに滑り降り……、忍び足にぺたぺたつきまとってくるそのうえを……、どうもそっちかららしい隅のほうへ……、どうもそっちから……、いや近くに行ってみて間違いに気づいた――ノックの音は右上だった。彼は移動した――とたんにあの、物音が頭のなかを斜めに通り抜け、違う耳の奉仕をあわてて受けようとする錯聴に陥って、また混乱した。

キンキナトゥスがぎこちなく踏み出した足を壁際にたたずんでいた床の盆に引っかけると、「キンキナトゥス《ツィンツィンナート》！」と盆が非難がましく言い――するとノックの音は、それを聞いていた人間からすると最高に嬉しい理知をもってふいにぱっと鳴りやみ――そしてじっと壁に寄り添って、足の親指で盆にスプーンを抑えつけ、コップよろしく口の開いた空っぽの頭を壁にもたせかけたキンキナトゥスは、未知の坑夫も自分と同じく、立ちつくして聞き耳を立てているのだという気がした。

三十秒後、より静かに、抑えた様子で、しかしずっと表情豊かに、知的になって、音が再開した。ゆっくり亜鉛《トタン》の盆から足をずらしながらふり返って、キンキナトゥスはもう一度その位置を確定しようとした。扉に面と向かって右――そう、右からだ――どっちにしてもまだ遠いが……、長いあいだ聞き耳を立てて彼が引き出せた結論はこれだけだ。上履きをはこうと――さもないと裸足じゃいられなくなってきた――ようやくスチールベッドのほうへ戻ろうとして、彼はほとんど目が利かないなか、ふた晩同じ場所にいた例《ためし》のない足音のやかましい椅子を驚かせて追いたててしまい、するとまた音がとぎれた――今度はそれきりで、つまり音としてもたぶん用心に中断をはさんで鳴りつづけたかったのだろうが、朝がもう地歩を固めつつあり、キンキナトゥスは――想像の目ならぬ習慣的な表象の目で――廊下の丸椅子に座って、湿気のせいで全身から湯気を立て、真っ赤な口をぽっかり開いたロジオンが伸びをしているのを認めた。

午前中いっぱいキンキナトゥスは聞き耳を立て、音が繰り返してきた場合、それにたいする態度を、なにを使ってどんなふうに表明すべきか頭をひねっていた。外では――単純ながら味のある演出で――夏の雷雨がはげしくなり、独房は夕暮れどきのように暗く、雷鳴が大きな丸い音で、かと思えばちくちく刺してくるような爆《は》ぜる音で聞こえ、稲光が思いもかけない場所に格子の反映を焼きつけた。正午になってロドリグ・イワーノヴィチがやって来た。

「あなたにお客さんですよ」と彼は言った。「ただはじめに確認しておきたいのですが……」

「誰です?」キンキナトゥスは訊き、同時に、いまだけはよしてくれ……(つまり、いまだけはノックの音が再開するのはよしてくれ、ということ)と思った。

「なんたることでしょうな」監獄長は言った。「あなたがご希望かどうか分かりませんが……。問題はそれがあなたの母親だということです―― votre mère, paraît-il(仏語で「あなたの母親なのだそうですよ」の意)」。

「母親ですって?」キンキナトゥスは訊き返した。

「そのとおり――母親、母さん、お母ちゃん――ようするにあなたを産んだ女性です。お通ししますか? 早く決めてください」

「……生まれてから一度しか会ったことがないので」キンキナトゥスが言った。「実のところなんの感情も……いやいや、くだらない、無駄だ、なんの意味もない」

「お望みどおりに」監獄長はそう言って出ていった。

一分後、彼は愛想好く甘い声を出しながら、小柄な、黒いレインコートを羽織ったカエキリア・

Цを中へ入れた。

「ふたりきりにしてさしあげましょう」彼はやさしく言葉を足した。「これは規則違反ですが、でも状況によっては……例外も……母と子か……ここは折れておきますかな……」


Exit（ラテン語で「退場」の意）――廷臣のように後じさって。


きらきらした黒いレインコートを羽織り、やはり防水性の帽子を、鍔を下げてかぶった（おかげで嵐に遭った漁師みたいな感じがする）カエキリア・Цは、独房の真ん中に突っ立ったまま息子を澄んだ眼で見つめ、ボタンを外し、ひとつ派手に洟を啜ると、持ち前の早口の、ただ細切れの口調で言った。

「ゴロゴロいってるし、泥々してるし、思ったわ、登りきれっこないわって、道が川に、洪水になって、こっちに向かって……」

「掛けてください」キンキナトゥスが言った。「そんなふうに立っていないで」

「なにはともあれ、静かなお部屋ね」と彼女は言葉を続けながら、たえず鼻をぐずぐずいわせ、チーズおろし器みたいに指で鼻の障子を強く撫でつけ、おかげで薔薇色の鼻の頭が皺を寄せては左右に振られた。「ひとつ言えるのは――静かでけっこう清潔ってことね。ついでに言えばうちの産院にこんなサイズの個室はないわ。あら、ベッドが――この子ったら――ベッドがたいへん！」


彼女は職業柄の旅行鞄をどさっと置くと、うごめかせた小さな手から黒いメリヤスの手袋をてきぱき外し――そしてスチールベッドのうえに低く覆いかぶさって、自分ごと敷くみたいにベッドを敷き直しにかかった。海豹《あざらし》みたいにつやつやした黒い背中、ベルト、かがった跡のあるストッキング。

「ほらこのとおり、きれいになった」体を起こして彼女は言い――そのあと一瞬腰に手をやり、本に埋もれた机を横目ににらんだ。

　彼女は歳より若く見え、顔立ち全体がキンキナトゥスに、彼の顔がそれなりに手本にしていたものを示し、キンキナトゥス自身、彼女の鼻の尖った小作りな顔、澄んだ目のゆるやかに傾いだ輝きを見やりながら、漠然とその類似を感じていた。かなり開いた胸の真ん中が、喉もとのくぼみから下へ、そばかすだらけの陽灼け痕で三角に赤くなっているが——全体として肌は相変わらず、かつてキンキナトゥスに使う分がそこから裁断されたときのまま——青白く、薄く、空色の血管に覆われていた。

「あらあら、ここもやっとかなくちゃ……」彼女はぶつぶつ言い、やることなすことそうであるようにてきぱき本にとりかかって、それを小さな山に分けていった。分けがてら、開いていた雑誌の挿絵に惹かれてレインコートのポケットから豆みたいな形のケースをとり出すと、口の両端を下にひん曲げて鼻眼鏡《パンスネ》をかけた。「一二六年」薄笑いを浮かべて彼女は言った。「ずいぶん昔なのね、とても信じられない」

（……写真が二点。ひとつはマンチェスターの駅で真っ白な歯をした大統領が最後の発明家の曾孫で香油みたいに年齢を塗り込んだ女性と握手しているもの、もう片方にはドナウ川沿いのある村で生まれた双頭の仔牛……）

　彼女はわけもなくため息をつき、本を脇へやり、鉛筆を小突いてとり損ない、ウップス！　と声を洩らした。

「ほっといてください」キンキナトゥスが言った。「ここでは散らかるなんてありえないんです、場所が変わるだけで」

「これを——あなたにもってきたの」（コートのポケットから裏地ごと量り売り用の紙包《フンチク》みを引っ

ぱり出した）「これよ。キャンディですけど。たんと舐めてくださいね」

彼女は腰をおろし、頬をふくらませた。

「えっちらおっちらここまで登って、くたびれちゃって」わざとらしく息を切らしてそう言い、漠然と物欲しげに蜘蛛の巣を見上げていたが、そのうち凍りついた。

「どうして来たんです？」独房をうろつきながらキンキナトゥスは訊いた。「こんなことをする必要はあなたにもぼくにもないのに。なぜなんです？　気分も悪いし、くだらないじゃないですか。ぼくにははっきり分かっているんですよ、あなたがほかのみんなやほかのものと同じようにパロディだってことは。かりにもぼくを出来のいい母親のパロディでもてなそうというのなら……。でもたとえばの話、ぼくはなにか遠くから聞こえる音に期待をかけているわけですが、あなたまでいんちきならどうしてそれを信じられるでしょう。キャンディという言い方をするくらいならまだ手土産とでも言ってくれたほうがましでしたね。それになんでレインコートが濡れているのに靴は乾いているんです――不注意じゃないですか。小道具係に言っておいてください」

彼女は――あわてて、すまなさそうに。

「オーヴァーシューズを履いていたのよ、下の事務室に脱いできたの、本当よ……」

「ああ、たくさんですよ、たくさん。とにかく言い訳はごめんです。ご自分の役を演じてください――はい、もうすこしぶつぶつ言う感じで、もうちょっと明るく――大丈夫――なんとかいけますよ」

「私が来たのはあなたの母親だからよ」彼女がひっそりそう言うと、キンキナトゥスは声をあげて哄った。

「だめだめ、茶番《ファルス》にしちゃいけません。いいですか、ここはドラマなんです。笑いをとるのもそれはそれで——いややっぱり始発駅からあまり離れるべきじゃないな、ドラマが逃げ出しかねない。むしろあなたは……ええっと、そうだな、もう一度聞かせてくださいよ、まあその、父の伝説ってやつを。ほんとうに彼は文字どおり夜の闇へ消えていったんですか、それに彼が何者で、どこから来たのかあなたがなにも分からなかったというのは——これはおかしいですよね……」

「声だけしか——顔は見えなかったの」相変わらず小声で彼女は答えた。

「そうそう、ぼくに調子を合わせてください、そうだな、彼は放浪者ということにでもしておきましょうか、脱走してきた水兵とか」彼は鬱々と言葉を継ぎ、指を鳴らしながら歩きつづけた。「公園へ客演に来る森の賊とか。さもなければ酔っぱらった職人、大工……。いやいっそなにか考えてみてください」

「あなたは分かってないわ」彼女が声を荒げた（昂奮して立ち上がり、すぐにまた腰をおろした）。「ええ、私は彼が何者だったのか知りません——浮浪者、脱走兵、そうね、なんでもありでしょう……。でもあなたに分からないはずがないのに……、そう、その日は祝日で、公園は暗くて、私はまだほんの小娘でした——でも問題はそこじゃないわ。だって勘違いなわけないじゃないの！　生きたまま焼かれている人間は、たぶん自分が村のストローピ川で水浴びしているのでないことは分かってるでしょ。つまり私が言いたいのは、間違えることは絶対にないということなの……。ああ、あなたに分からないわけないのに！」

「ぼくがなにを分かっていないと？」

「ああ、キンキナトゥス、彼も……」

「も、とは？」

「彼もあなたと同じなの、キンキナトゥス……」

彼女はすっかり顔をうなだれ、すくうようにした手のなかに鼻眼鏡を落とした。間《ポーズ》。

「どこでこのことを聞いたんですか」不機嫌な声でキンキナトゥスが訊いた。「どうしたらこんなに早くこれに気づけるんです……」

「これ以上あなたにはなにも言いません」目を上げないまま彼女は言った。

キンキナトゥスはスチールベッドに腰をおろして考え込んだ。彼の母親はこんな小柄な女からは思いもかけない金管楽器みたいな並外れた音で洟を擤み、窓穴をちらっと仰いだ。空はどうやら晴れ上がって、青空の存在が間近に感じられ、陽射しは、色褪せてはまた燃え上がる自分の縞の線を、壁に引いていた。

「いまはライ麦畑の矢車菊が」早口に彼女がしゃべりだした。「いえ、なにもかもがとても素敵よ、雲は流れてなにもかもとてもそわそわして明るくて。私が暮らしているのはここから遠く離れたドクトルスコエ村なの――あなたの市へ来るとき旧式の小さな遊覧馬車で野原をどんどん通り過ぎてストロピ川のきらきらしているのが見えてきてこの城塞の丘だとか辺り一面が見えてくると――いつもなにか素晴らしい物語が繰り返し繰り返し語られている気がするの、いつも聞き逃したり聞きとれなかったりなんだけど――それでも誰かが私に同じ話を繰り返すのよ――とても辛抱強くね！　私のほうは一日中村の産院で働いているわ、なにもかもどうでもいいことばっかり、恋人が何人かいてアイス・レモネードが大好きで、でも煙草はやめたわ、大動脈の拡張のせい――そんなこんなでこうしてここに座っていて――あなたの前に座っているわけだけど、なんでここにいるのか分からないわ、なんで泣いているのかしら、なんでこんな話をしているのかしら、こんなコートとウールの服を着ていたらこれから街へおりていくと暑いでしょうね、あんな雷雨のあとだと陽射しはまるで狂暴になるし……」

「いや、やはりあなたはただのパロディだ」キンキナトゥスはつぶやいた。

彼女は物問いたげに頰笑んだ。

「この蜘蛛、この格子、この刻《とき》を打つ時計の音みたいに」キンキナトゥスはつぶやいた。

「そうだったの」と彼女は言い、また洟を擤んだ。

「そうね、つまりそういうことよね」彼女はもう一度言った。

ふたりは互いのほうを見ずに押し黙り、その間、むやみといい響きで時計が刻を打っていた。

「出ていくとき注意して見てみてください」キンキナトゥスが言った。「廊下の時計を。それは文字盤が空っぽで、三十分ごとに見張りが古い針を消して新しいのを描き込んでいるんです――人はそうやってペンキで描かれた時間で生活し、鐘の音は歩哨が出している――それで歩哨（「時計の」という意味にもなる）はそう呼ばれるんです」

「からかうのはよして」カエキリア・Цが言った。「でもびっくりするようなからくりってありますからね。こういうのを憶えてますよ、子供のころ――ああ、子供だけじゃなく大人にも――こんなものが流行っていたの、《ニェットちゃん》といって――それに欠かせないのが、つまり特殊な鏡で、ちょっと歪んでるなんてものじゃなくって――完全に歪んでいるの、わけが分からなくて、崩れているというかこんがらがっているというか、目に入るものはなにひとつうまく摑まえられなくて、でもそれが歪んでいるのにはわけがあって、歪みがぴったり合うように……。というかその歪みに合うように揃っていたのが……。いいえ、ちょっと待って、説明がよくありませんでした。ようするに、あなたはそれは変てこな鏡と、いろいろなニェットちゃん、つまり完全に馬鹿げた品物の一大コレクションをもっていたの。ニェットちゃんというのがどれもこれもまとまりのない形をして色もまだらで穴、染み、あばた、こぶだらけ、なにかの化石みたいな代物なんだけど——ふつうの物を完全に歪めて映す鏡が、今度こそちゃんとした食べ物にありつけたというわけで、つまりあなたが得体の知れないおどろおどろしい物体を得体の知れないおどろおどろしい鏡に映るように置くと、すごいことが起きるのよ、いいえ《ニェット》にいいえ《ニェット》を掛けたらはい《ダー》になって、すべてがもとどおりに、万事良好になって——ほら、まとまりのないまだらのぼろ布みたいなものが鏡のなかでうっとりするくらい均整のとれたかたちになっているの、花とか船とか人間だとかなにかの風景だとか。自分の肖像画だって——オーダーメイドだけど——映せたわ、つまりあなたはなにか悪い夢にでも出てきそうなお粥《カーシャ》みたいなものをもらったことがあって、それがあなただったんだけど、でもあなたを開く鍵は鏡がもっていたのよね。ああ、憶えていますよ、愉しそうに、ちょっと気味悪がって——急になにも起こらなくなっちゃったりして！　って——その新品の得体の知れないニェットちゃんを手にして鏡に近づけたのを、それから鏡のなかでお前の手が完全に壊れているのが目に入って、でもそのかわり無意味なニェットちゃんが魅力的な絵になって、それはそれはくっきりと……」

「どうしてそんな話をするんです？」キンキナトゥスは訊いた。

彼女は口をつぐんだ。

「これはなんのためです？　あなたは知らないんですか、数日中に、もしかしたら明日……」

ふと、彼はカエキリア・Цの目の表情に気づいた——一瞬の、おお、一瞬のものにすぎないが——しかしまるでなにか本物の、疑いえないもの（このすべてが疑わしい世界にあって）が仄見えたような、まるでこの恐ろしい生の世界の端っこがめくれて裏地が一瞬きらめいたような、そんな感じがした。母の眼差しのなかにキンキナトゥスがふいに見てとったのは、自分のなかにも探り当てられる、あの、最後の、確固とした、すべてを説き明かし、すべてから守ってくれる一点だったのだ。この点がいま、いったいなにを喚いたかって？　おお、それがなにかは問題じゃない、たとえ――恐れだろうと、憐れみだろうと……。いや、いっそ言ってしまうか。この点は、キンキナトゥスの心を飲み込み、躍らせずにおかない、真理の嵐を体現していたのだ。一瞬が傾いて過ぎ去った。カエキリア・Цが立ち上がり、そのとき小さく、信じがたい身ぶりをし、つまり人差指を伸ばした両手を広げて寸法を――たとえば赤ん坊の身長を――示すみたいにして……。そのあとすぐばたばたしだし、真っ黒で丸々と太り、ダックスフントの肢みたいなものを生やした旅行鞄を床からもち上げ、コートのポケットの垂れ蓋を直した。

「さあ」さっきのぶつぶついう口調で彼女は言った。「お邪魔したわね、行くわ。私のキャンディ、食べてくださいね。長居しちゃった。行きます、時間だから」

「おお、そうです、時間です！」恐るべき陽気さでロドリグ・イワーノヴィチが轟音を響かせ、扉を広く開け放った。

　頭を屈め、彼女は滑るように外へ出ていった。キンキナトゥスがわなわな前へ足を踏み出しかけ……。

「心配ご無用」手のひらを掲げて監獄長が言った。「この助産婦がわれわれに危害を及ぼすことなどありません。下がって！」

「でもぼくはやっぱり……」キンキナトゥスは口を開いた。

「下がって《アリエール》！」ロドリグ・イワーノヴィチがどなった。

　そうこうするうち、廊下の奥からムッシュー・ピエールの太った横縞の小さな姿が現れた。彼は遠くのほうから機嫌よさげに頬笑んで、しかし足どりは抑え気味に、そしてなにやらけしからんことに出会《でくわ》したもののそれを目立たせないようにしている人間みたいに、やや目をきょろつかせながら近づいてきて、チェッカー盤と小箱を前に捧げ、小脇にポリシネル（アルルカンと並ぶフランスの人形劇の道化役。イタリアの仮面劇コメディア・デラルテのキャラクター、プルチネッラに由来する）とほかにもなにか抱えていた……。

「お客さんでしたか」監獄長に、独房にふたりきりにしてもらってから、彼は礼儀正しくキンキナトゥスに問い合わせた。「お母さま？　そうですか、そうですか。それで今度は私こと、哀れにしてか弱きムッシュー・ピエールがあなたを愉しませ、自分も愉しみにやって来たというわけですね。ごらんなさい、この子があなたを見てますよ。おじさんにご挨拶なさい。どうです、面白いでしょう？　さ、まっすぐお座り、私と同じ名前の持ち主さん＊。ところでほかにもたくさん面白いものをもってきたんです。はじめにチェスはどうですか？　それともトランプにしますか？　〝錨〟（おそらくビルボケー（フランス式のけん玉）のこと）はできますか？　素敵なゲームですよ！　やりましょう、教えますから！」

訳注（＊）一三三頁　ポリシネル同様コメディア・デラルテのプルチネッラに由来するロシアの人形劇のキャラクター、ペトルーシカを指す。ピョートルというロシア人名の愛称で、フランス人名のピエールとともに聖ペテロに由来する。

13

待ちに待っていると、そのときだった――真夜中、ものみな死んだように眠る時分になって、物音が仕事を再開した。暗闇のなかでキンキナトゥスはひとりほくそ笑んだ。私はそれがぺてんだと認めるにまったくやぶさかでないが、しかしいま、その物音を信じるあまり、それに真理を感染《うつ》そうとしている。

それは前夜よりはるかにしっかりして正確で、むやみに叩きつけたりすることもなかった。どうしてその接近、並進運動を疑えるだろう？ その慎ましさ！ 知性！ 謎めいた、計算ずくの粘り強さ！ ふつうのつるはしを使っているのか、あるいはなにやら変わった道具（さっぱり使い物にならない物質と全能なる人間的意志とのアマルガムの）なのか――、しかし誰かがなんらかのかたちで――これは明白だ――わが道を切り拓こうとしていた。

寒い夜だった。脂ののった灰色の月の反照が格子状に区切られて、窓の峡谷の内壁に伸びていた。城塞全体が内から濃厚な闇に満たされ、外から月につや出しされつつ、その影の黒い屈曲をして岩だらけの斜面を這わせ、音もなく壕へ崩れ落ちさせているように感じられた。なるほど――石のように落ち着き払った夜だったが――しかしそのなかで、つまり夜の静寂の内奥では、夜の成分や構造とまったく無縁の何かが、夜の力を削ぎながら掘り進めていたのだ。それともこれは古い、ロマンティックなたわ言かい、キンキナトゥス？

彼は従順な椅子を摑んで床にひとつやや強めに叩きつけると、何回か壁に――せめてリズムをつけることでノックに意味をもたせようとしながら――打ちつけた。するとどうだ。夜をかき分け進んでいた者は、あたかも自分に向けられたノックが敵対的か否か見極めようとするかのように、いったん立ち止まり――そして歓喜に満ちた生き生きした音で急に仕事を再開し、キンキナトゥスに、返答は理解したと証明してみせたのだ。

彼は確信すると――そう、これはまさに自分のほうへ向かっているのだ、自分を救い出そうとしているのだ――石がもっとも痛がりそうな場所にノックを続けながら、自分の提供した単純なリズムを――よりたっぷり、より複雑に、より甘美に――反復してくるよう――別の音域とキーで――呼びかけた。

すでにしばらくどうやってアルファベットを調律するか考えていたところで、彼は月ではなく、別の、招かれざる光が、ミルク割りみたいに闇を割っているのに気づいた――物音は彼がそれに気づくまえに引っ込んでいた。そのあとかなり長いあいだなにかがばらばらとこぼれ落ちていたが、その音も次第にやみ――ついさっきまで、貪欲で熱い、老獪な活動《ジーズニ》に、ぴったり鼻面を押しつけてにおいを嗅ぎ、いびきみたいな音を立てていたかと思うとまた夢中になって掘り返している、まるで穴熊を狩ろうとする犬みたいな人間《ジーズニ》に、夜の静寂が破られていたのを思い浮かべると不思議だった。

ゆらゆらした睡気のなかから彼はロジオンが入ってくるのを目にし——もう正午を回ってすっかり目が覚めると——いつもどおり、最期の日はまだ今日ではないとまっさきに思った。なにしろ今日かもしれなかったわけだし、それは明日かもしれないのと同様だったが、明日はまだ遠い。

彼は一日中耳鳴りの音を聞きながら、両手をこねくり、自分自身と静かに挨拶の握手を交わし、いまだ出されないままの手紙が白く見えている机のまわりを歩いたり、さもなければ昨日の客が一瞬見せたはっとさせる——この生の世界の切れ目のような——眼差しをまた思い浮かべたり、頭のなかでエンモチカの衣ずれの音を聞いたりしていた。まあいいさ、この希望という名のスープ（「希望というたわ言」という意味にもなる）でも飲もう、濁った、甘ったるいスープを、ぼくの希望は叶っていない、なにしろぼくはこう思っていたのだ、いま、ここでなら、独りが尊重されているこの場所でくらいは、それはふたつに、ぼくときみにしか分裂せず、増殖することはないのだと、なのにそれは——やかましく、細かく、馬鹿ばかしく——増殖して、ぼくはきみに近寄ることさえできなかったし、きみの怖い父親にはあやうく杖で足をへし折られそうになるし、だからぼくは書いているんだ、これはなにが起こっているのかきみに説明する最後の試みなんだ、マルフィニカ、いつも以上に努力して分かっておくれ、晴れない頭のなかからでも脳みその片隅ででもいいから、でもなにが起こっているのか分かっておくれ、マルフィニカ、ぼくが殺されることを分かっておくれ、そんなに難しいことじゃないだろう、ぼくは未亡人の延々たる嘆きだとか手向けの百合だとかを頼んでいるわけじゃないのだから、でも心からのお願いだ、ぼくには必要なんだ——いま、現在——きみがまるで子供みたいに、このぼくにたいして恐ろしくて忌まわしいことが行なわれようとしているって驚いてくれることが、こんなことをされたら吐き気がして、真夜中ひどく喚きだして乳母がそばに寄ってくるのがもう聞こえている——「静かに、静かに」——というのになお喚きつづけている、そんなふうにきみは怖くなるはずなんだ、マルフィニカ、ぼくのことをほとんど愛していないとしても、きみはせめて一瞬でも分かってくれないといけない、そのあとまた寝てくれてもかまわないから。ぼくはどうしたらきみを揺り起こせるだろう？　ああ、ぼくときみの暮らしは恐ろしい、恐ろしいものだった、いやこんなもので起こすつもりはないさ、はじめのうちはぼくもがんばっていたんだ、でもほら――ぼくたちのテンポはばらばらだったし、ぼくはすぐに置いてけぼりを食ったよね。教えておくれ、きみの堅くて苦い小さな魂をたっぷり包む柔らかなお肉を、何本の手が揉みしだいていたんだい？　そう、ぼくはまた亡霊みたいにきみの最初のころの浮気の場面に戻ってきて、喚いたり鎖をがちゃつかせたりしながらそのなかを漂っているところなんだ。ぼくの見たキス。なにやら一心不乱の、だらしない、騒々しい食事というのがもっともぴったりくるきみたちのキス。あるいはきみが目をうっとりさせて汁をとばす桃をむさぼり、それが済んでなお飲み込もうとして口のなかをいっぱいにしたまま、人喰い娘よ、指を広げ、朦朧とした眼差しがさまよい、充血した唇が光り、はだけた胸に濁った汁をしたたらせているしずくまみれの顎がふるえ、一方きみに食わせていたプリアポス（ギリシャ神話の果樹園の守護神、生殖、豊穣の神。勃起した巨大な男根と果物をもつ）が、折悪く部屋へ入ってきたぼくに、発作的な呪いの言葉を投げながら丸めた背中を向けたあのときの。「マルフィニカにはどんなフルーツも体にいいの」――喉をなにか甘く、ぐずぐず湿らせながらきみはよくそう言っていた、全身を寄せてひと筋の湿った甘く呪わしい小さな皺になりながら――ぼくがまたこういったところに戻ってきているとしたら、それはけりをつけ、自分から切り離し、さっぱりするため――そしてもうひとつ、きみに知ってもらうためなんだ、知ってもらうため……。あれ、変だな。どうやらぼくはやっぱりきみをほかの誰かと間違えているらしい――きみがぼくの言うことを分かってくれると思い込んで――狂人が立ち寄ってくれた親戚を星や対数や尻のたるんだハイエナと間違えるみたいに――でもほかにもまだ気狂いがいる――つけいる隙のないのが！――自分は気狂いだと思い込んでいる気狂いだ――ここで円環《クルーク》が閉じる。マルフィニカ、きみとぼくはなにかこうした感じの円《クルーク》や集団《クルーク》のなかをぐるぐる回っているのだ――おお、きみがもし一瞬でも脱け出してきてくれたら――あとで帰ればいいんだから、約束するよ、きみに多くを求めるつもりはないんだ、ただ一瞬だけ脱け出してきて、理解しておくれ、ぼくが殺されつつあることを、ぼくたちが人形にとり囲まれていることを、そしてきみもその人形だということを。きみの浮気になぜあんなに苦しんでいたのか自分でも分からない、いやつまりもっと正確に言えば、なぜなのかぼく自身は分かっているのだが、ぼくがなぜあんなに苦しんでいたのかきみに分かってもらうために選ぶべき言葉が分からないのだ。こういう言葉には、きみが日用品がわりに使っている小さなサイズのものがないんだ。でもやっぱりもう一回試してみよう。「ぼくは殺されつつある！」――ではみなさんごいっしょにもう一度。「ぼくは殺されつつある！」――もう一回。「……殺されつつある！」――ぼくはこれをこんなふうに、きみが耳をふさぐように書きたい――きみが素晴らしく美しい女の髪の房に隠している自前の柔弱な猿の耳を――でもぼくはそれを知っているし、見ているし、冷たくなっているのをつねったり、落ち着かない指でこね回したりしてなんとか温めて甦らせ、人間らしくし、ぼくの話を聞かせようとしている。マルフィニカ、きみから新たな面会を要求してほしい、もちろん、ひとりで来ておくれ、ひとりで！　いわゆる人生は終わりだ、ぼくの行く手にあるのはつるつる滑る断頭台だけで、ぼくの看守たちは筆跡が――このとおり――酔っぱらいみたいになる状態にまでまんまとぼくを追い込んだわけだけど、でも大丈夫、マルフィニカ、ぼくにはまだきみとしたことのない話をする力は十分あるし、だからこそきみはぜひとももう一度来なければならない、いや、この手紙は贋物よだとか思わないでおくれ、書いているのはぼく、キンキナトゥスなのだ、泣いているのはぼく、キンキナトゥスなのだ、まさに机のまわりを歩いていて、そのあとロジオンが午餐をもってきたときこう言ったキンキナトゥスなのだ。

「この手紙です。さあこの手紙を頼みます……。ここに宛先が……」

「ほかの人みたいにあなたも編み物ができればよかったのに」ロジオンはぶつくさ文句を言った。「それで私にミンチ《ファルシク》（「マフラー（シャルフイク）」の言い間違え）でも編んでくれたら。それが書き物とは！　かみさんとは会ったばかりじゃないですか」

「やっぱりためしに訊いてみるか」キンキナトゥスは言った。「ここにはぼくとあのなにかとしつこいピエールのほかにまだ誰か囚人がいるんですか？」

　ロジオンは真っ赤になったが、黙りおおせた。

「それから例の輩はまだ来ていないんですか？」キンキナトゥスは訊いた。

　ロジオンはすでにぎゃあぎゃあ泣いていた扉を残忍に閉じようとしたが、昨日と同じように――モロッコ革のスリッパを粘っこくぺたぺたいわせ、横縞の肥満体をぷるぷるさせながら、手にチェスとトランプカードとビルボケー（フランス式のけん玉）をもって……。

「好男子ロジオンに深甚なる敬意を」ムッシュー・ピエールが甲高い声を出し、足どりはそのままにぷるぷるぺたぺた独房へ入ってきた。

「私の見るところ」腰掛けながら彼は言った。「いまの好男子はあなたの手紙をもっていったみたいですね。昨日この机のうえに置いてあったやつなんでしょう？　奥さまに？　いえいえ――単純な推論《デデュクシオン》です、私は他人の手紙を読んだりしません、たしかに、私たちが〝錨〟に熱中しているあいだ、丸見えになっていましたが。今日はチェスはいかがです？」

　彼はウールのチェッカー盤を広げ、小指を立ててむっちりした手で駒を並べた。駒は――昔の囚人のやり方で――パンのやわらかい部分で石も羨むくらい頑丈に作ってあった。

「私自身は独身ですがもちろん分かります……。前へ。私はどんどんこれを……。いいプレイヤーはけっして長く考えないものです。前へ。あなたの奥さまをちらっとお見かけしましたが――むちむちのいい女ですね、まったく――首なんてたまりません、あれはいい……。えっ、ちょっとお待ちを。これはしくじりましたね、指し直させてください。こっちのほうが正しく進んでいきますから。私は大の女好きですが、でも彼女たち、あのあばずれたちから、私がどれだけ愛されているかあなたにはまったく信じられないでしょうね。ほら、あなたは奥さまへの手紙にかわいい目だとか唇だとかのことを書いていたでしょう。ついこのあいだのことなんですが、私は……。どうして食っちゃだめなんです？　ああ、それですか。よく頭が回りますね。じゃあいいです――逃げましたよ。ついこのあいだ、私はとびきり健康的で色っぽいご婦人と性の交わりをもちましてね。なんという快感でしょう、大柄なブリュネットが……。これはなんです？　いやはや。先に言っておいてくれないといけません、こんなのだめです。さあ、私は別の手を指しますからね。そうなんです。ええ、色っぽくて情熱的で――私もこれでなかなかやりますからね、だてにばねをもちあわせちゃいませんから、それはもうすごいことに！　一般的な話をしますと、私がさも冗談みたいに、でも同時に大真面目に、すこしずつあなたのご高覧に入れようとしている数ある人生の誘惑のうち、愛の誘惑は……。いや、待ってください、私はまだそう行くかどうか決めてませんよ。ええ、行きますとも。どういうことです――チェックメイトって？　どうして――チェックメイトなんです？　こっちは――だめ、こっちは――だめか、こっちは……。やっぱりだめか。ちょっと待ってくださいね、さっきはどうなってましたっけ？　いえ、もっと前。さあ、これで話が変わってきましたよ。不注意でしたね。こう行きましょう。そうそう、歯に赤い薔薇をくわえて、ここのところまで黒い網タイツ、もう、そ・れ・だ・け、ですよ——そうこなくっちゃ、もう最高です……ところがいまや愛の喜びのかわりに——湿った石、錆びた鉄ときて、その先には……、ご自分でもお分かりですよね、その先になにがあるか。気づかなかったな。ではこうなら？　こっちのほうがいい。勝負はいずれにせよ——私のものです、あなたは間違いに次ぐ間違いを犯してますからね。彼女があなたを裏切ってきたとしても、あなたもその手に彼女を抱いてきたんじゃないですか。私は助言を求められると、いつもこう言うんです。みなさん、もう少々発明の才を発揮してごらんなさい。たとえば周囲に鏡を張りめぐらせて、鏡のなかで労働が熱く盛り上がっていくのを見る以上に気持ちのいいことはありませんよ——もう素晴らしいったら！　でもこっちはさっぱり素晴らしくありませんね。正直言いますと、私はこっちじゃなくこっちへ行ったと思っていたんです。ですからこれはだめです……。どうぞ戻ってください。その際、私は葉巻を吸ったり他愛ない話をしたりしてもらったりするのが好きなんです——どうしようもありません、ある種の淫蕩です……。ええ——このすべてに《さようなら》を言うのはつらいし恐ろしいし癪ですね——それにほかの同じくらい若くて瑞々しい連中はまだまだこの労働を続けるのだなんて考えるのは……。ああ！　あなたがどうか知りませんが、愛撫ということで言うと私の大好きなのはわが国のレスラーのあいだでマキャロン（フランス語の俗語で「殴打」の意味）と呼ばれているもので、首のところをバシッとやるんですが、お肉がむっちりしていればいるほど……。第一に私は食うこともできますし、第二にかんたんに逃げることもできますよ。じゃあこれで。ちょっと待ってください、ちょっと待ってくださいって、やっぱりもうすこし考えます。最後の手はどうなってましたっけ？　置き直して考えさせてください。馬鹿ばかしい、チェックメイトなんてありえない。たぶんあなたはここでなにか、失礼ながら、いかさまなさいましたね、ほらこれはここかここにあったんです、ここじゃありませんでしたよ、絶対にそうですって。さあ、置き直してください、置き直してください……」

　彼はさもついうっかりといった按配で駒をいくつかはたき落とすと、こらえきれずに呻きながら残りもかき混ぜてしまった。キンキナトゥスは片肱をついて座ったまま思案げに馬《ナイト》をほじくっていたが、馬のほうでも、首のところが出自のパンの本性に戻っていくのはどうやらまんざらでもないらしかった。

「別のゲームにしましょう、別のゲームに、あなたはチェスができませんから」ムッシュー・ピエールはせわしなく喚きたてると、鵞鳥ゲーム（すごろくの一種）用の色鮮やかに塗り分けられたボードを広げた。

　骰子《さいころ》を振ると――たちまち3から27に上がり――けれどもそのあとまた下がるはめになり――入れ替わりにキンキナトゥスが22から46に舞い上がった。ゲームは長引いた。ムッシュー・ピエールはフランボワーズ色に顔を染めたり地団駄を踏んだり腹を立てたり、骰子を追いかけて机の下へもぐり込み、そこから骰子を手のひらにのっけて這い出してきて、誓ってこのかたちで床に転がっていたのだと言い募ったりした。

「どうしてあなたはそんなにおいがするんです？」キンキナトゥスがため息まじりに訊いた。

　ムッシュー・ピエールの丸々太った顔が作り笑いに歪んだ。

「うちの家系は」彼は威厳たっぷりに説明してみせた。「足がちょっと汗っかきなんです。明礬《みょうばん》も試しましたがまるで効きませんね。これは言わせていただかなければなりませんが、私は子供のころからこれを患っているのに、まあ一般に、なんであれ、人の悩みには敬意をもって接することになってはいますが、だとしてもこれまでまだひとりとしてこんなに配慮《タクト》を欠いた……」

「息ができない」キンキナトゥスが言った。

14

それははるかに近くなっていた――しかも今度はいやにあくせくやっていて、問いかけのノックを返して邪魔を入れては面目ないくらいだった。それは昨日より遅くまで続き、キンキナトゥスは日射病にやられたみたいに敷石のうえへ十文字に突っ伏したまま、シャベルひと掻きごとに延びてくる秘密の通路を――五感が仮装するのを大目に見ながら――聴覚をつうじてありありと目にしたり、石がぐらつくのを、まるで胸を暗くふさぐ痛みを和らげてくれているかのように感じたり、壁を見つめては、そのどこにひびが入り、轟きとともに大きな穴が開くのか、さっそく占ったりしていた。

まだぴしぴし、ぱらぱらいっているなか、ロジオンがやって来た。そのうしろから、素足にバレエシューズを履き、タータンチェックのウールの少女服を着たエンモチカがさっと入ってくると、前に一度あったように机の下に隠れ、体を丸めてしゃがみ込んだおかげで毛先の巻いた亜麻色の髪が顔も膝も、それにくるぶしまでも覆った。ロジオンが遠ざかるやいなや彼女は跳ね起き――スチールベッドに座っているキンキナトゥスにまっしぐらとびついて、彼を押し倒し、そのうえを這いあがってきた。熱い裸の手の冷たい指を彼に食い込ませ、歯をこぼして頬笑み、その前歯には緑の葉っぱがひとかけへばりついていた。

「おとなしく座って」とキンキナトゥスは言った。「疲れているんだ、一晩中まんだかなんじりともしなくてね――おとなしく座ってお話でも聞かせてくれないかな……」

　エンモチカはもぞもぞ彼の胸に額をうずめた。まとめていない巻き髪《ブークル》が片側に垂れた下から、洋服のうしろの衿ぐりに、背中の上のほうが肩胛骨の動きに応じて形を変えるくぼみまであらわになり、全体が白っぽい産毛にむらなく覆われてシンメトリックに梳かしてあるようにみえた。

　キンキナトゥスは彼女のあたたかな頭を撫で、かるくもたげさせようとした。彼女は彼の指を摑み、握りしめ、敏捷な唇に押し当てた。

「いい子だから」キンキナトゥスは睡たげに言った。「もういいから、いいから。お話でも……」しかし子供らしい奔放な気分の昂ぶりが彼女をとらえた。この立派な筋肉をつけた子供は、キンキナトゥスを仔犬みたいに転がした。

「およしって！」キンキナトゥスは叫んだ。「よく恥ずかしくないね！」

「明日ですから」彼を押さえつけて眉間を見すえながら、ふと彼女が言った。

「明日ぼくは死ぬのかい？」キンキナトゥスは訊いた。

「いいえ、私が助けるの」エンモチカ（彼のうえに馬乗りになっている）は思案げに言った。

「そいつはいいや」キンキナトゥスが言った。「いたるところから救世主現る、だ！　そうこなくっちゃ、さもなきゃ頭がおかしくなってしまう。お願いだから降りておくれ、重たいし暑いからさ」

「私たちは逃げて結婚するの」

「ことによったら――きみが大きくなったときにね、でも、ただね、ぼくにはもう妻がいるんだ」

「太った歳寄りのがね」エンモチカは言った。

彼女はベッドからとび降り、駈けだしてバレリーナみたいな大股の速歩で髪をはずませながら独房を一周すると、宙を舞うようにひと跳ねし、仕上げに、何本もの手を伸ばしながらその場で回転した。

「すぐまた学校なの」またたく間にキンキナトゥスの膝に座って彼女は言い――たちまち浮き世のことはすべて忘れて新しい仕事に夢中になった。きらきらした膝に黒く縦に伸びたかさぶたをほじくりはじめたというわけだが、かさぶたはすでに半分剝がれ、痕がやわらかな薔薇色になっていた。キンキナトゥスは目を細めて彼女の俯けた横顔が淡く毳立った光の縁どりに囲まれているのを見つめていたが、睡気が襲ってきた。

「ああ、エンモチカ、忘れちゃいけないよ、忘れちゃ、約束を忘れるんじゃないよ。明日か！　聞かせておくれ、どんな手はずになってるんだい？」

「耳を貸してください」エンモチカは言った。

彼女は腕を片方彼の首に回し、耳に熱く、湿っぽく、さっぱり聞きとれない口調で、耳鳴りみたいに囁いた。

「なにも聞こえないよ」とキンキナトゥスは言った。

もどかしげに顔から髪をかきあげるとまた口を押しつけてきた。

「ブー……、ブー……、ブー……」と響きよくつぶやいて――いたかと思うととび降りてまた舞い上がり――かと思うともう、かすかに揺れる空中ぶらんこのうえでひと息入れ、つま先を重ねてくさび状に伸ばしている。

「だとしてもぼくはとても当てにしているから」睡気が強まっていくなかでキンキナトゥスはなんとかそう言い、濡れた、耳鳴りのする耳をゆっくり枕に押し当てた。

寝入りしな、彼は彼女が自分のうえを四つん這いに跨いでゆくのを感じた――そして彼女かほかの誰かがなにかの光る布を際限なくたたんでゆく光景がぼんやり浮かんできて、角をつまみ、折りたたみ、手のひらで撫で、またたたみ――ロジオンに引きずり出されていくエンモチカの金切り声のせいで、一瞬目が覚めた。

すると彼は壁のむこうで約束の音がそっと再開したような気がし……、危ない真似を！　真っ昼間じゃないか……、しかしそれはこらえきれず、ごく静かに、彼のほうへますます突き進み――彼は見張りたちが聞きつけるのを恐れて、歩き回ったり足踏みしたり咳払いしたり歌を口ずさんだりした――心臓をいやに鼓動させて机にむかって座ったときにはもう物音は消えていた。

そして日暮れどき――いまや恒例の――ムッシュー・ピエールが金襴の丸帽《チュベチェイカ》をかぶって現れ、屈託なく、くつろいだ様子でキンキナトゥスのスチールベッドに横になり、ペリ（ペルシア神話の美しい女の姿をした妖精）の似像《かたち》に彫った長いメシャム・パイプに豪勢に火をつけ、小さな肱をついた。キンキナトゥスは机の前に座って夕食を嚙み砕いたり茶色い果汁からプルーンを釣り上げたりしていた。

「今日はあそこにパウダーをはたいてきましたので」歯切れよくムッシュー・ピエールが言った。「ご不満、ご意見はご遠慮願います。昨日の会話の続きをやりましょう。快楽の話でしたね」

「愛の快楽は」とムッシュー・ピエールは言った。「一般に知られたもっとも美しく健康にいい身体的鍛錬のうちのひとつによって達せられます。いま私は達せられる《ドスチガッツァ》と言いましたが、もしかしたら《掘り起こされる《ドブイヴァッツァ》》とか《採掘《ドブイチャ》》（「ドスチガッツァ」同様、それぞれ「手に入る」「入手」等の意味がある）といった言葉のほうがずっとふさわしいかもしれません、というのもいま話しているのは、殴《や》られている側のもっとも深いところにしまい込まれた快楽を、それこそ計画的に粘り強く採掘することについてだからです。愛を職業とする者は暇なときも鷹のような目の表情、陽気な性格、生き生きした顔色によって観察者をたちまち驚かします。私の足どりの滑らかさにもご注目あれ。かくてわれわれが前にするのは、愛の快楽、エロティックな快楽といった一般的な用語にまとめられるなんらかの現象ないし一連の現象なのです」

　ここで忍び足の監獄長がこっちを見ないでくれと身ぶりで言いながら入ってきて、自分でもち込んだ丸椅子に腰をおろした。

　ムッシュー・ピエールは好意に輝いた視線を彼に投げた。

「続けてください、続けてください」ロドリグ・イワーノヴィチが囁いた。「お話をうかがいにきたのです。Pardon（仏語で「すみません」の意）、少々お待ちを――壁に寄りかかれるように置くだけなので。Voilà（仏語で「これでよし」の意）。やはりへとへとですな――あなたは？」

「それはあなたが慣れていないんですよ」ムッシュー・ピエールが言った。「では続けさせてください。ロドリグ・イワーノヴィチ、私たちはいまのところ、人生の快楽について話し合い、エロスについてざっと検討したところです」

「分かりました」監獄長は言った。

「私が指摘したのは次の点です……、ご同輩、繰り返しになりますがお許しを、ロドリグ・イワーノヴィチにも関心をもってもらいたいんです。私が指摘したのは、ロドリグ・イワーノヴィチ、死刑の宣告を受けた男にとってもっとも忘れがたいのは、女、美味なる女の身体だということです」

「それに月夜の抒情詩も」キンキナトゥスを厳しく一瞥してロドリグ・イワーノヴィチは意見を足

した。

「いや、私が演題《テーマ》を展開するのを邪魔しないでいただきたい、その気がおありなら——あとでおっしゃってください。では続けます。愛の快楽のほかにも一連の快楽がありますので、今度はそれに移りましょう。みなさんはおそらく、素晴らしい春の日、つぼみがふっくらしてきて、開き初めのべたつく葉をまとった林に鳥の歌声が響きわたるとき、胸が広がってゆくのをいく度となく感じたことがあるでしょう。咲き初めの慎ましやかな花たちが草陰になまめかしく見え、まるでおどおどこんなふうに囁いて情熱的な自然愛好家を誘惑するかのようです。《ああ、だめ、私たちを摘んじゃいや、私たちの命は短いの》。胸が広がり、深々と呼吸するのは、そんな日、鳥が歌い、生え初めの木々に開き初めの慎ましやかな若葉が姿を現すときです。なにもかもが小躍りして喜んでいるのです」

「見事なまでの四月の描写です」頬をふるわせて監獄長は言った。

「各自それを体感いただけたことと思いますが」ムッシュー・ピエールは続けた。「さて今度、今日明日にでもわれわれみなが断頭台へのぼるとなると、そんな春の日の忘れがたい思い出がこう叫ばせることになるのです。《おお、帰ってきてくれ、帰ってきてくれ、もう一度お前を生き直させてくれ……》」「《お前を生き直させてくれ》」とムッシュー・ピエールは重ねて言い、拳に握りしめていた、細かい字で埋め尽くされた虎の巻を、かなりあからさまに覗き込んだ。

「続きまして」ムッシュー・ピエールは言った。「精神的な類いの快楽です。思い出してみてください、大規模の画廊か美術館でよくありましたね、ふと立ち止まって、ある種の刺激的な《ビカン》トルソー——悲しいかな、ブロンズか大理石ですけれど——から目を離せなくなったことが。私たちはこれを芸術の快楽と呼ぶことができます——それは人生において相当な位置を占めるのです」

「もちろんですとも」ロドリグ・イワーノヴィチは鼻声で言うとキンキナトゥスにちらっと目をやった。

「美食《ギャストロノミー》の快楽です」ムッシュー・ピエールは続けた。「ごらんなさい、さあ――樹の枝から最高の果物がぶら下がっています。ほら――肉屋さんとお手伝いのみなさんが、あたかもお肉にしてもらうみたいに鳴いている豚さんを引っぱっていきますよ。ほら――きれいなお皿に大きな白いサーロ（塩漬けにした豚の脂身）のかたまりが。ほら――テーブルワインとチェリー酒ですよ。ほら――お魚です――ほかの人がどうか分かりませんが、私はブリーム（鯉の一種）が大好物なんです」

「同感です」ロドリグ・イワーノヴィチが低声域《バス》で言った。

「この素晴らしい饗宴を捨て去らなければいけないのです。そして捨てなければいけないものがまだたくさんあるのです。祝日の音楽、カメラやパイプのような愛用品、友との語らい、人によっては愛の至福と同列に置くこともある自然の用事を果たすことの至福、午餐のあとの昼寝、喫煙……。あとなんだっけな？　愛用品――これはもう出たか」（またしてもカンニング・ペーパーが出てきた）「自然の……これも出た。まあ、ほかにもまだまだ細々したものが……」

「少々足してもよろしいでしょうか？」へつらうように監獄長が訊いたが、ムッシュー・ピエールは頭を振った。

「いえ、もう十分です。たぶん私はご同輩の心の目の前に遥かな官能の王国をもろもろ繰り広げおおせたことでしょう……」

「私はただひと言なりと食べ物の件で」と監獄長がこっそり言った。「いえ、ここでいくつか細かい話をしてもいいと思うんです。たとえば en fait de potage（仏語で「スープにかんして」の意）……。いや黙ります、黙りますとも」ムッシュー・ピエールの視線に出会した彼はぎょっとして切り上げた。

「で、どうです」ムッシュー・ピエールがキンキナトゥスに言葉を向けた。「あなたのご意見は？」

「まったく、言うことなしですね」キンキナトゥスは言った。「寝ぼけた、しつこいたわ言です」

「手に負えない！」ロドリグ・イワーノヴィチが叫んだ。

「彼はわざとこういうことをやるんです」恐ろしい磁器みたいな笑みを浮かべてムッシュー・ピエールが言った。「私を信じてください、彼はかなりの程度、私の描写した現象の魅力を感じています」

「……が、分かっていない事柄もありますな」となめらかにロドリグ・イワーノヴィチが乗り込んできた。「彼が分かっていないのは、もしいますぐ正直に自分が馬鹿げたふるまいをしたのを認め、私とあなたが愛しているのと同じものを愛していると認めるなら、つまりたとえばコースの最初の海亀のスープとかをです、あれはどうしようもなく美味《うま》いらしいですな、いやようするに、私が言いたいのはただ、彼が正直に認めて後悔するなら——そう、後悔するなら——これが私の考えです——そのときは彼に手の届かないなんらかの、私は望みとは言いたくありませんが、とにかく……」

「体操の話が抜けてた」紙切れに目を通しながらムッシュー・ピエールがぶつぶつ言った。「ああもう忌々しい！」

「いえいえ、素晴らしいお話でした、素晴らしい」ロドリグ・イワーノヴィチはため息をついた。「あれ以上はありえません。数十年眠っていた欲望が私のなかでうごめきだしました。どうなさいます——まだここに？　それとも私とごいっしょに？」

「いっしょに行きましょう。今日の彼は実にぷんぷんしてますね。見向きもしてくれません。王国を勧められているのにふくれっ面なんて。私に必要なのはほんのすこしだけ——ひと言、いや、うなずいてくれるだけでいいのに。まあしかたないか。行こう、ロドリゴ」

彼らが去ってすぐ灯りが消え、キンキナトゥスは暗闇のなか、スチールベッドに移動すると（不愉快だな、他人の灰は、でもほかに寝る場所もないし）、全軟骨と椎骨にそって長い憂鬱の音をはじかせながら伸びをし、息をとめて十五秒ほど耐えた。たぶんただの石工だ。修理でもしてるのさ。耳の錯覚で、たぶん全部遠く離れたところで起きていることなんだ（ため息）。彼は仰向けに横たわって毛布からとび出した足の指をうごめかせたり、顔をありえない救出のほうへ向けたかと思うと避けえない処刑のほうへ向けたりした。また灯りがついた。

シャツの下の赤毛の胸を掻きながらロジオンが丸椅子をとりに現れた。お目当てのものを目にしたが、なんのためらいもなくそれに座り、いやに恨みがましく喉を鳴らしてばかでかい手のひらで俯けた顔を揉むと、どうやらひと眠りしにかかった。

「まだ来ないんですか？」キンキナトゥスが訊いた。

ロジオンはそそくさ立ち上がって丸椅子をもって出ていった。

ムリック――暗闇《ムラーク》。

裁きの日から二週間というある程度まとまった期間が過ぎたからか――救いの音が近づいてきて運命を変える約束をしてくれているからか――この夜キンキナトゥスの頭のなかは、城塞で過ごした時間のパレードをやることで占められていた。論理的発展の魅力にわれ知らず屈し、どうかかわり合うのか分からないばらばらの輪っかのかたちであればまったく安全なものをわれ知らず（気をつけろ、キンキナトゥス！）鍛接して鎖にすることで、彼は無意味なものに意味を、生命なきものに生命を与えていた。石の暗闇を背景に、彼はいま、いつもの訪問者たち全員に照明を浴びたかたちで登場することを許してやり……、いやこんなことははじめてだ、彼の想像力が彼らにこんな寛大な態度をとってみせるのはこれがはじめてだった。むっちりした顔を、まるでこの前おどけた義弟がもってきた蠟細工の林檎みたいにてからせた、隣人のしつこい囚人の姿があり、燕尾服の袖からカフスを引っぱり出している、よけいな肉もないが落ち着きもない弁護士の姿があり、陰気な司書に、黒々したつややかなかつらをかぶったでぶのロドリグ・イワーノヴィチに、エンモチカ、マルフィニカの一家、ロジオン、そのほか、ぼんやりした見張りや兵士の姿がある――そして、彼らを呼び出すことで――その存在を信じていなくとも、呼び出すことでやはり――キンキナトゥスは彼らに生きる権利を与え、面倒を見、みずから彼らの糧となっていた。これに、胸を騒がすノックの音がいつ戻ってくるかもしれないという可能性が、音楽の刺激的な待機時間のように働きかけながらまじり合い――おかげでキンキナトゥスは、奇妙な、ぞくぞく震えのくる、危険な状態にあったわけだが――遠くでなにやら荘重さをつのらせながら時計が刻を打ち――すると照明を浴びた面々が暗闇から出てきて互いに手を差し出し合いながら輪になっていった――かるく脇へのしかかったり傾いたりぐずついたりして――はじめのうちは遅々として進まない――円運動を始め、それが次第に整って軽快になり、勢いがついてくるともはやとめどがなく――肩や頭の化け物じみた影が石造りの丸天井を加速しながら繰り返し駆け抜け、輪舞のなかで足を高く蹴り上げて残りのしかつめらしい連中を笑わせる、あのかならずいるお調子者が、ぶかっこうなステップを連ねて巨大な黒い角を壁に投げ出していった。

15

午前中は静かに過ぎ、そのかわり午後五時ごろ、この上なく破壊的な亀裂音が始まった。作業している人間がしゃかりきに事を急がせ、図々しくがちがちやっていた、もっとも昨日からたいして近づいてはいないのだが。

いきなり、なにか特別なことが起こった。中の障害物かなにかが崩れたらしく、いまではもう音は丸くせり出すように力強く現れて（一瞬のうちに後景から前景へ――脚光の前へ一直線に移動して）、その居所がはっきりした。ほらここだ、溶けかかった氷みたいな壁の真裏、もうすぐだ、もうすぐ道が通じる。

そのとき囚人《めしうど》はいまこそ行動のときだと心を決めた。いやにばたつき、胴震いがしたが、それでもなんとか自制心は失くさず、捕まったとき身につけていたゴムの深靴とリンネルのズボン《パンタロン》と上着をとり出して着込み、ハンカチを一枚、ハンカチを二枚、いやハンカチを三枚みつけ（シーツを一本に結び合わせたものへちらっと変容させてみた）、万一にそなえて、小包をもち運ぶときの木でできたあれがまだくくりつけてあるなにかの細紐をポケットに突っ込み(入り切らずに先っぽが垂れていた)、ベッドへ突進すると枕を叩いてふくらませ、毛布でくるんで寝ている人間の形に仕立てようとしてそれはやらずに机へとびかかり、書いたものを引っ摑むつもりだったがそこでも途中で向きを変え、なにしろ勝ち誇ったような狂ったノックの音のせいで考えが混乱してしまい……。彼が矢のように背筋を伸ばして気をつけの姿勢で立っていると、黄色い壁が彼の夢を完璧なまでに実現して、床から一アルシン(約七十一センチ)のところに稲妻みたいなひびを走らせ、かと思うと内から衝かれるようにしてふくらみ、いきなり、轟音を立てて口を開けた。

細かな破片がもうもうと立ち込めるなか黒い穴から這い出してきたのは、つるはしを手に、全身真っ白にして、埃まみれの太った魚みたいに全身をよじりながらどたばた落ちて、笑いで全身を波打たせているムッシュー・ピエールと、そのすぐあとから——だがザリガニ式に太った尻をまず先に、その破れ目から灰色の中綿をとび出させ——フロックコートを羽織らず、やはり粉屑まみれで、やはり死ぬほど笑っているロドリグ・イワーノヴィチで、ふたりは穴から転げ出ると床に座り込んでもうとめどなく体をふるわせだし、ホッホッホからヒッヒッヒへいたるあらゆる笑い方をしてそれをまたもとへたどり直し、爆笑の合間にはめそめそ泣き声みたいなものをはさみ込み——小突きあったり、もたれあったり……。

「われわれですよ、われわれ、われわれなんですよ」ようやくムッシュー・ピエールが絞り出すような声で言いながら白亜の顔をキンキナトゥスに向け、するとその黄色い小さなかつらがひょいと喜劇的な音を立ててかるくもち上がり、もとに戻った。

「われわれなんですよ」ロドリグ・イワーノヴィチが彼にしては意外な裏声《ファルセット》で言い、サーカスの道化師《エクサントリック》のつける悪趣味なゲートルをはめた両足を高々ともち上げてばたつかせ、また濃密に笑いだした。

「いやはや」急に落ち着きをとり戻してムッシュー・ピエールは言い、床から立ち上がると、手と手を打ち合わせながら穴をふり返った。「まあひと仕事でしたね、ロドリグ・イワーノヴィチ！ 立ってください、小鳩さん、もう十分。大仕事ですよ！ どうです、これからはこの極上のトンネルを使うこともできるのです……。親愛なるご近所さん、コップ一杯のお茶を飲みにうちへご招待させてください」

「ぼくに触れようものなら……」キンキナトゥスは後じさったが――片側に、彼を抱きかかえて穴に押し込めようとかまえている、真っ白で汗だくのムッシュー・ピエール、反対側に――こちらも抱擁の手を広げながら裸の肩をのぞけてゆるんだ烏賊胸を垂らしている――ロドリグ・イワーノヴィチが立ち、ふたりともいまにもとびかからんばかりに体を左右にゆっくり揺らしていたので、キンキナトゥスに選べたのは、唯一可能な方向、つまりは彼に示されていたものだけだった。ムッシュー・ピエールはうしろからかるく彼を押し、穴に這いずり込むのを手伝ってやった。

「ご同道を」とロドリグ・イワーノヴィチにお声がかかったが、彼は服装が乱れているのでと辞退した。

ひれ伏して目をかたく閉じたキンキナトゥスが四つん這いで進んでいった。うしろからムッシュー・ピエールが這いずってくるし、亀裂音をいっぱいにちりばめた真っ暗闇がいたるところから迫ってきて、背骨を押さえつけたり手のひらや膝を刺したり、キンキナトゥスはいく度か行き止まりにぶつかったが、そのたびムッシュー・ピエールがふくらはぎを引っぱって行き止まりから後退させ、角やら出っぱりやらなんだか分からないものがしきりに頭に当たってくるのが痛くてたまらず、とにかく、恐ろしい、暗澹たる憂鬱にのしかかられて、もしうしろから鼻息を立てて角《つの》で衝いてくる道連れがいなかったら——その場に横たわって死んでいたところだ。しかしそのときだった、石炭みたいに黒々した狭苦しい闇（一か所だけ、小さな赤いカンテラが脇からぼんやりしたつやを黒地に浴びせかけているところがあった）を長距離移動した果てに、狭さと視界の喪失と蒸し暑さを経た果てに——遠く青白い光が見え、それが円になってゆき、つまりそこはカーヴしていたのだが、そしてついに——出口だ。不器用に、おとなしく、キンキナトゥスは石畳の床へ——陽の射し込んだムッシュー・ピエールの独房へ、落下した。

「さあどうぞ」彼のうしろから這い出しながら主人が言い、さっそく洋服ブラシを手にとると、目をしばたたかせているキンキナトゥスの埃を器用に落としはじめ、敏感かもしれない箇所では動きをデリケートに抑えてやわらかく払った。このあいだ彼は体を屈めながらなにかを巻きつけるみたいにキンキナトゥスのまわりをぐるぐる歩き、キンキナトゥスのほうではぴくりともせずに突っ立って、あるとんでもなく単純な考えに、いや考えそのものというよりもむしろ——それがこれまで頭に浮かばなかったことに、呆然としていた。

「すみませんが私はこうさせてもらいます」と言ってムッシュー・ピエールは埃まみれのぴちぴちの肌着をなんとか脱ぎ、一瞬、さもさりげなく腕に力を込めてトルコ石のような碧と白の二頭筋に横目を投げ、独特の悪臭をまき散らした。左の乳首のまわりに気の利いたタトゥー——二枚の青葉——が彫ってあり、乳首本体が薔薇のつぼみ（マジパンとツカート（砂糖漬けのフルーツ）の）にみえるようになっていた。「どうぞお掛けください」と鮮やかなアラベスク模様のガウンを羽織りながら彼は言った。「たいしたおもてなしはできませんが。私の部屋はごらんのとおりあなたのところとほとんど変わりありません。私はただここを清潔に保ち、飾りつけているだけです……、飾りつけは私が、自分でやれる以上にやっているのです」（昂奮でもしたみたいに、やや息遣いが荒くなった）

飾りつけは私が。日暮れどきの城塞を水彩画にした壁掛けのカレンダーが、几帳面にフランボワーズ色の数字をひとつ配置している。スチールベッドは色とりどりの菱形を縫い合わせた毛布が覆っていた。その上に淫らなジャンルの写真が何枚か画鋲で留められ、ムッシュー・ピエールのキャビネ判（十二×十六・五センチ）の写真が一枚掛けてあり、額縁の端から紙扇子が波打つ襞をとび出させていた。机のうえで鰐革のアルバムが寝そべり、旅行用時計の文字盤が金色に光り、ドイツの風景が描かれた磁器のコップのきらきらした縁越しに、五、六輪のヴェルヴェットのようなパンジー（ロシア語では「アニュータの目」という）が、さまざまな方向を見つめていた。独房の隅の壁に、楽器でも入っていそうな大きなケースが立てかけてあった。

「ここであなたにお会いできて非常に幸せです」ムッシュー・ピエールは話しながら行きつ戻りつし、そのたびに、まだ中で石灰の粉塵が踊っている斜めにひと筋走った陽光を横切った。「私とあなたはこの一週間でたいへん仲好くなったといいますか、めったにないくらい素晴らしい、あたたかい仲になれたように思います。どうやら中になにが入っているのか気になるみたいですね。ただどうぞ」（息を継いで）「ひととおりしゃべらせてください、そうしたらお見せします……」

「私たちの友情は」行きつ戻りつ、かるく息を喘がせながらムッシュー・ピエールは続けた。「私たちの友情は共通の不安と希望を肥やしに温室のような囚獄《ひとや》の空気のなかで花開きました。私はこの世の誰よりあなたのことを知っていると思います――もちろん、奥さんがあなたのことを知っていた以上に近しく。ですからあなたが悪感情に屈したり人々に無愛想だったりすると私はとくに胸が痛むのです……。ついさっき、われわれがあんなに陽気にお宅へ現れたときも、あなたはロドリグ・イワーノヴィチがあれだけ感じよく精力的に参加してくださったサプライズ《シュルプリーズ》に無関心を装ってまたしても彼を侮辱しましたね、彼だってもうけっして若くないし、個人的な悩み事もいろいろ抱えてるんですよ。いや、いま話したいのはそんなことじゃなく……。私にとって大事なのはこれをはっきりさせることだけです、つまりあなたの心の機微はどれひとつ私の目から逃れることはできないということを、だから私個人からすると、かの名だたる罪状はかならずしも正しいように思えません……。私にとってあなたは透明《プロズラーチヌイ》で、いわば――凝った《プロズラーチナ》譬えをお許しください――いわば顔を真っ赤にしている花嫁が経験豊富な花婿の目には見え透いているようなものです。変ですね、呼吸がちょっと、すみません、すぐ快復します。でも私がこんなに近しくあなたのことを調べ上げて――なにを隠そう――あなたを愛する、いや深く愛するようになったとなれば――あなたもきっと、私のことを理解し、私に懐き――それどころか、離れられなくなっていることでしょう、私があなたから離れられないのと同じように。こうした友情を勝ちとること――それこそ私の第一の課題だったわけですが、どうやらこれはうまく解決したようです。成功です。ではお茶にしましょう。わけが分からない、なんでもって来ないんだろう」

　彼は胸を押さえながら机をはさんでキンキナトゥスの向かいに腰をおろしたが、すぐまた急に立ち上がり、枕の下から革の蟇口《がまぐち》を、蟇口からスエードのホルダーを、ホルダーから鍵をとり出し、隅に立っている大きなケースに近づいていった。

「私の几帳面ぶりに面喰らっているみたいですね」彼はそう言うと、ずっしりと重く、動きのもたつくケースを、大事そうに床へ寝かせた。「でもいいですか、几帳面さが孤独な人間の生活を飾りたててくれ、彼はそのことでおのれに証明するんです……」

　蓋の開いたケースのなかは黒の天鵞絨《ビロード》張りになっていて、そこに幅広の斧がきらきら横たわっていた。

「……おのれに証明するんです、自分にも巣があるんだってことを……。小さな巣が」ムッシュー・ピエールは言葉を続けながらまたケースに鍵をかけ、壁に立てかけ、自分も壁にもたれかかった。「自分にふさわしい、自分で作り上げた、自分のぬくもりでいっぱいの小さな巣が……。ようするにここには大いなる哲学的主題があるわけですが、いくつかの徴候からみるに、あなたはどうやら、いえ私もですが、主題どころではなさそうですね。ちょっといいですか？　私から助言を。お茶はあとでいっしょに飲むとして――いまはお宅へ帰ってしばらく横におなりなさい、お帰りください。私たちはお互い若いですし、あなたはこれ以上ここにいてはいけません。明日になったら説明がありますから、いまはお帰りください。私も昂奮してますし、自分を抑えられません、あなたは分かってくださるはずです……」

キンキナトゥスは錠の下りた扉を静かに揺すった。

「いやいや――われわれのトンネルでどうぞ。せっかく骨を折ったんですから。這いつくばって、這いつくばって。穴はカーテンで覆います、そうしないとみっともないので。どうぞお通りを……」

「ひとりで大丈夫です」キンキナトゥスは言った。

彼は黒い穴に這いずり込むと、打ち傷のできた膝をがさごそいわせながら四つん這いで出発し、狭苦しい暗闇の奥へ深く深く入っていった。ムッシュー・ピエールは反響する声で追いかけるようにお茶のことでなにか叫ぶと、どうやらカーテンを引いたらしい――キンキナトゥスは一気に、ついさっきまでいた明るい部屋から自分が遮断されたように感じた。

ざらついた空気をどうにか呼吸し、尖ったものに突き刺されながら――そしてとくに怖じけるでもなく崩落しそうだなと思ったりしながら――キンキナトゥスは曲がりくねった通路をやみくもに進み、あちこちで石のどん突きに出てはうしろ歩きするおとなしい動物みたいに引き返し、通路の続きを手探りして先へ這った。彼はやわらかいところに、自分のスチールベッドでもいいから寝転がって、なにか掛けるものを頭からかぶり、なにも考えずにいたくてたまらなかった。この帰路の探検はいやに長引き、肩口がぼろぼろにすり切れてきて、彼はたえず行き止まりを予感しながら、その予感が許すかぎり急ぎだした。蒸し暑さが頭をぼんやりさせ——覚悟を決めて、止まろう、頭をおろして自分はベッドのなかだと思い込もう、なんならこの考えを枕に眠ってしまおうとしかけたそのときだった——ふいに彼の這っていた底がはっきりその感触が分かるくらい下り坂になり、すると前方に赤っぽく光る亀裂がちらっと見え、まるで城塞の壁の内部から天然の洞穴に移動したみたいに湿っぽく黴臭いにおいがし、彼の頭上の低い丸天井から、爪で摑まり、頭を下に、羽を掻き合わせた蝙蝠《こうもり》がしわくちゃの果実みたいに一列になってぶら下がり、出番を待ちかまえていたが——亀裂が燃え立つように広がり、夕方の爽やかな息吹きが漂ってきて、キンキナトゥスは断崖の裂け目から外《ヴォーリヤ》へ這い出し、自由《ヴォーリヤ》になった。

　段丘状にせり上がってゆく城塞にはさまざまな高度に位置する断崖や城壁のあいだあいだに若草萌ゆる斜面が数多《あまた》あり、ぎざついた深緑色の波のように急角度で舐め上げているのだが、彼が出てきたのはそうした斜面のひとつだった。最初のうちしばらくは自由と高さと広大さに頭がくらくらきて、湿った芝にしがみついた彼に気づけたのは、黒い鋏で色つきの空気を切り刻んでいる燕たちが夕方用の大声で喚きたて、夕焼けが空半分を包み、彼をしずくみたいに搾り出した城塞の岩の絶壁がなににも目をくれず彼の後頭部上を恐ろしい速さでのぼってゆき、足下に譫妄《せんもう》の世界の断崖とクローバーのにおいをさせた霞が広がっていることのほか、おそらくなにもなかった。

　呼吸を落ち着け、目のちらつきや体の震えやアァだのウゥだの呻きながら遠く伸びやかに響き渡ろうとする自由の内圧を抑え込むと、彼は背中を断崖にへばりつかせ、霽いだ周囲を見渡した。すでに薄暮が沈殿している遥かな眼下に、霞の流れをすかして、かろうじて橋の模様入りのこぶが見えた。橋の向こうは煙色や青色の市街で、灼熱した炭みたいな窓を並べていたが、まだ日没からの借金で輝いているとも、もう自腹の光が灯りだしているともつかず——徐々に糸を通すみたいにクルタヤ通りにそって街灯のビーズが灯ってゆくのが見え——そのてっぺんの精巧な拱門《きょうもん》が異常に鮮明だった。市の向こう側はおぼろに陽炎が立って、形が整いかけてはするりと逃げたが——隠れた庭園の上空、空の薔薇色の深奥に、澄んだ炎のような小さな雲が列をなし、底に燃えるような切れ込みをところどころ入れている長いリラ色の雨雲がひと筋伸び——キンキナトゥスが見ているうちに、そこで、遥かなそこで、樫に覆われた丘がヴェネチアン・グリーン（緑青（ろくしょう）色）にひらめき、ゆっくり翳っていった。

酔っぱらいの弱々しい足どりで、ごわついた芝に滑ってはバランスを立て直したりしながらキンキナトゥスが下へ進みだしたとたん、喪に服したスピノサスモモの木が警告するようにかさかさいっていた城壁のでっぱりの背後から、顔と足を夕焼けの薔薇色に染めたエンモチカがとび出してきて、彼の手をしっかり摑むと後ろ手に引っぱった。彼女のあらゆる動作に昂奮が、歓喜に満ちたあわただしさが、あらわれていた。

「どこへ行くんだい？　下かい？」キンキナトゥスはこらえきれずに笑いながらとぎれがちに訊いていた。

彼女は壁伝いに、足早に彼を導いた。壁に設けた緑色の小さな扉が開いた。階段が下へ続き——またたく間に足下を過ぎ去った。また扉が軋みあがると、その先は薄暗い通路になっていて、洋櫃、衣裳箪笥、壁に立てかけた梯子が立ち並び、灯油のにおいがし、そのとき分かった、ふたりは裏口から監獄長のフラットに侵入したのだ、というのも——もうそれほど強く彼の指を握っておらず、すでにぼんやりとそれを放そうとしているエンモチカが彼をつれて入ったのが食堂で、一同が照らし出された楕円形の食卓を囲み、お茶を飲んでいたのだ。ロドリグ・イワーノヴィチの胸をナプキンが広々と覆い、彼の妻――がりがりに痩せ、そばかすだらけの顔には白い睫毛――が、雄鶏柄のルバシカで盛装したムッシュー・ピエールにブブリキ（ベーグルのような太い丸形パン）を勧め、サモワールのそばの籠がなかに色とりどりの毛糸玉をつくね、ガラスの編み棒をきらきら輝かせていた。ナコールカ（十二世紀初頭までロシアの農村部でみられた既婚女性の頭蓋帽の一種）をかぶって黒い小型のケープを羽織った、鼻の尖った小柄な老婆が、食卓の端で鬱《ふさ》いでいた。

　キンキナトゥスを目にした監獄長は口をあんぐり開き、口角から、なにかが垂れた。

「おやまあ、このおてんば娘ったら！」ドイツ語っぽいアクセントで監獄長夫人が言った。

　ムッシュー・ピエールはお茶をかき混ぜながらはにかむように目を伏せた。

「まったく、なんのいたずらですかな？」メロンの汁をとばしてロドリグ・イワーノヴィチが言った。「これがあらゆる規則に反していることは言うまでもないとして！」

「放っておきなさい」目を上げずにムッシュー・ピエールが言った。「ふたりとも子供なんですから」

「休みが終わりますでしょ、それでこの子ったら、いたずらしてみたくなったんですわ」早口に夫人が言った。

　エンモチカはことさらに椅子をがたがたいわせてそわそわ舌なめずりしながら食卓につくと、キンキナトゥスのことはそれっきり忘れて毳立ったひと切れのメロンに砂糖――たちまちオレンジ色になった――をふりかけにかかり、やがて耳まで届きそうなその両端をもち、隣の客に肱をぶつけながらせっかちにしゃぶりついた。客は人差指と中指のあいだに突き出したスプーンを抑えてお茶を啜りつづけていたが、こっそり左手を食卓の下へおろした。

「きゃっ！」エンモチカはくすぐったそうに身をひねったが、それでもメロンからは離れなかった。

「しばらくそこに掛けていてもらいましょうか」監獄長はそう言って、カーテン《ポルティエール》の襞のそばでダマスク織の薄暗がりのなかにぽつんと立っている背覆《アンチマカッサル》いをかぶった緑色の肱掛椅子を果物ナイフでキンキナトゥスに指してみせた。「終わったら私がお宅へお送りしますから。お掛けくださいとお願いしているんです。どうかしましたか？　この人はどうかしたんでしょうか？　血のめぐりの悪いったらない！」

　ムッシュー・ピエールがロドリグ・イワーノヴィチのほうに体を屈め、顔を赤らめて何事か彼に告げた。

　ふと彼の喉仏がごくっといった。

「それはおめでとうございます、おめでとうございます」声の昂ぶりをなんとか抑えて彼は言った。

「これはめでたい……！　だいぶ前からそろそろ……。われわれ一同……」彼はキンキナトゥスに目を投げたかと思うともうおごそかな面持ちで事を進めにかかっていた。

「いえ、まだ早いですよ、きみ、照れるじゃないですか」ムッシュー・ピエールが彼の袖に触れて囁いた。

「いずれにせよもうコップ一杯、お茶のお代わりは断らないでしょうね」いたずらっぽくロドリグ・イワーノヴィチが言い、それからすこし考えながらくちゃくちゃやっていたが、キンキナトゥスに声をかけた。

「こら、あなたはあっちですよ。しばらくアルバムを見ていてかまいませんから。いい子だからこの人にアルバムを貸しておやり。それはこの子が」（ナイフによる身ぶり）「学校に戻ったときのためにわれわれの親愛なるお客さまがこの子に作ってくだすった……、この子に作ってくだすった……。すみません、ピョートル・ペトローヴィチ、失念しまして、あなたはこれをなんと呼ばれてましたっけ？」

「フォトホロスコープです」慎ましくムッシュー・ピエールは答えた。

「レモンはそのままでかまいませんの？」と夫人が訊いた。

吊り下げの灯油ランプは食堂の奥を暗いまま放ったらかして（そこでは振り子の光の粒が大きな秒のかたまりを砕きながらぱっとひらめくだけだった）、食卓の格式張らない飾りつけに家庭的な光をふりそそぎ、それがお茶の儀式《チャイヌイ・チン》の響きに変わっていった。

16

落ち着け。蜘蛛は白い産毛を生やした小さな蛾と三匹の家蠅を吸い尽くし――けれどもまだすっかり満腹というわけにはいかず、扉のほうをちらちら見ていた。落ち着け。キンキナトゥスは全身すり傷と青痣だらけだった。落ち着け、なにも起こっちゃいない。前夜彼が独房につれ戻されたとき、ふたりの獄吏がさっきまで穴の開いていた場所を塗り込め終えるところだった。いまではその場所の目印は、ほかとくらべてやや丸みと厚みを帯びた過剰《ナヴォロートゥイ》な渦状《ナヴォロートゥイ》のペンキばかりで――ふたたび目も耳も利かなくなって密になった壁を目にすると、それだけで暑苦しくなった。

もうひとつの昨日の名残というのが、彼が従順な放心のなかでもってきてしまった、濃い銀色のモノグラムをどっしりとあしらった鰐革のアルバムなのだが、このアルバムが特殊で、ようするに発明好きなムッシュー・ピエールの制作したフォトホロスコープ、つまりは一連の写真により所与の人物のその後の全生涯を自然な漸進性をもって提示したものである。どうなっているのかって？こんな具合だ。現在のエンモチカの顔写真にかなりの修整をほどこして、それによその写真から衣裳、家具、風景用に一部をとってきたもの――これで未来の小道具の一丁あがり――がつけ足されている。順に並んで、石のように硬く、切り口には金箔のほどこしてある、ボール紙でできた多角形の小窓に収まって、細かい字で日付を書き込まれた、鮮明な、ぱっと見では贋物と思えないこれらの写真は、エンモチカのデモンストレーションになっていて、まず現在の彼女の様子、そして学校卒業時、つまり三年後の、バレリーナの小型トランクを手にした慎ましい彼女、それから十六歳、チュチュを着て背中に瓦斯《ガス》織の羽根をつけ、テーブルのうえに気ままに座り、青白い遊び人たちに囲まれてワイングラスを掲げている彼女、さらに十八歳ごろ、滝壺のうえの手摺の前で宿命の女《ファム・ファタール》の喪服を着て、そのあとは……、いやはや、まだまだいろんな恰好やポーズをしたのが、最後の最後――横たわった彼女――にいたるまで盛りだくさんだ。

　修整《リトゥーシュ》その他の写真トリックのおかげで、さもエンモチカの顔の連続的な変化が達成されているふうではあったが（ちなみに達人は彼女の母親の写真を使っていた）、よくよく見ると、この時間の仕事のパロディのぶざまなまでの出来の悪さがあからさまに目についた。毛皮を着て肩に花束を押し当てながら劇場から出てきたエンモチカは一度も踊ったことのない足をしているし、次の写真ではもうウェディング・ヴェールをかけた彼女が描き出され、隣にはすらっと背の高い花婿が立っているのだが、その丸顔はムッシュー・ピエールだった。三十歳になった彼女の顔にはお決まりの皺、意味も人生も欠き、その真の意義を知ることもなく引かれた――とはいえ、枝の起こす偶然の動きが聾唖者からすれば理解可能な身ぶりと一致していることがあるように、好事家に実に不思議なものを物語る――皺が現れていた。そして四十歳、エンモチカは死のうとしていた――ここでいい意味での間違いを祝してみなさんおめでとうと言わせてもらおう。死の床にある彼女の顔はどうしたって死に顔に見えようがないのだ！

ロジオンが、お嬢さんはもうすぐここをお発ちだとつぶやきながらこのアルバムをもって出てゆき、また戻ってきたときは、お嬢さんは発ったと伝えてやらねばと考えていた。（ため息まじりに）「発っち、まい、なさった……！」（蜘蛛に）「いい加減にしろって……」（手のひらを見せる）「なにももっちゃいねぇったら」（またキンキナトゥスに）「淋しいですな、おお、あの娘《こ》がいないとわが家も淋しくなりますぜ、跳びまわったり、歌をうたってくれたりしてましたからな、うちのいたずらっ娘、うちの金ぴかのお花は」（間をとって調子を変え）「今日はどうかしたんですか、旦那様、あの面倒くさい質問はなさらないんで？　え？」

「そうでしたな」ロジオンは自分で自分に言い聞かせるように返事をし、威厳たっぷりに遠ざかっていった。

　そして午餐が済むと、完全に公式に、もう囚人服ではなく、ヴェルヴェットの上着を着て、芸人《アルチスト》じみた蝶ネクタイを締め、踵が高く、ご機嫌とりみたいに軋る新品のブーツを胴筒のところできらきらさせた（これを履くとなんだかオペラの森番に見えてくる）ムッシュー・ピエール、そのうしろから、歩くときも話をするときも、なにかにつけ恭しく彼に先を譲っているロドリグ・イワーノヴィチ、それから書類鞄を抱えた弁護士が入ってきた。三人そろって籐椅子（待合室からもってきた）に腰掛けて机を囲み、キンキナトゥスははじめのうちは恥ずべき恐怖心と一騎打ちを繰り広げながら独房のなかを歩き回っていたのだが、そのあとやはり腰をおろした。

　弁護士はさして器用にというわけでもなく（それにしても年季の入った手馴れた不器用さだ）書類鞄にかかずらいだし、その黒い頬っぺたを下へ引っぱろうとして、一部を膝のうえに固定し、一部を机にもたせかけ——あっちかと思えばこっちの点でずり落とし——、大きなメモ帳をとり出すと、書類鞄を閉じ、というか正確には、聞き分けがよすぎるせいでそのうち物笑いの種になる書類鞄の鍵をかけ、それから机のうえに寝かしかけて考え直し、衿首を摑んで床におろすと酔っぱらいがへたり込んだみたいな体勢にして自分の籐椅子の脚へもたせかけ、そして手早く――まさに衿穴から――エナメル引きの鉛筆を引っぱり出し、机のうえで払いのけるようにメモ帳を開いて、誰にも何にたいしても注意を向けず、剝ぎ取り式のページをきれいに揃った文字で埋めはじめたが、しかし周囲にいっさい注意を払わないこの態度こそ、鉛筆の走りとそのために全員が一堂に会したところのこの会議との結びつきを、ことさらに強調するものだった。

ロドリグ・イワーノヴィチはかるく反り返って籐椅子に座り――がっしりした背中の圧力で籐椅子をみしみしいわせ、リラ色がかった手を片方、肱掛けにおろし、もう片方をフロックコートの打合せに突っ込み、ときおり、たるんだ頬とラハト・ロクム（求肥に似たトルコの菓子）みたいに白粉をはたいた顎を、なにやら深いぬかるみへ引きずり込もうとするような環境から解き放とうとするみたいに動かした。

真ん中に座っているムッシュー・ピエールは水差しから自分で飲む分を注《つ》いでから指を組んだまま両手を手首のところで慎重かつ大事そうに机に載せ（小指の模造藍玉《アクアマリン》の輝き）、そして長い睫毛を伏せ、十秒ほど、自分の演説をどう始めるか敬虔な面持ちで考えていた。

「親愛なるみなみなさま」目を上げないまま甲高い声でようやくムッシュー・ピエールが言った。「さしあたり、ひとまず先に、すでに私のなし遂げたことを二、三の巧みな筆さばきで素描させていただきます」

「よろしくお願いします」籐椅子をいかめしく軋らせ、監獄長が低声域《バス》で言った。

「われわれの技芸の伝統によってあの愉快な韜晦《ミスティフィキャシオン》が求められる理由につきましては、もちろんみなさんもご承知でしょう。ごもっとも。もし私が藪から棒に正体を明かしてキントゥス・Пに交際を申し込んだらどうなっていたでしょう。これは、みなさん、あきらかに彼を不快にし、脅かし、私にたいする敵意を抱かせ――ようするに宿命的な過ちを犯すことにほかならなかったのではないでしょうか」

報告者はコップにかるく口をつけ、そっとどけた。

「判決を受けた者と執行する者とのあいだで」睫毛をふり上げて彼は続けた。「忍耐力とやさしい気持ちの助けを借りてすこしずつ形成されてゆくあたたかな同志的親密さの雰囲気が、共同事業の成功にとってどれだけ貴重か、といったことについては申し上げるまでもありません。はるかな過去の時代の蛮行を身震いせずに思い起こすことは難しい、いや不可能ですらあります。その当時、この、互いのことをまったく知らず、お互いに赤の他人でありながら、仮借なき法によって結びつけられたふたりは、最後の瞬間、当の聖機密《サクラメント》の前になってはじめて顔を合わせていたのですから。こうしたことはすべて変わりました、ちょうど、何世紀もたつうちに、古代の野蛮な婚姻関係の結び方《ザクリュチェーニエ》、いやむしろ破滅《ザクラーニエ》みたいなものですが――おとなしい生娘が両親の手で見知らぬ男のテントに抛り込まれていたのです（カフカース地方の略奪婚という風習を指している）――それが変わったのと同じように」

（キンキナトゥスはポケットにチョコレートの銀紙をみつけ、丸めだした）

「さてみなさん、既決囚ともっとも友好的な関係を築くために、私は彼以上とは言わないまでも同じような囚人《めしうど》の恰好で同じように暗い独房に住み込みました。私の罪のないぺてんがうまくいかなかったわけはないので、なんらかの呵責を感じるのもおかしな話でしょうが、私は私たちの友情という名のグラスの底に一滴たりと苦いものを残しておきたくはありません。目撃者がおり、実質的《コンクレ》な正当性の自覚もありますが、それでも私はあなたに」（彼はキンキナトゥスに手を差し伸べた）「許しを請います」

「そう、これぞ――本当の思いやり《タクト》だ」監獄長が小声で言うと、その蛙みたいに腫れた目が潤み、彼はハンカチをとり出してたたんだままわななく瞼に当てようとしたのだが思いとどまり、かわりに、腹立たしげに、待ちかまえるような目でキンキナトゥスをにらんだ。弁護士も彼を見やったが、ほんのちらっと、しかも自分の筆跡みたいになっていた唇を音もなく動かしながら、つまり紙から遠ざかってはいるもののすぐにでもまた紙のうえで続きを走ってゆく気でいる文字列との関係を断つことなく、目をくれただけだった。

「手を！」監獄長が真っ赤になってどなり、打ち身になるくらいに机を叩きつけた。

「いけませんね、望んでいないものを無理強いしないでやってください」悠然とムッシュー・ピエールは言った。「これは形式上《プロ・フォルマ》でしかありませんから。続けましょう」

「温順な！」ロドリグ・イワーノヴィチは声を響かせ、眉毛の下から、接吻するがごとき潤んだ眼差しをムッシュー・ピエールへ向けた。

「続けましょう」ムッシュー・ピエールは言った。「このあいだに私は隣人と仲好くなることに成功しました。私たちは……」

　キンキナトゥスがちらっと机の下を見た。ムッシュー・ピエールはなぜかまごつき、もじもじしながら足許へ横目をくれた。監獄長はオイルクロスの角をかるくもち上げ、同じほうをちらっと見たあと、キンキナトゥスに胡乱な目を投げた。お次は弁護士で、下にひょいと屈み込み、また出てくると、一同に目を配ってまた書きはじめた。キンキナトゥスはまっすぐ座り直った（なんのことはない――丸めた銀紙を落としたのだ）。

「私たちは」ムッシュー・ピエールはむっとした声で続けた。「絶え間なく話し合い、ゲームし、ありとあらゆる愉しみで長い夕べをともにしました。私たちは子供のように力競べもしましたが、私こと、か弱く哀れなムッシュー・ピエールは、もちろん、おお、もちろん、強力なる同い歳の彼を前に降参《バス》することとなりました。私たちはあらゆることを語らいました——性愛論《エロチカ》やその他高尚なことを話題にし、そして一時間一時間が一分のように、一分一分が一時間のように過ぎ去っていったのです。ときにはひっそり黙ったまま……」

ここでロドリグ・イワーノヴィチがふいにげらげら笑った。

「Impayable, ce（仏語で「とても滑稽ですな、この」の意）《もちろん》は」彼はいささか遅ればせに冗談に気づいてつぶやいた。

「……ときにはひっそり黙ったまま、ほとんど抱き合わんばかりに並んで腰掛け、薄闇のなか灯りもつけず、それぞれ自分の思いに耽り、口を開いたとたん川のように合流する、そんなこともありました。私は恋愛経験を彼に打ち明け、チェスのゲームという芸術を教え、当意即妙なアネクドートを愉しみました。こうして日々が流れていきました。結果はご覧のとおりです。私たちはお互い愛し合うようになりましたし、キンキナトゥスの精神構造は彼の首の構造と同じくらい私には分かっています。そういうわけで、よその恐ろしいおじさんではなく、やさしい友達が、赤い階段をのぼってゆく手助けをしてくれ、彼は怖がることなく私に身を任せるのです——永久に、死が果てるまで。公衆の御意《みこころ》の行われんことを（「マタイ伝」第六章一〇節「汝の御意の行われんことを」のもじり）！」（彼は立ち上がり、すると監獄長も起立し、メモをとるのに夢中な弁護士はかるく腰だけ浮かせた）「さて。ここであなたにお願いです、ロドリグ・イワーノヴィチ、私の肩書きを公表して私を紹介してください」

監獄長はいそいそと眼鏡をかけ、なにかの紙切れの皺を伸ばし、声を張り上げてキンキナトゥスに呼びかけた。

「さあ……。この方が——ムッシュー・ピエールであって……。Bref（仏語で「ようするに」の意）……。処刑統領であるからして……。光栄に浴し感謝いたします」なにやらしどろもどろになって彼は最後につけ足し――そして驚いたような顔をしてみせて、また籐椅子に腰をおろした。

「いや、これはまた、あなたはあまり……」不満たらしくムッシュー・ピエールが言った。「守らなければならない公式の型というものが存在するのです。私はなにも形式主義者《ペダン》というわけじゃありませんが、でもこの大事なときに……。胸に手を当てる（謝罪の仕種）ことはありませんが、あなたもやらかしたものです。いやいや、掛けたままで、もうたくさんです。次にいきましょう……。ロマン・ヴィッサリオーノヴィチ、プログラムはどこですか」

「お渡ししましたが」弁護士がはきはき言った。「とはいえ……」彼は書類鞄に手を突っ込んだ。

「ありました、ご心配なく」ムッシュー・ピエールが言った。「さてと……。公演予定は明後日……インテレスナヤ広場にて。これ以上ありえない選択だね……。最高だ！」（口のなかでもぐもぐ言いながら読みつづけ）「成人入場可……。サーカス利用券有効……。ふむふむふむ……。処刑統領こと――赤いタイツを召したる者は……、いや、これは、それはまあそうだけど、ご冗談でしょ、やりすぎだって、いつもこうなんだから……」（キンキナトゥスにむかって）「というわけで――明後日です。分かりましたね？　で、明日は――素晴らしい慣例の命ずるとおり――私たちはいっしょに市の長老たちを表敬訪問しなければいけません――たしかリストをおもちでしたね、ロドリグ・イワーノヴィチ」

ロドリグ・イワーノヴィチは目をとび出させてなぜか立ち上がると、綿にくるまれた胴体のいろいろな部分をはたきだした。ようやく紙切れがみつかった。

「ご苦労さま」とムッシュー・ピエールが言った。「これを一件書類に添付しておいてください、ロマン・ヴィッサリオーノヴィチ。どうやらこれでおしまいですね。では法律にしたがってひと言……」

「ああ、とんでもない、c'est vraiment superflu（仏語で「それにはまったくおよびません」の意）……」ロドリグ・イワーノヴィチがあわててさえぎった。「それはとっても古くさい法律ですから」

「法律にしたがって」ムッシュー・ピエールはキンキナトゥスにむかってきっぱりと言った。「ひと言あなたからご挨拶いただきます」

「誠実な！」頬を左右に振りながらうわずった声で監獄長が言った。

引き続いて沈黙がやって来た。弁護士が、鉛筆がちらついて目に痛いくらい手早くメモをとっていた。

「丸一分お待ちしましょう」分厚い懐中時計を目の前の机のうえに置いてムッシュー・ピエールが言った。

一分たった。

弁護士が突発的にため息をつき、みっしり文字の詰まった紙切れをまとめだした。

「会議は終了です」ムッシュー・ピエールが言った。「みなさん、行きましょう。こんにゃく版《エクトグラフ》で刷る前に議事録《プロトコル》を見せてください、ロマン・ヴィッサリオーノヴィチ。いえ——のちほど、いまは目が疲れているので」

「実を言いますと」監獄長が言った。「私はあの方式の廃れてしまったのがふと残念に思えてくることがあるのです、つまりあの……」彼は戸口でムッシュー・ピエールの耳に屈み込んだ。

「なんの話です、ロドリグ・イワーノヴィチ？」弁護士が嫉妬ぶかく食いついてきた。監獄長は彼にも囁いてやった。

「ああ、たしかに」弁護士は賛同した。「もっとも法の目なんてものはかいくぐれるもんでして。

たとえばちょこちょこ何回かに分けるとすると……」

「ほらほら」ムッシュー・ピエールが言った。「もうちょっと気を楽に、道化のみなさん。私は目印に斧傷を入れるような真似はしませんよ」

「いえ、私たちはただなんとなく理屈の上なら、と」おもねるように監獄長は頬笑んだ。「そうでなければ、かつてあれが使えたころ……」

扉が音を立てて閉じ、声が遠くなった。

しかし、ほとんどすぐ、もうひとりキンキナトゥスのところへ客が来た。司書が本をとりに来たのだ。禿を囲む埃っぽくくすんだ黒髪が光輪みたいになっている細長く蒼褪めた顔、青みがかったセーターを着た、打ちふるえる長い上半身、つんつるてんのズボンを穿いた長い足——こうしたものがいっしょくたになって、奇妙で病的な、まるで挟みつけて薄く延ばしたような印象をもたらしていた。ところがキンキナトゥスには、なにか遥かな人間的なものが、本の埃ともども、彼のうえにうっすら積もっている感じがした。

「たぶん聞いてますよね」キンキナトゥスが言った。「明後日が——ぼくの滅亡の日です。もう本は借りません」

「もう借りない、と」司書が念を押した。

キンキナトゥスが続けて言った。

「真理に多少雑草が伸びているので草むしりをしておきたいんです。お時間ありますか？　お話ししたいんです、正確に分かったいま……。分からずにいることがあんなにぼくを悩ませていたのに、あの無知そのものがどれだけ素敵なことだったか……。本はもう……」

「なにか神話的なものは？」司書が薦めた。

「いえ、おかまいなく。なんだか読書どころじゃないんです」

「なかには借りる人も」司書が言った。

「ええ、分かっています、でも、本当に——おかまいなく」

「最期の夜のために」司書は自分の考えをなんとかしまいまで言い切った。

「今日はいやにおしゃべりなんですね」キンキナトゥスは苦笑した。「いや、全部もっていってください。『Quercus』は読み切れませんでした！　そう、そういえば、ぼくのところに間違って……この豆本が……アラビア語かなにかですか……いやはや、東洋の言葉を学ぶ時間はありませんでした」

「残念です」司書が言った。

「大丈夫、魂がとり返してくれます。ちょっと待ってください、まだ行かないでください。ぼくはあなたがそうやって——人間の皮を装幀しているだけだというのは分かっていますが、それでも……すこしでいいので……。明後日……」

しかし司書は打ちふるえて立ち去った。

17

慣例の求めるところでは、処刑の前日、その受動的および能動的参加者は、全主要官僚のもとへそろって短時間の送別訪問を行うことになっていたわけだが――儀式の迅速化を期して、関係者が郊外の市政副管理官邸に集まり（彼の甥の市政管理官ご本人は市を離れていた――プリトムスクの友人宅へ客に呼ばれていたのだ）、堅いことは言わずキンキナトゥスとムッシュー・ピエールがそこで開かれる晩餐会へ行くことに決まった。

暗い夜ふけ、あたたかな風が吹きすさぶなか、揃いのマントを羽織った徒歩のふたりは、鉾槍とランタンをもった六人の兵士につき添われ、橋を渡って眠れる市街に入り、本通りを避けながら立ち騒ぐ庭園にはさまれた石だらけの坂道をのぼった。

（まだ橋を渡っていたときだが、キンキナトゥスはマントのフード《キャピュション》から頭を出してふり返った。青い、入り組んだ、やたらに塔の立っている城塞の威容がどんよりした空に聳え、アプリコットみたいな月に黒雲が抹消線を引いていた。橋にかかった暗闇は蝙蝠のせいで瞬きしたり皺を寄せたりしていた。

「約束しましたよね……」彼の肱を摑んだ手にやや力を込めてムッシュー・ピエールが囁き——キンキナトゥスはまた頭巾《ククルス》をかぶった）

この夜の散歩は、悲しげな印象、呑気な印象、歌ったりつぶやきかけてきたりする印象にあふれてゆくものと思っていたが——けだし思い出とは印象の霊魂でなくてなんだろうか——それは実際には漠然としたとるに足らないものになり、なじみの場所が闇に包まれ、多彩な昼の小数が夜の整数にとって代わられるときにしかないあの速さで、またたく間に終わった。

砂利が鳴り、杜松《としょう》がにおう細い陰気な並木道の終わりに、いきなり、劇場みたいに照らし出されて、白っぽい円柱と切妻壁の装飾帯《フリーズ》と鉢植えの月桂樹を備えた車寄せが現れ、そして召使いたちが極楽鳥みたいにとび回って黒と白のタイルに羽根を落としている玄関ホール《ヴェスティビュール》で多少足止めされてから——キンキナトゥスとムッシュー・ピエールは人が大勢集まって耳鳴りのするホールへ移動した。

一同ここに勢揃いしていた。

ここでその特徴的なふさふさした髪で目立っているのは市の噴水部長、ここで金色の勲章をきらめかせているのは通信《テレグラフィスト》官長の黒い礼服、ここにいるのは赤ら顔で下品な鼻の配給指揮官、それにイタリアの苗字のライオン調教官、聾の老判事、緑のエナメル靴を履いた庭園管理官——その他多くの、堂々とした、名門の、白髪頭の、目を背けたくなるような顔をした面々だった。学区監督官をしている、いやにでっぷりし、男物の灰色のフロックコートを着た、大きなひらべったい頬と鋼鉄みたいにてかついているなでつけ髪の中年女を勘定に入れなければ、ご婦人の姿は見当たらなかった。

寄木張りの床《パルケ》で誰か足を滑らせ、満座の笑いを誘った。シャンデリアが自分の蠟燭を一本落とした。見物に展示されている小さな棺桶のうえに、誰かの手ですでに花束が置かれていた。キンキナトゥスといっしょに脇のほうに立っていたムッシュー・ピエール先生はこうしたことをいちいち指差して生徒に教えてやっていた。

しかしそのとき、下唇の下から顎鬚《エスパニョールカ》を伸ばした浅黒い老主人が手をひとつ叩き、扉がさっと開いて一同は食堂へ移動した。ムッシュー・ピエールとキンキナトゥスはまばゆいばかりの食卓の上座へ並んで座らされ――一同、はじめのうちは慎ましく、礼を失しないよう、好意的な好奇の――なかにはそれを密かな感動に移行させる者もいた――目で、揃いのハムレット服に身を包んだカップルを見守っていたのが、そのうちムッシュー・ピエールの唇に微笑が輝き、彼が話をしだすにつれて、客の視線はいよいよあけすけに彼とキンキナトゥスに注がれるようになり、そんななかキンキナトゥスは、じっくり、せっせと、集中して――まるで問題の答えを探すみたいに――やり方をいろいろ変えながら、塩入れのうえや、かと思えばフォークの湾曲のうえで魚用ナイフのバランスをとったり、彼の食器をほかの客のと区別するかたちで飾りつけている白薔薇を挿した小さな水晶の花瓶にそのナイフを立てかけたりしていた。

市でもっともすばしこくおしゃれな若者のなかから募った召使いたち――市のフランボワーズ色の青年たちをもっともよく代表している――がきびきび（ときには大皿をもったまま食卓を飛び越えて）給仕してまわるなか、一同の注目を集めたのは、ムッシュー・ピエールがキンキナトゥスの世話を焼くその丁重なまでの気の遣いようで、彼は会話用の笑顔をたちまちつかの間のまじめな顔つきに変え、美味《うま》そうなところを大事そうにキンキナトゥスの皿に載せてやり――それが済むと髭のない薔薇色の顔をこれまでどおりいたずらっぽくきらきらさせながら食卓全体にむかってしごく機知に富んだ会話を続け――かと思うと言葉の途中でふと心持ち前屈みになってソースボートや胡椒入れを手にとりながらキンキナトゥスの顔色をうかがった。もっともキンキナトゥスはといえば食事にいっさい手をつけず、相変わらず静かに、注意ぶかく、せっせとナイフを置き換えていたのだが。

「あなたのご意見を」市交通長官にむかってムッシュー・ピエールは陽気に言った――長官はひと言ねじ込んでいまや魅力的な返事をあらかじめ味わっている最中だった。「あなたのご意見をうかがって、医者の守秘義務《ヴラチェーブナヤ・タイナー》にまつわる有名なアネクドートを思い出しました」

「聞かせてください、われわれの知らない話です、ああ、お聞かせください」四方から彼にお声がかかった。

「かしこまりました」とムッシュー・ピエールは言った。「婦人科医のところへ……」

「話の腰を折ってすまんことでありますが」ライオン調教官（白髪で口髭をたくわえ、紅綬を掛けている）が言った。「しかしこの殿方はそれにふさわしいと認められおるのでしょうかな、つまりそのアネクドータが、……の耳のためにとりまして……」彼は表情たっぷりに目でキンキナトゥスを指した。

「なんということを」厳しい口調でムッシュー・ピエールが言葉を返した。「私は、……のいる前ですこしでも卑猥なことを自分の口から言うことはありません……。つまり、婦人科医のところへやって来るのはお歳寄りのご婦人というわけです」（ムッシュー・ピエールはかるく下唇を突き出した）「私は、とお婆さんは言います、かなりの重病で、そのせいで死んじまわないかと恐ろしくて。症状は？――と医者が訊きます。――頭がふらふらするんです、先生」ムッシュー・ピエールはもぐもぐ言ったりふらついたりしながらお婆さんを演じてみせた。

客たちが爆笑した。食卓の向こう端では耳の遠い判事が笑いの便秘に苦しんでいるみたいに身をよじって、隣でげらげら笑っているエゴイストの顔に大きな灰色の耳でつきまとい、袖を引っぱりながらムッシュー・ピエールがなにを言ったのか教えてくれとせがんでいたが、その間ムッシュー・ピエールは、長い食卓の真向かいから自分のアネクドートの行く末を怠りなく見守っていて、ようやく誰かが不幸な判事の好奇心を満たしてやると、目をしばたたかせた。

「生は医術の奥義《ヴラチェーブナヤ・タイナー》なりというあなたの驚くべき箴言《アフォリズム》は」噴水部長が口のまわりに虹ができるくらいこまかな唾を飛ばして話しはじめた。「数日前、私の秘書の家庭に起こった奇妙な事件にとてもよく当てはまるかもしれません。というのも、よろしいでしょうか……」

「どうだい、キンキナチク、怖いんだろ?」きらきらした召使いのひとりがキンキナトゥスにワインを注《つ》ぎながら、やさしい、なかば囁くような声で訊いてきた。彼は目を上げた。だじゃれ好きの義弟だった。「きっと怖いんだろ? さあ婚礼前《ヴィンツァー・ド・ヴェンツァー》のワインをおやり……」

「これはいったいなんだね」ムッシュー・ピエールがおしゃべりな召使いを冷たくたしなめると、彼は背中を丸めてそそくさ退散し——もう自分のボトルごと次の客の肩越しに屈み込んでいた。

「みなさん!」腰を上げ、糊の利いた胸の高さに、なかで淡黄色の飲み物が凍っているワイングラスを構えて主人が叫んだ。「……のために乾杯とまいりましょう」

「苦いぞ!（結婚式で新郎新婦にキスを促すかけ声）」誰かが叫ぶとほかのみんなが唱和した。

「……固めの盃《ブルーダーシャフト》を、お願いします……」声を一変させ、静かに、顔を歪めて懇願しながらムッシュー・ピエールはキンキナトゥスに話しかけた。「これは拒んだりしないでください、お願いですから、これはいつでもかならずこうやっているんです……」

キンキナトゥスは倒れた花瓶から機械的に引き抜いた、斜めに巻いた筒のような濡れた白薔薇の縁を無関心にいじくっていた。

「……いざとなればぼくには要求する権利があるんだからね」ムッシュー・ピエールは発作的につぶやき――するといきなり、途切れがちにわざとらしく笑い声をあげながら自分のグラスからキンキナトゥスの頭のてっぺんにワインをひとたらしし、それから自分にもふりかけた。

「ブラヴォー、ブラヴォー！」歓声がいたるところからあがり、隣り合った客は互いをふり向いて情熱的な顔つきで驚きや恍惚を表現し、割れないワイングラスがかちゃかちゃいいながらちりんと訛り、舳《みよし》の胸をふくらませた銀の船には子供の頭ほどある林檎が埃っぽくくすんだ青い葡萄の房に囲まれてきらきらとつくねられ、食卓は盛り上がってなだらかなダイヤモンドの山のよう、天井画の霧をついて旅ゆくは腕をたくさん生やしたシャンデリア、嘆きと光輝に包まれつつ、入り江がみつからないままでいた。

「感激です、感激です」ムッシュー・ピエールは彼のもとへ順繰りに人が寄ってきて祝いの言葉をかけていくあいだ中、そう言っていた。このとき何人かとちる者があれば、歌をうたう者もいた。市消防父長が正体なく酔っぱらい、召使いがふたりがかりでこっそり引きずっていこうとしたが、彼は蜥蜴《とかげ》が尻尾を切り棄てるみたいに燕尾を身代わりにして置き去りにされてみせた。ご貫禄の監督官女史はまだらに赤くなりながらも、声をあげず、体をこわばらせ、配給指揮官がつつくかくすぐるかしようとするみたいに、人参のような指でいたずらっぽく狙いをつけて「チ、チ、チ、チ！」と言ってくるのに背を向けて、身を守ろうとしていた。

「みなさん、テラスへまいりましょう」主人が宣言したそのとき、マルフィニカの弟と故ドクトル・シネオコフの息子が木製の輪をからからいわせてカーテンを左右に開けた。かすかに揺らめく絵提灯の光のなかに石造りの小さな広場が開け、奥で広場を区切っている欄干《バリュストラード》を九柱戯《ケーゲル》のピンみたいな小柱が支え、その合間に二つ折りの夜が黒々と並んでいた。

ふくれた腹をぐるぐるいわせている客たちは低い肱掛椅子に腰をおろした。何人かは円柱のまわりをぶらつき、ほかに欄干の前をうろついているのもいた。キンキナトゥスも指のなかで葉巻のミイラをくるくる回しながらそこに立ち、隣には彼のほうを見ることなしにたえず背中だとか脇腹だとかで触れてくるムッシュー・ピエールが聞き手たちの賛同のかけ声に合わせてこんな話をしていた。

「写真と釣り——それが私のおもな趣味です。どんなに不思議に思われるか知れませんが、私にとって名声も敬意も田舎の静けさにくらべればつまらないものです。おや、あなたは疑ぐりぶかそうに笑っていますね」（彼は客のひとりにさりげなく話しかけ、するとその男はたちまち笑顔を棄て去った）「でも誓って言いますが、これは本当なんです、私はいたずらに誓うつもりはありません。自然への愛情は父譲りで、私の父も嘘がつけませんでした。みなさんの多くは父のことを憶えておいででしょうし、請け合うこともおできでしょう——必要とあらば念書にしてでも」

　キンキナトゥスは欄干の前に立ってぼんやり暗闇を見つめていた——するとあつらえたように暗闇が魅力的に白んだ。いまでは清らかな月が空高く、小さなアストラカンの雲の群れから滑り出て、茂みにニスをかけたり光の顫音《トリル》を効かせて池で輝いたりしていた。ふと、心がぎくりと動くとともに、キンキナトゥスは自分があの忘れえぬ、あれほど手の届かないものに思われた、タマーラ庭園のまっただ中にいるのに気づき、その瞬間、それに折り重なるようにして、マルフィニカとここを、いまいるこの屋敷の前を、何度も通ったことのあるのに気がついた、そのときここは、小さな丘の葉むら越しに、窓に板を打ちつけた白い別荘《ヴィラ》のようにみえていたが……。今度はせわしない眼差しで辺りを見渡し、造作なく夜霧の薄膜から見知った草地を解き放ったり、あるいは逆にそこから月明かりの余計な塵を払いのけたりして、正確に記憶のなかにあるとおりにしてやった。夜の煤をかぶった絵を修復してみると、林や小径や小川は昔どおりに割り振られている……。遠くでは金属的な空にもたれながら青みがかったきらめきを帯び、闇の襞を這わせた魅力的な丘陵が、広々と立ちすくみ……。

「月《ルナー》、バルコニー《バルコーン》、彼女《オナー》、そして彼《イ・オーン》（非常に素朴だが弱強格になっている）」ムッシュー・ピエールはそう言ってキンキナトゥスに頬笑みかけ、キンキナトゥスはそのとき一同が愛想の好い、待ちかまえるような思いやりの目を自分に向けているのに気づいた。

「風景に見惚れておいでですな」後ろ手を組んだ庭園管理官がおもねるように言った。「あなたは……」彼はふいに口をつぐみ、いささか照れくさそうにムッシュー・ピエールのほうをふり返った。

「すみません……、許可をいただけますか？　実は紹介を受けていないもので……」

「ああ、とんでもない、私の許可なんていりません」ムッシュー・ピエールは慇懃にそう答えると、キンキナトゥスにかるく触れて小声で言った。「この方がお前としゃべりたいそうだよ」

「風景を……。風景に見惚れておいでですな」拳に咳払いして庭園管理官は繰り返した。「でもいまはよく見えませんね。ちょっとお待ちを、真夜中ちょうどに――うちの主任技師が私に約束してくれたのですが……。ニキータ・ルキッチ！　ほら、ニキータ・ルキッチ！」

「ただいま」威勢のいい低い声でニキータ・ルキッチが返事して進み出てくると、白いブラシみたいな口髭をたくわえた若々しく肉づきのいい顔を、親切そうな、物問いたげな、嬉しそうな様子でこまめに左右にふり向けながら庭園管理官とムッシュー・ピエールの肩にゆったり手を置き、ふたりのあいだにぬっと立った。

「ニキータ・ルキッチ、あなたが約束してくれたとお話ししていたところなんです、真夜中ちょうどに、……に敬意を表して……」

「もちろんです」主任技師がよく通る声でさえぎるように答えた。「きっとサプライズ《シュルプリーズ》になります。それはもうご安心を。ところできみたち、いま何時だね？」

　彼は広々した手の圧力からふたりの肩を解放すると、心配顔で居間へ立ち去った。

「まあいいか、あと八時間ほどしたらぼくらはもう広場だ」ムッシュー・ピエールは懐中時計の蓋を閉じ直してそう言った。「すこしは眠っておかないと。お前、寒くないかい？　いまの御仁がシュルプリーズがあるって言ってたね。まったく、至れり尽くせりだ。あの夕食のお魚は申し分なかったね」

「……いけません、およしになって」監督官女史の野太い声がし、配給指揮官の人差指をよけるように後じさりながら女史がその将軍みたいな背中とヴァトルーシカ（中央にチーズを載せた丸い菓子パン）みたいな白髪の小さな束髪《シニヨン》をむけてまっすぐムッシュー・ピエールに迫ってきた。

「チ、チ、チ」指揮官がいたずらっぽくさえずっていた。「チ、チ、チ」

「もうすこし気を楽に、マダム」ムッシュー・ピエールが恨みがましく喉を鳴らした。「私の魚の目は国から支給されたものじゃありませんので」

「魅力的な女性です」通りしな、なんの表情もなく配給指揮官は言うと、踊りながら円柱のそばに立っている男たちの一団へ向かった――彼の影と彼らの影がひとつになり、そしてそよ風が提灯を揺らし、偉そうに口髭をしごいている手だとかもち上げられた小さなカップとその底にたまった砂糖を飲もうとしている老人の魚みたいな唇だとかが暗闇に浮かび上がった。

「ご注目あれ！」客のあいだを疾風のように駆け抜けながらいきなり主人が声高に言った。

　まず庭に、ついでその先に、そしてずっとむこうに、道沿いに、樫の森に、森の空き地や野原に、ぽつぽつと、そしてまとまって、ルビーやサファイヤやトパーズの灯がともり、色とりどりのビーズで徐々に夜を飾っていった。客たちはため息をもらした。ムッシュー・ピエールははっと息を飲むとキンキナトゥスの手首を摑んだ。灯りの占める面積はどんどん大きくなっていった。ほら、遠くの谷沿いに延びましたよ、ほら、細長いブローチみたいな形になって向こう側に架かりましたよ、ほらもうあちこちでとっつきの斜面にいっせいにとび出してますよ——するとその丘陵を進みだし、ごく密かな襞にもぐりこみ、頂上を嗅ぎまわり、乗り越えていった！

「ああなんて素敵なんだ」ムッシュー・ピエールはつぶやき、一瞬、頰をキンキナトゥスの頰に押しつけた。

客たちは拍手を送った。三分のあいだ、ゆうに百万はある電球が色とりどりの光で輝き、草むらや木の枝や断崖にたくみに植えつけられた電球は、全体として、夜景いっぱいに蜿々と壮麗なПとЦ（それぞれピエールとキンキナトゥスの頭文字）のモノグラムができるように配置されていたが、これはうまくいったとは言いがたかった。やがてすべてがいっせいに消え、一面の暗闇がテラスに迫った。

技師ニキータ・ルキッチがふたたび姿を現すと、彼はとり囲まれ、胴上げされんばかりだった。しかしそろそろ報賞の休息についても考えなければならない時間だった。客が帰る前に主人が欄干の前でムッシュー・ピエールとキンキナトゥスの写真を撮ろうと提案した。ムッシュー・ピエールは撮られる側のくせに、やはりこの作業の作戦指揮を執った。光の爆発がキンキナトゥスの白い横顔とその隣の盲人みたいな顔を照らし出した。主人は手ずからふたりにマントを着せ、見送りに出た。玄関ホールではむっつりした兵士たちが寝ぼけ眼《まなこ》でがちゃがちゃいわせながら鉾槍を手にしているところだった。

「ご訪問いただき、言葉にならないくらい光栄です」主人はキンキナトゥスに別れの言葉をかけた。

「明日——いや正確には今朝ですか——もちろん私もそこへ行きます、公人としてだけでなく私人としても。甥の話では観衆が大挙して来るだろうということでしたな」

「では、羽も和毛《にこげ》も、なからんことを（「幸運をお祈りします」という含意の決まり文句から）」三回接吻する合間に（復活祭のとき「キリストは甦りたまえり」「真に甦りたまえり」と挨拶しながら頬へ三回キスするのになぞらえた仕種）、彼はムッシュー・ピエールに言った。

キンキナトゥスとムッシュー・ピエールは兵士に伴われて並木道へ分け入った。

「お前は総じていい子だが」すこし行ってからムッシュー・ピエールが言った。「ただどうしていつもなんだか……。お前の人見知りは初対面の人にひどく重苦しい印象を与えているよ。お前はどうだか知らないが」と彼はつけ足した。「あのイルミネーションだのなんだのにはたしかにぼくも大感激なんだけど、胸やけがするんだよ、たぶん全部にはバターを使ってなかったんじゃないか」

長いあいだ歩いた。とても静かで霧深かった。

《トク、トク、トク》クルタヤ通りをくだっているときどこか左のほうから低い音がした。《トク、トク、トク》

「ろくでもないやつらだ」ムッシュー・ピエールがつぶやいた。「誓って準備万端だと言っていたくせに……」

ようやく橋を渡ると上り坂になった。月はもう片付けられ、城塞の鬱蒼と立ち並ぶ塔は黒雲と溶けあっていた。上の第三の門でガウン《シュラーフロック》を着てナイトキャップをかぶったロドリグ・イワーノヴィチが待っていた。

「で、どうです、いかがでした？」じれったそうに彼は訊いた。

「あなたがいなくて淋しかったですね」素っ気なくムッシュー・ピエールが言った。

18

《横になった、眠れなかった、凍えただけだ、そしていまは――夜明け》（と、手早く、汚い字で、単語もしまいまで書ききらないまま――走っていく人間が不完全な靴跡を残すみたいに――キンキナトゥスは書いていた）《いまではもう空気は白み、私はあまりにぞくぞくし、「寒さ」という抽象概念は私の体の形をしているにちがいないと思えるほどだ、もうすぐ迎えが来るだろう。怖がっているのは恥ずかしいが、怖くてしかたないのだ――恐怖は片時も休むことなくすさまじい音を立てて私のなかを奔流のように駆け抜け、体は滝に架かった橋のようにふるえ、大声で話さなければうるさくて自分の声も聞こえない。恥ずかしい、魂は恥をさらした――だってこのことのこんなこと《エート・ニ・ドルジノー・ブイ、》があってはなくならなくならないはずなのに《ニ・ドルジノー・ブイ・ブイロ、ブイロ・ブイ・ブイチ》（正しくは「エート・ニ・ドルジノー・ブイロ・ブイ・ブイチ」で「こんなことがあってはならないのに」）――この仮定法のきのこのかたまりはロシア語の樹の皮でしか育つことができなかったな――おお、なんと恥ずかしいことだろう、気をとられるのは、魂の裾を摑まれるのは、ほらあのデテールに、ディティールに、それが這い出してくる、泣き濡れて、お別れを言いに、なにかの思い出が這い出してくるのだ。子供の私が本を開いて、騒がしく流れる水辺の日なたに座っている、水が古い古い詩のきれいに並んだ一行一行にゆらゆら輝きを投げている――おお、晩年に――こんなものいらないのは分かっているのに――それもますます迷信ぶかく！――いや思い出も、怖れも、この「それもますます迷信ぶかく」という情熱的なしゃっくりも必要ない＊！――ぼくがとても望んでいたのは、すべて整理され、すべてが単純になり、さっぱりすることだった。ぼくは分かっているのに、死の恐怖なんてものは、そう、無害な――なんなら魂の健康にいいくらいの――ぴくつきでしかなく、生まれたての赤ん坊の産声だとか、おもちゃを手放すのを狂ったように拒絶したりするみたいなもので――昔、たえることなく滴の滴る音のする鍾乳洞の洞窟で、死を愉しむ（「楽天的な」等を意味する形容詞 жизнерадостный（字義どおりには「人生を愉しむ」）からの造語 смертерадостный の逐語訳）賢者たちが暮らし――たしかに大のとんちきだが――自分なりに克服したんだ――こうしたことはすべて知っていて、それにもうひとつ、ここの誰ひとり知らない重要な、もっとも重要なことを知っているのだが――それでも、見ろ、人形ども、ぼくがどれだけ怖れ、私のなかのすべてがいかにふるえ、うなりをあげ、突っ走っているか――もうすぐ迎えが来るだろう、覚悟が決まらない、恥ずかしい……》

キンキナトゥスは立ち上がると全速力で――頭から壁にぶつかったが、本物のキンキナトゥスは長衣を着て机に向かい、鉛筆をかじりながら壁を眺めていて、すると机の下でかるく足のずる音がし、彼は続きを――さっきよりややゆっくり――書きはじめた。

《この紙束をとっておいてください――誰に頼んでいるのか分からないな、でも――この紙束をとっておいてください――そういう法律があるし、これが法に則っていることは保証します、照会して確かめてください！――これは措いておこう――これのせいでみなさんになにが起こるというのでしょう？――私はこんなにお願いしているのです――最期の望みってやつだな――叶えないわけにはいかないはずです。ぼくに必要なのは、理論上のものではあれ、読者をもてる可能性だ、さもなければ、実際、破り棄てたほうがましだ。これこそぼくが述べなければならなかったことだ。もうそろそろ支度をしないと》

また筆がとまった。独房のなかはもうすっかり明るく、光の位置でキンキナトゥスにはすぐに五時半を打つのが分かっていた。遠くの刻が鳴り終わるのを待って、彼は続きを書きだした——が、今度はもうすっかりぼそぼそ途切れがちで、まるで最初の絶叫調めいた文章に精力を使い果たしたみたいだった。

《私の言葉はその場で足踏みをしている》とキンキナトゥスは書いた。《詩人に嫉妬。ページのうえを駈け抜け、影が相変わらず走りつづけているだけのページからそのまま——青空へ——飛び立っていくのは、きっと、どんなに気持ち好いだろう。刑の執行《エグゼキュシオン》とその前後の取り扱い《マニピュラシオン》、すべてがずさん。なんと冷たい刃、なんとなめらかな斧の柄。紙やすりのおかげで。たぶん別れの痛みは赤く、大きな声がするのだろう。思っていることを書くと圧迫が小さくなる、とはいえなかには——癌の腫瘍みたいなのもある。書いたり切りとったりすると、また前よりひどくなる。想像がつかない、今朝、一、二時間後に……》

しかし、二時間、そしてそれ以上がたち、何事もなかったみたいにロジオンが朝食をもってきて独房を片付け、鉛筆を削り、蜘蛛に餌をやり、用便桶をもっていった。キンキナトゥスはなにも訊かなかったが、ロジオンが出ていって時間がさらにいつもの自分の跑足《だくあし》で過ぎてゆくと、また騙された、あんなに心を緊張させたのは無駄だった、これまでどおりすべては相変わらず不確かでねばねばして無意味なのだと悟った。

時計が三時か四時を打ち終えたかと思うと（彼はうたた寝して半分起きかかったところだったの

で何回打ったか勘定できず、おおよそのところで音の総数を心に刻んでおいただけだった)、いきなり扉が開き、マルフィニカが入ってきた。頬が赤らみ、櫛が後ろからはみ出し、黒のヴェルヴェットのドレスの窮屈なボディスが波打ち——しかもそこはなにか座りがおかしく、おかげで上体が傾いでみえ、彼女はずっとドレスを直したり引っぱったり、お尻を細かくもぞもぞさせたりして、どうも下に身につけているものの具合が悪いらしく、心地悪そうにしていた。

「矢車菊よ」青いブーケを机に抛り投げて彼女は言い——そしてほとんど同時に膝上までさっとドレスの裾を撥ね上げて、白いストッキングを穿いたむっちりした足を片方椅子のうえに載せ、ぷるぷるしている柔らかな脂肪に模様みたいなゴム痕のついているところまでストッキングを引っぱり上げた。「許可をとるの、大変だったんだから！　もちろんこっちもちょっとは折れなきゃいけなかったわ——ようするによくある話。どう、元気にしてる、私のかわいそうなキンキナチク？」

「正直、来てくれるとは思ってなかったよ」とキンキナトゥスは言った。「どこか掛けて」

「もう昨日から許可をもらおうとがんばってたの——今日は自分にこう言い聞かせたわ、当たって砕けたら通れるんだからって。あいつったら私を一時間も引き留めて、つまりあなたの監獄長がね——そう言えばあなたのことおそろしく褒めてたわ。ああもう私、あわてて行ったんだから、間に合わなかったらどうしようって。朝のインテレスナヤ広場はそれはおそろしいことになってたのよ」

「なんで中止したんだろう」キンキナトゥスは訊いた。

「みんなくたびれちゃったんだって話よ、よく眠れなかったんだって。いいこと、観衆の人たちはなかなか解散しようとしなかったんだから。自慢になるわね」

やや縦長の、すばらしく磨きのかかった涙がマルフィニカの両頬から顎へ、その輪郭をしなやかになぞるようにして伝い――ひと粒は鎖骨のうえのくぼみにまで流れ……、けれども目は相変わらずくりくりと見つめ、爪に点々と白斑のある短い指は広がり、薄い唇は細かくふるえながら自分の話を続けていた。

「今度の延期は長引くって断言する人もいるし、誰に聞いてもちゃんとしたことは分からないわ。あなたにはとにかく想像もつかないわよ、どれだけ噂が出てどんなにしっちゃかめっちゃかしてるか……」

「なんだって泣くのさ？」苦笑してキンキナトゥスは訊いた。

「自分でも分からないわ、くたくたで……」（胸声っぽい低い声で）「あなたたちにはみんなもううんざり。キンキナトゥス、キンキナトゥス――まったくなんてことしてくれたの……！　あなたの噂ときたら――とんでもないわよ！　ああそうだわ」急にことばの走らせ方を変え、微笑すると、唇を鳴らしたり見場よく身形《みなり》を繕ったりしながら「このあいだ――いつだったかしら？　そう、おとといだわ――あるマダムが何食わぬ顔でうちにやって来て、女医みたいなものだったかしら、全然知らない人なんだけど、ものすごいレインコート《ウォータープルーフ》を着てて、その人がこんなことを言いだしたの。かくかくしかじか……用件は……お分かりでしょうけど……。私は言ったわ。いいえ、いまのところなにも分かりません。彼女が――ああ、違うんですの、私はあなたのことを存じていますけれども、あなたは私のことをご存じありません……。私は言ったわ……」（マルフィニカは話し相手の真似をしているときはあたふたした要領を得ない口調をしつつ、「私は言ったわ」のところで素に戻ってブレーキをかけながら引き伸ばしてそう言い――自分の科白になると雪のように冷静な自分を演じてみせた）「ようするに彼女は自分があなたの母親だと思わせたかったのね、なんだか歳とも合わないのに、でもこれはどうでもいいわね、それから迫害されるのがとんでもなく怖いって、さもそんなふうに言ってたわ、つまり取り調べを受けたり、いろんな目に遭ったってわけ。私は言ったわ。私になんのかかわりがありますの、実際、なんで私なんかに会いたいのかしら？　って。彼女が、ああ、違うんですの、かくかくしかじか、あなたがおそろしくやさしいこともなんでもやってくださることも分かっています……。それで私は言ったわ。実際、なぜあなたは私が親切だと思うのかしら？　彼女が、かくかくしかじか、ああ違うんです、ああそのとおりです――で、そうこうするうち、こんな書類をもらえないかってお願いしてくるの、つまり彼女がうちには一度も来たことないし、あなたにも会ったことがないっていう書類に、もろ手を上げて署名してくれっていうわけ……。分かるでしょ、そのときマルフィニカったら、あんまり可笑しくなっちゃって、可笑しくなっちゃって！　私は思ったわ」（引き伸ばした低い声で）「これは異常というか頭のおかしい書類だって、でしょう？　とにかく私はもちろん彼女になにもあげなかったし、ヴィクトルとかほかの人たちもとんでもない名誉毀損になるところだったって言ってたわ――つまりもし私があなたと彼女が知り合いじゃないって知ってるとしたら、私はあなたのことをとにかくなんでも知ってることになるってわけね――で彼女は帰っていったの、なんだかとっても面喰らった顔をして」

「でもその人は現にぼくの母親だったんだ」キンキナトゥスは言った。

「もしかしたらそうかもね。結局のところ、たいした問題じゃないわ。あら、どうしたの、キン＝キン、そんなつまんなさそうな、しょんぼりした顔しちゃって。私に会ったらとっても喜んでくれると思ってたのに、あなたったら……」

彼女はスチールベッドに目を投げ、それから扉のほうを見やった。

「ここの規則がどうなってるのか知らないけど」彼女は声をひそめて言った。「もしあなたに必要ならどうぞ、キンキナチク、ただ早くね」

「よしておくれよ。馬鹿なことを」キンキナトゥスは言った。

「じゃ、お望みどおりに。私はあなたをいい気持ちにしてあげたかっただけよ、これが私の最後の対面とかいうやつですから。そうそう、ねえ、私、プロポーズされてるのよ――当ててごらんなさい、誰だと思う？　絶対当たらないから――憶えてるでしょ、しばらく私たちの隣に住んでたあの老いぼれじいさん、塀越しにいっつもパイプのくさいにおいをさせて、私が林檎の木によじのぼったら覗き見してたわね。どう？　で、大事なのは――これが大まじめな話なの！　だったら私があいつのところに行くっていうの、あの案山子《かかし》のルンペンのところに、まったく！　とにかくよくよくお休みしないといけない気がするの――目を瞑って、ね、羽を伸ばして、なんにも考えず――休むの、休むのよ――もちろん、独りっきりでか、誰か本当に気がついて、全部理解してくれる人と……」

彼女の短くて剛い睫毛がまた光り、林檎のように赤い頬の窪みにそってくねりながら涙が伝った。キンキナトゥスはその涙をひとしずくとって味見してみた。しょっぱくも甘ったるくもないな――ただの一滴の常温の水だ。キンキナトゥスはこんなことはしなかった。

ふと扉が金切り声をあげ、わずかに開き、赤毛の指がマルフィニカを呼びつけた。彼女はそそくさ扉へ近づいた。

「あなたは関係ないでしょ、時間はまだじゃなくって、丸一時間って約束だったわ」彼女が早口に囁いた。なにか反論する声がした。

「絶対いや！」憤然と彼女が言った。「そうお伝えして。約束では監獄……とだけ……」

彼女の話がさえぎられた。彼女はしつこくぶつぶつ言う声に聞き入り、俯いたまま顔をしかめたり靴で床をこすったりしていた。

「まあしかたないわね」ぶっきらぼうに彼女は言い、どこか無邪気に生き生きした顔で夫のほうをふり返った。「五分したら帰ってくるわね、キンキナチク」

（彼女が席を外しているあいだ、彼は彼女と早急にしなければならない重要な話にまだとりかかっていない、いやそれどころかここに至ってもその重要なことを言葉にできずにいる……などと考えていた。その裏で彼の胸はうずき、片隅で例の思い出がめそめそしていたが――もうそろそろこんなふうに憂鬱になるのもいっさいやめないとな）

四十五分後、どうしたわけか馬鹿にしたように鼻で嗤いながら、ようやく彼女が戻ってきた。椅子のうえに片足を据え、ガーターをぱちっといわせ、ウエスト周りに浮いた皺を腹立たしげに下へ引っぱり、さっき座っていたのとまったく同じ恰好で机に向かった。

「骨折り損よ」薄笑いしながら彼女は言い、机のうえの青い花を選り分けだした。「さあ、なにかお話でも聞かせて、キンキナチク、私の雄鶏くん、だって……。あのね、私、自分で摘んできたのよ、芥子は好きじゃないけど、これは――素敵。だめならいいかげんにしてよ」彼女は目を細めるとふいに声の調子を変えてそうつけ足りに言った。「ちがうの、キン＝キン、あなたに言ったんじゃないの」（ため息をついた）「さあ、なにかお話を聞かせて、私を慰めて」

「きみはぼくの手紙を……」キンキナトゥスが口を開き、咳払いした。「きみはぼくの手紙をじっくり――きちんと――読んでくれた？」

「お願いよ」こめかみを抱えてマルフィニカが叫んだ。「手紙の話だけはよして！」

「いや、するんだ」キンキナトゥスは言った。

彼女は跳ね起きると発作的に服を直し――かっとなったときそうなるように、支離滅裂になりながらやや舌っ足らずに話しはじめた。

「あれは恐ろしい手紙よ、なにかうわ言みたいな、どっちみち私には理解できなかったわ、あなたはここで独りぼっちの監獄暮らしをしながら酒壜片手に書いてたんだって思いたくなるくらい。あの手紙のことはいいわ、でももう、いったんあなたが……。だってあれはたぶん取り次ぎたちが読んじゃってるじゃないの、書き写して、こう言ったわよ、ははん、女はあいつとぐるだぞ、こんなことを書くくらいだからなって。分かってちょうだい、私はあなたの事情はなにも知りたくないの、あなたも私にあんな手紙をあれして自分の罪を私に押しつけないで……」

「罪になるようなことを書いた憶えはないよ」キンキナトゥスは言った。

「それはあなたはそう思ってるでしょうけど――みんなあなたの手紙にふるえあがったのよ――とにかくふるえあがったんだから！　私は馬鹿な女かもしれないし、法律のことはさっぱり分からないけど、でも直感的に、あなたの言葉はどれもありえない、許されないものだってことは分かったわ……。ああ、キンキナトゥス、あなたはなんて状況に私を立たせてくれたのかしら――子供たちもそう、子供たちのことを考えて……。聞いてちょうだい――ちょっとだけ私の言うことを聞いてちょうだい」彼女は話がさっぱり理解できなくなるくらい熱っぽく続けた。「全部否認して、全部。あの人たちに言うのよ、自分は無実で、ほらを吹いていただけだって、そう言って悔い改めるの、そうしてちょうだい――それがあなたの頭を救ってくれなくても、でも私のことを考えてよ、もう私は後ろ指差されてるんだから、ほらあの女だぞ、未亡人だぞ、ほら！　って」

「ちょっと待って、マルフィニカ。まったく分からないな。なにを悔い改めなきゃならないって？」

「そう！　私を巻き込めばいいわ、面倒を起こせばいいんだわ……。なにをなのか私が知ってたら、私はあなたの、つまり、共犯者ってことなんでしょ。分かってるんだから。いいえ、もううんざり、もううんざり。こういうことがなにもかも、私、ひどく怖いの。——最後に教えて——本当にあなたにその気はないの、私のために、私たちみんなのために……」

「お別れだね、マルフィニカ」キンキナトゥスは言った。

彼女は腰をおろすと、右手で頬杖を突き、左手で机に自分の世界を製図しながら考え込んだ。

「本当にいやな、つまらないことになっちゃった」深く、深くため息をついて、彼女は言った。顔をしかめ、爪で川の線を引いた。「私たちはもっと違う逢い方をするんだと思ってたわ。あなたにすべてをあげるつもりだったのに。がんばった甲斐があったってものね。ま、しかたないわ」（川が海へ——机のへりから——流れ込んだ）「ねえ、私、重たい気分で出ていくのよ。そうよ、でもどうやって出てけっていうの？」ふと思い出して無邪気な、明るいまでの顔になった。「そんなにすぐにお迎えは来ないわよ、時間はたっぷり約束してもらったんだから」

「心配ないよ」キンキナトゥスは言った。「ぼくたちの言葉はひと言洩らさず……。すぐに開けてくれるさ」

彼の言うとおりだった。

「さよなら、さよならね」マルフィニカが子供みたいに言った。「待ってくださいって、触んないで、夫とお別れさせてください。さよならね。なにか必要なものがあれば、おシャツとか……。そうそう、子供たちからあなたに固く、固くキスしてって頼まれてたんだったわね。あとなにか……。いけない、忘れるところだったわ、パパったら、私があなたにプレゼントした小さなコフシ（古代ルーシのワイン用の器）、奪《と》っちゃったのよ、もらったようなこと言ってるけど……」

「急いでくださいな、奥さん」ロジオンがさえぎり、馴々しい膝で彼女を出口のほうへつついていった。

訳注（＊）一八八頁「おお、晩年に」と「それもますます迷信ぶかく」はともにチュッチェフの詩「最後の愛」（一八五四）の一節。この詩は基本的に弱強格で作られているが、「それもますます迷信ぶかく」の箇所も含め、しばしばよけいな弱音節をはさむことで意図的に韻律を乱しており、それを主人公は「しゃっくり」と呼んでいる。

19

翌朝彼のもとに新聞が届き——このことが収監当初を思わせた。すぐさまカラー写真が目にとび込んできた。青空の下の広場は観衆にぎっしりまだら色に埋め尽くされ、濃い赤の壇はほんの端くれが見えるきりだ。処刑にかんする欄は半分が塗りつぶされ、残りの半分からキンキナトゥスに探り出せたのは、マルフィニカに教えてもらってすでに知っている——マエストロの体調が万全でないため公演は延期されるが、おそらく長期にわたるだろうという——ことだけだった。

「ほら、お前に本日のご進物だ」ロジオンが言った——キンキナトゥスではなく蜘蛛に、だ。

彼は両手のなかに、やけに大事そうに、しかし汚らわしそうに（憂慮が胸に押し当てることを、恐怖が押しのけることを命じていた）、なかでなにか大きなものがうごめいてがさごそいっているタオルを丸く摑んでもってきていた。

「塔の窓のところで捕まえてやった。化け物だぜ！　うろうろしてんのをみつけたところでなかなか捕まえられるもんじゃねえ……」

彼がいつもそうしているように椅子を近づけてそのうえに立ち、丈夫な巣のうえの大喰らいの蜘蛛に生け贄をやろうとすると、蜘蛛は獲物を察知してもうふくれ返っていたのだが――すんなりといかなかった――彼はふしくれだったおどおどしている指からうっかりタオルの要《かなめ》の襞を放してしまい、たちまち、まるで飛ぶどころかただの走行機《おもちゃ》の鼠（ロシア語で「飛ぶ鼠」というと「蝙蝠」を意味する）に嫌悪と恐怖をかきたてられた人間が悲鳴をあげて総毛立つみたいに、悲鳴をあげて総毛立った。タオルから大きな、黒ずんだ、触角を生やしたものがはみ出してきた――するとロジオンは声をかぎりに喚きたて、逃げられやしないかと危ぶみながら、思い切って摑むこともできず、進退きわまっていた。タオルが落ちた。虜は六本のべとつく肢でロジオンの折り返し袖《アウフシュラーク》にしがみついてぶら下がった。

それはただの蛾だったが――なんという蛾だ！――男の手のひらほどの大きさがあり、翅は分厚く、白髪まじりの裏地をつけ、暗褐色の表側はところどころまるで粉でもちらしたようで、一枚一枚、真ん中に、鋼鉄の輝きをもつ目玉のかたちの丸い斑紋をあしらっていた。蛾は、毛むくじゃらの半ズボンを穿いた関節肢でしがみついてはそれを引き剝がし、オールのような翅をもち上げて、裏から、さっきと同じ目を凝らしている斑紋や、捲れた灰色の先端に走る波模様をのぞけながらゆっくりと揺らめかせ、手探りでもしているみたいに袖のうえを這いだし、一方すっかり逆上したロジオンは、自分の手を払いのけ、撥ねつけながら、「とってくれ、とってくれ！」と泣き歌をうたい――目の玉をひん剝いた。肱までやって来ると蛾は音もなくはばたいたが、重量級の翅は胴体より目方がありそうで、そして袖にしっかり摑まったまま肱関節のところで反転して翅を下へ垂らすと――今度は茶色地に白い斑点のある襞ひだの腹、栗鼠っぽい顔、二発の黒い霰弾みたいな目、尖った耳にも似た触角が見えた。

「おお、こいつを始末してくれ！」ロジオンはわれを忘れて嘆願し、その狂乱した動きのせいで豪奢な昆虫は剝がれ落ち、机にぶつかると力強く身震いしたままそのうえにとまり、いきなり、へりから飛び立った。でも私からしたらお前たちの昼は真っ暗もいいところ、よくも私の微睡《まどろ》みをむだに乱してくれたわね。飛翔は跛行し、重く——長くは続かなかった。ロジオンがタオルを拾い上げ、やたらにふり回して盲目の女飛行家をはたき落とそうとしていると、彼女の姿がふいに消えてしまったのだ。まるで空気そのものが彼女を嚥《の》み込んだみたいだった。

ロジオンはしばらく探していたがみつからず、独房の真ん中に突っ立って、脇腹に手を当てるとキンキナトゥスのほうへ向き直った。

「どうです？　とんだ悪党で！」表情豊かな沈黙のあと、彼は声を張り上げてみせた。唾を吐き、頭を振ると、はちきれんばかりにかたかたいっている非常食の蝿の入ったマッチ箱を手にし、しょぼくれた動物はそれで満足しなければならなかった。しかしキンキナトゥスには、彼女がどこへとまったかしっかり見えていた。

歩きながら腹立たしげに、髭を、毳立った髪の毛帽ごと毟りとって、ロジオンがようやく遠く離れると、キンキナトゥスはスチールベッドから机のほうへ移動した。彼は本を全部返したのは早まったなと後悔し、手持ちぶさたに腰をおろして書きはじめた。

《すべてうまく収まった》とキンキナトゥスは書いた。《つまりすべてぺてんだったのだ——こうした芝居がかって哀れを誘うありとあらゆるものが——尻軽娘の空約束、母親の潤んだ眼差し、壁のむこうのノック、隣人の好意、最後に——丘陵だ、死にいたる発疹に覆われた……。うまく収まったと思ったらすべてぺてんだったのだ、すべてが。これこそここなる生の袋小路だ——救いを探し求めねばならないのは、こんな狭苦しい枠のなかではなかったのだ。救いを探し求めていたのが不思議なくらいだ。まったく——このあいだ夢のなかで落とし物をしたといって嘆いたり——しかも実際にはそんなものをもっていたこともないのだ——明日その在り処が夢に出てくると期待していたりする人間みたいだ。そうやって作られているのが数学で、それは壊滅的な欠陥をかかえている。私はそれを発見した。私は生に小さな穴を発見したのだ——生の断ち切れた場所に、生がかつてなにかほかの、本当に生きた、意味のある、巨大なものと結びついていた場所に——水晶のように澄んだ意味で満たそうとするとかえって膨大な形容辞がいるな……——最後まで言わないほうがいい、さもないとまた混乱する。このとり返しのつかない小さな穴に腐敗が発生している——おお、どうやらぼくはやはりすべて語ってしまいたいらしい——夢、結合、崩壊について——おっとまた脱線した——ぼくの言葉の最良の部分は走り回って、召集ラッパに応えてくれないし、ほかの言葉たちときたら満足に歩くことすらできやしない。ああ、こんなに長くここにいることが分かっていたら、一から始めて、そして整合性のとれたもろもろの概念が里程標つきの街道みたいになったところを、すこしずつ、最後まで進んで、完成させることもできただろうに、魂は言葉に覆いつくされただろうに……。これまでここでぼくが書いたものはすべてわが昂奮《ヴォルネーニエ》の波《ヴォルネーニエ》の泡、空虚な気持ちの昂ぶりでしかない——それこそ急ぎすぎたからだ。しかし私が鍛え上げられたいま、それが私を脅かすことのほとんどないいま、それ、すなわち……》

　ここでページが終わり、キンキナトゥスは紙を切らしたのに気づいた。とはいえもう一枚だけみつかった。

《……死》と彼は文の続きをそこに書き——しかしすぐにその単語を線で消した、必要なのはなにかほかの、もっと正確な言葉だ、処刑だか、痛み、別れ——なにかそんなふうな、とちびた鉛筆をくるくる回しながら考え込むと、机のへりのさっき彼女が身震いしていたところに茶色い和毛《にこげ》がはりついていて、キンキナトゥスは彼女のことを思い出し、机を離れ、たった一語、それも線で消された単語がひとつ書かれただけの真っ白な紙をそこに残したまま、スチールベッドの前で（上履きの踵を直すふりをして）うずくまり、つまりその鉄の脚のいちばん下のところに彼女がとまり、目を見開いた翅を侵しがたいおごそかな忘我のなかで広げて眠っていたというわけなのだが、ただ気の毒なことに、ふさふさの背中に一か所、和毛がこすりとられたせいで小さな木の実のようなきらきらした禿ができていた――けれども特大の、黒みがかった翅、灰色に縁どられ永遠に目を開いた翅は、指一本触れられておらず――前翅はやや垂れて後翅にかぶさり、その傾げ具合には睡たげなやる気のなさのようなものがあったわりに、前面に見えている部分は輪郭がひとつになって直線を描き出し、放射状に伸びるすべての線が完璧なシンメトリーをなし――そのあまりの魅力に、キンキナトゥスはたまらず右の翅の白い毛を生やした肋骨の根もとのところを指先で撫で、そのあと左の翅の肋骨を撫で（柔らかな硬さ！　手強い柔らかさ！）――しかし蛾は目を覚まさず、彼は体を起こし――かるくため息をついてその場を離れ――また机に向かおうとしたそのときだった、いきなり錠のなかで鍵ががちゃがちゃいいだし、監獄対位法のあらゆる規則に則って金属音と轟音と軋音を立てながら、扉が開いた。薔薇色の顔をのぞけてからムッシュー・ピエールが体ごと、豌豆《えんどう》色をした狩猟服姿で入ってきて、その後ろからさらにふたり、ほとんどそれとは分からない監獄長と弁護士が続き、げっそりやつれて生気がなく、ともに灰色のルバシカを着て古靴を履き――いっさいメーキャップせず、綿も入れず、かつらもかぶらず、涙目をし、露出過多のぼろ服からがりがりの体をのぞけ――彼らはそっくりだったことが判明し、細い首にのっかった同じような小さな頭を同じようにきょろつかせていたが、その頭は青白く禿げ、こぶだらけ、側頭部に灰青色の点描が広がり、耳が突き出していた。

きれいに頬紅を入れたムッシュー・ピエールがエナメルのブーツの胴筒を合わせて一礼し、ひょうきんな甲高い声で言った。

「馬車の用意ができましたので、どおぞ」

「どこへ？」キンキナトゥスは訊いたが、実際、絶対に明け方だと確信するあまり、すぐに理解できなかったのだ。

「どこへ、どこへ……」ムッシュー・ピエールはからかうように真似をした。「どこへ行くか、分かりきったことだよ。チョキンチョキンやるところさ」

「でもいますぐじゃないでしょう……」自分で自分の言っていることに驚きながらキンキナトゥスは言った。「準備ができているわけではないので……」（キンキナトゥス、これがお前か？）

「いや、まさにいますぐ、だね。とんでもないよ、お前、準備のために三週間近くあったのに。それだけあれば十分だろう。さあ、これがぼくの助手のロージャとローマ（それぞれロドリグ（ないしロジオン）、ロマンの愛称）、どうぞご愛顧お引き立てのほどを。連中、見た目はみすぼらしいけど、そのかわり熱心だから」

「このうえはますます忠勤に励みます」連中のほうが低い声で伸ばすように言った。

「あぶなく忘れるところだった」ムッシュー・ピエールが続けた。「お前には法律によってさらに……。ねえロマン、リストをくれないかな」

ロマンは大げさなくらいにあたふた、カルトゥーズ（前庇のついた労働者風の帽子）の裏地の裏から、二つ折りになった黒い縁どりの厚紙のリストをとり出した。彼がとり出そうとしているあいだ、ロドリグは同僚から無意味な視線をそらさぬまま、内ポケットに手を這わせるみたいに自分の脇腹を機械的にさすっていた。

「ほら、ここにあるのが仕事をかんたんにするために」ムッシュー・ピエールが言った。「こちらで用意した最期の望みメニューだよ。ひとつ選んでいいからね、ひとつだけ。読んであげるから。

さてと、コップ一杯のワイン、もしくはトイレへの短期滞在、もしくは監獄所蔵の特殊な葉書コレクションへの軽い目通し、もしくは……なんだ、これ……厚意にたいする謝意……謝意を表す監獄上層部へのメッセージの作成……。いや、これは失敬――ロドリグ、これはお前が書き込んだな、この卑劣漢め。わけが分からない、誰がこんなこと頼んだのさ？　公式文書だよ！　それにぼくにたいしてはなおさら言語道断だ――まさにぼくがこんなに法律の点でこだわって、こんなに努力してさ……」

ムッシュー・ピエールはかっとなって厚紙を床に叩きつけ、するとロドリグがすぐにそれを拾い上げ、きれいに伸ばしながらすまなそうにつぶやいた。

「どうかご心配なく……、これは私じゃなくて、道化のロムカが……、私は規律をわきまえています。ここでは万事正常に……、本日《デュ・ジュール》おすすめの最期の望みですが……、なんでしたら誂えものを……」

「言語道断だよ！　我慢ならないね！」ムッシュー・ピエールは独房のなかをうろつきながら喚いていた。「ぼくは具合が悪いんだ――それなのに自分の務めを果たしているんだよ。腐ったにおいのする魚を振る舞われたり、淫売みたいな女を押しつけられたり、ただ恥知らずなだけの接待を受けて――さてそのあとできれいな仕事をしてくれっていうんだからね！　いやですとも！　もうやめた！　長い忍耐の杯を嘗めたもんだよ！　ぼくはきっぱり断るからね――自分たちでやってよ、ばっさり、ぎたぎたにやってみせてよ、好きなようにさ、ぼくの道具は壊しておくれ……」

「公衆はあなたに夢中なんです」おべっか使いのロマンが言った。「どうかお願いですから気を落ち着けてください、マエストロ。もし間違いがあったとしたら、それは浅はかさ、愚かさ、あまりに熱意に満ちた愚かさの結果――それだけのことなのです！　私たちをお許しください。女性たちのお気に入り、みんなの人気者が怒った顔をあの慣れ親しんだ気も狂わんばかりの笑顔にとり替えてくださいますように……」

「もういいから、いいから、おしゃべりめ」表情を和らげてムッシュー・ピエールがぶつぶつ言った。「ぼくはどうしたってほかの何人かよりは良心的に務めを果たすほうだからね。分かった、許してやろう。だとしてもこの忌々しい望みについてはちゃんと決めとかないと。さあ、どれにした?」彼はキンキナトゥス(そっとスチールベッドに腰掛けた)に訊いた。「はやく、はやく。ぼくはもういいかげん終わらせたいんだ、いらいらしてる人間にこんなところを見せるもんじゃないよ」

「書き終えたいものがあるんですが」なかばうかがうような口調でキンキナトゥスが囁きがちに言い、しかしそう言うなり顔をしかめ、思考を張りつめさせようとすると、突然、実はもうすべて書き終えていたのだと悟った。

「ぼくには彼がなにを言ってるのか分からないよ」とムッシュー・ピエールが言った。「誰か分かる人がいるかもしれないけど、ぼくには分かりません」

キンキナトゥスが頭をもたげた。

「ぼくからお願いしたいのは」彼ははっきり言った。「三分間です――そのあいだ外へ出ていくかせめて黙っていてください――そう、三分の幕間《アントラクト》です――それが済んだら、しかたない、この馬鹿げた戯曲をあなた方と最後まで演じてあげましょう」

「二分半でどうだい」とムッシュー・ピエールが言い、分厚い懐中時計をとり出した。「兄弟、三十秒まからない? だめ? ええい、もってけ泥棒――手を打とう」

彼はくつろいだポーズで壁にもたれ、ロマンとロドリグもその例にならったが、ロドリグは足がくじけてつんのめり——同時に、うろたえた目をマエストロに投げた。

「シーッ、この愚図」ムッシュー・ピエールが彼にむかって静かにするよう言った。「それにそもそもなんだってお前たちがのしてるんだい？　ポケットから手を出しなよ！　ぼくをごらんよ……」（うなりながら椅子に座って）「ロージカ（ロドリグ、ロジオンの愛称）、お前に仕事だ——ちょっとずつこの掃除を始めてかまわないよ、ただあんまりうるさくしないようにね」

扉越しにロドリグへ箒が渡され、彼は仕事にかかった。

まず彼は箒の先で窓の奥の格子をすっかりたたき壊し、すると深淵から響いてくるみたいに、遠くの、弱々しい「万歳《ウラー》」の声が聞こえ——独房のなかに爽やかな外気が吹き込み——紙束が机から舞い降り、ロドリグがそれを隅へ掃き寄せた。そのあとまた箒で厚手の灰色の蜘蛛の巣を、そしてそこからよく世話を焼いていた蜘蛛をとり払った。ロマンは手持ちぶさたに、この蜘蛛で遊びだした。仕事は雑だが愉快に作られた蜘蛛は、丸いフラシ天の体、ぴくつくばねの肢、背中の真ん中から伸びた長いゴム紐でできていて、ロマンがゴムの先をつまんで蜘蛛をぶら下げ、手をかるく上下させると、ゴムが伸び縮みして蜘蛛が空中を上下に行ったり来たりした。ムッシュー・ピエールがそのおもちゃへ磁器のような流し目をくれるとロマンは眉をつり上げ、あわててそれをポケットに突っ込んだ。一方ロドリグは机の抽き出しを引っぱり出そうとしてがたがた揺すり、殴りつけると——真っ二つに机が割れた。同時にムッシュー・ピエールの座っていた椅子もうら悲しい音を立て、なにかが力負けし、ムッシュー・ピエールは時計を落としかけた。天井からぱらぱら降ってくるものがあった。亀裂が一本、くねりながら壁を走った。もう用済みになった独房が、公然と崩壊しようとしていた。

「……五十八、五十九、六十」ムッシュー・ピエールは数え終わった。「おしまいだよ。さあ、立って。外は素晴らしいお天気だし、馬車で出掛けるには最高だ、ほかの人がお前の立場だったら自分からせきたてるところだよ」

「もうちょっとだけ。ぼく自身、手が恥さらしにもこんなにふるえているのが滑稽なんです――でもこれをとめることも隠すこともできない――まあ、手がふるえるというだけの話です。あなたたちがぼくの紙束をめちゃくちゃにして、ごみを掃き出し、蛾が真夜中、割れた窓から飛び立っていくと――ぼくには、もうすぐにでも崩れようとしているこの四方の壁の内側になにも残らなくなる。しかしいまのぼくにとって塵埃だの忘却はどうでもいい、ぼくはひとつのことしか感じていないのだ――恐怖、恐怖、それも恥ずべき、無益な……」

といったことをキンキナトゥスは実際にはなにも口にしておらず、彼は黙って靴に履き替えていた。額の血管がふくらみ、そこに金髪の巻き毛が垂れ、シャツは柄入りの衿が広く開き、それが彼の首筋と、金色の口髭がわななないているやや赤みを帯びた顔を、なにやら異常に若々しくみせていた。

「さあ行こうか！」ムッシュー・ピエールが金切り声をあげた。

キンキナトゥスはなるべく物や人に当たって体がもっていかれないよう、まるでなだらかに傾斜した裸の氷のうえを歩くみたいに足を運んでようやく独房から脱け出たが、それは実のところもはや存在していなかった。

20

キンキナトゥスは石造りの廻廊を連行された。前から、かと思えば後ろから、木霊《エコー》が我を忘れてとび出してきた——隠れ処が崩壊しつつあったのだ。電球が切れているせいでたびたび闇の区域に差しかかった。ムッシュー・ピエールが歩調を合わせるよう言っていた。

そうこうするうち、規則《レグラメント》どおりに犬の仮面をかぶった兵士が数人、彼らに合流し——するとロドリグとロマンは主人の許しを得てひと足先へ行き——やたら大股に、てきぱき腕を振りながら、抜きつ抜かれつ——喚声とともに曲がり角のむこうへ消えた。

ああ、急に歩き方の分からなくなったキンキナトゥスは、ムッシュー・ピエールとボルゾイの顔の兵士に支えてもらっていた。だいぶ長いあいだ彼らは階段をのぼった——きっと城塞はかるい卒中にやられたにちがいない、くだってゆく階段が実はのぼりだったり、その逆だったりした。そしてまた廊下が伸びていったが、どちらかといえば住宅用のそれで、つまり目に見えるかたちで——リノリウムだの壁紙だの壁際の船旅用洋櫃だのによって——そこが住居になっていることを誇示していた。ある角を曲がるとキャベツのにおいさえした。その後「務室」と書かれたガラス戸の前を過ぎ、新たな暗黒期を抜けると、いきなり、真昼の太陽のせいで大声をあげている庭に出た。

この探検のあいだ中、キンキナトゥスは、なにも知りたがらない恐怖心が胸をつまらせ引き裂いてくるのを抑えつけようとするだけで精一杯だった。周囲ですこしずつ作り上げられていたがその日まだ朝のうちになんとかそこから脱け出すことのできたあの偽りの物の道理へ、この恐怖がいままた自分を引きずり込みつつあることは、彼にも分かっていた。この丸々した赤い頬っぺの狩人が自分の首を刎《は》ねるのだと考えること自体、もはや、キンキナトゥスを彼にとって破滅的な秩序へ反吐《へど》が出るほど巻き込んでいた、許しがたい弱さだった。彼はこうしたことをなにもかも完全に理解していたのだが――仮面舞踏会はすべて自分の脳のなかで起こっていることだとよくよく分かっているにもかかわらず幻覚に反論せずにいられない人間みたいに――キンキナトゥスは自分の恐怖心を言い負かそうとむなしい努力を続けていた、かろうじて分かる現象や、生活用具に刻まれた独特の痕跡や、全体の不安定な感じや、目に見えるすべてのもののなんらかの欠陥に――ただし太陽は相変わらず本物らしく、世界はまだ維持され、物質はまだ見かけの礼儀を守っていたが――その訪れの近いことの感じられる覚醒が、本質的に喜ぶべきものでしかないことも分かっていたというのに。

第三の門のむこうに馬車が待っていた。兵士たちはもう先へ行かず、壁際に積まれた丸太のうえに腰をおろすと、ぬいぐるみの仮面を脱ぎだした。門のそばに監獄の召使いや見張りたちの家族がおどおど体を寄せ合っていて――裸足の子供たちがとび出してきては撮影機を覗き込んですぐにまた駈け戻り――そのたびに三角巾をかぶった母親たちがシッといって叱りつけ、熱い陽光はちらばった藁を黄金色に染め、あたたかな蕁草《いらくさ》のにおいがし、脇のほうでは一ダースの鵞鳥が群れをなして控えめにガアガアいっていた。

「さあ、出発だ」ムッシュー・ピエールが元気よく言い、小さな雉《きじ》の羽根飾りのついた豌豆色の帽子をかぶった。

強靱なばねをもったムッシュー・ピエールが踏み段に足を載せたとたん軋んではげしく傾いた、古びた、剝げ痕だらけの幌馬車につながれていたのは、歯を剝いた栗毛の痩せ馬で、尻の鋭く突き出した部分に、蠅を追い払ってこしらえたすり傷が黒光りし、全体に痩せこけ、あばらが浮き出し、おかげで胴は箍《たが》をずらっとはめているみたいにみえた。たてがみには赤いリボンがひとつ結わえてあった。ムッシュー・ピエールは横につめてキンキナトゥスに席を与え、ふたりの足許に横たえられているかさの張ったケースが邪魔じゃないか訊いた。

「お前、なるべく足を載せないようにね」と彼はつけ足した。駅者台にロドリグとロマンがよじのぼった。駅者がわりのロドリグが長い鞭をくれると馬はびくっとしたが、すぐには車を牽けず、尻もちをついた。間の悪い獄吏たちの「ウラー」の声がばらばらにあがった。腰を浮かせて前のめりになったロドリグは、もたげられた馬づらにひと鞭入れ、幌馬車が発作的に動きだすと、揺れのせいで駅者台にほとんど仰向けにひっくり返り、手綱をぐっと引いて、トプルルと声で制した。

「のんびりやってよ、のんびり」ムッシュー・ピエールがにこやかに言い、しゃれた手袋をはめたむっちりした手で彼の背中に触れた。

不吉な画趣をたたえた青白い道が何周か城塞の土台に巻きついていた。傾斜はところどころややきつく、そこへ来るとロドリグがあわてて軋るブレーキ・レヴァーを引いた。ムッシュー・ピエールはステッキのブルドッグ型の握りに両手を据え、断崖やその合間の緑の斜面や、クローバーや葡萄の木や白い塵の舞う様を愉しげに見渡し、ついでに、相変わらず格闘しているキンキナトゥスの横顔をやさしく眺めた。馭者台に座るふたりの痩せこけて前に屈んだ灰色の背中は瓜ふたつだった。蹄がぱかぱかいっていた。虻たちが衛星みたいに旋回していた。馬車はいく度か先を急ぐ巡礼（たとえば監獄の料理人とその妻）を追い越し、巡礼たちは立ち止まって陽射しや埃から身をかばうとまた歩みを速めた。道がもうひとつカーヴすると――それはゆっくり回転していく城塞から完全にほどけ、橋へ伸びた（城塞はもう完全に立ち方がおかしく、遠近法は乱れ、なにか垂れ下がってぶらぶらしていた……）。

「あんなにかっとなって悪かったね」ムッシュー・ピエールが愛想よく話をしていた。「ぼくに腹を立てないでおくれ、ひよこちゃん。精魂込めて仕事に当たっているときにほかの人間がだらしないとどれだけ忌々しいか、お前も分かってくれるね」

橋ががたがたいった。処刑の知らせは市内に広まりはじめたばかりだった。赤や青の服を着た少年たちが走って馬車を追ってきた。狂人を装ってもう長年水のない川で存在しない魚を釣ってきたユダヤ系の老人が、インテレスナヤ広場を目指す市の民の第一陣へ合流しようと急いで持ち物をまとめていた。

「……でもいまさらこんなことを言ってもしかたない」ムッシュー・ピエールは話を続けた。「ぼくみたいな性格の人間は熱しやすく冷めやすいんだ。そんなことより、ひとつ、美なる性別をもった人間（女性のこと）の行動に目を向けるとしようじゃないか」

娘たちが数人、帽子もかぶらず、キャアキャア声をあげながら我先にと、褐色の胸をした太った花売り女の花をそっくり買い上げ、なかでいちばんすばしこい娘がうまいこと馬車に花束を投げ込み、ロマンの頭からカルトゥーズをはたき落としそうになった。ムッシュー・ピエールが短い指でたしなめた。

馬は自分の蹄のそばで肢をいっぱいに伸ばすようにして走っているひらべったいぶち犬たちを大きな濁った目で横目ににらみながら、どうにかサドーヴァヤ通りをのぼってゆき、するともう群衆が追いついてきて——車体にまたひとつ花束が当たった。しかしそのとき右に折れてマチューヒンスカヤ通りに入り、古代の工場の巨大な廃墟の前を過ぎ、そのあとテレグラフナヤ通りに入ると、もう、調律中の楽器の音で通りが甲高かったり哀れっぽかったり角笛みたいだったりする声をあげていて——その先で——囁きかけてくる舗装していない横道に入り、辻公園の前を通ると、そこのベンチから短い髭を生やした文官服の男がふたり、幌馬車を目にして立ち上がり、力強い身ぶりでお互いを指差し——いやに昂奮し、肩をいからせていたが——そのとき猛然とかくかく足を上げ、みんなと同じ方向へ駈けだした。辻公園の先で白い太った彫像が真っ二つに裂けていた——新聞は落雷によるものだと言っていた。

「これからお前の家の前を通るよ」ムッシュー・ピエールがいやにひっそり言った。

ロマンが駁者台でそわそわしだし、うしろのキンキナトゥスのほうをふり返ると、大声で言った。「これからあなたの家の前を通りますよ」満足して少年みたいに跳ねながらすぐにまた前を向いた。

キンキナトゥスは見たくなかったがやはり見た。マルフィニカが実の生らない林檎の木の枝に座ってハンカチを振り、向日葵と立葵に囲まれた隣家の庭ではつぶれたシルクハットをかぶった案山子が袖を振っていた。家の壁の、とくにかつて木の葉の影の戯れていた場所に奇妙な剝げ痕があり、屋根の一部は……。一行は通過した。

「お前はやっぱりどこか薄情だね」ため息まじりにムッシュー・ピエールは言い——じりじりして駁者の背中をステッキでひと衝きすると、駁者は腰を浮かせ、狂ったような鞭の打擲《ちょうちゃく》によって奇蹟を手にした。痩せ馬がギャロップで走りだしたのだ。

いま一行は大通りに入っていった。市内の昂奮はいやましに募っていった。家並みの色とりどりのファサードがぱたぱたはためきながら、大急ぎで歓迎のポスターを飾りつけられているところだった。一軒、派手に装った小屋があり、そこの戸が勢いよく開くと青年が出てきて、家族総出で彼の見送りをしていた――青年は今日ちょうど務めを果たす歳に達したところで、母親はうれし泣きし、祖母さんがナップザックに紙包みを突っ込み、弟が巡礼杖を渡していた。通りを跨いだ昔の小さな石橋（以前はずいぶん歩行者の助けになったものだが、いまではもの好きと街路課長たちしか利用しない）にはどれもうカメラマンがひしめいていた。ムッシュー・ピエールは繰り返しかるく帽子を上げた。きらきらした「ミニ時計」に乗ったダンディたちが、幌馬車を追い抜いては中を覗き込んでいった。喫茶店から赤い乗馬ズボンの男が紙吹雪《コンフェティ》入りのバケツをもって駆け出してきたが、どじを踏み、むこうの歩道から大皿にパンと塩（ロシアの饗応の伝統で、たとえば結婚式の際、大きな黒パンと塩で新郎新婦を祝うなどする）を載せて走ってきたおかっぱ（昔のロシアの農民の髪型）の若者に、その色とりどりの吹雪をぶちまけた。

ソンヌイ大尉像で残っているのは、薔薇に囲まれた、尻から下の足だけだった――どうやらこれも雷にやられたらしい。どこか行く手のほうで吹奏楽団が行進曲の《小鳩ちゃん》を熱烈に演奏していた。空全体を白い雲が衝かれたように動いていた――たぶん、これらの雲は同じものが繰り返し出てきているのだ、たぶん、それは三種類しかないのだ、たぶん、これはなにもかもが網点になっているのだ、うさんくさい緑がかった色合いで……。

「ほらほら、馬鹿はよしておくれ」とムッシュー・ピエールが言った。「絶対に気を失ったりするんじゃないよ。男らしくないからね」

とうとう一行は到着した。観衆はまだ比較的少ないが、その流れは途切れることなく続いていた。正方形の広場の中心に――いや、よりによってまったくの中心ではない、まさにそれがむかついた

——深紅の断頭台《エシャフォー》の壇が聳《そそ》り立っていた。少し離れて控えめに駐《と》まっているのは運賃国持ちの（「囚人用の」という意味のジャルゴン）旧式の電動機付き柩車だった。通信《テレグラフィスト》屋と消防士の混成隊が隊形を維持していた。吹奏楽団が見たところ全力で演奏していて、片足のない障害者の指揮者が情熱的に棒を振っていたが、今度はまったく音が聞こえなかった。

ムッシュー・ピエールがむっちりした肩をすくめて幌馬車から優雅に出てくると、すぐにふり返ってキンキナトゥスに手を貸そうとしたが、キンキナトゥスは反対側から外に出ていた。群衆からシーッという野次があがった。

ロドリグとロマンが馭者台からとび降り、まわりから三人がかりでキンキナトゥスをもみくちゃにした。

「ひとりで大丈夫です」キンキナトゥスは言った。

断頭台まで二十歩ほどあり、誰にも手を触れさせないためにはキンキナトゥスは駈けださざるをえなかった。群衆のなかから犬が吼えたてた。緋色の階段のところまで来てキンキナトゥスは立ち止まった。ムッシュー・ピエールが彼の肱を支えた。

「ひとりで大丈夫です」キンキナトゥスは言った。

彼が壇上へのぼると、ほかならぬ断頭用の丸太が、つまり両手を広げて楽に寝そべることのできるサイズの、なだらかに傾斜した、つややかな、樫の丸太の台があった。ムッシュー・ピエールものぼってきた。観衆がどよめいた。

まわりでバケツをもって行ったり来たりおが屑を撒いたりしているあいだ、キンキナトゥスはなにをしていいか分からず木の手摺にもたれたが、それがしきりに細かくふるえ、何人か下から野次馬根性を剥き出しにくるぶしを触ってくるのを感じて、そこを離れ、やや呼吸を乱しながら唇を舐め、まるではじめて腕を組んだみたいにどこかぎこちなく胸の前で腕組みし、四方を見渡した。照明になにかあったのか――太陽の具合が悪い、空の一部も揺らめいている。広場の周囲にはポプラが植わっているが、しなりもせずにぐらぐらし――なかの一本がいやにゆっくりと……。

しかしそのときまた群衆のあいだをどよめきが通り過ぎた。ロドリグとロマンがお互いに小突き合ったり押しのけ合ったりしながら、喘ぎあえぎ階段をのぼって重たいケースをもたもた運び上げ、床板のうえにどさっと置いたのだ。ムッシュー・ピエールが上着を脱ぎ、袖無しの肌着姿になった。その白い二頭筋にはトルコ石のように碧い女の刺青が彫られていたが、消防士の説得にもかかわらず断頭台のすぐ前までつめ寄せている群衆の前列に、生身のその女と彼女のふたりの姉妹が立っていて、ほかにも釣り竿を担いだ小柄な老人だとか陽灼けした花売り女だとか巡礼杖をついた若者、それにキンキナトゥスの義弟の片割れ、新聞を読んでいる司書、頑健な技師ニキータ・ルキッチの姿があり――キンキナトゥスはもうひとり、学校の庭園への道すがら毎朝出会《でくわ》していたが名前も知らない男がいるのに気づいた。こうした前列のむこうに目や口の明確さという点ではやや劣るのが何列か、その先にもいやにぼんやりし、そのぼんやりしたなかにも似たような顔が何層か続き、そしてむこうの、いちばん遠くのほうの顔は、広場の背景にいやにぞんざいに塗りたくられていた。

そのうち、また一本ポプラが倒れた。

突然楽団が鳴りやんだ――というより、鳴りやんだいまになって、これまで楽団がずっと演奏していたことが突然分かった。団員の太っておだやかな男が自分の楽器をばらし、きらきらしたジョイントから唾をふり払っていた。楽団のむこうには柱廊玄関《ポルティコ》、断崖、石鹸水のように泡立った滝といった生彩のない寓意画じみた遠景が緑色がかって浮かんでいた。

壇上へ市政副管理官が敏捷かつエネルギッシュに（おかげでキンキナトゥスは思わずうしろへと

び退いた）跳びのり、高く蹴り上げた片足をぶしつけに丸太へ載せ（ざっくばらんな雄弁術の名手だった）、声高に宣言した。

「市の民の諸君！　まずささやかなご注意を。最近街では、若者世代の一部に、あまりに速く歩くことでわれわれ老人を脇へ退かせて水たまりにはまることを余儀なくさせんとする志向が認められます。もうひとつ言わせていただきますと、明後日、第一大通りとブリガジールナヤ通りの十字路の角で家具展が開催されますが、みなさんとそこでお目にかかれることを切に願うものであります。これもお忘れなきよう、今晩、間近に迫りし大成功のうちに笑歌劇《オペラ＝ファルス》《話が長い《ソクラチーシ》ぞ、ソクラテスくん《ソクラチク》》が上演されます。あともうひとつみなさんへのお知らせを頼まれておりまして、キュテレイア倉庫にご婦人用のサッシュベルトが各種豊富に届いております、お申込みはお一人様一点限りで。では他の演者たちにこの場を譲ることといたしましょう、市の民の諸君、私からみなさんのご健康となにひとつ不自由ないことをお祈りします」

　さっきと変わらぬ敏捷さで彼は手摺の横木と横木のあいだをくぐり抜け、賞讃のどよめきを浴びながら壇から跳びおりた。すでに白いエプロンを掛けて（妙なかたちだが、下からブーツの胴筒をのぞけて）いるムッシュー・ピエールは穏やかなやさしい顔で四方を見渡しながらタオルで入念に手を拭っていた。副管理官が出番を終えるやいなや彼は助手《アシスタン》たちにタオルを抛り投げ、キンキナトゥスのほうへ足を踏み出した。

（カメラマンたちの黒い正方形の鼻づらがもぞもぞしだし、ぴたっととまった）

「暴れたり駄々をこねたりはいっさいお断りだよ」ムッシュー・ピエールが言った。「まずはそのかわいいおシャツを脱ぎましょうね」

「ひとりで大丈夫です」キンキナトゥスは言った。

「いい子だ。このかわいいシャツをもっていっておくれ。今度はぼくがどうやって横にならなきゃいけないか見せてあげるよ」

ムッシュー・ピエールが丸太の上に倒れた。観衆のあいだをどよめきが通り過ぎた。

「分かったね？」跳ね起きてムッシュー・ピエールが訊き、エプロンを直した（うしろがほどけ、ロドリグが結ぶのを手伝った）。「ご苦労さま。いきましょう。ライトがちょっと明るいかな……。できれば……。そんな感じで、ありがとう。なんだったら、あとほんのちょっと……。素晴らしい！　さあ今度はお前にお願いだ、横になっておくれ」

「ひとりで、ひとりで大丈夫です」キンキナトゥスは言って見せられたとおり俯せになったが――すぐに両手で首筋を隠してしまった。

「お馬鹿さん」上からムッシュー・ピエールが言った。「いったいぼくにどうしろと……（ああ、そうしておくれ。そのあとすぐバケツを）。とにかく――どうしたんだい、こんなに体をこわばらせて、なにも緊張することはないんだよ。楽にして。お願いだから手をどけて……（よし、いいよ）。楽にして、声に出して数を勘定してごらん」

「十まで」キンキナトゥスは言った。

「お前、よく分からないんだけど？」訊き返すような口調でムッシュー・ピエールは言うと、もう呻きながら、小声でつけ足した。「みなさん、ちょっと離れてください」

「十まで」両腕を広げてキンキナトゥスは繰り返した。

「ぼくはまだなにもしてないよ」力のこもったただみ声でムッシュー・ピエールがそらとぼけて言い、キンキナトゥスが大きな声でしっかりと数を勘定しだしたときにはもう床板の上を影が走りだし――いやひとりのキンキナトゥスは数えていたが、もうひとりのキンキナトゥスは、用のなくなった数字を数える響きが遠のいていくのに耳を澄ますのをすでにやめていて――これまで味わったことのない明晰さ、はじめのうちはその横溢の唐突さに痛みさえ伴ったものの、やがて彼の本質を陽気さで満たしてくれたその明晰さで――思った。なぜぼくはこんなところにいるんだ？　なんだってこんなふうに寝転んでいるんだ？――この簡単な問いを自分に投げかけると、上体を起こして辺りを見回すことでその答えに代えた。

辺りは一面、奇妙な混乱にあった。まだ回転中の死刑執行人の腰から、手摺が透けて見えてきた。階段で体を折り、蒼褪めた司書がもどしていた。観客はすっかり、完全に透明で、もうなんの役にも立たず、いっせいにどこかわきのほうへ捌《は》け――ただうしろの書き割りの列だけは、その場に残っていた。キンキナトゥスはゆっくりと壇から降り、さざめくごみのうえを歩きだした。何分の一にも小さくなったロマンが追いすがってきたが、彼はロドリグと同一人物だった。

「なにをしているんです！」彼はとび跳ねながらしゃがれ声で言った。「いけません、いけません！　それではあの方に、いやみんなにたいして不実というものです……。戻って横になってください――あなたは横になって、準備も全部済んで、すべて終わっていたんじゃありませんか！」

キンキナトゥスが押しやると彼はわびしげな悲鳴をあげ、もう自分が助かることしか考えずに逃げ去った。

広場にはほとんどなにも残っていなかった。壇はだいぶ前に崩れ落ち、赤みがかった粉塵をもうもうとあげていた。最後に黒いショールをかぶった女があっという間に駆け抜けたが、その両腕に幼虫のような小さな死刑執行人を抱いていた。倒れた木々は平らに、なんの起伏もなく横たわり、まだ立ったままの、やはりひらべったく、丸みの錯覚をもたせるために幹の脇腹に陰をつけた木々も、空の破れかかった網点に枝でかろうじて摑まっているだけだった。すべてが四散しつつあった。

すべてが崩落しつつあった。螺旋状のつむじ風が、塵、布切れ、ペンキを塗った木屑、金めっきした石膏の細かな破片、厚紙の煉瓦、ビラを、引っ摑んでは巻き上げ、乾いた靄が流れてゆき、そしてキンキナトゥスも、埃が立ち、物が落下し、画布がはためくなかを、声から察するに彼に似た存在たちの立っているほうへ歩きだした。

英語版への序文

この小説のロシア語の原作タイトルは *Priglashenie na kazn'*（露語で『処刑への誘い』）という。接尾辞の重なる不愉快さを覚えつつ、私はこれを *Invitation to an Execution*（『処刑への誘い』）と訳すよう提案したことがある。しかし一方で「Priglashenie na otsechenie golovi」（「Invitation to a Decapitation」）（露語、英語ともに「斬首への誘い」）というのが、やはり似たような吃音で口ごもらされたりしなければ、実は私が母国語で言おうとしていた当のものだったのだ。

私がロシア語の原作を書いたのはちょうど四半世紀前のベルリン、ボリシェヴィキ体制から逃れて十五年ほどたち、ナチ体制を歓迎する声がフル音量《ヴォリューム》に達する（一九三四年八月のヒトラーの総統就任とそれを圧倒的に支持した国民投票を指している）直前のことだった。私が両者を同じひとつの退屈で獣《けだもの》じみた茶番《ファルス》とみていたことがこの本に影響を与えているか否かといったことは、私にとってそうであるように、よき読者にとってはまったくとるに足らない問題だ。

Priglashenie na kazn' はパリで出ていた亡命系のロシア語雑誌 *Sovremennïja Zapiski*（露語で『現代雑記』）に連

載され、一九三八年、同じパリのDom Knigi（露語で「ブックセンター」の意）社から出版された。当惑しながらもこの作品を気に入ってくれた亡命系の書評家たちは、私がドイツ語をまるで解さず、現代ドイツ文学にもまったくの無知で、カフカ作品の仏訳も英訳もまだ読んだことがないのを知らぬまま、自分たちはそこに「カフカ」調を認めたと思い込んでいた。この本とたとえば私の初期短篇（やのちの『ベンドシニスター』）のあいだになんらかの様式《スタイル》＝文体上のつながりがあるのは疑いないが、*Le château*『城』（一九二六年刊。仏訳は一九三八年、英訳は一九三〇年）や*The Trial*『審判』（一九二五年刊。英訳は一九三七年、仏訳は一九三三年）とはなんのかかわりもない。私の文芸批評観に精神的類似などといったものは入り込む余地もないものの、かりに同じ血筋を引く魂を選ばなければならないのであれば、G・H・オーウェル（ジョージ・オーウェルにH・G・ウェルズを混ぜ合わせている）やその他グラビアつきの思想や評論風フィクションを書く大衆御用達作家よりは、たしかにその偉大な芸術家のほうだろう。ちなみに私の本はどれもきまって、書評家たちを、多少の差はあれ有名人の名前探しに駆りたてて、情熱的な比較を行わせるのだが、なぜそうなるのかさっぱり分からない。この三十年で彼らが私に投下してきたのは（その無害なミサイルのうち、ほんのいくつか挙げてみると）、ゴーゴリ、トルストエフスキイ（トルストイとドストエフスキイのかばん語）、ジョイス、ヴォルテール、サド、スタンダール、バルザック、バイロン、ビアボウム、プルースト、クライスト、マカール・マリンスキイ（次のメアリー・マッカーシーの名と姓を入れ替えて駄洒落た架空の作家）、メアリー・マッカーシー、メレディス（！）、セルバンテス、チャーリー・チャップリン、ムラサーキイ男爵夫人（紫式部）、プーシキン、ラスキン、さらにはセバスチャン・ナイト（ナボコフの小説『セバスチャン・ナイトの真実の生涯』（一九四一）の主人公の作家）までいる。しかしながら、この秘密組織のなかでひとりの作家――この本を書いているとき私に与えた影響を感謝とともに認めなければならない唯一の作家――だけはその名が挙がらぬままだった。それは憂鬱で突拍子もなく、賢明で機知と魔力に富み、そしてとびきり愉快な、ピエール・ドラランドという、私の創り出した作家だ。

いつか見出し語のない定義事典なるものを作るとしたら、頭のなかであたためている項目がある。「自分の書いたものを翻訳する際、遅ればせの手直しのために、それを短くしたり長くしたり、さもなければ部分的に書き換えたり、書き換えを引き起こしたりすること」。これをしたくなる衝動は、一般に、手本《モデル》と模倣者＝擬態者《ミミック》を隔てる時間が長くなればなるほど大きくなる。けれども息子（ドミートリイ・ナボコフ（一九三四〜二〇一二）。『処刑への誘い』の英訳者）がチェック用にこの本の訳文をよこしてきたとき、そして久しぶりにロシア語の原文を読み返さなければならなくなったとき、一戦交えるべき創造的校訂という名の悪魔がいないことが分かってほっとした。一九三五年において私のロシア語の言い回しはたしかな像を、それにふさわしい正確な言葉遣いのかたちで具現しており、それを英語へ変形するときに校正してよくなったのは、明快《クラリティ》が身上の常套句だけだったが、どうやらロシア語にくらべると英語ではそうした明るさ《クラリティ》に手の込んだ照明装置がいらないらしい。わが息子はすこぶる気の合う翻訳者で、われわれのあいだでは、どれほど奇妙な結果になろうとも原作者への忠誠が第一ということになっていた。Vive le pédant（仏語で「衒学者万歳」の意）、そして「精神」が翻訳できれば（言葉が勝手に——たとえばモスクワ近郊へ——飲みにくり出して乱痴気騒ぎをし、シェイクスピアがまた国王の亡霊役を演じるはめになっていても（『ハムレット』の父王の亡霊役はそもそもシェイクスピアが演じていたといわれる））すべてよしと考える単細胞を撲滅せよ。

私のお気に入りの作家（一七六八〜一八四九）（おそらくドラランドのこと）はいまや完全に忘れられているある小説についてかつてこんなふうに言っている。“Il a tout pour tous. Il fait rire l'enfant et frissonner la femme. Il donne à l'homme du monde un vertige salutaire et fait rêver ceux qui ne rêvent jamais.”（仏語で「それは万人にとってのすべてをもっている。それは子供を笑わせ、女をぞくぞくさせる。それは上流人士に有益な眩暈を与え、夢に出てこないものを夢見させる」の意）。*Invitation to a Beheading*（『斬首への誘い』。本作の英語版タイトル）がそうしたものを述べたてることはいっさいできない。これは真空に鳴るヴァイオリンだ。俗物はこれをぺてんだというだろう。老人たちはあわてて目を背け、地方の伝奇物語や著名人の伝記にむかうことだろう。女性クラブの会員は誰もぞくぞくしないだろう。好き者は幼いエミー（ロシア語版ではエンモチカ）に幼いロリータの姉をみてとり、ウィーンの呪術医（フロイトのこと）の弟子たちは共同体的《コミュナル》な犯罪行為とprogresivnoe（露語で「進歩的」、ただし綴りがまちがっている）な教育で成り立ったグロテスクな世界のなかでにやつくだろう。けれども（*Discours sur les ombres* の著者がまた別のランプの光にかんしていったように）、私は知っている（je connais）、髪をくしゃくしゃにして跳び上がるだろういく人か（quelques）の読者を。

オーク・クリーク・キャニオン、アリゾナ
一九五九年六月二五日

戯曲

事件　三幕のドラマ的喜劇

Событие

毛利公美 訳

登場人物

アレクセイ・マクシーモヴィチ・トロシェイキン（愛称アリョーシャ）…………肖像画家
リュボーフィ・イワーノヴナ・トロシェイキナ（愛称リューバ）…………画家の妻
アントニーナ・パーヴロヴナ・オパヤーシナ…………リュボーフィの母
リョーフシン…………トロシェイキン夫妻の友人
ヴェーラ…………リュボーフィの妹
マルファ…………メイド
エレオノーラ・カールロヴナ・シュナップ…………助産婦
ヴァガブンドワ…………画家の顧客の老婦人
エヴゲーニヤ・ヴァシーリエヴナ（ジェーニャおばさん）…………リュボーフィの叔母
ポールおじさん…………その夫
イーゴリ・オレーゴヴィチ・クプリコフ…………画家
イワン・イワーノヴィチ・シチェーリ…………武器店主
アルフレッド・アファナーシエヴィチ・バルボーシン…………私立探偵
オシップ・ミヘーエヴィチ・メシャーエフ…………トロシェイキン夫妻の知人
二人目のメシャーエフ（ミヘイ・ミヘーエヴィチ・メシャーエフ）…………メシャーエフの双子の兄弟
レオニード・ヴィクトロヴィチ・バルバーシン（愛称リョーニャ）…………舞台には登場しない

第一幕

トロシェイキンのアトリエ。左右にドア。肱掛椅子の前におかれた低いイーゼルの上には（トロシェイキンはいつも座って仕事をする）、ほぼ完成した青い服の少年と、少年の足元に半円形に広がる五つの丸い空白（これからボールになる）。壁にはレースに身を包み白い扇を持った未完成の老婦人が立て掛けられている。窓が一つ、背もたれのない長椅子《オットマン》、小絨毯《ラグ》、屏風、戸棚、椅子三脚、机二つ。乱雑に積み重ねられたファイル。

初めは舞台は空っぽである。その後、紺と赤の子供用ボールが一つ右手から登場し、舞台を横切るようにゆっくり転がっていく。同じドアからトロシェイキン登場。トロシェイキンは机の下から別の赤と黄色のボールを足で転がして出す。トロシェイキンは四十歳間近で、髭は剃ってあり、よれよれだが色鮮やかな長袖のニットを着て、全三幕の間（ちなみに同じ日の朝、昼、夜である）同じ服のままでいる。子供っぽく、怒りっぽく、移り気。

トロシェイキン　リューバ！　リューバ！

左手からリュボーフィが急がずに登場。若く、美しく、だるそうでぼんやりした様子。

まったく災難だよ。どうしてこんなことになるんだ？　なんで俺のボールが家じゅうに散らばってるわけ？　むちゃくちゃだよ。朝のうちずっと探し回って腰をかがめてばかりなんて、お断りだからな。今日は子供が絵のモデルをしに来るのに、ふたつっきりしかないじゃないか。残りはどこなんだ？

リュボーフィ　知らないわ。一つは廊下にあったわよ。

トロシェイキン　これだよ、廊下にあったのは。緑のが一つと模様のが二つ、足りないんだ。なくなっちゃったんだよ。

リュボーフィ　わたしに絡まないでよね、頼むから。なによ――たいしたことないじゃない！　そうねえ――「少年と五つのボール」っていう絵のかわりに「少年と二つの……」

トロシェイキン　賢明なご意見で。教えていただきたいもんだね、ほんとに誰が俺の小道具を散らかしてくれてるんだか……。まったく、むちゃくちゃだよ。

リュボーフィ　あなただって、わたしと同じでちゃんとわかってるでしょう。あの子、昨日モデルをやった後、ボールで遊んでたじゃない。

トロシェイキン　だからその後で集めてしまっておけばよかったんだよ。（イーゼルの前に座る。）

リュボーフィ　そうね、でもそれ、**わたし**に関係ある？　マルファに言ってよ。あの人が掃除してるんだから。

トロシェイキン　掃除の仕方がいけないんだ。今からちょっとあいつに注意してやろう……

リュボーフィ　第一、あの人はいま買い物に行っているし、それに、あなた、あの人のこと、怖がってるじゃない。

トロシェイキン　まあな、そういうこともあり得る。だけど、俺自身はいつもこう思ってるんだ、俺からするとこれは、単に一種の気遣いで……　それはそうと、俺の男の子、なかなかじゃないか？　こりゃまたビロードだね！　こんなきらきらの目にしたのはさ、ひとつには、この子が宝石屋の息子だからなんだ。

リュボーフィ　わからないんだけど、先にボールを描いちゃって、それから人物を仕上げるんじゃ、どうしてだめなのよ。

トロシェイキン　どう言えばいいかな……

リュボーフィ　言わなくてもいいけど。

トロシェイキン　いいか、ボールは燃え上って、少年に輝きを投げかけていなくちゃいけない。でも、俺はまず輝きのほうを定着させて、それから光源にとりかかりたいんだ。覚えておかなきゃいけない、芸術は常に太陽と逆の方向に動くんだ。足なんか、ほら、もうほとんど螺鈿《らでん》の輝きじゃないか。いやあ、この少年は気に入った！　髪の毛がいいじゃないか。黒い巻き毛がほんのちょっと混じっているところなんか。宝石と黒人の血の間には、何か関係があるんだよ。シェイクスピアは『オセロ』のなかでそれを感じ取っている。ま、そういうこと。（別の肖像画を眺める。）いたヴァガブンドワ夫人ったらさ、俺が白いドレス姿をスペイン風の背景で描いていることに、いたく御満悦でね、――これがどんなおぞましいレースのグロテスクになってるかに気づいてないんだ……。やっぱり、あのさあ、本当に頼むからさ、リューバ、俺のボールを何とか探し出してくれよ。俺はボールがあっちこっち逃げまわってるのはいやなんだ。

リュボーフィ　こんなの残酷よ、こんなの堪えられないわ、もう。それ、戸棚に閉じ込めておいてよ、お願いだから。わたしだっていやなの、部屋じゅうに転がってたり、家具の下に入り込んだりしてるのは。まさかあなた、わからないはずないでしょう、どうしてなのか。

トロシェイキン　どうしたんだよ？　そんな声出しちゃって……。癇癪おこしちゃってさ……

リュボーフィ　ああいうのを見ると、心が引き裂かれそうになるの。

トロシェイキン　ああいうのって？

リュボーフィ　そのおもちゃのボールとかよ。わたし。だめ。なの。今日はお母さんの誕生日――ということは、明後日にはあの子は五歳になっていたはず。五歳よ。考えてみてよ。

トロシェイキン　いや……。でもさ、ほら……。ああ、リューバ、リューバ、――もう千回も言ったよな、そんな風に、仮定法で生きてちゃいけないって。ほら五年、ほらまた五年、ほらまた……。それで十五歳にもなったらさ、あの子だって、煙草を吸ったり、ぐれたり、にきび面になったり、女の胸元を覗き込んだりしただろうし。

リュボーフィ　言ってほしければ言ってあげる。ときどきふと思うの。あなたがとんでもなく下品な人だったりしたら……？って。

トロシェイキン　そっちこそ無礼じゃないか、残飯集めて売ってる行商人の女みたいにさ。（間。リュボーフィに近寄って）おいおい、怒るなよ……　俺だって、もしかしたら、胸が張り裂けそうなときもあるかもしれないさ、でも俺は自分をしっかり保っていられる。しっかり考えてみろよ。二歳で死んだ、つまりちっちゃな羽根をたたんで、小石のように沈んだんだ、俺たちの胸の奥にね、――じゃなかったら、大きくなって木偶《でく》の坊になってたかもしれないんだぜ。

リュボーフィ　本当におねがい、もうやめて！　だって、そういうの、ぞっとするほど悪趣味よ。あなたの話を聞いてたら歯が痛くなったわ。

トロシェイキン　落ち着けって。もういいよ！　俺の言い方が悪いなら、許してくれ、俺を憐れんでくれ、そう嚙みつくなって。それはそうと、ゆうべはほとんど一睡もできなかったよ。

リュボーフィ　うそ。

トロシェイキン　そう言うと思ったよ！

リュボーフィ　うそ。思ってなかった。

トロシェイキン　ところがそうなんだ。第一、俺は満月の時はいつも動悸がする。それにこの辺がまたちくちく痛んでさ、——わからないんだ、いったい何なのか……。それにいろんな考えがさ……目は閉じているのに、いろんな色の回転木馬がぐるぐるして、気が変になりそうで。リューバ、いい子だから、笑顔を見せてくれよ。

リュボーフィ　ほっといて。

トロシェイキン　（前舞台で）なあおい、聞いてくれよ、夜中に思い付いたことを話すからさ……。俺の考えでは、かなり天才的なんだ。描こうっていうのは、こういう代物なんだ、——ほら、想像してみてくれ……。まるでここの壁がなくなって、暗い奈落が……　それで、つまり、まるで薄暗い劇場の観客みたいに、列がずっと……　座って俺のほうを見てるんだ。おまけに、並んでいる顔はみんな俺の知っているやつ、あるいは前に知っていたやつでね、そいつらがいま俺の人生を見ているんだ。好奇心いっぱいのやつもいれば、悔しそうなやつもいる、満足そうに見ているやつもいる。こっちの男はうらやましそうだし、あっちの女は残念そうだし。そうやって俺の前に座ってるんだ——青ざめた顔の変なやつらが、薄暗い中にね。そこには死んだ俺の両親もいる、昔の敵もいる、レボルバーを持ったおまえの例の男もいる、幼なじみももちろんいる、それから女たちが大勢——おまえに話して聞かせた女はみんなだよ。ニーナだろ、アーダだろ、カチューシャ、それにもうひとりのニーナ、マルガリータ・ホフマン、可哀相なオーレンカも、――みんなだ……。気に入った？

リュボーフィ　わたしにわかるわけないじゃない。描けばいいでしょ、そしたらわかるから。

トロシェイキン　だけど、もしかしたら――ばかげてるかな。そう、半分寝ぼけた頭に浮かんだことだ、――不眠の引き換えに手に入れた、病人の絵画さ……また壁に現れてもらおう。

リュボーフィ　今日はお茶の時間に七人くらい来るのよ。何を買うといいとか、勧めてくれればいいのに。

トロシェイキン　（腰を下ろし、ひざの上に支えた木炭画のエスキースをじっくりと眺め、そのあと手を入れる。）うんざりする話だな。誰と誰だって？

リュボーフィ　わたしも名前を数えようとしていたところ。まず、作家先生でしょ――お母さんがなんでまた、よりにもよってあんな人にお越しいただきたいのかわからないけど。今まで一度もうちに来たことなんてないし、噂では偉そうないやなやつだっていうし……

トロシェイキン　そうだな……おまえもわかってると思うけどさ、俺はおまえのお母さんがすごく好きだし、お義母《かあ》さんがうちに同居してくれてるのが、すごくうれしい。チクタクいう時計やらダックスフントやらと一緒にどっかそこらの居心地のいい部屋で、たとえばここからほんのツーブロックほど離れたところで暮らしてるんじゃなくてね。でも、悪いけどさ、昨日の新聞に載ってたお義母さんの最新作、あれは悲惨だな。

リュボーフィ　そんなことを聞いてるんじゃないの、お茶菓子に何を買ったらいいかって言ってるのよ。

トロシェイキン　どうでもいいよ。ほんっとにさあ。考えるのもいやなくらいだ。おまえの好きなものを買えよ。そうだな、イチゴのケーキとかさ……　それと、オレンジを多めに、ああいう、ほら、すっぱいけど赤いオレンジだよ。すぐにテーブルがぱーっと華やぐからね。シャンペンはあるし、チョコレートは客が持ってくるだろうし……

リュボーフィ　八月にオレンジ売ってるところがあったら教えてちょうだいよ。ついでに言わせてもらえばね、現金の形でうちにあるのは、ほら、これで全部。お肉屋さんにもつけが残ってるし、マルファにも借りがあるし……。次にお金が入るまで、どうやってやっていったらいいか、わからないわ。

トロシェイキン　何度も言うけど、俺は本当にどうでもいいんだ。あああ、つまらないなあ、リューバ、憂鬱だ。俺たちはこのど田舎の小さな町でくすぶって、もう六年目になる。もう、町じゅうの家のあるじや、身持ちの悪い女房や、歯医者や、婦人科医の絵を描きなぐった気がするよ。俺の状況ときたら、矛盾どころか不純になってきちまった。そういえばさ、最近また「ダブル・ポートレート」の手法をやってみたよ。これがくそおもしろいんだ。こっそりバウムガルテンの絵を二通り描いてやった。立派な長老風、これは先方のご希望に応じて。で、もう一枚の絵は、俺の希望に応じて、紫色の面《つら》にブロンズの腹で、かみなり雲に囲まれた姿（ゼウスのイメージ）。だけど二枚目のほうはもちろん本人には見せないで、クプリコフにあげたよ。そういう副産物が二十枚ぐらい集まったら、展覧会を開くんだ。

リュボーフィ　あなたの計画って、どれも同じ特徴があるわよね。いつだって半開きのドアみたいに、風がひと吹きしたらばたんと閉まっちゃうのよ。

トロシェイキン　へえ、言ってくれるじゃないか！　ぱっと気が付いてさっと表現するなんて、誰でも上手くできるってか！　……もしそうだったら、俺たちはもうとっくに飢えてくたばっていましたよ。

リュボーフィ　とにかくさっき「行商人」って言われたこと、ぜったい許さないから。

トロシェイキン　喧嘩で朝を始めるなんて、つまらなすぎるよ。今日はわざわざ早く起きて、何か仕上げるとか、新しく始めるとかするつもりだったんだ。うれしいよ……おまえが不機嫌なせいで、仕事をする気がすっかり失せた。よかったな。

リュボーフィ　あなたこそ、考えたらどう。今日という日がどんなふうに始まったか。だめよ、アリョーシャ、もうこんなこと……　あなたにとっては、なんでも、ほら、時が癒してくれるとかって思えるんでしょうけど、わたしはわかっているの、そんなのただの一時しのぎ。いんちきとは言わないまでもね。わたしは何一つ忘れられないでいるのに、あなたは何一つ思い出したくないのよ。わたしがおもちゃを見てあの子のことを想っていると、あなたはつまらなくて忌々しい気分になる。自分ひとりで決めたからよ、三年経ったからそろそろ忘れる頃だって。あるいは……　どうかしら、あなたには忘れるべきことさえないのかもね。

トロシェイキン　ばか言うなよ。何なんだよ、まったく……　そもそも、俺はそんなこと何も言ってないぞ。過去にすがって生きてちゃいけないと言っただけじゃないか。下品でもないし、悔しがることもないだろう。

リュボーフィ　どうでもいいわ。もう話すのはやめましょう。

トロシェイキン　どうぞ……

（間。トロシェイキンは霧吹きで噴射してエスキースを定着させ、別の仕事に取り掛かる。）いや、俺はおまえのことがさっぱりわからない。おまえだって自分のことがわかっていないんだ。問題はそういうことじゃなくて、俺たちがこんな僻地で朽ち果てそうになってるってことなんだ、三人姉妹

（同名のチェーホフの戯曲）みたいにさ。まあいいや……　どっちにしたって、一年もすれば、いやでもこの町から出て行くことになるんだし。俺んとこのイタリア人は、どうして何とも言ってこないんだろうな……

アントニーナ・パーヴロヴナ・オパヤーシナ（リュボーフィの母）が、模様入りのボールを一つ抱えて登場。彼女はきちょうめんで、少々潔癖とさえいえる女性である。柄つき片眼鏡をもち、甘ったるい感じでそそっかしい。

アントニーナ・パーヴロヴナ　おはよう、わたしの大切なお二人さん。どういうわけか、これがわたしのところにあったわよ。アリョーシャ、素敵なお花をどうもありがとう。

トロシェイキン　（このシーンの間ずっと作品から顔を上げない。）どうもどうも、おめでとうございます。こちらの角へどうぞ。

リュボーフィ　やけに早起きしたのね。まだ九時にもならないと思うけど。

アントニーナ・パーヴロヴナ　しょうがないわ、朝早く生まれたんだもの。おコーヒーはもう飲んだの？

リュボーフィ　ええ、もう。ひょっとして、五十歳のお祝いの記念にお母さんも飲む？

トロシェイキン　ところで、お義母さん、お義母さんみたいに毎朝ニンジンを五分の三本食べる人って、他に誰がいるかご存知ですか？

アントニーナ・パーヴロヴナ　あら、誰なの？

トロシェイキン　さあね。ぼくがお義母さんに訊いてるんです。

リュボーフィ　この人、今日はご機嫌で冗談を言いたい気分なのよ。それで、お母さん、朝ご飯まで何をしたい？　よかったら散歩に行く？　湖のほうにでも？　それとも、動物を見に行く？
アントニーナ・パーヴロヴナ　何の動物？
リュボーフィ　空き地にサーカスが来てるの。
トロシェイキン　ぼくも一緒に行きたいなあ。好きなんですよ。馬の尻か私服姿の年とったピエロか何か、題材にもらってこよう。
アントニーナ・パーヴロヴナ　いいえ、それより朝のうちはお仕事をするわ。ヴェーラちゃんが家に寄るはずだし……　変ね、ミーシャから何も言ってこないなんて……　ねえ、聞いてちょうだい、わたし、昨夜またお話をひとつ書いたの。「照らされた湖」シリーズのひとつよ。
リュボーフィ　まあ、すてき。ねえ、今日はみじめなお天気ね。雨でもないし……　霧っていうのかしら。まだ夏だなんて、とても思えない。そういえば、お母さん、マルファが毎朝お母さんの傘を平気で使っているのに気がついた？
アントニーナ・パーヴロヴナ　マルファはさっき帰ってきたばかりなんだけど、とっても機嫌が悪いの。話すといやなきもちになるわ。わたしのお話、聞きたい？　それとも、アリョーシャのお仕事のおじゃまかしら？
トロシェイキン　いやあ、ほらね、仕事にとりかかってしまえば、地震だって気になりませんよ。でも今はただなんとなくいじってるだけですから。やってくださいよ。
アントニーナ・パーヴロヴナ　でももしかして、あなたたちには興味ないんじゃない？
リュボーフィ　そんなことないわよ、お母さん。もちろん聞かせてちょうだい。
トロシェイキン　それはそうと、お義母さん、なんでまた我らが大先生を招待したんです？　ぼくはずっとこの疑問に頭を悩ましてるんですよ。なんのために必要なんです？　それに、こういうのはよくないですよ、クイーンがひとつであとはみんなポーンだなんて。
アントニーナ・パーヴロヴナ　ポーンなんかじゃないわよ。例えばメシャーエフなんて――。
トロシェイキン　メシャーエフ？　いや、あのですねえ……
リュボーフィ　お母さん、この人の相手なんかしなくていいわよ。意味ないんだから。
アントニーナ・パーヴロヴナ　わたしはただね、例えばメシャーエフさんは、オカルト信者のお兄さんを連れてくる約束だって言いたかったの。
トロシェイキン　彼に兄弟なんていませんよ。それはまやかしです。
アントニーナ・パーヴロヴナ　いいえ、いるのよ。ただ、いつも田舎に住んでるから。おまけに双子なのよ。
トロシェイキン　それならまあ……
リュボーフィ　それで、お話はどこへいっちゃったの？
アントニーナ・パーヴロヴナ　ううん、いいの。またにしとく。
リュボーフィ　そんな、お母さんったら、傷つかないで。アリョーシャ！
トロシェイキン　代わりに承りますが。

呼び鈴。

アントニーナ・パーヴロヴナ　いいのよ……。どうせ……。先にタイプしなおしてくるわ。じゃないと読みづらいから。

リュボーフィ　打ちなおしたら、こっちに来て読んで聞かせてね。お願いよ！
トロシェイキン　同感です。
アントニーナ・パーヴロヴナ　ほんと？　わかったわ。じゃあ、今すぐ。

出て行く際、ドアのすぐ向こうでリョーフシンと鉢合わせになる。リョーフシンはまず声だけが聞こえ、それから姿が見える。くねくねした、黒い短いあご髭と口髭のような眉をつけた伊達男。同僚からつけられたあだ名は、毛の生えたサナダ虫。

リョーフシン　（ドアのむこうで）ええと、ご主人は起きておいでですか？　お元気でお変りない？　なにごともなく？　ぼくはその、ちょっとご主人に。（トロシェイキンに）ちょっといいですか？
トロシェイキン　どうぞどうぞ。
リョーフシン　こんにちは、奥さん、こんにちは、トロシェイキンさん。お困りのことはないですか？
トロシェイキン　親切な人じゃないか、なあ。ええ、懐具合をのぞけば、上々です。
リョーフシン　すみませんね、こんな朝早くから上がり込んで。近くを通ったもんですから、覗いていこうと思いまして。
リュボーフィ　コーヒーを召し上がる？
リョーフシン　いえいえ、結構です。すぐに失礼しますから。しまった、おたくのお母さまにお祝いを言うのを忘れたな。まずいなあ……
トロシェイキン　何をまた今日はそんな、遠慮なしに気が立ってますね？

リョーフシン　いやいや、何をおっしゃいます。それで、つまりですね。昨晩は家においででしたか？
リュボーフィ　ええ、家にいましたけど、それが何か？
リョーフシン　いやべつに。で、つまり、調子はいかがですかね……。絵を描いておいでで？
トロシェイキン　いや。竪琴を弾いてるんです。いいからどこかに座ってくださいよ。

間。

リョーフシン　雨がぽつぽつ降ってますよ。
トロシェイキン　へえ、おもしろいですね。ほかにお知らせは？
リョーフシン　ぜんぜん。べつになんでもないんです。今日、歩きながらね、思ったんですよ、トロシェイキンさん、あなたと知り合いになってどれくらいになるかなあ？　七年ですかね？
リュボーフィ　なにがあったのか、ぜひ教えていただきたいんですけど。
リョーフシン　なあに、つまらないことですよ。ほら、仕事上のやっかいごとです。
トロシェイキン　おまえの言う通りだ。何だか今日はそわそわしてる。ひょっとしてノミでもついたんじゃないですか？　風呂に入ったほうがいいんじゃないかな？
リョーフシン　冗談ばかりおっしゃいますね、トロシェイキンさん。いやね、ただあなたがたの仲人だったこととか、いろいろと思い出しまして。思い出にふけってばかり、そんな日があるじゃないですか。
リュボーフィ　何ですか、良心が痛むとか？

リョーフシン　そんな日もあるじゃないですか……。時間は飛ぶように過ぎる……。振り返れば……

トロシェイキン　あああ、つまらなくなってきた……。あなたねえ、図書館にでも行って、何か読んでおいたほうがいいですよ。今日は昼間、われらが長老がお見えになるんだから。賭けてもいい、きっとスモーキングを着てご登場ですよ。ヴィシュネフスキーのところでそうだったみたいにね。

リョーフシン　ヴィシュネフスキーのところで？　そうですね、もちろん……。あのう、リュボーフィさん、コーヒーをちょっと一杯、やっぱりいただこうかなあと。

リュボーフィ　ありがたいわ！　やっと決心がついて。(退場。)

リョーフシン　聞いてくださいよ、トロシェイキンさん、ショッキングな事件です！　ショックなほど不愉快な事件です！

トロシェイキン　本気で？

リョーフシン　どう言ったらいいのかわからないくらいです。ただ、興奮しないでくださいよ——それと、何より、今のところ当分、リュボーフィさんには隠しておくことです。

トロシェイキン　何かの……いやらしいゴシップとか？

リョーフシン　もっと悪いことです。

トロシェイキン　はっきり言うと？

リョーフシン　思いもかけない恐ろしいことです、トロシェイキンさん！

トロシェイキン　だから言ってくださいよ、こんちきしょう！

リョーフシン　バルバーシンが戻ってきたんです。

トロシェイキン　なんだって？
リョーフシン　昨日の夜です。一年半の減刑になったんです。
トロシェイキン　あり得ない！
リョーフシン　興奮しないでくださいよ。この件についてちょっと話し合って、何らかのモーダス・ヴィヴェンディ（ラテン語で「暫定協定」の意）を練り上げなければ……
トロシェイキン　何がヴィヴェンディだ……たいしたヴィヴェンディですよ。だって……。これからいったいどうなるんです？　神様……。だいたい、あなたは冗談を言ってるんじゃないでしょうね？
リョーフシン　お気を確かに。それよりぼくと一緒にどこかへ……（リュボーフィが戻ってきたため。）
リュボーフィ　今、持ってきますから。それはそうと、アリョーシャ、マルファが言うには、果物
——アリョーシャ、何があったの？
トロシェイキン　避けられないこと。
リョーフシン　トロシェイキンさん、アリョーシャ、ねえ君、ぼくと一緒に外に出ましょうよ。気持ちのいい朝の空気、頭もすっきりしますよ、そこまで送ってください。
リュボーフィ　いますぐ知りたいわ。誰か死んだの？
トロシェイキン　だってさ、これってめちゃめちゃ可笑しいじゃないか。このばかな俺には、ついさっきまで、まだ一年半も猶予があったんだ。それまでに俺たちはとっくに他の町か他の国か他の惑星に行けてたはずなんだ。俺にはわからない、これはいったい、罠か？　どうして前もって誰も警告してくれなかったんだ。なんていまわしい制度なんだ。なんて甘い判事なんだ。ったく、

ろくでもないやつらだ！　いや、ちょっと考えてくださいよ！　刑期より前に釈放だなんて……。いや、これは……　これは……。訴えてやる！　俺は――
リョーフシン　落ち着いてくださいよ、ねえ。
リュボーフィ　（リョーフシンに）本当なんですか？
リョーフシン　何です、本当って？
リュボーフィ　いいえ――やめてください、眉を上げてとぼけてみせるのは。よくおわかりでしょう、わたしが何を尋ねているのか。
トロシェイキン　知りたいもんですよ、こんなふうに容赦してやって誰の得になるんだか。（リョーフシンに）何を黙ってるんです？　あの男と何か話を……？
リョーフシン　ええ。
リュボーフィ　それであの人、どんなふうに――ずいぶん変わってましたか？
トロシェイキン　おい、くだらない質問はやめろよ。まさかわからないわけないだろう、これからどうなるか。逃げなきゃいけないのに、資金も行き先もないとはね。ほんとうに想定外だよ。
リュボーフィ　ねえ、話してください。
トロシェイキン　まったくだ、なにをそんな木偶の坊みたいに……。じらしてくれますね……。さあ！
リョーフシン　要するに……。昨日の真夜中近く、そう、たしか十時四十五分頃……いや、うそです……十一時四十五分だ、ぼくは映画から家に歩いて帰る途中で、お宅のところの広場を、つまり、すぐそこの、お宅からほんの何歩か離れたあたりの、道の反対側の――ほら、売店があるあたりです――街灯のあかりで見えて――目を疑いました――巻き煙草をくわえて立ってるんですよ、バルバーシンが。

トロシェイキン　うちの角に！　すてきだねえ。だって俺たちさ、リューバ、やっぱり昨日、あやうく映画に行くところだったよな。いやあ、すばらしい映画だ、いやあ、「カメラ・オブスクーラ」（ナボコフ自身の小説のタイトル）は今シーズンの最高傑作だってさ……！　その今シーズン云々のせいで、俺たちがいやあな目にあってたかもしれないんだぜ。続きをどうぞ！

リョーフシン　つまり、こうです。ぼくらは当時あまり会ったことがなかったし、ぼくのことを忘れていてもよかった……　でも、そうじゃありませんでした。射抜くような目で見られて――おわかりでしょう、あの男にはそれができるんです、見くだすみたいに、嘲笑うみたいに……　で、ぼくは思わず立ち止まりました。挨拶を交わしました。ぼくは、もちろん、好奇心いっぱいでした。なんですか、と言ってやりましたよ、こんなに早く私どものところへお帰りになられるとは、ってね。

リュボーフィ　まさかそんなこと、面と向かってはっきりおっしゃったの？

リョーフシン　そういう意味のことをですよ。ぼくはむにゃむにゃと寄せ集めの挨拶を口にしましてね、そこから意味を引き出すのは相手にお任せしたわけですよ、もちろん。だいじょうぶ、伝わりましたよ。それであの男がいうには、模範的な行動と祝典に際する恩赦で、宿舎を一年半早く明け渡してくれと言われたんだとか。そう言ってぼくを見るんです、横柄にね。

トロシェイキン　たいした食わせもんだね！　え？　いったい何なんです？　ぼくたちがいるのはどこです？　コルシカですか？　ヴェンデッタ（イタリア語で「（家族や氏族間の）血の復讐」の意）の奨励ですか？

リュボーフィ　（リョーフシンに）そこであなたはどうやら、少し怖じ気づいてしまったんでしょう？

リョーフシン　ちっとも。これからいったいどうするつもりです、って訊くとね、「気の向くままに暮らすつもりです」――とこう言って、笑ってこっちを見ているんですよ。じゃあなんでまただんな、あんたは暗闇の中うろついてるんだい……と、つまりこれは声には出しませんが、ずいぶん意味ありげな顔で頭に浮かべたんですよ――あの男はわかってくれたんじゃないかな。まあ――そんな感じで別れたんです。
トロシェイキン　あなたもたいした人だ。なんですぐに寄ってくれなかったんです？　ぼくは手紙を出しにとか――なんだってありうるでしょう――外に出ていたかもしれない、そうしたらどうなっていたことやら。せめて電話一本くらい、かけてくれてもよかったでしょう。
リョーフシン　まあ、ですけど、もう遅いみたいだったし……。ゆっくり寝かせておいてあげようと思いまして。
トロシェイキン　こっちはあんまり眠れませんでしたがね。やっとそのわけがわかりましたよ！
リョーフシン　もうひとつ気になったのは、あの男が香水の匂いをぷんぷんさせてたことです。それがあの男の皮肉っぽい陰気な感じとあいまって、ドキッとさせられたんですよ、なんだかほとんど悪魔的な感じでね。
トロシェイキン　はっきりしているじゃないですか。話をするまでもない……。完全にはっきりしていますよ。警察を総動員してやります！　こんな博愛主義は許せません！　わかりたくもありませんよ、どうして、あいつがあんなふうに脅してきて、それは昔も今もみんな知っているのに、それでどうして、あいつをこの町に戻って来させたりできるんです！
リュボーフィ　あの人はそう叫んでたわね、逆上してた時。
トロシェイキン　へえ、ぎゃくじょう……ぎゃくじょうね……そいつはいいや……。いいかい、悪いけどさ、人が銃をぶっぱなして、それから一発でしとめられなかったことに気づいて、刑期を勤め上げたらやり遂げると叫んだとしたら――それは……それは逆上どころじゃない、立派な事実、血まみれ肉まみれの事実だ……そういうことなんだよ！　いやいや、俺もなんという間抜けだったんだ。七年と言われて、それをあてにしてたんだ。安心して考えていた、まだ四年ある、まだ三年ある、まだ一年半ってさ。それであと半年になったら、何があっても出て行こうって……。カプリの友人とはもう連絡を取り合っていたけど……。ああ！　俺は責められて当然だ。

リョーフシン　冷静になりましょうよ、トロシェイキンさん。大事なのは頭脳を明晰に保つことと怖れないことです……そうは言っても、もちろん、用心は――それもなお一層の用心は必要ですけどね。はっきり言いますが、ぼくの見たところでは、あの男はこれ以上ないほどの悪意と緊迫感に満ちていて、懲役のおかげでおとなしくなんてまったくなっていませんよ。何度でも言いますが、ぼくのまちがいってこともあり得ますけどね。

リュボーフィ　ただし懲役は関係ないでしょう。ただ牢屋に入ってただけ。

トロシェイキン　何もかも恐ろしいい、いい、いよ！

リョーフシン　ぼくの計画はこうです。十時頃に、トロシェイキンさん、ぼくたちはヴィシュネフスキーのオフィスに行きましょう。あの時、事件を扱ったからには、一番に彼のところに行くのが筋ってもんです。誰だってわかるでしょう、こんなふうに危険に曝されたまま生きるわけにいかないってことは……。いやなことを思い出させて申し訳ないですが、それが起こったのは、まさにこの部屋なんでしょう？

トロシェイキン　まさにまさに。もちろん、もうすっかり忘れ去られたことですしね、うちの奥様なんかは、ぼくがときたまふざけて思い出すと怒るんですが……まるで何かの芝居みたいに、どこかで見た何かのメロドラマみたいに思えました……。ぼくなんてときどき……そうだ、あなたにじゃないですか、床につけた赤い絵の具を見せて、ほらこれがいまだに残っている血の跡ですなんてしゃれをとばしたりしてね……。気の利いた冗談ですよ。

リョーフシン　この部屋でってわけですか……　ちっちっちっ。

リュボーフィ　この部屋、そうです。

トロシェイキン　そう、この部屋です。ぼくたちはそのときここに越してきたばかりでね。新婚ほやほやで、ぼくは口髭をはやして、こいつは花を持って――全てお決まり通りの、感動的光景ですよ。そこのその戸棚はなくて、こっちのはそっちの壁のところに置いてあって、それ以外は全部今と同じ、そのラグだって……

リョーフシン　信じがたいですね！

トロシェイキン　信じがたいんじゃなくて、許しがたいことですよ。昨日、今日、何もかもがあんなに平和だったのに……。それが今は、どうです！　ぼくに何ができるんだ。自分の身を守るにも、逃げるにも、金がない。あんなことがあったのに、いったいどうして釈放できたんだか……。ほら、見てください、どんな感じだったか。ぼくは……ここに座っていました。といっても、いや、机の置き方もこんなふうじゃなかったな。こんな感じかな。ほらね、思い出は再演しようとしても、すぐには調子が合わないものなんです。昨日まであれはずいぶん昔のことに思えたのに……

リュボーフィ　あれは十月の八日で、雨が降っていて――なぜかというと、救急隊員たちが濡れたレインコートを着ていたし、わたしも運ばれるときに顔が濡れていたのを覚えているからよ。この細かい事実、あなたが再現するのに役に立つかも。

リョーフシン　信じがたいものですね――記憶って。

トロシェイキン　さあ、これで家具の置き方はちゃんとなった。そう、十月八日でした。こいつの弟のミハイル・イワーノヴィチが来て、そのままうちに泊まる用意をしていた。それでと。夜でした。外はもう真っ暗でした。ぼくはそこの小机のところに座って、リンゴの皮を剝いていた。こんなふうです。こいつはあそこに座っていました、今立っているところです。突然、呼び鈴が鳴った。新しいメイドがいたんですが、マルファよりさらにひどい役立たずでね。顔を上げたら、見えたんです、戸口にバルバーシンが立っているのが。ちょっとドアのところに立ってみてください よ。もっと後ろです。そう。リューバとぼくは機械的に立ち上がった。そしたらやつは即座に発砲したんです。

リョーフシン　へえっ……。ここからあなたたちのところまで、十歩もありませんよ。

トロシェイキン　十歩もありません。最初の一発はこいつの尻に当たってね、こいつは床にすわりこんだ。二発目は——バキューンと——ぼくの左腕の——ここのところ、——あと一センチずれていたら、骨が砕けてたはずです。やつはまだ撃ち続けている、こっちはリンゴをもって、まるで若きウイリアム・テルですよ。そのとき……。そのとき、義弟が入ってきて、うしろからやつに襲い掛かったんです。家内の弟を覚えているでしょう——がっしりして、本物の熊みたいな。とっつかまえて羽交い締めにして押さえつけている。それでぼくはね、怪我をしていたのにもかかわらず、恐ろしい痛みにもかかわらず、おちついてバルバーシン氏に近づいて、いきなりやつの面《つら》をばーんと殴ってやったんです……。その時ですよ、やつが叫んだのは——一言一句おぼえています。待っていろ、戻ってきて二人ともとどめを刺してやる！

リョーフシン　ぼくが思い出すのは、亡くなったマルガリータ・セミョーノヴナ・ホフマンが知らせてくれたときのことです。面食らいましたね。肝心なのは、どういうわけだか、噂が立ったことですよ。リュボーフィさんが危篤だって。

リュボーフィ　本当は、もちろん、まったくたいしたことなかったんですけどね。わたしはせいぜい二週間くらい寝ていただけ。もう傷跡さえわからないくらいです。

トロシェイキン　そりゃそうだろうよ。傷跡だってわかる。二週間じゃなくて、一月以上だった。ほらほら！　ぼくはよく覚えているんだ。ぼくだって、腕のほうはずいぶんかかった。なんでこんな……。なんでこんな……。おまけに——時計が昨日こわれやがったーくそっ。そうだ、そろそろ時間じゃないですか？

リョーフシン　十時より早くちゃ意味がありません。あの人が事務所に出て来るのは十時十五分過ぎくらいですから。あるいは直接自宅のほうに行ってもいいかもしれませんね——すぐ近くですし。どちらにします？

トロシェイキン　いや、今から自宅に電話をしてみるってことにしますよ。

退場。

リュボーフィ　ねえ、バルバーシンはすごく変わってた？

リョーフシン　よせよ、おまえ。ごくふつうの面《つら》だよ。

短い間。

一大事だよ！　なあ、俺は内心、不安で不安で。なんだかむずむずするんだ。

リュボーフィ　平気よ——むずむずさせといたら。心にとっちゃいいマッサージになるわ。ただしあんまり口を出すのはやめてよね。
リョーフシン　俺が口出しするとしたら、それはひとえにおまえのためなんだぜ。おまえの落ち着きぶりには驚くよ！　俺はさ、おまえに少しずつ心構えをさせようと思ったんだ、おまえがヒステリーをおこすんじゃないかって心配で。
リュボーフィ　悪かったわね。この次はあんたたちのために特別にヒステリーをおこしてあげるわ。
リョーフシン　おい、どうかな……。ひょっとして、俺がやつと腹を割って話してみたら？
リュボーフィ　その腹を割って話すって誰と？
リョーフシン　バルバーシンに決まってるじゃないか。ひょっとして、おまえの結婚生活の幸せはいまいちだって、やつに話してみたら——
リュボーフィ　やってみりゃいいでしょ——腹を割って、ね！　その「腹を割って」のお返しに、頭を割られちゃうから。
リョーフシン　怒るなよ。いいかい、簡単な理屈じゃないか。あの時やつがおまえたちを襲ったのが、おまえが夫といて幸せなのをやっかんだからだとしたら、今はもうそんな気もおきなくなるってもんだ。
リュボーフィ　とくに、わたしには愛人がいるとわかったらって——そういうこと？　そう言いなさいよ、彼に、言ってみなさいよ。
リョーフシン　いや、ほら、俺だって紳士だからさ……。でもたとえやつに知れたとしても、やつは絶対、気にも留めないぜ。これはまったく別次元の問題だからね。
リュボーフィ　試してみなさいよ、試して。

リョーフシン　怒るなよ。俺はただ良かれと思ったのにさ。ああ、がっかりだよ！

リュボーフィ　わたしは何もかも本当に本当にどうでもいいの。どんなにどうでもいいと思っているか、みんなにわかってもらえたらいいのに……。ねえ、あの人が住んでいるのって――相変わらずあそこなの？

リョーフシン　ああ、そうらしいな。おまえ、今日は俺を愛してくれないんだな。

リュボーフィ　あーらあなた、わたしはあなたを愛したことなんて一度もないの。一度もね。わかった？

リョーフシン　リューバちゃんったら、そんなふうに言うなよ。罪だぜ。

リュボーフィ　それよりあなた、もっと大きい声でしゃべったらどうなの。そしたらそれこそおもしろいことになるわ。

リョーフシン　まるでだんなが何も知らないみたいじゃないか！　とっくに知ってるさ。それでもへっちゃらなんだよ。

リュボーフィ　あなたにかかると、だれでもなんでもへっちゃらなのね。だめだわ、今日はわたし、そういう話をする気にまったくなれない。ありがたいとは思ってるのよ、可愛らしく舌をだらりと垂らして駆けつけてくれて、話し合ったり、分かち合ったり、いろいろしようとしてくれたこと――でも、お願い、もう帰って。

リョーフシン　ああ、今おまえのだんなといっしょに出て行くよ。なんなら、食堂で彼を待とうか？　どうやらまた電話で最初っから話しているらしい。（間。）リューバちゃん、俺、おまえに泣いて頼むから、今日は家でじっとしてろよ。何か必要なものがあったら俺に頼め。それから、マルファにも言っておかないと、中に通しかねないからな。

リュボーフィ　何を考えてるの？　あの人がお客に来るとか？　お母さんの誕生日を祝いに？　それとも何？
リョーフシン　違うって。ただ――いざというときのためだよ。はっきりするまではね。
リュボーフィ　いいから何もはっきりなんかさせないで。
リョーフシン　こりゃどうだい。俺を無理な立場に立たせてくれるね。
リュボーフィ　平気よ――無理な立場に甘んじていなさいよ。そう長くは続かないから。
リョーフシン　俺は哀れな毛むくじゃらのつまらない男だよ。はっきり言えよ、俺なんかもううんざりだって。
リュボーフィ　ええ言ってあげるわよ。
リョーフシン　おまえはこの世で一番すてきで、不思議で、優雅な存在だ。おまえを着想したのはチェーホフ、書いたのはロスタン、演じたのはドゥーゼ。いやいやいや、もらった幸せは返せないね。なあ、何なら俺、バルバーシンに決闘を申し込もうか？
リュボーフィ　おどけるのはやめて。ほんとにいやらしいわね。それよりこの机を元の場所に戻してよ――いっつもぶつかっちゃうのよ。駆けつけて、息を切らして、可哀相なアリョーシャの気をもませて……。これっていったい何のため？　とどめを刺すとか、ぶっ殺すとか、皆殺しとか……。くだらないったら、まったく！
リョーフシン　くだらないで済めばいいけどな。
リュボーフィ　あるいは殺すかもね――　わかりっこないわ……
リョーフシン　ほらみろ、おまえだってありだと思ってる。
リュボーフィ　ふん、あのね、わたしがありだと思うことは、それだけじゃないの。あんたたちが夢にも見ないようなことだって、わたしにとってはおおいにありなんだから。

トロシェイキンが戻る。

トロシェイキン　うまくいったぞ。話はついた。さあ出かけましょう。家で待っているそうです。

リョーフシン　しかしずいぶんと長いこと話していましたね。

トロシェイキン　ああ、もう一ヶ所、電話をしていたのでね。どうやら金がいくらか手に入りそうです。リューバ、おまえの妹が来たぞ。妹にもお義母さんにも言っておかなくちゃな。手に入ったら、明日にでも旅出とう。

リョーフシン　へえ、気合が入ってるみたいですね……。ひょっとすると取り越し苦労で、バルバーシンが危険だと思うのは老婆心からかも。ほらね、語呂だって合うじゃないですか。

トロシェイキン　いやいや、どこかにずらかってから、そこで判断しますよ。要するに、全てうまくいきそうだってことです。ねえ、タクシーを呼びましたよ、歩いていくのはどうも気が進まない。行きましょう、行きましょう。

リョーフシン　ただしぼくは払いませんよ。

トロシェイキン　いやいや払ってくれるでしょう。何を探してるんです？　ほうら、ここですよ。さあ行きましょう。リューバ、心配するな、十分したら家に帰ってくる。

リュボーフィ　心配なんかしてないわ。生きて戻れるわよ。

リョーフシン　お部屋でじっとお利口にしててくださいよ。昼間また寄ります。どうぞお手を。

二人とも右手に退場し、左手からはヴェーラがゆっくりと登場する。彼女もやはり若く、かわいらしい女性だが、姉よりも物腰が柔らかで人なつこい。

ヴェーラ　こんにちは。家で何があったの？
リュボーフィ　何のこと？
ヴェーラ　知らないけど。お義兄《にい》さん、なんだかすごい顔してた。出かけたの？
リュボーフィ　出かけたわ。
ヴェーラ　お母さんがタイプを打ってるの、おもちゃのウサギが太鼓を叩いてるみたいね。

間。

また雨、いやあね。ねえ見て、新しい手袋。とってもとっても安いの。
リュボーフィ　わたしにも新しいことがあるわ。
ヴェーラ　へえ、なんだろう。
リュボーフィ　レオニードが戻ってきたの。
ヴェーラ　すごいじゃない！
リュボーフィ　うちの角のところで彼を見かけた人がいるの。
ヴェーラ　だからわたし、昨日彼の夢を見たんだわ。
リュボーフィ　実はね、刑期より早く牢屋から出されたらしいの。
ヴェーラ　やっぱり不思議。わたしの見た夢ではね、誰かが彼を洋服だんすに閉じ込めたの。それで錠をはずそうとしてがたがたやりはじめたら、鍵をもった本人がすごく心配そうな顔で駆けつけて、手伝ってくれて、やっと戸が開いたら、中には燕尾服がかかっているだけだったの。不思議でしょう？

リュボーフィ　そうね。アリョーシャはパニックよ。

ヴェーラ　お姉ちゃん、ほんとにびっくりニュースね！　でも、彼をちょっと見られたらおもしろいかも。覚えてるでしょ、あの人いつもわたしをからかって、わたしはかっとなって。だいたいね、お姉ちゃんのこと、むちゃくちゃ妬《や》いてたのよ。お姉ちゃんったら、泣くことないじゃない！　みんな丸く収まるってば。わたしぜったいそう思う、あの人、お姉ちゃんたちを殺したりしないわよ。牢屋は魔法瓶じゃないんだから、おんなじ考えをいつまでも熱々に保ってなんかいられないわ。泣かないで、お姉ちゃん。

リュボーフィ　神経が堪えられる。限度ってものが。あるじゃない。だけどもう。超えちゃった。

ヴェーラ　やめなさいってば。だって、法律があるし、警察だってあるし、それに、常識ってもんがあるでしょ。見ててごらんなさいよ、ちょっとうろうろして、ため息ひとつついて、いなくなるわよ。

リュボーフィ　ああ、そういうことじゃないの。殺してくれるもんなら、わたしは嬉しいだけだわ。何でもいいからハンカチをちょうだい。ああ、神さま……。ねえ、わたし、今日、ちっちゃなあの子のことを思い出したの――あの子だったらこのボールでどんなふうに遊んだだろうって――なのにアリョーシャはほんとにいやな感じで、ほんとにひどくって！

ヴェーラ　うん、わかるよ。わたしがお姉ちゃんだったら、とっくに別れてる。

リュボーフィ　パウダーある？　ありがとう。

ヴェーラ　離婚して、リョーフシンと再婚して、きっとあっという間にまた別れてた。

リュボーフィ　あいつが今日、忠実な犬みたいな振りをして駆けつけて話してくれたときにね、目の前で何もかもが、わたしの人生全てが、ぱあっと燃え上がって、紙切れみたいに燃え尽きてしまったの。六年間の誰にも要らない年月。たったひとつの幸せはあの子だったのに、あの子まで死んじゃって。

ヴェーラ　そうだけど、お姉ちゃん、最初の頃はアリョーシャのことがすごく好きだったじゃない。

リュボーフィ　どの頃よ！　自分で自分のためにお芝居を演じてた。それだけのこと。わたしが愛したのは一人だけ。

ヴェーラ　わたしは興味あるなあ。彼、姿を見せるかなあ。だって、お姉ちゃんはきっと通りで何かの拍子に会っちゃうよ。

リュボーフィ　ひっかかってることがひとつあるの……。ほら、アリョーシャが彼の頬っぺたを殴ったときのようすよ。ミーシャが彼を押さえつけてるあいだによ。便乗したわけ。そのことがいつも頭に付きまとってて、いつも胸をうずかせてたんだけど、今はとくにそうなの。もしかしたら、リョーニャはわたしがそれを見ていたことをけっして許さないって感じるからかもね。

ヴェーラ　とにかくめちゃくちゃな時代だったわね……。ああ！　別れるって決めた時、お姉ちゃんがどうなっちゃったか、覚えてる？　ねえ、覚えてる？

リュボーフィ　ばかなことをしたわよね？　ほんとにばかだった。

ヴェーラ　お姉ちゃんと二人で暗いお庭に座って、星が流れてて、二人とも白いワンピースを着て、まるで幽霊みたいで、花壇のハナタバコも幽霊みたいで、それでお姉ちゃんはこう言ったの、もうこれ以上やっていけない、リョーニャといたら絞りつくされちゃう、こんなふうに、って。

リュボーフィ　そりゃそうよ。あの人、そりゃあ恐ろしい性格だった。自分でも認めてたもの、俺の性格は、ハッキリしてるどころか、ハラキリだ、なんて。ひっきりなしに、わけもなしに、嫉妬だとかその日の気分だとか気まぐれだとかでわたしを苦しめた。それでもやっぱりあれがわたしにとって一番一番いい時代だった。

ヴェーラ　覚えてるでしょう、お父さんが不安そうに言ってたじゃない、あいつは闇屋だ、半分は影の世界に生きていて、もう半分はぐらぐら、ぐらぐら、不安定だって。

リュボーフィ　まあね、そうは言っても、誰も証明した人はいないんだから。リョーニャのことをみんなはただすごく羨ましがっていたけど、お父さんはとにかくこう思ってたのよね。もしお金の取り引きに関わっているのに、実際は何の商品も扱ってない、そんな人間がいるべきところは、銀行の窓口か、そうじゃなければ牢屋の檻の中だって。リョーニャはリョーニャだったんだけど。

ヴェーラ　そうね、でもそういうこともあの頃お姉ちゃんに影響を与えてたじゃない。

リュボーフィ　みんながわたしにプレッシャーをかけてきた。ミーシャなんか、あの巨体でぐいぐい押してきて。お母さんは、犬が誰も見ていない隙に人形を齧るみたいに、こっそりわたしをガリガリやってくれたわ。あなただけは、ぜんぶそのまま受け止めてくれて、何も驚かなかった。でもね、もちろん、一番はわたし自身。公園でのデートの様子から、彼と同じ家で暮らすのがどんなふうになるか想像してみて、思ったの——だめだ、こんなの堪えられなくなる、絶えず緊張して、絶えずぴりぴりしているなんて、って……。ただの馬鹿よね。

ヴェーラ　覚えてるでしょう、彼、よく、暗い感じでやって来て、暗い感じで何かめちゃくちゃ面白いことを喋ったりしてたよね。それとか、わたしたち三人でベランダで座っていたときのこと。わたし知ってたの、お姉ちゃんたちはわたしにあっちへ行けって、叫び出したいくらいに思ってるんだろうなって。だけどわたしはぶらんこに座ってツルゲーネフを読んでいて、お姉ちゃんたちは長椅子に座ってて。知ってたのよ、わたしが向こうへ行ったらすぐにお姉ちゃんたちはキスするんだって。だから行かなかったの。

リュボーフィ　そう、あの人、わたしのことをすごく愛してた、すごく不幸な愛だったけど。でもそうじゃない時だってあった——まったく静かな時だって。

ヴェーラ　お父さんが死んでわたしたちの家や庭が売り払われた時は悔しかったわ。なんだか、全てがついでに人手に渡ってしまうような気がしたの。部屋の隅で囁いたこととか、冗談を言ったこととか、泣いたこととか、何もかも。

リュボーフィ　そうね、涙、震え……。彼が仕事で二ヶ月留守にしたちょうどそのとき、居合わせたのがアリョーシャだった、たくさんの夢とバケツ何杯分もの絵の具をもってね。わたしは彼に夢中になったふりをした——それに、アリョーシャのことがなんだか可哀相だったし。あの人、あんなに子供っぽくて、あんなに頼りなかったんだもの。それであの時、リョーニャにあの恐ろしい手紙を書いてしまった。覚えてるでしょう、真夜中に二人で、手紙がもうすでに入っているポストをじっと見てたこと。ポストはふくらんで今にも爆弾みたいに破裂しそうに見えた。

ヴェーラ　わたし的には、アリョーシャに感銘を受けたことなんてぜんぜんないけど。でも、お姉ちゃんとはすごく面白い人生になるんじゃないかって気がしたの。だってわたしたちいまだに、本当のことといって、わからないじゃない、彼が偉大な芸術家なのか、それともクズなのか。「俺の先祖は十四世紀の軍司令官で、名字のトヽロヽシヽェヽイヽキヽンの『イ』を旧仮名で『ヰ』と綴っていた。しかるがゆえに、我が義妹《いもうと》よ、これからは君たちにも俺の名字をそういうふうに書いてもらいたい」。

リュボーフィ　そう、つまりわたしはその旧仮名の「ヰ」の字と結婚したってこと。これからどうなるのか、まったくわからない……。ねえ、教えてよ、なんでリョーフシンなんていうおまけがついちゃったんだろう。いったい何のためよね、心には余計な重荷が増えるし、家の中には余計な埃が立つだけなのに。それにもうほんとに屈辱的なのよ、アリョーシャが何もかもよおく知っているくせに、何もかも最高だっていうふりをしてるのが。ああ、ヴェーラ、考えてみてよ、リョーニャが今、ここから通りをほんのいくつか隔てたところにいるのよ。わたし、想像を働かせて絶えずそこへ飛んでいくんだけど、何も見えなくて。

マルファが二つのボールを持って入ってくる。赤い頬をした老女で、こめかみと足に瘤がある。

ヴェーラ　とにかく、こういうのってめちゃくちゃ興味そそられちゃうわ。

マルファがコーヒーカップをさげる。

マルファ　そんで、お茶菓子には何を買っときますかね？　それとも御自分で？

リュボーフィ　いいえ、あなたが買ってちょうだい。それとも、電話で注文しようかしら。どうしよう――今そっちに伝えに行きますから。

トロシェイキンが駆け込んでくる。マルファは立ち去る。

リュボーフィ　で、どう？
トロシェイキン　なんでもない。町は平穏だよ。
ヴェーラ　じゃあ何、お義兄さんはみんなが旗を持って歩くとでも思ってたの？
トロシェイキン　え？　なに？　何の旗だって？　（妻に）ヴェーラはもう知ってんのか？

リューボーフィは肩をすくめる。

（ヴェーラに）それで、感想は？　いい状況だろう、え？
ヴェーラ　最高ね。
トロシェイキン　祝ってくれてもいいぞ。俺はヴィシュネフスキーとすぐに大喧嘩になったよ。老いぼれヒキガエルめ！　あいつには痛くもかゆくもないからな。警察に電話してはくれたものの、結局、見張りをつけてくれるのかどうか、つけてくれるとしたらどんな形でなのか、わからずじまいだよ。結局、俺たちが殺されないうちは、何の対応もできませんってわけ。要するに、万事が非常にご親切でお上品なの。それはそうと、今車の中でやつの手下を見かけたよ――なんて名前だっけな――アルシンスキーだ。ろくなことにはならないぜ。
ヴェーラ　えっ、アルシンスキーが？　こっちにいるの？　もう百年も会ってない感じ。そうね、リョーニャ・バルバーシンとはとっても仲が良かった。
トロシェイキン　やつとバルバーシンは手形を偽造してた――同じような陰気で碌でもない男だよ。あのさあ、リューバ、出て行くには金が要るから、今日は仕事をキャンセルしたくないんだ――二時に子供が来て、その後ばあさんが来る。でももちろん、客は断わらないといけないから、そっちのほうをよろしく頼むよ。

リュボーフィ　冗談じゃない！　それどころか、今からケーキの手配をするところよ。これはお母さんのお祝いなんだし、わたしは何があっても、そんな亡霊なんかのためにお母さんの楽しみを台無しにするつもりはありませんからね。

トロシェイキン　いいか、こいつらは人殺しをする亡霊なんだぞ。おまえはそれがわかってるのか、いないのか？　おまえがそもそも危険に対してそんな極楽とんぼみたいな態度でいるんなら、俺は……知らんぞ。

ヴェーラ　お義兄さん、怖いんでしょう、彼が他の人に紛れて入り込むんじゃないかって。

トロシェイキン　たとえばな。何も可笑しいことなんてないだろう。オキャクサマをお待ちしている！　どうなんだよ。砦が包囲されているってときに、大事な知り合いをわざわざ招いたりはしないもんだよな。

リュボーフィ　アリョーシャ、砦はもう降伏したのよ。

トロシェイキン　なんだよ、わざと言ってるのか？　俺を苦しめようっていうのか？

リュボーフィ　いいえ、わたしはただ、あなたの気まぐれのせいで他の誰かの人生を台無しにしたくないだけ。

トロシェイキン　決めるべきことが山ほどあるのに、俺たちはバカバカしいことをやってる。たとえば、バウムガルテンが俺に金を工面してくれるとして……。それから先は？　だって、そうなると、何もかも捨てなくちゃいけない——ところが俺は五枚の肖像画が順調にいってる最中だし、大事な手紙もあるし、時計も修理に出したままだ……。第一、行くといっても、どこへ？

ヴェーラ　わたしの考えを知りたければだけど、お義兄さんはこのことを真剣に考えすぎよ。さっきそこへお姉ちゃんと一緒に座って昔のことを思い出していたんだけど——それでわたしたちの出した結論はね、お義兄さんがリョーニャ・バルバーシンを怖がる理由なんて何もないってこと。

トロシェイキン　なんだよ、さっきからリョーニャ、リョーニャって……。誰だよそいつは——神童か？　ヴィシュネフスキーも俺を、な・だ・め・ようとしやがった。きつくたしなめてやったよ。これでもう公的支援に頼ることはできなくなった——ヒキガエルめ、怒っちまったからな。俺は臆病者じゃないし、自分のことを心配してるんでもない、ただ俺は絶対にいやなんだよ、行きずりの卑怯者に弾を撃ち込まれるなんてさ。

ヴェーラ　ねえお義兄さん、ちょっとわからないことがあるの。だって、わたし、よく覚えてるの、この前たしかみんな一緒に話し合ったじゃない、バルバーシンが戻ってきたらどうなるかって。

リュボーフィ退場。

トロシェイキン　だとしようか……

ヴェーラ　あのときのお義兄さんは落ち着き払って——。ちょっと、後ろをむかないでよ。

トロシェイキン　俺が窓の外を見ているとしたら、それにはわけがあるんだ。

ヴェーラ　待ち伏せされるのが怖いんでしょ？

トロシェイキン　いやあ、あいつがどこか近くで機を狙っているのは間違いないし……

ヴェーラ　……あのときは落ち着いて先のことをみんな予測して、俺にはなんの恨みもない、いつかあいつと兄弟の杯を交わすんだって、そう言い切ってたじゃない。そりゃもう穏和で高潔って感じだった。

トロシェイキン　記憶にないね。それどころか、やつが戻ってくるっていう考えに悩まされない日はなかった。じゃあなんだい——俺が出ていく準備をしていなかったって言うのか？　だけどどうやったら予測できたんだよ、いきなり釈放されるなんてさ。なあ、どうやってだよ。二ヶ月くらい後には俺の展覧会が開かれていたはずなんだ……。それに、俺は手紙を待ってるんだ……。一年後には出て行けたはずなんだ……。それも永遠にだよ、もちろん！

リュボーフィが戻ってくる。

リュボーフィ　さあて。朝ご飯にしましょう。ヴェーラちゃん、このままうちにいるわよね？

ヴェーラ　ううん、お姉ちゃん、わたしは帰る。お母さんのところをもう一度のぞいたら、もう家に帰るわ。ほら、ヴァーシェチカが病院から戻ったらご飯を食べさせなきゃいけないから。昼間また来るわ。

リュボーフィ　ご自由に。

ヴェーラ　それはそうと、うちのだんなとお母さんの例の喧嘩、いらいらしてきちゃう。年取った女性に腹を立てるのよ、うっかり口を滑らして自分が誰かの診断を間違ったことをしゃべるとは何事だって。ほんと、ばかみたい。

リュボーフィ　とにかく朝ご飯が済んだらすぐにいらっしゃいね。

トロシェイキン　おい、おまえたち、ほんとに気でも狂ったのか！　もう一度だけ言う、リューバ、今日のお祭は中止すべきだ。糞くらえってんだ！

リュボーフィ　（ヴェーラに）おかしな人よね？　ほら、こんなふうにあと一時間もぐだぐだ言ったって、ちっとも疲れないのよ。

トロシェイキン　けっこう。ただし、俺は同席しないぞ。

リュボーフィ　ねえ、ヴェーラちゃん、わたしも角のところまで一緒に行こうかな。お日様が出てきたし。

トロシェイキン　外に出るのか？　おまえ──

ヴェーラ　お姉ちゃん、だんな様の気持ちも考えてあげたら。散歩ならいつでもできるんだから。

トロシェイキン　だめだ、おい……もしおまえが……もしそうするなら……

リュボーフィ　わかった、わかった。いいから大きな声を出さないで。

ヴェーラ　じゃあ、もう行くから。ねえ、わたしの手袋、気に入ったってこと？　なかなかいいでしょ？　お義兄さんは、ほら、落ち着いて……。しっかりしてよね……。誰もお義兄さんの血に飢えてなんかないから……

トロシェイキン　その落ち着きぶりが羨ましいよ！　いざ自分の姉がズドンとやられたら、その時になって思い出して──じたばたするんだろ。俺はとにかく明日出ていく。金が手に入らなければ、皆が俺の破滅を望んでいるのがわかるってことだ。ああ、俺が高利貸か食料品店でもやってたら、みんなに大事にしてもらえたのになあ！　いいさ、いいさ！　いつか皆が俺の絵を見て後ろ頭をかく羽目になるんだ、ただし俺がそれを目にすることはないけどさ。ったく、ひでえよな！　人殺しが夜ごと窓辺をうろついてるっていうのに、あぶらぎった弁護士野郎め、丸く収めましょう、なんて薦めてきやがった。いったいどこの誰が「丸く収める」っていうんだ。俺に墓の中で石でも丸めろってのか？　いいえ、すみませんね！　自分の身は自分で守ってみせますよ！

ヴェーラ　じゃあまたね、お姉ちゃん。またすぐに来るから。きっと何もかもうまく行くと思うわ、そうでしょ？　だけど、やっぱり今日は家でじっとしていたほうがいいかも。
トロシェイキン　（窓辺で）おい！　早くこっちへ来てみろ。あいつだ。
ヴェーラ　えっ、わたしも見たい。
トロシェイキン　あそこだ！
リュボーフィ　どこ？　何にも見えないけど。
トロシェイキン　あそこだよ！　売店のところだ。そこ、そこ、そこ。立ってる。ほら、見えるだろ？
リュボーフィ　どれよ？　歩道の端の？　新聞を持ってる？
トロシェイキン　そう、そう、そう！

アントニーナ・パーヴロヴナ登場。

アントニーナ・パーヴロヴナ　さあみんな、マルファがもう朝ご飯を出してますよ。
トロシェイキン　これでわかっただろ？　どうだ、誰が正しかった？　頭を突き出すなったら！　どうかしてるんじゃないのか……！

幕

第二幕

客間と居間を兼ねた部屋。リュボーフィとアントニーナ・パーヴロヴナがいる。テーブルと食器棚がある。マルファが朝食の残りとテーブルクロスを片づけている。

マルファ　そんでその人は何時に来るんです、奥様？

リュボーフィ　そもそも来ませんから。心配はいらないわ。

マルファ　何のパイがいらないですって？

リュボーフィ　何でもないわ。刺繍のテーブルクロスをお願い。

マルファ　だんな様から聞いておっかなくなっちゃいましてね。眼鏡をかけてるはずだとかおっしゃってましたけどねえ。

リュボーフィ　眼鏡？　何でそんなでたらめを思いつくわけ？

マルファ　あたしにとっちゃおんなじことですわ。そんな人見たことないもんでねえ。

アントニーナ・パーヴロヴナ　ほらね。まったく——アリョーシャもこの人をうまく仕込んだわよ。

リュボーフィ　アリョーシャなら間違いなくこの人をこんがらかしてくれると思ってた。あの人が誰かの外見を描写しだすと、いんちきな空想か自己流になるに決まってるんだから。（マルファに）お菓子屋さんからはもうぜんぶ届いた？

マルファ　注文したもんは、みんな届きました。青い顔して、襟を立ててるって言うんですけどねえ、顔が青いか赤いかなんて、どこでわかりますかね、だって――襟を立ててサングラスかけてるってんでしょう？（退場。）

リュボーフィ　頭の悪いありふれたばあさんね。

アントニーナ・パーヴロヴナ　ねえリューバちゃん、やっぱりリョーフシンにマルファの様子を見ていてもらいなさいよ。じゃないと、怖がって誰も中に入れようとしないわよ。

リュボーフィ　問題はマルファが嘘をついてるってことよ。その気になれば立派に見極められるはずだもの。こんな突拍子もない話ばかり聞かされて、わたしまで信じはじめたくらいよ。あの人がふいに現れるかもしれないって。

アントニーナ・パーヴロヴナ　可哀相なアリョーシャ！　ほんとに気の毒……。女中をすっかり驚かせて、このわたしになぜだか怒鳴り散らして……。わたし、朝ご飯のときに、何かそんな悪いこと言った？

リュボーフィ　まあね、彼が取り乱すのもわかるけど。（短い間。）幻覚まで始まったみたいで……。どこかの小柄な金髪の男性がふつうに新聞を買ってるのを取り違えて――ほんと、ばかみたい！だけど、考えを変えさせられないし。バルバーシンがわが家の窓辺を歩き回ってると決めたら、それはそういうことなのよ。

アントニーナ・パーヴロヴナ　可笑しいのよ、今ちょっと思ったんだけどね、この騒動をもとにしたら、抜群の戯曲ができるんじゃないかしら。

リュボーフィ　お母さんったら！　お母さんはすてきなおでぶさんね。運命がこんな文学的な母親を与えてくれて、ほんと嬉しいわ。他の母親ならきっと、こんなことになったら泣いたり喚いたりするのに、うちのお母さんは創作をする。

アントニーナ・パーヴロヴナ　でも本当に。ほとんど何も変えないで、ただほんの少し凝縮するだけで、舞台にかけられるわよ。第一幕は、今朝みたいな朝……。ただ、わたしだったら、知らせを持ってくるのはリョーフシンみたいな紋切型じゃなくて、もっと別の人にするわね。やって来たのは、そうねぇ、赤い鼻の滑稽な警察の役人とか、ユダヤなまりの弁護士とか。それとも、いっそかつてバルバーシンが捨てた運命の美女とか。そんなのはみんな、苦労しないで作り出せちゃう。あとはもう自然につながっていくものよ。

リュボーフィ　要するに、「諸君、われわれの町に検察官がやってきましたぞ」（ゴーゴリ『検察官』からの引用）ってやつね。お母さんったら、この話をみんな、誕生日のおまけのサプライズ・イベントだと思ってるでしょう。さすがね！　それで、お母さんの考えでは、この後はどうつながっていくわけ？　撃ち合いのシーン？

アントニーナ・パーヴロヴナ　そうね、それはまだ考えてみないと。もしかしたら、彼はあなたの足元で命を絶つかも。

リュボーフィ　わたし、とっても結末が知りたいんだけどな。バルバーシンさんは戯曲について言ってたわ、「第一幕で壁にライフルがかかっていたとしたら、最後の幕で必ず不発に終わるべきだ」って（「第一幕で壁にライフルがかかっていたら、それは必ず最後に発射されなくてはならない」というチェーホフの言葉のパロディ）。

アントニーナ・パーヴロヴナ　ねえ、お願いだから、ばかなまねだけはしないでちょうだい。ねぇ、リューバちゃん、だって——よかったじゃないの、あの男に嫁がなくって。でも、お母さんが最初のころ言って聞かせようとしたら、あなたはずいぶん腹を立てたわよねえ！

リュボーフィ　お母さん、そんなことより戯曲でも書いたら？　わたしの思い出とお母さんの思い出は絶対に同じにはならないんだから、合わせようとするだけ無駄なの。そうだ、お話を読んでくれようとしてたじゃない。

アントニーナ・パーヴロヴナ　お客様が集まったら読むわ。もう少しがまんしてちょうだい。朝ご飯の前に書き足して磨きをかけたのよ。（短い間。）ミーシャはどうして便りをよこさないのかしらねえ。変ね。病気じゃないかしら……

リュボーフィ　そんなばかな。忘れてて、ぎりぎりになってから電報打ちに駆けつけるんじゃないの。

リョーフシン、ほとんどモーニングコートのような服装で登場。

リョーフシン　改めてご挨拶を。ご機嫌いかがです？

リュボーフィ　もう最高。お葬式にでもお出かけ？

リョーフシン　どうしてそんなことを？　黒いスーツだからですか？　他にどんな格好をしろとおっしゃるんです、家族のお祝いだし、大切な作家先生の五十歳の誕生日じゃないですか。先生、たしか菊の花がお好きでしたよね……。作家にはもっともふさわしい花ですからね。

アントニーナ・パーヴロヴナ　素敵！　まあ、ありがとう！　リューバちゃん、そこに花瓶があるでしょう。

リョーフシン　なんで作家にふさわしい花か、ご存知ですか。それはですね、キクと書くとは一字違いだからです。

リュボーフィ　パーティには欠かせない人よね……
リョーフシン　それで、トロシェイキンさんはどちらに？
アントニーナ・パーヴロヴナ　可哀相に、お仕事なのよ。宝石屋の息子さんを描いているの。なあに？　何か新しくわかったことでも？　脱獄犯にはあれから会っていません？
リュボーフィ　そう来ると思ってた。これで彼が脱獄したっていう噂が立つってわけね。
リョーフシン　特にお知らせすることはございません。先生はこの状況をどう評価なさいますか。
アントニーナ・パーヴロヴナ　楽観してますよ。ちなみに、わたしにほんの五分間、彼と話をさせてくれたら、すぐに何もかもはっきりすること間違いないと思うんだけど。
リュボーフィ　ねえ、この花瓶じゃだめみたい。背が低くて。
アントニーナ・パーヴロヴナ　彼はけだものですけどね、わたしはそういうけだものと話ができるんです。ある時、亡くなったうちの主人がね、患者から危害を加えられそうになったんですよ——なんでも、自分の妻の治療が手遅れだったとか言って。わたしはその人を瞬く間になだめつけたんです。そのお花、こっちへちょうだい。自分で飾るわ——花瓶ならあっちにいくらでもあるから。あっという間におとなしくなりましたよ。
リュボーフィ　お母さん、そんなこと一度もなかったでしょ。
アントニーナ・パーヴロヴナ　あたりまえよ。わたしが話すことで面白いことがあったら、わたしの作り話に決まってるじゃない。（花を持って出て行く。）
リョーフシン　いやあ——作家たるものの定めですねえ！
リュボーフィ　たぶん——何もないわよね？　それとも、やっぱり探偵ごっこをしてみられたのかしら？

リョーフシン　なんだよ、また俺にくってかかるのか……。おまえは……君は……ぼくはただ——

リュボーフィ　知ってるわ、あなたはただ、他人のことにちょっかいを出すのが大好きなんでしょう。バルナウルの田舎町のシャーロック・ホームズ。

リョーフシン　いや、だって……

リュボーフィ　じゃあ誓ってよ、あの人をあれっきり見てないって。

すごい音。トロシェイキンが駆け込んでくる。

トロシェイキン　鏡が割れた！　あのくそガキ、ボールで鏡を割りやがった！

リュボーフィ　どこの？　どの？

トロシェイキン　玄関だよ。さあ——さあ——さあ。ご覧ください！

リュボーフィ　だから言ったでしょう、モデルになる時間が終わったら、サッカーをしてはしゃいだりさせないで、すぐに家に帰さなくちゃだめだって。そりゃあボールが五つもあったら、子供は夢中になっちゃうわよ……（急ぎ足で出て行く。）

トロシェイキン　いやな前兆だとか言いますよねえ。ぼくは迷信なんか信じないんだけど、なぜかこれがねえ、ぼくの人生ではいつも当たるんですよ。ああ、いやだ……。さあ、話を聞かせてください。

リョーフシン　ええまあ、それなりに話すことはありますが。ただ、たってのお願いです——奥さんにはひとことも話さないでくださいよ。話したって不安にさせるだけですし、とくに奥さんはこの件を自分の個人的な問題みたいに思っているようですから。

トロシェイキン　いいでしょう、いいでしょう……。洗いざらいぶちまけてください。
リョーフシン　それで、あなたと別れてからすぐに、ぼくはやつの通りに向かいましてね、見張りに立ったんです。
トロシェイキン　やつを見たんですか？　話をしたんですか？
リョーフシン　待ってください、順に話しますから。
トロシェイキン　順番なんてくそ食らえ！
リョーフシン　そりゃあずいぶんアナーキーな御意見ですが、とにかくちょっと辛抱してください。あなたはそうやって急かすようなことを言って、今日はすでにヴィシュネフスキーとの関係を壊したでしょう。
トロシェイキン　ふん、知ったこっちゃない。別のやり方でなんとかしますよ。
リョーフシン　ご存知のように、十時近くでした。十時半ぴったりに、そこへアルシンスキーが入って行きました――誰のことを言っているか、おわかりですね？
トロシェイキン　そいつならぼくも並木道で見かけましたが――ちょうどそっちへ向かってたのは間違いないですね。
リョーフシン　ぼくは待つことにしました、小雨が降るのも構わずにですよ。十五分経ち、三十分経ち、四十分経ち。「これじゃあなあ」とぼくは言ったんです。「やつはおそらく夜中まで出て来やしないな」とね。
トロシェイキン　誰に？
リョーフシン　誰にって何が？
トロシェイキン　誰にそう言ったんです？

リョーフシン　ああ、そこにその辺の店のとても賢そうな店員がひとり――それから隣の家の女性がひとり、一緒に立ってたんです。あとまだ誰かいましたが――覚えていません。そんなことはまったく大事じゃないんです。要するに、そこで話していたのはですね、やつはすでに朝のうちに煙草を買いに出たから、そろそろ、たぶん、食事をしに行くだろうってことです。ちょうど天気もすこし回復して……

トロシェイキン　頼みますよ――自然描写は抜きにしてください。やつを見たんですか、見なかったんですか。

リョーフシン　見ました。十二時二十分前に、やつはアルシンスキーと一緒に出て来ました。

トロシェイキン　ほう！

リョーフシン　明るいグレーのスーツ姿でした。神さまみたいにぴかぴかに髭を剃ってましたが、顔の表情ときたらおそろしくてね。黒い目をぎらぎらさせて、唇にうすら笑いを浮かべて、眉をしかめていました。やつは角のところでアルシンスキーと別れの挨拶を交わして、レストランに入りました。ぼくがこうやって、気づかれないように、ぶらぶら歩きながら窓越しに見ると、窓際のテーブルについて、小さな手帳に何か書き込んでいるじゃありませんか。そこで前菜が来て、やつは食事にとりかかりました――でぼくは、自分だって不死身じゃないってことを思い出しましてね、家に帰って食事をすることにしたんです。

トロシェイキン　つまり、やつは不機嫌だった？

リョーフシン　鬼のような不機嫌さで。

トロシェイキン　いや、もしぼくが法を作る人間だったら、そんな顔つきのやつは誰もかも警察にしょっぴきますけどね――速攻で。話はそれだけですか？

リョーフシン　辛抱なさいよ。ぼくが五歩と離れないうち、レストランの使用人が書付けをもって追いかけてきたんです。やつからでした。ほらこれです。見てください、折りたたんで、上につの筆跡で「リョーフシン様気付」と書いてあるでしょう。当ててみてくださいよ、何が書いてあるか。
トロシェイキン　早く教えてくださいよ、当てっこしてる暇はないんだ。
リョーフシン　いいじゃないですか。
トロシェイキン　教えてくれと言ってるんです。
リョーフシン　まあ、どっちにしろ、当てられなかったでしょう。ほら。
トロシェイキン　わかりませんね……。何も書いてない……。ただの白紙だ。
リョーフシン　だからこそ気味が悪いんですよ。こんな白紙はどんな脅しよりも怖い。ぼくはまさに目が眩みましたよ。
トロシェイキン　やつは才能があるんですよ、あのうじ虫野郎は。いずれにしても、これは取っておかないと。証拠物件に使えるかもしれない。だめだ、もう生きていけない……。何時ですか？
リョーフシン　三時二十五分です。
トロシェイキン　あと三十分したら、不愉快極まりないヴァガブンドワが来るな。想像できますか、今日のぼくにとって、肖像画を描くのがどんなに楽しいか。それに、この待っているのがね……。夕方、電話がかかってくるはずなんですが……。もし金ができなければ、あなたにはぼくが発狂したときの拘束着を探しに行ってもらうことになりますよ。なんてこった！　前金の約束だらけで、家には一銭もないなんて。本当に何のアイデアもありませんか？
リョーフシン　そうですねえ、たぶん……。いやね、個人的に自由になる金は今ないんですが、最悪の場合、あなたの切符代は手に入れてあげます——近くまでですけどね、もちろん——それと、そうですね、二週間そこで暮らす分は。ただし、条件があって、奥さんは田舎のうちの姉のところへ行かせること。あとは成りゆきにまかせましょう。

トロシェイキン　いや、悪いけど、ぼくはあいつがいないと。あなたもよくわかってるでしょう。だってぼくは小さな子供と一緒でね。何もできないし、なんでもごちゃごちゃにしちゃうし。

リョーフシン　しょうがない、ごちゃごちゃにしとくんですね。奥さんはむこうで最高の暮らしができますよ。うちの姉は一級品だし、ぼくもちょくちょく訪ねて行くつもりです。頭においといてくださいよ、トロシェイキンさん、標的が二つに分かれていて、それぞれ別々のところにあったら、狙いようがないですから。

トロシェイキン　いやぼくは何も言いませんよ……。だいたい理に適ってますけどねえ……。でもリューバのやつが強情を張るだろうし。

リョーフシン　なんとか言いくるめられますよ。ただ、この話を出すときには、あなたの考えってことにしてくださいよ、ぼくのじゃなくてね。そのほうが品がいい。ぼくたちは今、お互い紳士として話をしているんだし、それに、ぼくは敢えてそう思うんですが、あなたは状況をよーく理解していらっしゃるはずだ。

トロシェイキン　まあ、やってみましょう。ところで君、どう思います——もしぼくが本当に明日発つとしたら、もしかして、変装するべきですかね？　うちの劇場の付け髭とかつらがちょうど手元に残ってるんですが。ねえ？

リョーフシン　どうしてです？　つけたらいいでしょう。ただ、ほかの乗客を脅かさないようにしてくださいよ。

トロシェイキン　たしかに、これじゃまるで……。とはいえ、約束したからには、きっと工面してくれると思うんですが。何です？

リョーフシン　トロシェイキンさん、ぼくはあなたの資金繰りについては詳しくないのでね。

リュボーフィとヴェーラ登場。

ヴェーラ　（リョーフシンに）あーら、親友どの。

トロシェイキン　おい、リューバ、ちょっとこの人の話を聞けよ。（書付けを取り出そうとしてポケットに手を突っ込む。）

リョーフシン　ちょっとちょっと、例の危険な冗談のこと、御婦人たちには聞かせない約束でしょう。

リュボーフィ　いいえ、いますぐ聞かせてちょうだい。

トロシェイキン　ああ、みんな俺をそっとしといてくれ！（退場。）

リュボーフィ　（リョーフシンに）ご立派ね！

リョーフシン　リュボーフィさん、ぼくは誓って……

リュボーフィ　そうだ、あなたにお願いがあるの。むこうの玄関のところ、めちゃくちゃな散らかりようなの。ほら、わたしなんて、指を切っちゃった。行ってみてくれないかしら——寝室から別の鏡を取ってこなくちゃいけないし。マルファじゃできないの。

リョーフシン　喜んで。

リュボーフィ　それからね、見ていていただきたいの、マルファが何の罪もないお客さまを、あなたが今日話した相手と間違えて、追っ払ったりしないように。

リョーフシン　リュボーフィさん、やっと話なんかしてませんって――このとおり、誓ってもいい。
リュボーフィ　ついでに、マルファにこっちへ来てお茶の用意を手伝ってくれるように言っていただける？　そろそろいらっしゃるはずだから。
ヴェーラ　ねえ、テーブルのセッティング、わたしにやらせて！　大好きなの。
リョーフシン　見ててくださいよ、ケルベロス（ギリシア神話の冥府の番犬）のようにやってみせますから。（退場。）
リュボーフィ　お客さんを待っているとなぜかいつも思うの、ああ、人生無駄遣いしちゃったなあって。ううん、小さいやつのほうがいい……。それで、いま何て言った？　つまり、相変わらず例の家政婦がいるってこと？
ヴェーラ　そう、例の人よ。これ？
リュボーフィ　いいんじゃないの。それで、リーザはどうしてその人を知ってるの？
ヴェーラ　どうやらその人がリーザをスタニスラフスキーに紹介したとかで、それでわたしはスタニスラフスキーの家の人たちからリーザを斡旋してもらったわけ。今日、お姉ちゃんのところから帰るときに、庭番と夢中になっておしゃべりしているところを捕まえたのよ。バルバーシンがどうしたこうしたって――もうぺらぺら、ぺらぺら、しゃべるわ、しゃべるわ。要するに、彼がいきなり帰って来たらしいのよ、昨日の夜七時ごろに。でも、その家政婦はずっとそこに住んでいたから、ぜんぶきちんとなっていたんですって。
リュボーフィ　そう、あの部屋はよく覚えてる。
ヴェーラ　ゆうべはあの人、どこかに出かけて、そのあとは、ほとんど朝からずっと、タイプライターで手紙を書いているって。

リュボーフィ　ああ、ヴェーラ、そういうのって、とにかくほんとにくだらない。なんでわたしが二人の年寄りばあさんの噂話なんか、知りたがらなきゃいけないのよ。
ヴェーラ　だけどやっぱり、面白いじゃない、認めなさいよ！　それにちょっぴり怖い。
リュボーフィ　そうね――ちょっぴり怖い……

ケーキを持ったマルファと、果物を持ったアントニーナ・パーヴロヴナが登場。

ヴェーラ　ひょっとしてあの人がほんとに何か不吉なことを企んでたら？　そうだ、それからね、どうやら、牢屋ですっかり痩せちゃったらしくて、まず一番にカツレツとシャンペンのボトルを注文したんだって。とにかくリーザはお姉ちゃんのこと、ずいぶん同情してたわよ……。何人ぐらいになる？　わたしの計算、合ってるかな？
リュボーフィ　作家先生……ジェーニャおばさんとポールおじさん……ニコラッゼのおばあさん……メシャーエフ……リョーフシン……わたしたちが四人……たぶんそれで全部だけど、念のためもうひとつグラスを置いときましょう。
ヴェーラ　誰のため？　まさか……
アントニーナ・パーヴロヴナ　メシャーエフさんがね、もしかしたら、弟さんが来るかもしれないって。ねえ、リューバちゃん……
リュボーフィ　何？
アントニーナ・パーヴロヴナ　ううん、別に。このフォーク、古いやつじゃないかと思って。

トロシェイキン登場。

トロシェイキン　いやあ、よかった、世間が目を覚ましはじめたよ。リューバ、今クプリコフが電話をよこして、俺たちに絶対外に出るなって言ってたぞ。今こっちに来るそうだ。何か新しいことがあったらしい。電話では話したがらないんだ。

リュボーフィ　こっちに来るとは残念ね。わたし、あなたのお仲間はどうしても我慢できないの。ほらね、ヴェーラ、余分のグラスが役に立つでしょ。もうひとつ余分に置いといて。

トロシェイキン　そう、世間は俺たちの置かれた状況を理解しはじめたらしい。さてと、俺は、そうだな、腹ごしらえをしとくか。

リュボーフィ　バースデーケーキはやめてよ、はしたないことしないで。お客様が来るまで待ちなさいよ、そしたらどさくさに紛れて好きなだけ食べていいから。

トロシェイキン　客が来たら、俺は自分の部屋にいるからな。すみませんけどね。わかった、チョコレートだけもらうよ。

ヴェーラ　お義兄さん、くずさないでよ。せっかくきれいに飾り付けたんだから。ねえ、指をつねるわよ。

アントニーナ・パーヴロヴナ　ほら、パウンドケーキを一切れあげるわ。

呼び鈴。

トロシェイキン　あ、ヴァガブンドワのばあさんだ。今日、描き上げるようにやってみるよ。手が震えて筆が持てないけど――それでも描き上げてやる、畜生！　わざわざもったいぶるのはやめるぞ。
ヴェーラ　お義兄さんのは欲望からでしょ――手が震えるのは。

リョーフシン登場。

リョーフシン　みなさん、どこかのご婦人が見えましたよ。ある種の特徴からして、今日の予定には入っていないようです。エレオノーラ・シュナップさんとかいう人ですが。お通ししますか？
トロシェイキン　どういうことです、お義母さん？　いったい誰を呼んでるんです？　つまみ出しましょうか？
アントニーナ・パーヴロヴナ　そんな人、呼んでないわ。シュナップ？　シュナップ？　ああ、リューバちゃん……。それってたしか、あなたがかかってた産婆さんじゃない？
リュボーフィ　そう。おそろしい女よ。入れちゃだめ。
アントニーナ・パーヴロヴナ　わたしのお祝いに来てくれたからには、追い返すわけにいかないじゃない。感じ悪いわ。
リュボーフィ　好きにしたら。（リョーフシンに）ほら、さっさと。お通しして。
ヴェーラ　わたしたちが彼女に最後に会ったのは、お葬式のとき……。
リュボーフィ　覚えてない、何にも覚えてない……。
トロシェイキン　（左手から出て行こうとしながら）俺はとにかく留守だからな。
ヴェーラ　お義兄さん、おあいにくさま。シュナップさんの最初のだんなさんの姪が、バルバーシンの従兄弟と結婚してたのよ。

トロシェイキン　へえ！　それならまた別だな……

エレオノーラ・シュナップ登場。菫色のドレス、鼻眼鏡。

アントニーナ・パーヴロヴナ　ご親切に、寄ってくださって。わたし、実は、あんまり言いふらさないように頼んだんですけど、どうやら内緒にするには無理みたいね。

エレオノーラ・シュナップ　残念ながら、このことはもう町ぢうのうゔぁさです。（シュナップのしゃべり方にはドイツ語の訛りがある）

アントニーナ・パーヴロヴナ　ほんと、残念！　けっこうなことですよ。自分でもわかっているんです、何も自慢するようなことじゃないって。だって、ただお墓に近づくだけでしょう。これはわたしの娘のヴェーラ、それからリュボーフィのことは、もちろんご存知ですわよね、それに娘婿のことも。うちには「のぞみ」《ナジェージダ》はいないんです（ヴェーラ、リュボーフィ、ナジェージダはいずれもロシアの女性によくある名前で、それぞれ「信仰」「愛」「希望」という意味をもつ）。

エレオノーラ・シュナップ　たいへんですね！　本当に、望みはありませんか？

アントニーナ・パーヴロヴナ　ええ、ほんとに、うちは望みのない家庭なんです。（笑う。）緑色の目をした「のぞみ」ちゃんが、どんなに欲しかったか。

エレオノーラ・シュナップ　ぞうなんですか？

リュボーフィ　勘違いしてるのよ。お母さん！

アントニーナ・パーヴロヴナ　どうぞおかけください。今、お茶にしますから。

エレオノーラ・シュナップ　今日、わたしは知って、思わず手をあヴぁせました。わたしは思いました、今ずぐおみまいに行かなくちゃと。
リュボーフィ　ひとが困っているところを見るため？
アントニーナ・パーヴロヴナ　ほんとにほんとにご親切ね。だけどいったい誰にお聞きになったの？　ジェーニャ、つまりエブゲーニヤから？
エレオノーラ・シュナップ　いいえ。ヴィシュネフスキーの奥様です。
アントニーナ・パーヴロヴナ　じゃあヴィシュネフスキーの奥さんはなんで知ってるの？　アリョーシャ、あなた、言いふらした？
リュボーフィ　お母さん、だから言ってるじゃない、ばかげた勘違いが起きてるんだって。（シュナップに）じつは、今日は母の誕生日なんです。
エレオノーラ・シュナップ　かわいぞうなお母様！　ああ、わたしには全部ヴぁかります……
トロシェイキン　ちょっとお尋ねしますが、もしかして、例の人を……
リュボーフィ　やめてちょうだい。何の話をしようっていうの。
エレオノーラ・シュナップ　友は大きな不幸のとき、敵は小さな不幸のときにヴぁかる。わたしのエッサー教授はいつも言ってたものです。わたしは来ずにいられませんでした……
ヴェーラ　不幸なんてどこにもないんですってば。とんでもない！　みんなすっかり落ち着いて、お祝い気分でいるくらいなんですから。
エレオノーラ・シュナップ　ぞう、それはよかった。決して負けてはいけません。しっかりしなくてはいけません――こんなふうに！　（リュボーフィに）かヴぁいぞうな、かヴぁいぞうな方！　かヴぁいぞうな犠牲者。神様に感謝しなくてはなりませんね、あなたのお子さんが、こんなことを見なくてずんだんですから。

リュボーフィ　ねえ、シュナップ先生……お仕事はたくさんあるんですか？　子供を産む人はたくさんいます？

エレオノーラ・シュナップ　ああ、知っています。わたしの評判――冷たい女医という評判……。でも、ほんとうです、鉗子のほかにも、わたしは大きな悲しい心をもっているんです。

アントニーナ・パーヴロヴナ　とにかく、あなたの思いやりには、わたしたちとっても感動しましたよ。

リュボーフィ　お母さん！　こんなの堪えられない……

呼び鈴。

トロシェイキン　で、ここだけの話ですが、あなた、もしかして、例の人に今日会いましたか？

エレオノーラ・シュナップ　ざっき寄りましたが、彼はいませんでした。何ですか、何か伝言して欲しいですか？

リョーフシン登場。

リョーフシン　トロシェイキンさん、ヴァガブンドワさんがいらっしゃいましたよ。

トロシェイキン　すぐ行きます。おい、リューバ、クプリコフが来たら、すぐに俺を呼んでくれよ。

ヴァガブンドワ、弾むボールのように登場。超高齢、レースのついた白いワンピースと同じ様な扇、ビロードのリボンチョーカー、アプリコット色の髪。

ヴァガブンドワ
おじゃましますよ、こんにちは！

おたくの状況、避けるには——

トロシェイキン　行きましょう、行きましょう。

ヴァガブンドワ
のっぴきならない　この状況——

リュボーフィ　奥様、うちの主人、今日はすごくのってるんです、おわかりになるはずよ！

ヴァガブンドワ
この際、一切、問答無用！

ノー、ノー、ノー！

絵なんか描いてる場合なの？

許せませんよ、この理不尽！

殺すだなんて、こんな美人！

トロシェイキン　肖像画を描きあげてしまわないと。

ヴァガブンドワ
絵描きさん、英雄ぶるのは　お止めになって！

気持ちがわかるわ、わたしにだって。

わたしもじつは　失くした連れ合い
一度じゃないのよ　なんと二回。
めおとの暮らしは　偽り騙《かた》り
何を取っても　やなことばかり
死にたくなるほど悲惨。
誰か来るのね、お客さん？

アントニーナ・パーヴロヴナ　どうぞおかけくださいな。

ヴァガブンドワ

待ってましたの　センセーション！

トロシェイキン　聞いてくださいよ、まじめな話なんです。お茶を飲んで、好きなものを召し上がったら——ほら、このクリームのついたやつなんかどうです——そしたらあなたの絵を描きたいんですよ。わかってください、ぼくはたぶん明日ここを出るんです。描いてしまわないと。

エレオノーラ・シュナップ　ぞーう。理性がぞう言っているんですね。出なさい、出なさい、とにかく出なさい！　わたし、ムッシュ・バルバシンとは、いつもちょっと気さくな知り合いでしたけど、もちろん、彼はなにかおそろしいことをしますよ。

ヴァガブンドワ

投げるのかしら、爆弾を？
下せるかしら、判断を？
今にも爆弾　投げとばす
ひとり残らず　わたしたち

たちまち　たちまち
ふきとばす。
アントニーナ・パーヴロヴナ　自分のことは心配していないんです。インドの迷信でね、自分の生まれた日に死ぬのは偉大な人物だけ、っていうのがあるんですって。整数の法則ね。
リュボーフィ　そんな迷信ないわよ、お母さん。
ヴァガブンドワ
帰還のその日は　家族の祝宴。
驚くような　不思議な偶然！
エレオノーラ・シュナップ　わたしもそのことを言っています。彼らはみんなとても幸せでした！人間の幸せは何で支えられていますか？　ほぞーいほぞーい糸です！
ヴァガブンドワ　（アントニーナ・パーヴロヴナに。）
あらまあ何て　すてきな茶こし！
わたしに薄めのお茶すこし……
幸せでした――ところが今は――おそろしい！
ヴェーラ　ねえ、何なの、もう二人を弔ってるみたいじゃない。バルバーシンがいつか戻ってくることは、みんながちゃんと知ってたわけだし、それがすこし早く戻ってきたからって、本質的にはなんにも変わらないでしょう。はっきり言うけど、本人は姉たちのことなんてもう考えてないわよ。
呼び鈴。

ヴァガブンドワ
わたしはすべて　経験済み……
牢屋は煽る　人の罪！
トロシェイキンさん、無理でしょう！
絵のことなんて　忘れましょう。
じっと座っちゃ　いられない。
胸がさわいで　しょうがない。

リョーフシン登場。

リョーフシン　エヴゲーニヤさんがだんな様とお見えです。それから、画家のクプリコフさんも。
トロシェイキン　あ、ちょっと待ってください。その人はぼくの客です。（退場。）
エレオノーラ・シュナップ　（ヴァガブンドワに）わたしはあなたがよくゔぁかります！　わたしの心臓もあふれそうです。ここだけの話、わたしは確信しています、あれは彼の子供でした……
ヴァガブンドワ
誰が見たって　絶対そう！
プロの意見を　ありがとう。

ジェーニャおばさんとポールおじさんが入ってくる。ジェーニャおばさんは、ふくよかで、絹のドレスをまとい、半世紀前ならリボンのついたボンネットをかぶっていたようなタイプ。ポールおじさんは、角刈りの白髪で、勇ましい白い口髭は小さなブラシで整えられ、見たところはしっかりしているが、呆けている。

ジェーニャおばさん　まさか全部本当なの？　強制労働から逃げたって？　あなたたちのところに夜中に押し入ろうとしたの？

ヴェーラ　馬鹿なこと言わないでよ、おばさん。なんでそんなでためを真に受けるの？

ジェーニャおばさん　なにがでたらめよ！　うちのポールだって今日彼を……。いま自分で話すでしょうよ。それは見事にわたしに話してくれたの。まあ聞いてごらんなさい。（アントニーナ・パーヴロヴナに）おめでとう、アントニーナ。まあ、今日はお祝いを言うどころじゃないかもしれないけど。（リュボーフィに、シュナップのほうを指しながら）あの女とはわたし、口をきかないことにしてるの。わかってたら来なかったんだけど……。ポール、みんながあなたの話を待ってるわよ。

ポールおじさん　つい先日……

ジェーニャおばさん　ちがうちがう、今日でしょう。

ポールおじさん　今日です、そうそう、まったく思いがけずにですね、不意に見かけたんです、ある人物がレストランから出てくるところを。

ヴァガブンドワ

レストランから？

朝っぱらから？

おそらく一杯　飲んでから？

アントニーナ・パーヴロヴナ　まあ、ジェーニャったら、こんなことしてくれなくっていいのに！

すてき！　ほら見て、リューバちゃん、すてきなハンカチ！
エレオノーラ・シュナップ　ぞう。ぞれを使って泣くんですね。
ポールおじさん　私の観察時間が短かったこと、ターゲットの歩行速度が速かったことを割り引きましても、わたくしがしらふの状態であったことを断言できるのであります。
ジェーニャおばさん　あなたじゃなくて、彼がでしょう。
ポールおじさん　よろしい。彼です。
ヴェーラ　ポールおじさん、それぜんぶ、おじさんの気のせいよ。危ない症状じゃないけど、見守る必要はあるわね。
リュボーフィ　そもそもそんな話、あんまりおもしろくないわ……。おじさん、何をあげましょうか？　まずはケーキ？　これからお母さんが新しく書いたお話を読んで聞かせてくれるって。
ポールおじさん　私にはそう見えたのですし——いかなる権力であれ、私に証言を撤回させることはできません。
ジェーニャおばさん　ほら、あなた……話をつづけて……その調子よ。
ポールおじさん　その人物は歩いて行き、私も歩きました。それから、つい何日か前には、自転車に乗った女性が転んでけがをするところを見ました。
ヴァガブンドワ
　最悪の事態！
　逃げなきゃ、絶対！
　だれだってわかるわ！
　でももう少し食べるわ！

アントニーナ・パーヴロヴナ　リューバちゃん、みんなが来るまで待ったほうがいいかしら？
リュボーフィ　いいわよ、大丈夫、始めちゃって。
アントニーナ・パーヴロヴナ　そういうことなら、始めましょう。それでね、このお話、あるいはエチュードは、わたしの「照らされた湖」シリーズをしめくくる作品なの。ポール、ほら、座って。
ポールおじさん　立ったままがよいのです。

呼び鈴。

ジェーニャおばさん　どうしてかしらね。うちのひとったら、あんなにあざやかに、上手く話してくれたのに——今はなんだか調子が狂ったみたい。あとでまた調子が出てくるかもしれないけど。（夫に）最近のあなたはどうも気に入らないわ。

リョーフシンが入ってくる。リョーフシンは二人の客人を先に通す。ショートヘアで黒い服を着た、しなびた老婦人ニコラッゼと著名な作家である。作家は高齢で、色男。軽く鼻にかかったような声でゆっくりと重々しく話し、効果的と言えなくもない咳払いを言葉の切れ目にはさむ。タキシードを着ている。

アントニーナ・パーヴロヴナ　あらあ、お待ちかねよ！
作家　いやいや……。どうやらお祝いを言わなくちゃいけないみたいですね。
アントニーナ・パーヴロヴナ　うちへ来てくださるなんて、本当に光栄です！　飛び入りのお客様ですもの、不意にどこかへ飛び去ってしまわれるんじゃないかって、心配してたんです。

作家　知らない方ばかりのようですが……

ニコラッゼ　おめでとう。お菓子よ。ほんの気持ち。

アントニーナ・パーヴロヴナ　ありがとうございます。ほんとにもう、わたしのためにこんな無駄遣いなさって！

作家　（ヴェーラに）お嬢さん、あなたにはお目にかかったことがあるような気がします。

ヴェーラ　なにがしさんの夜会でお会いしました。

作家　なにがしさんの夜会……　ああ！　うまいことを言いますね。あなたはなかなか人をからかうのがお上手だ。

リュボーフィ　何をさしあげましょうか？

作家　何をいただきましょうかね……。うむ。これは何です？　クチヤー（法事や祭礼のときに出される穀物とドライフルーツ等を用いた食べ物）ですか？　なんだ、フルーツケーキですか。似ていますよね。通夜ぶるまいかと思いましたよ。

リュボーフィ　お通夜のわけがないでしょう。

作家　ああ、わけがないですか……。いや、わかりませんよ。なんだかひどくブルーな雰囲気だし。足りないのは坊さんだけですな。

リュボーフィ　それで、何をさしあげたらよろしいかしら？　これは？

作家　いや。ぼくはアンチ・ドルチェ主義でね、甘いものは敵なんですよ。それより――ワインはないんですか？

アントニーナ・パーヴロヴナ　今、モエのシャンペンが来ます。リューバちゃん、リョーフシンに栓を抜いてもらわなくちゃね。

作家　モエなんてどこで手に入れたんです？（リュボーフィに）どんどん金が儲かるんですか？

リュボーフィ　どうしてもとおっしゃるならお話ししますけど、あれは酒屋が夫に胸像画の代金を現物で払ったんです。

作家　肖像画家っていうのはいいもんですねえ。金は入るし、角は生えるし。いやね、だってね、ご存知ですか、本来のロシア語では「角が生えている」というのは、ご婦人の閨《ねや》なんかには関係なくて、「金がある」というのと同じ意味なんですよ（ロシア語の「角が生えている（рогатый）」には俗語で「寝取られた」という意味もある）。ちなみにコニャックはありませんかね？

リュボーフィ　いまおもちしますから。

ヴァガブンドワ

　わたくしごとき　後家のこと……
　どうか　お見知りおきの程。
　身に余るような　幸運です。
　わたしひとりじゃ　ないのです。
　みんなあなたの　ファンなのです。

作家　恐縮です。

ヴァガブンドワ

　きかせてください　あなたの意見……
　この状況はどれほど危険？

作家　なんの状況がです？

ヴァガブンドワ

　まさかご存知なかったの？

予期せぬ人が 帰ったの。
アントニーナ・パーヴロヴナ（マルファの手からグラスを受け取って）さあ、どうぞ。
作家 ああ、そのことなら報告を受けましたよ。（リュボーフィに）おや、かわいいお膝が震えておいでては？ ちょっと拝見……。ぼくが若い頃、あるお嬢さんに惚れたのは、まさにその膝のせいでしたよ。
リュボーフィ わたしは何も恐れていません。
作家 なんという勇敢な人だ。うむ。あの人殺しもなかなかの目利きですね。
ニコラッゼ なんのこと？ なにひとつわからない……。なんの危機？ どの人殺し？ なにがあったの？
作家 あなたのために乾杯。しかしおたくのコニャックはいまいちですな。
エレオノーラ・シュナップ（ニコラッゼに）あなたが何も知らないなら、わたしが話します。
ヴァガブンドワ
　次はわたしよ。
　わたしの番よ。
エレオノーラ・シュナップ いいえ、わたしが。やめてください。ぢゃまをしないでください。
リュボーフィ お母さん、お願い。
アントニーナ・パーヴロヴナ ピョートル・ニコラエヴィチ、あなたがいらしたとき、居合わせた人たちにちょっとした作品を朗読して聞かせようとしていたんですけど――先生の前じゃなんだか気が引けてしまって。
作家 欺瞞ですな。むしろ嬉しいはずですよ。ぼくの見立てでは、あなたは若い頃、口づけと口づけの合間にぺらぺらしゃべっていたでしょう、嘘つきな女性がみんなやるみたいに。

アントニーナ・パーヴロヴナ　そんなこと、もう遥か昔に忘れてしまいましたよ。

作家　ほら、お読みなさい。聞きましょう。

アントニーナ・パーヴロヴナ　では、題名は「蘇る白鳥」です。

作家　「蘇る白鳥」……瀕死のラザロ……二度目の死、最終的な死……。ああ、悪くないね……

アントニーナ・パーヴロヴナ　いいえ、先生、違います、ラザロじゃなくて白鳥。

作家　失礼。今のは独り言を言っていただけです。ちょっとひらめいてね。ひとりでに想像がうかぶんです。

トロシェイキンが戸口に顔を出し、そこから話しかける。

トロシェイキン　リューバ。ちょっといいか。

リュボーフィ　こっちへ来たら。

トロシェイキン　リューバ！

リュボーフィ　こっちへ来たら。クプリコフさんもきっと興味をもたれるわよ。

トロシェイキン　なんでわかるんだ。

クプリコフと記者をつれて中へ入る。クプリコフは紋切り型の絵を描く画家で、肩幅の広いジャケットの下にごく暗い色のシャツとごく明るい色のネクタイを合わせている。記者は若い男で、髪を七三にわけ、万年筆を持っている。

紹介しましょう、こちら、クプリコフさん。そしてこちらは「太陽」新聞からインタビューを取りに来た方。

クプリコフ　（リュボーフィに）光栄です……。自分が知っていることはご主人にすべてお話ししました。

ヴァガブンドワ　なんだかすごく　おもしろそう！　聞かせてちょうだい　その情報！

ジェーニャおばさん　さあ今度こそ……。ポール！　輝いて見せて！　あんなに見事に話してくれたんだもの。ポール！　ほら……。クプリコフさん、アリョーシャ――うちのひともやっぱり……

ポールおじさん　承知しました。こういうふうでした。左手の角から、救急車の車両が走ってきて、右のほうからは自転車に乗った女性が駆けてきて――かなり太ったご婦人で、私が気がついたところでは、たしか赤いベレー帽をかぶっていました。

作家　ストップ。あなたの発言はそこまでです。次の方。

ヴェーラ　行きましょう、ポールおじさん。行きましょう、大好きなおじさん。ゼリー菓子をあげるわ。

ジェーニャおばさん　いったいどうしちゃったんだか……。うちのひと、どこかおかしくなっちゃったみたい。

クプリコフ　（作家に）よろしいですか？

作家　では画家のクプリコフさん、ご報告をお願いします。

リュボーフィ　（夫に）わからないわ、どうしてこういうこと全部を、悪夢みたいな道化芝居《ファルス》に仕立てあげなきゃいけないのよ。なんであんなメモ帳をもった記者なんか連れてきたの？　いまからお母さんが朗読してくれる。おねがい、もうバルバーシンの話はやめましょう。

トロシェイキン　俺に何ができる……。そっとしといてくれ。俺はゆっくりと死に近づいているんだ。（客たちに）何時ですか？　誰か時計を持っていませんか？

全員が時計を見る。

作家　ちょうど五時です。話を伺いましょう、クプリコフさん。

クプリコフ　私はたった今、トロシェイキンさんに次のような事実を報告したんです。かいつまんでお伝えします。今日の二時半、町の庭園の、ちょうど飾り壺のところまで続く並木道を通っていたとき、私は見たんです、レオニード・バルバーシンが緑色のベンチに座っているところを。

作家　なんと？

クプリコフ　彼はじっと座ったまま、何かに思いを巡らせていました。葉影が美しい模様となって彼の黄色い短靴のまわりに落ちていました。

作家　いいね……お見事……

クプリコフ　私のことを彼は見ていませんでしたので、しばらくのあいだ、太い木の幹の陰に隠れて観察していました。その幹には誰かが彫ったイニシャルの文字が――もうかすれかけてはいましたが――刻まれていました。彼は地面を見つめながら何か重苦しい考えを巡らせていました。それから姿勢を変えて、横のほう、太陽の光に照らされた小さな草地のほうを眺めはじめました。

二十分ほどすると立ち上がって去って行きました。からっぽのベンチの上に、黄色い葉の最初の一枚が落ちました。

作家　重要な報告だし、語り方もすばらしかった。どなたかこれについて発言なさりたい方は？

クプリコフ　以上のことから、私はやつが良からぬことをたくらんでいると判断しまして、それゆえ改めて申し上げたいのです。リュボーフィさん、あなたに、そしてアリョーシャ、君にも、証人がいる前で。最大限の予防策を講じてほしいという私の断固たる願いを伝えたいのです。

トロシェイキン　そうです！　でもどんな予防策です、どんな？

作家　シェイクスピアだったら「ざっと《ザット》、いざ食え《イズ・ザ・ク》、エッチよーん《エスチョン》」というでしょうね。*（記者に）なにか言うことがありますかな、わが「太陽」どの？

記者　トロシェイキン夫人にいくつかお聞きしたいことがあるんですが。いいでしょうか？

リュボーフィ　それよりお茶でも召し上がったら。それともコニャックを一杯？

記者　それはどうも、恐れ入ります。私がお聞きしたいと思いましたのは、まあその、だいたいのところでいいんですが、知った時にはどうお感じになりました？

作家　無駄だよ、君、無駄だよ。そのひとはなにひとつ答えちゃくれませんよ。黙って待っているだけで。白状するとね、ぼくはそういう女性が身震いするほど好きなんですよ。このコニャックはというと……早い話が、お勧めできませんね。

アントニーナ・パーヴロヴナ　よろしかったら、始めますけど……

作家　（記者に）ところでおたくの新聞じゃ、またぼくのことでくだらない記事を載せてますね。ジプシーの暮らしをもとにした話なんてぼくは思い付いたこともないし、思い付くはずもない。恥ずかしいね。

アントニーナ・パーヴロヴナ　先生、よろしいかしら？
作家　どうぞ。みなさん静粛に。
アントニーナ・パーヴロヴナ　太陽の最初の光が……。そうだ、先生、言うのを忘れていました。これは「照らされた湖」シリーズのなかの一作なんです。読んでくださったかもしれませんけど……。「太陽の最初の光が、たわむれ、まるではしゃぎまわるように、ためらいがちな半音階の調べとなって湖の滑らかな表面を駆けぬけ、小石の鍵盤の上へ渡ると、深緑のスゲの草原のなかほどで止まった。そのスゲの上に、片方の翼をたたみ、もう片方の翼を……」

リョーフシンとメシャーエフが入ってくる。メシャーエフは金髪で頬に赤みがさしており、同じように赤みがさしたバラの花束を持っている。

リョーフシン　リュボーフィさん、たぶんこれで最後です。疲れたな……。すみませんが……
リュボーフィ　シーッ……！　座ってください、メシャーエフさん――母がお話を読んでくれているの。
メシャーエフ　ほんの一秒だけ朗読を中断してもらえませんか？　じつは、センセーショナルな知らせがあるんです。
何人かの声　何があったんですか？　教えてください！　気になります！
メシャーエフ　リュボーフィさん！　トロシェイキンさん！　昨夜です。戻ってきたんですよ。牢屋から。バルバーシンが！

一同笑う。

作家　それだけですか？　ねえ君、そんなことはもう、産科の病室にまで知れ渡っていますよ。それにしても――今さらバルバーシンとはね……

メシャーエフ　そういうことでしたら、敬愛するアントニーナさんに誕生日のお祝いを申し上げるだけにしておきます。（カンニングペーパーを取り出す。）「どうぞこれからも長い長いあいだ、我々をそのすばらしい女性ならではの才能で楽しませてくださいますように。日々は過ぎ去ってゆきますが、本は、そう、本は書棚の上に残ります――そしてあなたが私心なくご自身を捧げていらっしゃるその偉大なる事業は、真に偉大であり豊かであります――そしてあなたの書かれた一行一行が、我々の頭の中で、心の中で、永遠のリフレインとなって響きつづけるのです。あの薔薇はなんと美しくなんと瑞々しかったことでしょう！**」（バラを捧げる。）

一同拍手。

アントニーナ・パーヴロヴナ　親切なお言葉をありがとうございます。でもどうして一人で来られたのかしら――田舎のご兄弟を連れてくる約束だったでしょう？

メシャーエフ　もうここに来ていると思ったんですが。たぶん電車に乗り遅れて、夕方の便で来るんでしょう。残念です。ぼくたちがあっと驚くほど似ているんで、みなさんに面白がってもらおうと、わざわざ願ってのことだったんですけどね。いいから読んでください、読んでください！

作家　お願いしましょう。みなさんはなるべく居心地が良いように席をお取りくださいよ。どうやら長くなりそうだ。もっと詰めて、詰めて。

全員が舞台の少し奥のほうへずれる。

アントニーナ・パーヴロヴナ　「そのスゲの上に、片方の翼をたたみ、もう片方の翼を大きく広げて、死んだ白鳥が横たわっていた。目は半分開かれ、長い睫の上にはまだ涙が光っていた。その間にも東は赤々と輝きを増していき、太陽の和音はますます鮮やかに、広い湖に響き渡った。木々の葉は、長い日の光に触れるたび、風がほのかにそよぐたびに……」

読んでいる彼女の顔ははっきりしているが、椅子に座ったまま遠ざかって行くようで、唇は動いているし、手は頁《ページ》をめくっているのに、声はだんだん聞こえなくなる。周りで聞いている人々も、やはり舞台前方との関係をすっかり断ち切られ、半分眠っているようなポーズで動きを止めて座っている。リョーフシンは膝の間にシャンペンのボトルを挟んだ格好で止まっている。作家は片手で目をふさいだ姿。本当はここで透明な布か中幕が下りることが望ましい。下りた幕にはそこにいる全員がまったく同じポーズで描かれている。

トロシェイキンとリュボーフィ、中幕から前舞台に急ぎ足で出る。

リュボーフィ　アリョーシャ、わたし、もういや。

トロシェイキン　俺だっていやだよ。

リュボーフィ　わたしたちの一番恐ろしい日が――
トロシェイキン　……俺たちの最後の日が――
リュボーフィ　……グロテスクなファルスになってしまった。絵に描いた亡霊みたいなこの人たちからは、救済も同情も期待しちゃだめ。
トロシェイキン　俺たち、逃げなきゃ……
リュボーフィ　そう、そう、そう！
トロシェイキン　……逃げなきゃ――それなのに俺たちはなぜかこんなふうに、月並みな『ヴァンプーカ』（一九〇九年初演のオペラの題名。「月並みな芝居」の代名詞として使われる）の舞台みたいに椰子の木の下でうろうろしている。感じるんだ、迫りつつある――
リュボーフィ　……危険？　どんな危険が？　ああ、あなたにわかってもらえたら！
トロシェイキン　……危険はこの俺たちの手や肩や頬と同じくらいリアルだよ。リューバ、俺たち完全に二人きりだ。
リュボーフィ　そう、二人きり。だけど独りぼっちが二人、どちらも閉じた円。わたしのことをわかって！
トロシェイキン　……照明が当たった狭いステージで二人きり。後ろには――俺たちの人生の芝居じみたぼろい衣装、二流のコメディの凍りついた仮面。前には――暗い深淵と無数の目、目、目、俺たちの方を眺めて俺たちの破滅を待ち受けている。
リュボーフィ　急いで答えて。あなたは知っているの？　わたしがあなたを裏切っていること。
トロシェイキン　知ってるよ。でもおまえは絶対に俺を捨てない。
リュボーフィ　ああ、わたしね、ときどき本当に残念で残念でたまらなくなるの。だってずっとこんなふうだったわけじゃないのに。

トロシェイキン　しっかりしろよ、リューバ！

リュボーフィ　わたしたちの小さな息子が今日ボールで鏡を割った。アリョーシャ、あなたこそ、わたしをしっかりつかまえていて。放さないで。

トロシェイキン　よく見えない……。なにもかもが、またぼんやりしていく。おまえを感じることができなくなっていく。おまえはふたたび生活に溶け込んでいく。俺たちはまた沈んでいくんだ。リューバ、何もかもおしまいだ！

リュボーフィ　オネーギン様、あの頃のわたしはもっと若く、もっときれいでした……（プーシキン『エヴゲーニイ・オネーギン』からの引用）。そうね、わたしも弱くなった。覚えてないわ……。あの一瞬の高みにいたときは良かったのに。

トロシェイキン　たわごとだ。妄想だ。今日、金が手に入らなかったら、俺は朝まで生きてはいられないだろう。

リュボーフィ　ねえ見て、変よ。マルファがこっちのドアの方へ忍び寄ってくる。見て、あんなに怖い顔をしてる。ねえ、見てったら！　何か恐ろしい知らせをもって、這ってくるの。やっとのこと動いているみたい……

トロシェイキン　（マルファに）あいつか？　早く言えよ、あいつが来たのか？

リュボーフィ　（手を叩いて笑う。）頷いてる！　アリョーシャ、頷いてるわ！

シチェーリが入ってくる。猫背でサングラスをかけている。

シチェーリ　すみません……。私はイワン・イワーノヴィチ・シチェーリというものです。おたくのばかなメイドが私を通してくれなくて。私のことはご存じないでしょうが——もしかしたら、教会の向かいにある私の武器を扱う店はご存じではないかと。

トロシェイキン　話をうかがいましょう。

シチェーリ　あなたを訪ねるのが自分の義務だと思ったんです。警告しておかなくてはと思いまして。

トロシェイキン　もっとこっちへ、こっちへ。とーとととー

シチェーリ　しかし、お二人だけじゃないと……。人がたくさんいますから……

トロシェイキン　気にしないでください……。あれはただの——幻です、端役です、いないようなものです。それに、あれはぼくが自分で描きなぐったものなんです。ひどい絵ですが——害はありません。

シチェーリ　でたらめを言わないでください。ほらあの紳士に、私は去年、猟銃を売りましたよ。

リュボーフィ　それはそんな気がするだけ。わたしたちを信じてください！　わたしたちのほうがよく知っています。夫はあれをとても自然なタッチで描いたんです。わたしたちだけです。安心して話してください。

シチェーリ　そういうことならご報告いたしますが……。誰が戻ってきたかを知って、私は不安な気持ちで思い出したんですよ、今日の正午に「ブラウニング」式のピストルが売れたっけな、ってね。

中幕が上がり、朗読者が大きな声でしめくくる。「……そしてそのとき、白鳥は甦った。」リョーフシンがシャンペンを開ける。とはいえ、生き返った音はすぐにまた途絶える。

トロシェイキン　バルバーシンが買ったんですか？

シチェーリ　いいえ――買ったのはアルシンスキーさんです。でも私には見てとれますよ、おわかりでしょう、誰のための武器なのか。

幕

訳注（＊）二九八頁『ハムレット』の台詞「それが問題だ（that is the question）」をもじった言葉遊び。原文は「зад《ザット》尻／из《イズ》から／зык《ズイク》大きな音／вещан《ヴェシシャン》放たれた」で、ロシア語の文章として成り立っていないが、下品な感じを受ける。

訳注（＊＊）三〇〇頁「あの薔薇は…」はイワン・ミャトレフによる一九三四年の詩の冒頭。ツルゲーネフやセヴェリャーニンにも引用され、ロマンスとしても歌われた有名な一節。

第三幕

再びアトリエ。絵の中のボールは描き足されている。リュボーフィが一人でいる。窓の外を眺め、それからゆっくりブラインドを引く。小机の上には朝がたリョーフシンが忘れていった煙草の箱がある。煙草に火をつけ、腰を下ろす。ネズミ（ネズミの幻）が静けさにつけいって隙間から出てくる。リュボーフィはほほえみを浮かべながら、ネズミを目でおいかけて、そっと体の位置を変え、前にかがみこむが、そこで――ネズミは走り去ってしまう。

左手からマルファ登場。

リュボーフィ　そこにまたネズミがいたわ。
マルファ　台所にはゴキブリがおりますしねえ。ぜんぶつじつまがあいますよ。
リュボーフィ　どうしたの？
マルファ　どうもこうもありゃしませんよ……。今日はもうほかに何もご用がないようでしたら、奥様、あたしは帰らせていただきますよ。

リュボーフィ　どこへ帰るっていうの？
マルファ　兄のとこに泊めてもらいます。そんで明日にはもうすっかりお暇をいただきたいんです。奥様んとこに残るのが怖いんです。あたしは力のない年寄りですよ、この家はよくないですわ。
リュボーフィ　そこはもっとたっぷり演技をしなくちゃ。どうやるかわたしがやって見せてあげる。「どうかお許しを……。あたしゃ力のねえ、ひ弱な年寄りでごぜえます……おっかねえんです……。ここいらは悪い奴らがほっつき歩いとりますんでね……」。ね、こんな感じ。これって実際、とってもありふれた役よ……。わたしとしては、もうどこへでも好きなところへ行ってかまわないわ。
マルファ　ええ、行きますよ、奥様、行きますとも。頭のおかしな人たちとは一緒に暮らせません。
リュボーフィ　だけど、そういうのって、すごく下劣だと思わない？　せめて今晩ぐらいはここに残ってくれてもいいじゃない。
マルファ　下劣ですと？　お下劣ならもうたんと見せてもらいましたよ。あっちに愛人、こっちに愛人……
リュボーフィ　ぜんぜん違う、ぜんぜん違う。もっと声を震わせて、憤ってみせなくちゃ。「ふしだらな女」とかいうのを入れて。
マルファ　あたしは奥様が怖いですよ。お医者様を呼ばないと。
リュボーフィ　そこはまじない師でしょ、医師じゃなくて。だめね、あなたはまったく気に入らない。口うるさい女中の役にふさわしいってあなたを紹介してあげようと思ってたんだけど――これでわかった、推薦できないわ。
マルファ　奥様からのごしょうけえなんてもんはいりません。
リュボーフィ　そうね、今のは少しはまし……。でももう――けっこうよ。さようなら。

マルファ　そこいらじゅう人殺しがほっつき歩いて。不吉な晩ですよ。
リュボーフィ　さよなら！
マルファ　行きます、行きますって。じゃあ明日は最後の二ヶ月分のお給料を払ってくださいよ。
（立ち去る。）
リュボーフィ　オネーギン様、あの頃のわたしはもっと若く、もっときれいで……なんていう、いやな婆さんかしらね！　あんな人、他に会ったことないでしょう！　ほんとになんていう……

トロシェイキン、右手から登場。

トロシェイキン　リューバ、もうおしまいだ！　バウムガルテンがたったいま電話してきた。金は手に入らない。
リュボーフィ　お願い……。そんなに興奮してばかりいないで。そのテンション、がまんできない。
トロシェイキン　一週間後ならお約束しますってさ。そりゃあどうも！　何のために？　あの世でチップを払うためか？
リュボーフィ　お願い、アリョーシャ……。頭ががんがんする。
トロシェイキン　わかったよ――だけどこれからどうする？　どうしたらいい？
リュボーフィ　いま八時半でしょ。一時間後には横になって寝る。それだけ。今日のどたばた騒ぎですごく疲れちゃって、歯がガクガクするくらい。
トロシェイキン　へえ、それは――申し訳ない。今晩もう一人来客があるんだ。まさか俺がこのままにしておくと思ってるのか？　夜中に誰もうちに押し入ってこないとわかるまで、俺はベッドには入らないぞ――冗談じゃない。

リュボーフィ　わたしは寝るわよ。そして眠ります。ええ――そうしますとも。

トロシェイキン　今になってやっと実感してるよ、俺たちがどんなに貧しくて寄る辺ないか。暮らしはなんとかなっていたから、貧乏に気がつかずにいたんだな。なあ、リューバ。こうなってきたからには、唯一の解決策は――リョーフシンの提案を受け入れることだ。

リュボーフィ　リョーフシンの提案って何よ？

トロシェイキン　俺の提案なんだけどね、実際は。あのさ、彼が俺に、出て行くための費用だとか何だとかをくれて、おまえは一時的に彼の田舎のお姉さんのところに身を寄せるんだ。

リュボーフィ　すばらしい計画ね。

トロシェイキン　もちろん、すばらしいさ。他に問題を解決する方法はみつからないよ。明日にでも出かけよう――今晩、生き延びられたらね。

リュボーフィ　アリョーシャ、わたしの目を見て。

トロシェイキン　やめろって。俺はこうしなければならないと思う。せめて二週間でも。しばらく休んで、正気を取り戻すんだ。

リュボーフィ　じゃあ、言わせてもらうけど。わたしはリョーフシンのお姉さんのところへなんか絶対に行かないし、それどころか、そもそもここから動くつもりはありませんから。

トロシェイキン　リューバ、リューバ、リューバ。俺を怒らせないでくれよ。今日は俺、神経がとがってるんだ。おまえはどうやら、破滅を望んでるみたいだな……。なんてこった、もうすっかり夜じゃないか。見ろよ、これまでぜんぜん気がつかなかったけど、うちの前って街灯がひとつもないんだな。ほら、次の街灯はあんなところだ。月が早く出てくれりゃいいのに。

リュボーフィ　うれしいことを聞かせてあげる。マルファが辞めさせてくれって。それで、もう出て行ったわ。

トロシェイキン　なるほど、なるほど。ネズミたちが船を捨てて行くと。お見事……。おまえに土下座して頼むからさ、リューバ、明日ここを出よう。だってこれじゃまったくの地獄じゃないか。だって運命が俺たちを追い出そうとしてるんだ。そりゃあな、――たしかに、探偵がついていてくれるかもしれない、だけど探偵をお使いに出すわけにはいかないじゃないか。ってことは、明日また女中を探さなきゃいけない。いろいろ手配したり、おまえのアホな妹に頼んだり……。そういう面倒なことってさ、こんな状況で俺が耐えられる範囲を超えてるんだ。なあ、リューバちゃん、なあ、いい子だからさ、おまえにとっちゃたいしたことじゃないだろう。だってそうしなきゃリョーフシンは俺に恵んでくれないし――これはもう命に関わる問題だろ、世間様の体面がどうとかいう問題じゃないんだ。

リュボーフィ　ちょっと聞くけど、あなた、どうして自分は人に好かれないんだろうって、考えたことある？

トロシェイキン　誰に好かれないって？

リュボーフィ　だからみんなよ。誰ひとりあなたに一銭も貸してくれないでしょ。それにたくさんの人があなたにただ嫌悪感をもってる。

トロシェイキン　でたらめ言うなよ。反対だよ、自分だって見ただろう、みんなが今日うちに寄ってくれたり、関心を示してくれたり、アドバイスをくれたりしたじゃないか……

リュボーフィ　さあどうだか……。お母さんがお話を朗読しているあいだ、あなたの顔をずっと見ていてね、わかるような気がしたの。あなたが何を考えているか、あなたがどんなに孤独だと感じているか。あなたと一瞬目を交わしたような気にさえなった――かつて、もうずいぶん前に、わたしたちが交し合っていたような眼差しをね。でも今はね、さっきのは間違いだって認めるわ。あなたは何も感じてなんかいなかった、ただもう、バウムガルテンがわずかばかりの逃走資金をくれるかどうかって、そのことばかりぐるぐる考えてたんだって。

トロシェイキン　おまえは俺を苦しめたいんだな。

リュボーフィ　苦しめたいわけじゃないの。せめて一度くらいは、あなたとまじめに話がしたいのよ。

トロシェイキン　そりゃよかった――だっておまえときたらこの危険をまるで子供みたいに考えてるんだから。

リュボーフィ　ちがうの、その危険のことを話したいんじゃなくて――あなたとの人生そのものについて。

トロシェイキン　ああ――いや、それは――勘弁してくれ。今は女のうだうだ話に付き合ってる場合じゃないんだ。どういう話だかわかってるよ、頭にくるところを数え上げたり、ばかばかしい結論を出そうとしたりするんだろ。今の俺がもっと知りたいのはさ、なんであのくそ探偵は来ないのかってことだよ。ああ、リューバ、おまえはわかってんのかな、俺たちが置かれているのは死ぬほど死ぬほど……

リュボーフィ　かっかしないでよ！　わたしはあなたが恥ずかしいわ。あなたが臆病者だってことはいつだってわかってた。あの人が撃ってきたとき、あなたがそのラグをかぶろうとした様子、わたしは決して忘れない。

トロシェイキン　このラグにはな、リューバ、俺の血がついてたんだ。おまえはそれを忘れてる。

俺は倒れたんだ、ひどい傷を負って……。そうだよ、血だよ。ほらほら、思い出せよ、そのラグはあとでクリーニングに出したじゃないか。

リュボーフィ　あなたはいつも臆病だった。わたしの子供が亡くなったときは、かわいそうなあの子のちっちゃな影を怖がって、寝る前に安定剤を飲んでた。あなたが描いた肖像画の制服に間違いがあったからって、どこかの消防司令官から口汚く罵られたとき、あなたは何ひとつ言わずに描きなおした。いつだったか二人で工場街を歩いていたとき、チンピラが二人、げらげら笑いながら後ろから近付いてきて、わたしの体の品定めをしていたのに、あなたは何も聞こえない振りをして、そのくせあなたの顔ときたら真っ白で、まるで……仔羊みたいだった。

トロシェイキン　つづけて、つづけて。だんだん面白くなってきたぞ！　まったく、おまえがこれほど無礼な女だとはね！

リュボーフィ　そういう出来事は百万回もあったけど、たぶん、この手のあなたのふるまいで一番お上品だったのはね、敵が手を出せないのにつけこんで、相手の頬を殴ったときのこと。ちなみに、たしかあなたはそれでも相手に当てられなくて、かわいそうなミーシャの腕をぶっちゃったような気がする。

トロシェイキン　見事に当たったんだ——安心してくれていいよ。そりゃもうちゃんと当たったんだ！　いや、どうぞつづけて、つづけて。おまえがどこまで言いつのるか、すこぶる興味津々だ。それも今日……恐ろしい事件が起きて、何もかもがひっくり返ってしまった日に……。いじわるでいやな女だよ。

リュボーフィ　この事件が起きてくれてよかったのよ。おかげでわたしたち、ゆさぶりをかけられて、たくさんのことがはっきりした。あなたはつれなくて冷たくてせこくて趣味が悪い。世の中に二人といないようなエゴイスト……。そりゃあ、わたしだって他人のこと言えたもんじゃないわよ。でもそれはね、あなたがいみじくもおっしゃったように、わたしが「残飯を商ってる」からなんかじゃ絶対にありません。わたしが無礼できつい女だとしたら、それはあなたがわたしをそんなふうにしたのよ。ああ、アリョーシャ、もしもあなたがそんなふうに、息がつまりそうなくらい、目の前が曇ってしまうくらい、自分のことだけでいっぱいいっぱいじゃなかったら――きっとわかったはずよ、この何年かのあいだにわたしがどんなになってしまったか、そしていまどんな状態なのか。

トロシェイキン　リューバ、俺は自分を抑えてる――おまえも抑えろよ。わかるよ、この畜生みたいな夜のせいで調子が狂って、それでおまえは畜生みたいなことを言わされてるんだ。だけど、自分をしっかり保てよ。

リュボーフィ　保つべきものなんてもうないわ――なにもかもばらばら。

トロシェイキン　何もばらばらになってなんかない。作り事を言うなよ。リューバ、しっかりしろ！　俺たちがたまに……ほら、お互いに声をあげるようなことがあったって――だから俺たちが不幸だってことにはならないだろ。それなのに、今の俺たちは、追いつめられた二匹の動物みたいに、ただ狭くて怖いからっていがみ合ってる。

リュボーフィ　いいえ、違う。違うわ。けんかするのがどうだって言うんじゃないの。もっとはっきり言ってあげてもいいわ。あなたがどうだっていうのでさえないの。そりゃあ、あなたはわたしといて幸せだったかもしれないわよね。だって、どんな大きな不幸の最中にだって、あなたみたいなエゴイストは、自分の中に最後の堅い砦を見つけるものだから。わたしにはよくわかるの、もしわたしに何かあったら、あなたは、もちろんすごく悲しみはするかもしれないけど、――同時に自分の気持ちをさっさとシャッフルして、探そうとするわ。使えそうな切り札はないか、何か得になることが——ほんのちっぽけなことでもよ！——わたしが死亡したっていう事実から飛び出してこないかってね。そしてきっと見つけるの、見つけるわよ！　少なくとも、生活費がきっかり半分で済むようになるとかね。いいえ、わかってるわ、そういうことはまったく意識しないでしょうし、そこまで無神経でもないだろうし、ただ危機的な瞬間に想像してみるちょっとした補助金みたいなもの……。口に出すのも恐ろしいことだけど、でもね、あの子が死んだときのことよ、わたしぜったい思うの、あなたはこれで厄介ごとがひとつ減ったと思ったでしょう。金銭感覚がない人ほどがめつい奴はいないのよ。でも、もちろん、あなたが自分なりにわたしを愛してることは認めてあげる。

トロシェイキン　これはきっと夢なんだ。この部屋も、この恐ろしい夜も、ガミガミ女も。そうとしか考えられない。

リュボーフィ　それにあなたの芸術！　あなたの芸術は……。最初はわたし、あなたはすばらしい、鮮やかで貴重な才能がある人だと本当に思ってたけど、今はもうあなたの価値がどれほどのものか知ってる。

トロシェイキン　なんだって？　そいつは初耳だね。

リュボーフィ　今から聞けるわ。あなたはくずよ、独楽《こま》よ、徒花《あだばな》よ、薄い金箔をかぶせた空っぽの木の実よ、あなたは何も作り出せない、ずっと今のまま、田舎の肖像画家のまま、どこかの瑠璃色の洞窟の夢を見続けるのよ。

トロシェイキン　リューバ！　リューバ！　これが……おまえはだめだっていうのか？　見ろよ。これが——だめか？

リューボーフィ　これはわたしがそう判断しているんじゃなくて、みんながあなたのことをそう評価しているの。そしてみんなは正しい。なぜなら、絵は人々のために描くべきものだから。あなたの中に住みついて蝕《むしば》んでいる化け物みたいなやつを満足させるためじゃなくてね。

トロシェイキン　リューバ、まさかまじめに言ってるわけじゃないよな。それしかないじゃないか――もちろん描くべきなのは俺の化け物のため、俺の回虫のため、それだけのためさ。

リューボーフィ　お願いだから、議論をふっかけないで。わたし、疲れて自分でも何を言ってるかわからないし、あなたは言われたことにいちいち難癖をつけるから。

トロシェイキン　俺の芸術に対する、つまり、俺にとって最も大切な、侵すべきでないものに対するおまえの批評が、あまりに愚かで公正さを欠いているものだから、おまえのほかの告発なんて意味がなくなってしまったよ。俺の生き方や俺の性格はいくらでもけなしていい、言われる前からぜんぶ認めてやるよ――ただこれはおまえの管轄外だ。だからやめておけ。

リューボーフィ　そうね、あなたとは話す価値ないわ。

トロシェイキン　まったくないね。それに今はそれどころじゃない。今日のこの夜のほうが、昨日までの俺たちの人生全てよりも、俺はずっと気がかりなんだ。おまえが疲れて頭がどうかしちまってるなら、黙ってろよ。そんなふうに……。リューバ、リューバ、俺だって苦しんでるんだ、それ以上に俺を苦しめるのはよしてくれ。

リューボーフィ　何を苦しんでるって？　もう、よくそんなことが言えたわね。ありそうもないことだけど、もし仮に――レオニード・バルバーシンが今ドアを押し破ってきたら、あるいはその窓から入り込んで来たら、あるいはあの衝立の後ろから影みたいに出てきたら――もし仮にそんなことが起きたとしても、いい、わたしはすぐに何もかも別の方向に変える、とっても簡単な方法を知ってる。
トロシェイキン　本当に？
リュボーフィ　ええ、そうよ！
トロシェイキン　で、その中身は？
リュボーフィ　知りたい？
トロシェイキン　ああ、教えてくれよ。
リュボーフィ　こうするの。彼に向かって叫ぶの。あなたを愛してる、何もかも間違いだった、この世の果てまででも一緒についていく覚悟です……
トロシェイキン　ふうん……なんだか少し……メロドラマか？　どうかな……。もしあいつが信じないで、罠だと感づいたら？　いや、リューバ、なんだかうまくいかないよ。一見、論理的に聞こえるけどさ……。いや、あいつは腹を立てて即、殺すよ。
リュボーフィ　今の件についてあなたがわたしに言えることって、それだけなの？
トロシェイキン　いやいや、さっきのはぜんぶ違うな。だめだよ、リューバ、――なんだか芸術的じゃないし、平板だよ……。どうだか……。あそこに、あっち側に、誰かが立ってるような気がしないか？　あそこ、もっと先だよ。それとも街灯の光で葉っぱが影になってるだけか？
リュボーフィ　それで全部？
トロシェイキン　そうだな、影になってるだけだ。
リュボーフィ　あなたって本当に『魔王』（魔王に襲われて死ぬ子供とその父を描いたゲーテの詩。シューベルトの歌曲としても知られる）に出てくる幼い子みたい。それに――今みたいなことが以前にも一度あった。みんなみんなこの通り、あなたが「影だ」と言って、わたしが「幼い子」と言って、そこでお母さんが入ってきた。

アントニーナ・パーヴロヴナ　ご挨拶をしに来たわ。今日は少し早く寝たいと思って。
リュボーフィ　そうね、わたしも疲れた。
アントニーナ・パーヴロヴナ　なんていう夜でしょうね……。風がざわざわして……
トロシェイキン　それはともかく奇妙ですね。通りでは葉っぱ一枚動いてないと言っていいのに。
アントニーナ・パーヴロヴナ　じゃあ、耳鳴りかしらね。
トロシェイキン　ミューズのささやきかも。
リュボーフィ　アリョーシャ、やめなさいよ。
トロシェイキン　ねえ、お義母さん、なんともうれしいしありがたいじゃないですか。町なかを――ひょっとするとここからほんのちょっとのところを――おたくのお嬢さんを殺すと誓ったならず者が自由にうろついているっていうのに、ここには家族のだんらんがあって、白鳥たちがバットマン（バレエで軸脚からもう片方の脚を離したり戻したりする動き）をしたり、タイプライターがカタカタ音を立てたり……
リュボーフィ　アリョーシャ、いますぐやめて！
アントニーナ・パーヴロヴナ　アリョーシャちゃん、わたしを侮辱しようとしても無駄よ。危険がどうなるかは――なにもかも神さまの思し召しね。
トロシェイキン　俺はその思し召しをあんまり信用してないんだ。
アントニーナ・パーヴロヴナ　だからよ、あなたがそんなにいじけてひねくれてるのは。
リュボーフィ　ねえ、けんかしないで。
トロシェイキン　仕方ないですよ、お義母さん、みんなが仏の心を与えられているわけじゃありませんからね。

呼び鈴。

トロシェイキン　ああ、よかった。俺の探偵です。なあ、リューバ、ばかみたいなのはわかってるけど、開けるのが怖いんだ。

リュボーフィ　いいわ、わたしが開ける。

トロシェイキン　いやいや、待てよ、どうしようかな……

アントニーナ・パーヴロヴナ　マルファはもう寝ちゃったわけ？

リュボーフィ　マルファは出て行ったの。アリョーシャ、わたしの手を放して。

アントニーナ・パーヴロヴナ　わたしが開けるわ。ここにいてちょうだい。わたしはバルバーシンなんかじゃおどかせませんよ。

トロシェイキン　先にドア越しに聞いてくださいよ。

リュボーフィ　お母さん、わたしも一緒に行く。

再び呼び鈴。アントニーナ・パーヴロヴナが右手から退場。

トロシェイキン　変だな。なんであいつはあんなに勢いよく鳴らすんだろう？　気持ちが悪いな……。だめだ、リューバ、やっぱりおまえは行かせない。

リュボーフィ　いや、放して。

トロシェイキン　いいから。もがくなよ。何にも聞こえないじゃないか。

リュボーフィ　痛いってば。

トロシェイキン　だからじっとしてろって。ちょっと聞かせろよ。何だ？　聞こえるか？
リュボーフィ　あなたって本当にろくでもないわね！
トロシェイキン　リューバ、それよりここを離れよう！（左の方へ引っぱっていく。）
リュボーフィ　臆病者……
トロシェイキン　裏口から出れば間に合う……。やめろ！　待て！

リュボーフィは身体をもぎ放す。
同時に右手からアントニーナ・パーヴロヴナ登場。

アントニーナ・パーヴロヴナ　ねえ、リューバちゃん、玄関のところ、まだガラスのかけらを踏んでる音がするわよ。
トロシェイキン　誰でした？
アントニーナ・パーヴロヴナ　あなたにお客さん。あなたが探偵事務所から呼んだんだって言ってるけど。
トロシェイキン　ああ、そうだと思ったんですよ。

トロシェイキン退場。

アントニーナ・パーヴロヴナ　かなり変わった人よ。トイレに直行したわ。
リュボーフィ　中に通すことなかったのに。

アントニーナ・パーヴロヴナ　アリョーシャが呼んだっていうのに、通さないわけにいかないでしょう？　言いたくはないけど、わたしはあなたの夫が本当にかわいそう。
リュボーフィ　お母さん、いつもいがみ合ってばかりいるのはやめましょう。
アントニーナ・パーヴロヴナ　なんて疲れた顔してるの……。いい子だから横になりなさいね。
リュボーフィ　うん、もう行く。まだアリョーシャとけんかの続きをするだろうけどね。それにしてもどうかしてるわよ——家に探偵を呼ぶなんて。

トロシェイキン戻る。

トロシェイキン　お義母さん、探偵はどこです？　彼をどうしたんです？　どこにもいませんけど。
アントニーナ・パーヴロヴナ　言ったでしょ、手を洗いに行ったって。
トロシェイキン　お義母さんはぼくには何も言ってませんよ。

トロシェイキン退場。

アントニーナ・パーヴロヴナ　ねえリューバちゃん、わたしはもう行って寝るわね。おやすみ。あなたにお礼を言うわ……
リュボーフィ　何のお礼？
アントニーナ・パーヴロヴナ　だってほら、わたしの誕生日をちゃんとやってくれたじゃない。なにもかもすごくうまくいったわよね、でしょう？

アントニーナ・パーヴロヴナ　たくさん人がいたわね。にぎやかだった。例のシュナップまで、なんてことなかったじゃない。

リュボーフィ　そう、お母さんが楽しかったならよかった……。お母さん！

アントニーナ・パーヴロヴナ　え？

リュボーフィ　お母さん、わたし、恐ろしいことを思いついちゃった！　本当に、来たのは探偵だと思う？　誰か……ほかの人だったりしない？

アントニーナ・パーヴロヴナ　ばかなこと言わないで。あの人、すぐにわたしに自分の写真を突き出したの。アリョーシャにそれを渡したような気がするんだけど。あ、違った、ほらこれ。

リュボーフィ　ばかみたい……。なんで自分の顔写真を配ってるわけ？

アントニーナ・パーヴロヴナ　知らないけど――たぶんあの人たちはそういう決まりなんじゃないの……

リュボーフィ　どうして中世の恰好をしてるわけ？　何なのこれ――『リア王』？　「我が敬愛者たちへ敬意をこめて」。いったい何のたわごとなのよ、まったく。

アントニーナ・パーヴロヴナ　探偵事務所から来ましたって言ったけど――それ以上、何も知らないわ。たぶんこれは何かの徴《しるし》とか、暗号なんじゃないかしら……。ちなみに、作家先生がわたしのお話をどう評したか、聞いてた？

リュボーフィ　ううん。

アントニーナ・パーヴロヴナ　これはある種、散文で書かれた詩と、詩の形をした散文のあいだの作品ですねって。たぶんお世辞よね。どう思う？

リュボーフィ　そりゃお世辞に決まってるでしょ。

アントニーナ・パーヴロヴナ　じゃあ、あなたは気に入った？

リュボーフィ　とっても。

アントニーナ・パーヴロヴナ　一部分だけ？　それとも全部？

リュボーフィ　全部よ、全部。お母さん、わたし、もう泣きだしちゃいそう。寝に行ってよ、お願い。

アントニーナ・パーヴロヴナ　わたしの安定剤あげましょうか？

リュボーフィ　なんにもいらない。死にたい。

アントニーナ・パーヴロヴナ　ねえ、あなたの様子を見てると何を思い出すかわかる？

リュボーフィ　ああ、やめて、お母さん……

アントニーナ・パーヴロヴナ　いいえ、おかしいんだもの……。ほら、あなたが十九歳のとき、バルバーシンに夢中になっちゃって、いつも生きてるんだか死んでるんだかわからない感じで家に帰ってきて。わたしはあなたに言葉をかけるのが怖かった。

リュボーフィ　そういうことなら、今も怖がってよ。

アントニーナ・パーヴロヴナ　約束してちょうだい、早まったことは、ばかなことは何もしないって。約束してちょうだい、リューバちゃん！

リュボーフィ　お母さんには関係ないでしょう？　ほっといてよ。

アントニーナ・パーヴロヴナ　わたしはね、アリョーシャとはぜんぜん違うことを心配してるの。まったく別に恐れていることがあるの。

リュボーフィ　だから言ってるでしょう、ほっといてよ！　お母さんには自分の生きる世界があるし、わたしにはわたしの世界がある。違う惑星の間で連絡をつけようとするのはやめましょう。どっちみちうまくいかないんだから。

アントニーナ・パーヴロヴナ　あなたがそんなふうに自分の世界に閉じこもっているのが、すごく悲しいのよ。よく思うんだけど、あなたのアリョーシャに対する態度はまちがってる。彼、やっぱりとってもいい人だし、あなたが大好きなのよ。

リュボーフィ　なによそれ、何かの戦略？

アントニーナ・パーヴロヴナ　違います。わたしはただいくつかのことを思い出してるの。あの頃のあなたのむちゃくちゃな様子とか、お父さんがあなたに言ってたこととか。

リュボーフィ　おやすみなさい。

アントニーナ・パーヴロヴナ　そういうことがみんな、また繰り返されてるみたい。神さまのお助けで、今度もなんとか切り抜けてくれますように。

リュボーフィ　やめて、やめて、やめて……。お母さんは自分でわたしを引きずり込んでるんじゃない、どんよりしてべとべとしてくだらない、いろんな感情の舞台装置に。わたしはいやなの！　わたしのことなんて、お母さんに何の関係があるの？　アリョーシャは怖い怖いってつきまとってくるし、お母さんはお母さんで同じ。そっとしておいてよ。わたしに構わないでよ。誰に関係があるっていうのよ、わたしが六年間、じわじわ押さえつけられたり引っぱられたりして、とうとう田舎の不幸なガゼル（アフリカ等に棲息するアンテロープの一属。目が大きく、目から鼻にかけて黒い筋状の模様がある）みたいな——目ばかりでほかは何もない女になってしまったこと。私はいやなの。第一、いったい何の権利があってお母さんがわたしを問いただすわけ？　まったくどうでもいいと思ってるくせに——ただ弾みがついて止まらなくなってるだけなのに……

アントニーナ・パーヴロヴナ　一つだけ聞かせて。そうしたらもう寝に行くから。あなた、彼と会うの？

リュボーフィ　乳母に頼んでフランス語の手紙を言付けて（プーシキン『エヴゲーニイ・オネーギン』で女主人公がオネーギンに恋文を託す場面を示唆）、彼のもとに走って、夫を捨てて、それで……

アントニーナ・パーヴロヴナ　リューバ、あなた……冗談よね？

リュボーフィ　そう。第三幕の下書き。

アントニーナ・パーヴロヴナ　どうかこの数年の間に彼があなたを好きじゃなくなっていますように。じゃないと気苦労が絶えないわ。

リュボーフィ　お母さん、やめてよ。聞いてる？　やめて、やめて！


トロシェイキンが右手から登場し、振り向いてドアにむかって話しかける。

トロシェイキン　こちらへどうぞ……
アントニーナ・パーヴロヴナ（リュボーフィに）おやすみなさい。神さまが守ってくれますように。
トロシェイキン　廊下なんかで何をぐずぐずしてるんです？　それはただの古い雑誌、要らないものですから——ほっといてください。
アントニーナ・パーヴロヴナ　おやすみなさい、アリョーシャ。
トロシェイキン　休んでください、休んでください。（ドアに向かって）どうぞこちらへ。

アントニーナ・パーヴロヴナは退場し、バルボーシンが登場する。チェックのスポーツウェアで、下は英国式のニッカーボッカーズ。ただし頭から上は悲劇俳優で、白髪がかった赤毛の長髪。ゆっくりした大ぶりな動き。厳粛であり注意散漫。力みがちな探偵。中に入る際にリュボーフィに深くお辞儀をする。

バルボーシン　私のお辞儀はあなたにではなく、あらゆる妻たちのためです。裏切られ、抑圧され、さいなまれた、前世紀のすばらしい反逆者たちに、夜のように分厚いベールの陰の女性たちにです。

トロシェイキン　ほらここがぼくのアトリエです。襲撃はここで起きたんです。心配なのは、まさにこの部屋にあいつは引き寄せられるんじゃないかってことです。

バルボーシン　幼な子よ！　おお、魅惑的な、俗物的な無邪気さよ！　いや、犯罪現場が犯罪者たちをひきつけたのは、その事実が広く大衆の知るところとなる以前のこと。荒涼とした峡谷がリゾートに変わるとき、ワシは飛び去るのです。（再びリュボーフィに深いお辞儀をする。）寡黙で物思わしげな妻たちに、更なるお辞儀を……女性の謎にお辞儀を……

リュボーフィ　アリョーシャ、この方はわたしに何をしてほしいわけ？

トロシェイキン　（静かに）心配するな、大丈夫だ。この人は地元の私立探偵事務所が俺に紹介できる一番いい探偵なんだ。

バルボーシン　恋人たちに警告しておきますが、私は脇台詞のほうが普通の台詞よりよく聞こえるような訓練を受けております。こっちの靴が前からどうも気になってまして。（片方の靴を脱ぐ。）

トロシェイキン　窓のほうも調べていただきたかったんですよ。

バルボーシン　（靴を調べながら）そうだろうと思ってました、釘が飛び出している。その通り、私のことを奥様になさった説明は正しいのです。この春はとりわけ上首尾でした。小さいハンマーか何か……。けっこうです、それを貸してください……。そういえば、ちょうどお宅の通りで、最高に面白い事件を扱いましたよ。ウルトラ級の姦通事件、Bタイプで十八番目のシリーズです。残念ながら、当然の職業倫理的な理由で、名前は一切お伝えできないんですがね。でもあなたもたぶんご存知でしょう、タマーラ・ゲオルギエヴナ・グレコワ、二十三歳、むく犬を連れた金髪の女ですよ。

トロシェイキン　窓をお願いします……

バルボーシン　半分仄めかすだけしかできなくて申し訳ない。告解の秘密です。いやいや、仕事、仕事、と。こんなよくできた窓のどこが気に入らないんです？

トロシェイキン　見てくださいよ、すぐそばに排水管が通っているでしょう、ここを伝えば簡単に侵入できます。

バルボーシン　依頼人のお相手は首の骨を折りかねませんぞ。

トロシェイキン　あいつはサルみたいにすばしこいんですよ！

バルボーシン　そのような場合は、ある秘密の方法をお勧めします。めったに使われないんですが、効果は絶大です。きっと満足なさいますよ。いわゆる偽コーニスをつけるんです。つまり、軒蛇腹か窓しきいで、ちょっと力がかかっただけで取れてしまうやつです。三年間の保証付きで売っています。結果はおわかりですね？

トロシェイキン　ええ、でもどうやってつけたら……。職人を呼ばなきゃいけないし……。いまからでは遅いでしょう！

バルボーシン　そんなことはたいしたことじゃありません。どっちみち私は、お約束通り、夜明けまでおたくの窓の下を行ったり来たりしていますから。ちなみに、私がそれをどうやるかご覧になれば、かなり興味をそそられると思いますよ。為になるし、面白い。簡単に言えばこうです。振り子のように行ったり来たりするのは俗物だけでして、私はこんなふうにやるんです。（歩いて見せる。）何かに気を取られているように片側を歩いて行って、それから道路を斜めに横切ります……。こんなふうに……。そして同じように何かに気を取られている様子で反対側を歩きます。まずローマ文字のNを描く形になるわけです。それから十字を描くようにまた反対側へ斜めに……。こうです……。ふたたび――出発地点に戻って、また最初から繰り返しです。これでおわかりでしょう、どちら側の歩道を歩くときも同じ方向にしか進まない、それによって気づかれにくく、自然な感じになるんです。これはルビーニ博士の方法です。ほかの方法もありますよ。
リュボーフィ　アリョーシャ、その人に帰ってもらってよ。不愉快だわ。わたし、今にも叫ぶわよ。
バルボーシン　マダム、不安に思うことなどまったくありませんよ。安心して休んでくださって大丈夫ですし、眠れないときには窓から私の姿を眺めていただければ。今日は月が出ていますから、効果的ですよ。もうひとつコメントさせていただきますと、ふつうは前金をいただくんです。じゃないと、護衛している相手がいきなり姿を消したりすることがありますから……。しかしあなたはとてもすてきな方だし、こんな月夜ですからね、この件を持ち出すのはなんだかきまりが悪い。
トロシェイキン　それはありがたい。そういうのはずいぶん慰めになります。
バルボーシン　ほかに何がありますかね？　おや、この絵はなんです？　あなたはこれが贋作じゃないと間違いなく思っておられる？
トロシェイキン　いいえ、それはぼくのです。自分で描いたんです。

バルボーシン　ということは、贋作だ！　いや、あなたね、やっぱり専門家に見てもらうべきですよ。ところで、うかがいますが、明日はどんなことをわたしにお望みですか？

トロシェイキン　朝八時頃にぼくの部屋まで上がってきてください。ちなみに、ほら、鍵を渡しておきます。後のことはそれから決めましょう。

バルボーシン　私の計画はそりゃあもう壮大なものです！　ご存知でしょうか、私はクライアントの相手が考えていることを盗み聞きする能力があるんです。そうですね、明日その相手の企みの後を追ってみましょう。相手の名字は何でしたか？　たしかお聞きしたと思うんですが……。

トロシェイキン　「シュ」ではじまる名前でした。覚えてませんか？

バルボーシン　いやいや、混同しないでくださいよ。バルボーシン、アルフレッド・アファナーシエヴィチです。

トロシェイキン　レオニード・ヴィクトロヴィチ・バルバーシンです。

リュボーフィ　アリョーシャ、見てわかるでしょう……。この人、病気よ。

トロシェイキン　ぼくたちを脅かしている人物の名前は、バルバーシンというんです。

バルボーシン　私が申し上げているのはですね、私の名前はバルボーシンだということです。アルフレッド・アファナーシエヴィチ。さらに、これはいくつかある私の本名のうちのひとつでして。そうなんですよ……。驚くべき計画です！　いまにわかりますよ！　人生はすばらしいものになるでしょう。味わい深いものになるでしょう。鳥たちはべとべとする若葉のあいだで歌い、盲《め》しいた者たちは聞こえるようになり、聾唖の者たちは見えるようになるでしょう。若き女性たちはラズベリー色の赤ん坊たちを太陽に向かって抱き上げるでしょう。昨日の敵は互いに抱き合うでしょう。そして敵の敵を。子供たちの敵を。敵の子供たちを抱きしめるでしょう。ただ信じさえすればいいのです……。さあ、率直に、簡潔に答えてください。武器はお持ちですか？
トロシェイキン　それがないんですよ！　手に入れておけばよかったんですが、扱い方を知らないのでね。触るのも怖いですよ。わかっていただきたいんですが、ぼくは芸術家でね、何もできないんです。
バルボーシン　あなたは自分の若いころを見ているようですよ。私もそういうふうでした——詩人、学生、夢想家……。ハイデルベルクの栗の木の下で私は女騎士《アマゾーン》に恋をした……。しかし私は人生に多くのことを教えられました。まあいい。過去を呼び起こすのはやめましょう。（歌う。）「いざ、はじめん……（プーシキン『エヴゲーニイ・オネーギン』で主人公オネーギンが親友と決闘する前に言う台詞。チャイコフスキーによるオペラを想定している）」。行きますね、すなわち、おたくの窓の下の巡回にです、キューピッド、モルフェウス、小さなブロムが上空を舞うまで。すみませんが、巻き煙草なんてありませんかね？
トロシェイキン　ぼく自身は吸わないんですが……どこかで見たっけな……。リューバ、リョーフシンが今朝そのへんに箱を忘れてっただろう。どこだ？　ああ、そこだ。
バルボーシン　これがあれば見張りの時間が紛れます。ただ、裏口に連れて行ってください、中庭に出るほうです。そのほうがより正しい。
トロシェイキン　ああ、それならこちらへどうぞ。
バルボーシン　（リュボーフィに深くお辞儀をする。）お辞儀をいたします、すべての不可解な……
リュボーフィ　わかりました、伝えます。
バルボーシン　礼を申します。

トロシェイキンとともに左手に退場。リュボーフィは数秒間一人でいる。トロシェイキンがそそくさと戻って来る。

トロシェイキン　マッチ！　マッチはどこだ！　バルボーシンさんはマッチがいるんだ。

リュボーフィ　お願いだから、早くあの人をどこかへやってよ！　どこにいるの？

トロシェイキン　裏口の階段に置いてきた。送ったらすぐに戻るよ。心配するな。マッチ！

リュボーフィ　ほらそこ――あなたの目と鼻の先。

トロシェイキン　リューバ、おまえはどうだか知らんけど、俺はさっき話をしたあと、ずっと元気が出た感じだよ。彼はどうやら自分の仕事をよく知っている人みたいだし、なんだかえらくユニークで気さくな人じゃないか。だろ？

リュボーフィ　わたしの感想では、頭がおかしい人。ほら、行って、行って。

トロシェイキン　すぐ戻る。

トロシェイキン、左手に走り去る。

三秒間ほどリュボーフィは一人でいる。呼び鈴が鳴る。リュボーフィは最初、はっと身体をこわばらせ――その後、急いで右手から退場。舞台は空っぽになる。開いたドアのむこうで二人目のメシャーエフの話し声が聞こえ――彼がリンゴの入った籠を持ち、リュボーフィに伴われて入ってくる。外見はこの後の台詞から明らかになる。

二人目のメシャーエフ　じゃあぼくはたぶん間違っていなかったんですね？　こちらにオパヤーシナさんがお住まいなんですね？

リュボーフィ　ええ、わたしの母です。

二人目のメシャーエフ　ああ、どうもはじめまして！

リュボーフィ　ここに置けますから……

二人目のメシャーエフ　いいえ、そんな――床の上に置きます……。おわかりですか、どういうことだか。弟は着いたらすぐここに顔を出すようにと言ったんです。もうここに来ていますか？まさかぼくが一番乗りとか？

リュボーフィ　実は、昼間お待ちしていたんです、お茶の時間に。でも大丈夫。今見てきます――母はたぶんまだ眠っていないので。

二人目のメシャーエフ　なんてこった、それじゃあ、早とちりでしたか？　何という話だ！　すみませんね……。そりゃ大恥かいちゃったな……　どうか起こさないでください。ほら、リンゴを持ってきたので――それと、ぼくが謝っていたとお伝えください。ぼくはもう行きますんで……

リュボーフィ　とんでもない、そんなことおっしゃらないで、お掛けください。眠ってさえいなければ、母はとても喜ぶと思います。

トロシェイキンが入って来て、はっとして動きを止める。

リュボーフィ　アリョーシャ、メシャーエフさんのお兄さまよ。

トロシェイキン　お兄さん？　ああ、そうだな、もちろん。どうぞ。

二人目のメシャーエフ　本当に申し訳ない……　ぼくはオパヤーシナさんとは直接お近づきになったことはないんです。ただ何日か前に弟のオシップに、仕事でこっちに来るんだと知らせましたらね、昨日返事がきまして、駅からすぐにお誕生日のお祝いに駆けつけろ、そこで会おうっていうもんですから。
リューボーフィ　今、母に言ってきますから。

リューボーフィ出ていく。

二人目のメシャーエフ　弟には夜の「急行」で来ると書きましたので、返事を読んで、当然、オパヤーシナさんのお祝いも夜に違いないと判断したわけですよ。ぼくが列車の到着時間を間違えて伝えたか、弟がよく読まなかったかどちらかですが――おそらく弟のほうでしょうね。まったく、まったく、まずいことになった。ところでおたくは息子さんで?
トロシェイキン　婿です。
二人目のメシャーエフ　ああ、あの可愛らしいご婦人のだんな様ですか。なるほど、なるほど。弟とぼくが似ているので驚いていらっしゃるようですね。
トロシェイキン　ええと、それがですね、今日のぼくは何を見ても驚くどころじゃないんです。すごくいやなことがあって……
二人目のメシャーエフ　そう、みんな嘆いていますよね。田舎に住めばいいのに!
トロシェイキン　しかし、本当に、おもしろいほどそっくりですね。
二人目のメシャーエフ　今日、まったく偶然に、若い頃からずっと会っていなかった冗談好きの知り合いに会ったんです。そいつがいつだったかこんな意味のことを言ってました。弟とぼくは同じ俳優が演じているんだけど、弟のほうは上手に、ぼくのほうは下手くそにやってるってね。

トロシェイキン　あなたのほうが頭がつるっとしてらっしゃるような。
二人目のメシャーエフ　いやあ！　蠟でも塗ったみたいにぴかぴか、っていうやつですよ。
トロシェイキン　失礼、あくびが出ちゃって。これは紛れもなく神経からくるやつです。
二人目のメシャーエフ　都会の生活はねえ、どうしようもないですよ。ぼくなんて——自分ちの恵まれた僻地にひきこもって暮らして——これがねえ、もう十年くらいですよ。新聞も読まず、羽毛ふさふさのニワトリを飼って、子どもがわんさかいて、果物の生《な》る木が何本か、おまけに家内がまたたいした女でしてね！　上京したのはトラクターの売買です。で、おたくは、うちの弟とは仲良しでいらっしゃる？　それともお姑《ベル・メール》さんのところでお会いになっただけですか？
トロシェイキン　そうです。義理のは、ふぁー……こらしつれい、もーうしわけない……
二人目のメシャーエフ　どうぞお気になさらずに。そうなんですよ……弟とはいまひとつそりが合わなくてね。もうずいぶん会ってませんよ、何年も——それに、正直言って、会えないでいることをそんなに苦にしちゃいないんです。でもこっちに来ると決めたからには——ほら、悪いと思ったのでね——知らせたんです。弟は単にぼくを馬と鹿の仲間にしてやろうとしたんじゃないかって、そんな気がし始めましたよ。弟の家畜に関する知識はその程度ですからね。
トロシェイキン　まあね、そういうこともあるでしょうよ……。ぼくもよくわかりませんが……
二人目のメシャーエフ　弟の手紙から推察しますに、オパヤーシナさんは物書きでいらっしゃる？いやあ、ぼくは文学にはあんまり通じていないんですよ！
トロシェイキン　まあ、あれは文学といっても……通でも通じようがないような……。ふあああ。
二人目のメシャーエフ　それにどうやら絵も描かれるようですね。
トロシェイキン　いやいや。これはぼくのアトリエです。

二人目のメシャーエフ　ああ――ということは、あなたは絵描きさんですか！　そりゃおもしろい。ぼく自身、冬の間の気晴らしに、ほんのちょっとやっていたんですよ。そうそう、それに、いっとき神秘学をやって遊んでたこともあります。それでこちらがあなたの絵ですか……。ちょいと拝見しますよ。（鼻眼鏡をかける。）
トロシェイキン　どうぞ見てください。（間。）それはまだ描きかけです。
二人目のメシャーエフ　いいですねえ！　筆に勢いがある。
トロシェイキン　すみません、ちょっと窓の外を見たいので。
二人目のメシャーエフ　（鼻眼鏡をもとのケースに戻しながら）悔しいですよ。不愉快ですよ。おたくのお義母さまをぼくのせいで起こしてしまって。そもそもぼくのことをご存知でもないのに。弟の旗印をひっさげて登場だなんて。
トロシェイキン　見てくださいよ、おもしろいですから。
二人目のメシャーエフ　わかりませんね。月、通り。むしろ物悲しい感じですが。
トロシェイキン　見えるでしょう――歩いているのが。ほら！　渡った。もう一度。とても安心する眺めです。
二人目のメシャーエフ　遅れてきた飲兵衛ですね。こっちじゃかなり酒を飲むとか。

アントニーナ・パーヴロヴナとお盆を持ったリューボーフィが入ってくる。

アントニーナ・パーヴロヴナ　あらまあ！　本当にそっくり！
二人目のメシャーエフ　光栄です……。おめでとうございます……。これは失礼ながら……。田舎で採れたものです。
アントニーナ・パーヴロヴナ　まあ、こんなお構いになっちゃいけませんわ。どうぞおかけになってください。娘から説明はぜんぶ聞きました。
二人目のメシャーエフ　お恥ずかしい限りです。たぶんおやすみになっておいでだったでしょう？
アントニーナ・パーヴロヴナ　ああ、わたしは夜更かしなんですよ。ねえ、話をきかせてくださいな。じゃあ、ずっと田舎で暮らしておいでなのね？
トロシェイキン　リューバ、電話じゃないか？
リュボーフィ　そうみたいね。わたしが出る……
トロシェイキン　いや、俺が。

トロシェイキン退場。

二人目のメシャーエフ　こもりきりです。ニワトリを飼って、子どもをたくさん作って、新聞も読みません。
アントニーナ・パーヴロヴナ　お茶を？　それとも何か召し上がる？
二人目のメシャーエフ　ええ、実は……
アントニーナ・パーヴロヴナ　リューバ、あっちにまだハムがあったわよね。ああ、もう持ってきてあるの。優秀ね。どうぞ。お名前はミヘイ・ミヘーエヴィチですよね？
二人目のメシャーエフ　メルシー、メルシー。そうです、ミヘイです。
アントニーナ・パーヴロヴナ　どうぞ召し上がって。ケーキもあったんですけど、お客様が食べてしまって。ずいぶんお待ちしていたんですよ！　弟さんはあなたが電車に遅れたと思っておいででした。リューバ、このお砂糖あんまりないわよ。（メシャーエフに）今日は、事件のせいで、家のことがちょっと混乱してるんです。

二人目のメシャーエフ　事件というのは？

アントニーナ・パーヴロヴナ　まあね。今日の一大事ですよ。わたしたち本当に不安で……

リュボーフィ　お母さん、メシャーエフさんにはうちの事情なんてぜんぜん面白くないわよ。

アントニーナ・パーヴロヴナ　あら、わたしはメシャーエフさんもご存知かと思って。とにかく、いらしてくださって、とってもうれしいわ。こういう神経にさわる夜には、落ち着きのある方がいてくださるのがうれしいものね。

二人目のメシャーエフ　ええ……。みなさんのような都会の気掛かりにはなんだか縁遠くなってしまいまして。

アントニーナ・パーヴロヴナ　お泊りはどちら？

二人目のメシャーエフ　いや、まだどこにも。ホテルに寄ってみます。

アントニーナ・パーヴロヴナ　それなら、うちにお泊りになって。使っていない部屋がありますし。ほら、この部屋。

二人目のメシャーエフ　いやあ、どうしようかな……。おじゃまではないかと……

トロシェイキンが戻って来る。

トロシェイキン　リョーフシンの電話だったよ。どうやらクプリコフと二人で近くの居酒屋に陣取ったらしくてね、何も問題ないかって聞いてきた。ずいぶん飲んでるみたいだったな。寝に帰ってもらって構わないと言ってやったよ。あの感じよさげな男が家の前を行進してくれてるからってさ。（メシャーエフに）ご覧の通り、こんなことになっちゃってね。守護の天使を雇う羽目になりました。

二人目のメシャーエフ　そうですか。

リュボーフィ　アリョーシャ、何か他の話題を探してよ……

トロシェイキン　何怒ってんだ？　あいつらが電話をくれたのはすごく親切だと思うよ。おまえの妹なんてさ、俺たちが生きてるかどうか、わざわざ知ろうとしてくれないだろう。

二人目のメシャーエフ　もしやおたくで何か身内に不幸なことでも……　誰かご病気とか……　だったらよけいに申し訳ない。

トロシェイキン　いやいや、帰らないでください。逆にね、人が群がってるのはとてもいいことなんですよ。どうせ眠れやしないんです。

二人目のメシャーエフ　そうですか。

アントニーナ・パーヴロヴナ　実はね……正しいかどうかは別として――トロシェイキンさんは、殺害を恐れてるんです。仇がいるんですよ……。リューバちゃん、この方に何かの説明はしてあげなきゃ……　じゃないとあなたたちは狂ったように走り回っているから……。この方がいったいどう思うか。

二人目のメシャーエフ　いえ、ご心配無用です。わかりますよ。ちょっと気を遣って言っただけです。ほら、フランスではね、パリでは、やっぱりボヘミアンの街ですから、そんな感じで、レストランで喧嘩があったり……

バルボーシンが音もなくそっと入ってきている。全員がはっと身じろぎする。

トロシェイキン　なんだってそうやって脅かすんです？　何があったんですか？

バルボーシン　一息入れようと思って来たんです。

アントニーナ・パーヴロヴナ　（メシャーエフに）いいんです、座っていらして。なんでもないんです。探偵さんよ。

トロシェイキン　何か気づいたことでも？　もしかして、ぼくと二人だけで話したいことでも？

バルボーシン　いいえ、だんな。ただちょっと光や温もりが欲しくなっただけです……　気分が悪くなってきたものでね。孤独だし、気味が悪いし。神経が参ってしまって……。想像が私を苦しめて、良心が痛んで、過去の絵が……

リュボーフィ　アリョーシャ、彼かわたしかどっちかにして。この人にお茶を一杯さしあげて、わたしは寝に行くから。

バルボーシン　（メシャーエフに）わっ！　こ、これは誰です？　どうやってここへ？

二人目のメシャーエフ　ぼくですか？　いやあ別に……。ふつうに、ドアを使ってですが。

バルボーシン　（トロシェイキンに）だんな、これは個人的な侮辱とみなします。私があなたがたの警護をして来客者を監視するか、私はいなくなってあなたが客を迎えられるか……。それとも、もしかして、こちらは私の商売敵ですか？

トロシェイキン　落ち着いてくださいよ。こちらは単なる他所《よそ》から来た人です。この人は知らなかったんです。ほら、リンゴをあげますから、どうぞもう行ってください。持ち場を離れちゃいけませんよ。さっきまで何もかもあんなに立派にやってたじゃないですか……！

バルボーシン　お茶をくださる約束でしょう。私は疲れてしまいました。凍えてしまいました。靴の中には釘が飛び出ている。（物語るように）私は貧しい家庭に生まれ、覚えている最初の記憶は――

リューボーフィ　お茶はさしあげますけど――そのかわり、黙っていてください、完全に黙っていて！

バルボーシン　頼まれれば……。仕方ない、そうしましょう。私はただほんの一言、自分の人生について話したかっただけです。実例として。いけませんか？

アントニーナ・パーヴロヴナ　リューバ、よくもそんなふうに人の話をさえぎれるわね……

リューボーフィ　お話はけっこう――じゃなきゃ、もう行くわ。

バルボーシン　じゃあ、電報はお渡ししても？

トロシェイキン　電報？　どこから？　早く渡してください。

バルボーシン　ついさっきその電報を配達人から横取《インターセプト》りしたんですよ、おたくのすぐ玄関先でね。あれあれ、どこへ突っ込んじゃったんだろう？　ああ！　あった。

トロシェイキン　（摑み取って開く。）「心はそこにいて抱きしめ、祝い――」なんのたわごとだよ。わざわざ送ってよこすことなかったのに。（アントニーナ・パーヴロヴナに）あなたにです。

アントニーナ・パーヴロヴナ　ほらね、リューバちゃん、あなたが言った通り。ミーシャが思い出してくれたわよ！

二人目のメシャーエフ　遅くなってきました！　そろそろおねんねの時間だ。改めてお詫びを。

アントニーナ・パーヴロヴナ　泊まっていらしたらいいのに……

トロシェイキン　そうそう。ここで休めばいいですよ。

二人目のメシャーエフ　実は……

バルボーシン　（メシャーエフに）経験を積んだ目にしかわからないいくつかの外見上の特徴から、私には次のことがわかります。あなたは海軍に務めていた、お子さんはいない、最近医者にかかった、音楽が好きだ。
二人目のメシャーエフ　どれもまったく事実と違います。
バルボーシン　おまけにあなたは左利きだ。
二人目のメシャーエフ　違いますよ。
バルボーシン　まあ、それを予審判事に言うんですな。さっさと見極めてくれるでしょう！
リュボーフィ　（メシャーエフに）うちが頭のおかしな人のたまり場だと思わないでくださいね。ただ、今日だけ、今夜だけ、こんな……
二人目のメシャーエフ　いやぼくは何も……
アントニーナ・パーヴロヴナ　（バルボーシンに）あなたの職業には小説家が興味を引かれるところがたくさんあるわね。ぜひ知りたいわ、いわゆる探偵小説って、あなたはどう思っていらっしゃる？
バルボーシン　そういう質問には答える義務がありません。
二人目のメシャーエフ　（リュボーフィに）いやあ、おかしいですな。ほら、――こちらの方が今やろうとされたことやら、それに――ついさっき珍しい人に出会ったことやらでね、自分がかつて暇に任せて手相見をやってたことを思い出しましたよ――まあ、しょせん素人ですが、時々はきわめてうまく言い当てたものです。
リュボーフィ　手相を占えるんですか……？
トロシェイキン　ああ、あなたにぼくたちがこれからどうなるか当てられたらなあ！　ほら、ぼくたちはここに座ってふざけてるでしょう、疫病の最中に宴会をやってるみたいなもんだ――でもぼくは感じてるんです、次の瞬間にも木っ端微塵になってしまうかもしれないって。（バルボーシンに）後生だから、そのばかげたお茶を早く飲んじまってください。

バルボーシン　このお茶はばかげていませんが。

アントニーナ・パーヴロヴナ　この前、あるインドの人の本を読んだの。彼があっと驚くような例を……

トロシェイキン　残念ながら、ぼくはあっと驚くような世界でずっと暮らせるようにはできてないんです。今夜一晩で髪が真っ白になりそうですよ。

二人目のメシャーエフ　そうなんですか？

リュボーフィ　わたし、占ってもらえますか？

二人目のメシャーエフ　どうぞ。ただ、ずいぶん長くやっていないもので。おや、あなたの手は冷たいですね。

トロシェイキン　そいつにこれからの道を予想してやってください、お願いしますよ。

二人目のメシャーエフ　興味深い相ですね。例えば生命線ですが……。本来なら、あなたはずっと前に死んでいたはずだ。おいくつですか？　二十二、二十三？

バルボーシンはゆっくりと、いくぶん疑わしげに、自分の片方の掌を眺めにかかる。

リュボーフィ　二十五です。たまたま生き延びたんです。

二人目のメシャーエフ　あなたは理性が心に従うタイプですが、あなたの心は理性的です。えっと、あと何が言えるかな？　あなたは自然に対する感性をお持ちだ、でも芸術に対してはかなり冷淡ですね。
トロシェイキン　ご名答！
二人目のメシャーエフ　死ぬのは……自分がどう死ぬか知るのは怖くありませんか？
リュボーフィ　ちっとも。おっしゃって。
二人目のメシャーエフ　もっとも、ここに線が分かれてるところがあるのが気になるんですよね……。いや、正確なところはちょっと言えませんな。
バルボーシン　（掌を差し出して）お願いします。
リュボーフィ　ねえ、あんまりいろいろ教えてくださらないのね。わたしが予言してくださると思っていたのは、何か普通じゃないような、衝撃的なこと……　たとえば、今わたしの人生は断崖絶壁で、驚くような、恐ろしい、魔法のような幸せが待ち受けて……
トロシェイキン　静かに！　誰かがベルを鳴らしたような気が……。え？
バルボーシン　（メシャーエフに手を突き出して）お願いします。
アントニーナ・パーヴロヴナ　ちがうわ、気のせいよ。アリョーシャったら、かわいそうに……。おちつきなさいよ、ねえ。
二人目のメシャーエフ　（機械的にバルボーシンの手を取って）お嬢さん、ぼくに多くを望みすぎですよ。手相というのは、最後まで語ってくれないことがあるんですよ。でももちろん、おしゃべりではっきりものを言う掌もあります。十年程前、ある人にありとある災難を予言したんですがね、それが今日、ついさっき、電車を降りたらふいに駅のホームでその人を見かけたんですよ。それでわかったんですが、彼は何年か牢屋に入ってたそうです、なんだか恋愛沙汰で喧嘩したのが原因でね、それで今から外国に行くところでもう戻らないそうです。たしかバルバーシン、レオニード・ヴィクトロヴィチとかいう人です。再会してまたすぐ見送るなんて変な感じでしたよ。

（バルボーシンの手の上に屈みこむ。バルボーシンも頭を下げて座っている。）

二人目のメシャーエフ　共通の知り合いがいたらよろしくと言われたんですが、みなさんはたぶん知り合いじゃないでしょう……

幕

一九三八年、マントン

戯曲

ワルツの発明　三幕のドラマ

Изобретение Вальса

沼野充義 訳

登場人物

サルヴァトール・ワルツ…………発明家
大　臣…………架空の国の軍事大臣
大　佐…………軍事大臣の個人秘書
ゆ　め…………ジャーナリスト　後にワルツの補佐役。男性の服装だが、女性が演じてもよい。
＊ロシア語原文では夢、眠りなどを意味する「ソン」（Сон）が名前になっている。
ベルク…………豪快な笑い方をする将軍　＊「ベルク」はドイツ語で「山」の意味。
ゴルプ…………従僕（第一幕）将軍（第二幕）スポーツ・インストラクター（第三幕）
＊ロシア語で「ゴルプ」には「瘤」の意味がある。
ゲルプ…………第一の役人（第一幕）将軍（第二幕）歯科医（第三幕）
＊ロシア語で「ゲルプ」には「紋章」の意味がある。
ブリク…………第二の役人（第一幕）目立たない近眼の将軍（第二幕）運転手（第三幕）
＊ロシア語で「ブリク」は「ブリグ型帆船」の意味。
ブレク…………第三の役人（第一幕）将軍（第二幕）庭師（第三幕）
＊「ブレク」はロシア語の古語で「岸」の意味。
グリプ…………軍事省の守衛（第一幕）会議中にも絵を描き続ける将軍（第二幕）建築家および料理人（第三幕）＊ロシア語の「グリプ」には「キノコ」の意味がある。

グラプ…………第一の記者（第一幕）将軍（第二幕）第三幕では性が変わって女性管理人
＊ドイツ語で「グラプ」は「墓」を意味する。
グロプ…………第二の記者（第一幕）将軍（第二幕）医師（第三幕）
＊ロシア語の「グロプ」には「棺」の意味がある。
グルプ…………将軍（じつは人形）
ブゥルク…………将軍（じつは人形）
ブルゥク…………将軍（じつは人形）
アナベラ…………ベルク将軍の娘
イザベラ…………売春婦
オリガ…………イザベラの姉
太った女…………歌手
ガリガリ娘…………手の無い曲芸ピアニスト
年老いたブロンド女…………ボヘミアン詩人

舞台は架空の国の軍事大臣の執務室（第一幕・第三幕）および軍事省の会議室（第二幕）。

時は一九三五年頃か。

＊訳者付記　登場人物表はロシア語原著には添えられていないが、読者の便宜のために、訳者が作成した。互いによく似た紛らわしい名前を持つ人物たちが、役割を次々に変えて登場する。

第一幕

軍事大臣の執務室。窓からはすり鉢形の山が見える。舞台では、軍事大臣と彼の個人秘書が奇妙な姿勢をとっている。

大佐　もうちょっと頭をそらしていただけますか。ちょっと待って……瞬きをしないで……いますぐ……。いえ、それじゃ何も見えません。もうちょっとそらして……
大臣　だから言っているじゃないか、上瞼の裏だよ、上瞼の。それなのに、どうして下のほうばかり探っているんだね。
大佐　全体を調べなくちゃいけません。すぐすみますから……
大臣　もっと左だ……ずっと端のほう……痛くて我慢できない……瞼を引っ繰り返すこともできないのかね？
大佐　ハンカチを貸してください。すぐにうまく……
大臣　野良に出ている百姓女なら、舌の先ですぐに舐めとってくれるだろうに。
大佐　残念ながら、私は都会っ子ですから。いえ、どうも私の見るところ、きれいなものですよ。

ゴミはもうとっくに取れているのに、はさまっていた場所がまだひりひりするんでしょう。
大臣　だから言っているじゃないか、刺すように痛くて我慢できないほどだ。
大佐　もう一度見てみましょう。でも、閣下にはそういう感じがしているだけじゃないか、という感じですが。
大臣　驚いたな、君はなんて嫌な手をしているんだ。
大佐　じゃあ、舌を使ってみましょうか？
大臣　冗談じゃない、ぞっとする。これ以上苦しめないでくれ。
大佐　そうだ、いいことがある。ちょっと座り方を変えていただけますか。もっと光が当たるように。いえ、こすらないでください、こすっちゃ絶対にだめですよ。
大臣　いや、ちょっと待てよ……なんだか実際……確かに！　楽になった。
大佐　それはそれは。
大臣　取れた。よかった、よかった……極楽だよ。さて、何の話をしていたんだっけ？
大佐　あの破廉恥な隣国の行動に——
大臣　そうだ、隣国の連中の行動には悩まされてきたし、いまでもそれが続いている。まあ、たいして大きくない国かもしれんがね、張り合わせた鋼の板というか、鋼のハリネズミみたいだ……。あのろくでなしどもは、相変わらず極めて友好的な関係にあると力説しているがね、実際のところはひっきりなしにスパイや工作員を送り込んできている。ひどいもんだ。
大佐　もしも取れたなら、これ以上触らないでください。家で湿布を当てるといいでしょう。ホウ酸水とか、いや、お茶のほうがいいかも……
大臣　いや、もう大丈夫。こんなことが続いていると、終いには大変なスキャンダルになるに決まっている。他の閣僚連中はなんとも思っちゃいないが、わしは辞表を出さなきゃならなくなるだろうよ。

大佐　いえ、私が申し上げるのもおこがましいのですが、閣下は余人をもって代えがたい御方です。

大臣　そんな糖蜜菓子みたいなおべっかじゃなくて、普通のパンのようなまともな進言をしてもらえないものかね。おや、もうすぐ十一時だ。もうこれ以上仕事はなかったかな……

大佐　恐れ多くも申し上げますが、本日は十一時に一件、面会の約束が入っております。

大臣　そうだったかな。くだらない。この書類はそのままにしておいてくれたまえ。

大佐　もう一度恐れ多くも申し上げますが、十一時に一人、ベルク将軍の紹介で——

大臣　ベルク将軍か。あの老いぼれね。

大佐　これが将軍からのメモです。閣下はそれに同意するとお返事をされました。ベルク将軍は——

大臣　ベルク将軍ね。ありゃもうろく爺さんだ。

大佐　……ですからそのベルク将軍がある発明家をこちらに差し向けるというんです……なんでも、重要な報告があるとのことで……。名前を、サルヴァトール・ワルツといいまして……

大臣　はあ？

大佐　サルヴァトール・ワルツとかいう人物だそうです。

大臣　へえ！　ダンスでもしたくなる名前だねえ。いいだろう。それじゃ私の代りに君に会ってもらおうか。

大佐　それは無理です。私はこの種の手合いはよく知っております……自分の頭にネジが一本足りなければ、それを自分で発明するような連中です……閣下のところにたどり着くまでは、諦めないでしょう。役所の誰が制止しようとしても平気で踏み越えて。

大臣　なんとまあ、君はいつだってうまい口実を考えるもんだな。しかたない、この盃は飲み干さなければならないか……きっとその男はもう控室で待ちかねているだろうな。

大佐　はい、せっかちな連中ですから。何露里《ヴェルスタ》も息せき切って走り通し、どんな大事かと思えば、取るに足らないこと、夢とか、熱にうかされて見た幻のようなことを報告したいというんですから……

大臣　何と言っても、将軍は以前にもこういった手合いを送り込んできているからなあ。ほら、覚えているかね、潜水救命ボートを発明したとかいうご婦人がいたろう。

大佐　（受話器を取る。）ええ、潜水艦に備え付けるというあれですね。その後結局、そのご婦人が他の国にそのアイデアを売ったということも覚えております。

大臣　よくそんなことまで覚えているもんだ。電話を貸してくれ……もう来ているんだね……名前は……シルヴィオ……ええと、シルヴィオ……

大佐　サルヴァトール・ワルツ。

大臣　（受話器に）そう、そう……大変けっこう……こちらに通しなさい。（大佐に向かって）バカな連中は何だって喜んで買うからねえ。あのご婦人に一杯食わされたってわけだ。でも私はその手は食いませんよ。そういうこと。それでうまく売ることができた……いやはや、お願いだから、頬骨をそんな風に動かすのを止めてくれないかね。見ていられないから。

大佐　この書類にも閣下の署名をいただく必要があります。

大臣　ああ、困ったなあ、いまいましい……。明日になれば新聞がスパイ事件のことで騒ぎを起こす。そうすれば、ありとあらゆるデタラメを辛抱強く聞かなければならんだろう……とはいえ、公式の説明もどうかとは思うがね……まったく違う説明を作成すべきだったんだ……

サルヴァトール・ワルツが入ってくる。

大　臣　お掛けください……いや、もしよろしければ、隣にではなく、向かい合って。

ワルツ　ははん、つまりあなたじゃなくて、あなたね？

大　佐　大臣閣下は接見の用意ができておられる。

ワルツ　（大佐に向かって）あなたが大臣ですか？

間。

大　臣　さて……光栄にも私がお話しさせていただくのは、ええと、その……。やれやれ、手紙はどこにいったかな？

ワルツ　へえ！　ちょうどここから山が見えるんだ。

大　佐　サルヴァトール・ワルツ氏です。

ワルツ　まあ、なんというかな、必ずしもそうじゃないんですよ。たまたま思いついた変名というか、空想が生み落とした私生児とでもいうか。僕の本名は教える必要もないでしょう。

大　臣　奇妙な話ですな。

ワルツ　それを言うならこの世のすべては奇妙ですよ、大臣殿。

大　臣　はて？　要するに、将軍が書いてきたところによれば、貴殿にはなにか報告したいことがおありとか……私が理解した限りでは、それは何かの発明だということですかな？

ワルツ　もっと若い頃、目にゴミが入ったことがありましてね――それがまったく思いもよらない結果をもたらすことになったんです。まる一月もの間、すべてのものが鮮やかな薔薇色に見えた、まるで色ガラスを通して見ているように。ところが残念なことに、眼科医が治療してしまってね、そういうのは光学的反照というんだと教えてくれた。僕は四十歳、独身。リスクを冒さず自分の身の上についてお知らせできるのは、まあ、だいたいこんなところでしょう。

大　臣　とても面白いですな――とはいえ、私が理解した限りでは、貴殿がここに来られたのは用事があってのことでしょうか。

ワルツ　「私が理解した限りでは」という決まり文句を二度繰り返しましたね。ほとんど、自分が正しいと断言しているようなものでしょう。僕は精確な表現が好きで、言葉のささくれみたいな、回りくどい言い方には我慢ならない。

大　佐　失礼ながら指摘させていただきますが、貴殿はまさに回りくどい話で、大臣閣下のお時間を無駄にしておられる。大臣閣下は大変多忙な方でいらっしゃるんですぞ。

ワルツ　はて、僕のアプローチがどうしてこれほどゆっくりなのか、まだ分かりませんか？

大　佐　いえ、どうしてなのでしょう？

ワルツ　その理由ってやつはマヌケなくせに、口が軽いんだな。

大　佐　何のことでしょう？

ワルツ　ここにいるあなたのことですよ。

大　臣　さて、さて、さて……こちらは私の秘書ですから、彼の同席のもとでも、まったくご自由にお話しいただいてかまいませんよ。
ワルツ　でもやっぱり、大臣とサシで話したいんだな。
大佐　そういう厚かましいやり方には、サシつかえがありますぞ。
ワルツ　駄洒落で驚かそうったってだめですよ。僕はダジャレンブルクに工場を二つと、ビルを一つ持っていて、家賃収入がたくさんはいってくるんだから。
大佐　（大臣に）席を外すことにいたしましょうか？
大臣　しかたない、もしもこちらの……こちらの客人がそういう条件をつけるのなら……（ワルツに向かって）ただし、きっかり十分だけですよ。

大佐が退場する。

ワルツ　素晴らしい。その十分は利子をたんまりつけてお返ししますよ——きっと、今日すぐにでも。
大臣　おやおや、ずいぶん凝った言い方をなさりますな。私が理解している限りでは、いや、つまり、私が申し上げたいのは、私が知らされたところによれば、貴殿は、その、発明家でいらっしゃる？
ワルツ　その定義のしかたは、僕の名前と同程度に近似的なものです。
大臣　よろしい、近似的だということで。さて、さて——お話をうかがいましょうか。
ワルツ　ええ、でも、どうも大臣は一人じゃないみたいですよ。（急ぎ足でドアの前に行き、さっと開ける。）

大佐　（戸口で）いや困ったな、どうもシガレットケースを忘れたみたいで。あれは大事な女性からのプレゼントなので。いや、でもやっぱり、ここじゃなかったか……（立ち去る。）

大臣　そうそう、あの男はいつも忘れ物ばかり……どうぞご用件をご説明ください。実際時間がないものですから。

ワルツ　喜んでご説明いたしましょう。僕は――いや、正確に言えば、僕に忠実な親友が――ある装置を発明したんです。遠爆《テレモール》とでも呼ぶことにしましょうか。

大臣　遠爆《テレモール》？　なるほど。

ワルツ　この装置は見たところ、まあ、ラジオ受信機みたいに無邪気なものですが、これを使うと、どんなに遠く離れたところでも、信じがたいほど強烈な爆発を引き起こせるんです。お分かりですか？

大臣　爆発？　なるほど、なるほど。

ワルツ　強調しておくと、どんなに遠く離れた場所でも、です。海の向うでも、どこでも。そういった爆発は、もちろん、何度でも好きなだけ起こすことができ、一回の爆発の準備に必要なのはわずか数分です。

大臣　ほう！　なるほど、なるほど。

ワルツ　その装置はここから遠いところにあります。その所在地は、完璧に、魔法でも使ったようにきちんと隠されている。しかし、まあ、仮に誰かがそれに行き当たるという陳腐な事態が生じたとしても、第一に、その装置をどう使ったらいいのか、誰にも推測できないでしょう。第二に、ただちに新しい装置が組み立てられ、僕の宝物を探す連中には破滅的な結果がもたらされることになります。

大　臣　いや、そんなことといったい誰がしようと思うだろうかね……

ワルツ　とはいえあらかじめ申し上げておかねばならないのは、僕は技術的な面についてまるっきり分からないということで、この機械がどんな構造になっているのか、説明しようと思ったところで、説明なんてできません。それを作った発明家は僕の親戚で、古い友人なんです。誰にも知られていないけれども、天才、いや超天才ですよ！　位置を計算して、設定すれば、あとはボタンを押すだけ。そのやり方は僕も飲み込みましたが、説明しろと言われても……いや、いや、そんなことは聞かないでください。僕が知っているのは、次のような曖昧な事実に尽きます。つまり、二種類の光線というか、二種類の波が発見され、その二つが交差すると、半径一・五キロの範囲にわたって――多分一・五キロくらいで、いずれにせよ、それ以下ということはない――爆発が引き起こされる……。必要なのは、地球上にしかるべき地点を選び出し、そこで二つを交差させることだけ。そういうことです。

大　臣　まあ、それだけ伺えばまったく十分ですよ……。図面とか、説明書みたいなものは、お持ちではないようですな？

ワルツ　もちろん、ありませんよ！　なんて馬鹿げた推測だろう。

大　臣　いや、推測などしておりませんよ。むしろその逆です。そう……ところで貴殿の御専門はどちらの方面でしょう。やっぱり、エンジニアということですかな？

ワルツ　僕はひどくせっかちな人間なんです、あなたの秘書の指摘はもっともですよ。でも今回は忍耐力を蓄えて来たので、まだ多少は残っています。もう一度繰り返しますが、僕の機械は何度も繰り返し爆発を起こすことによって、町をまるまる一つ、さらには国全体だって、大陸をまるごとでも壊滅させ、きらきら光る塵芥の野原に変えることができるんです。

大　臣　もちろん、信じますよ。信じますとも……。この件についてはまた改めて……

ワルツ　この道具を持つ者は、全世界を支配することになる。じつに簡単なことだ！　それを理解したくないと言うんですか？

大　臣　いや、どうしてそんな……理解していますよ。いや実に興味深い。

ワルツ　それがお答のすべてでしょうか？

大　臣　そう興奮しなさんな……よろしいですか……失礼……いや、なんともしつこい咳で困ったものだ……この間の閲兵式で喉をやられましてね……

大佐が入って来る。

ワルツ　つまり咳が答というわけ？　そういうことですか？

大　臣　（大佐に向かって）いやあ、君、こちらの発明家の先生が奇跡のような話をしてくれてね……報告書を提出するように求めましょうか。（ワルツに）とはいえ、もちろん、特に急ぐわけではありません。ご存知のように、われわれは報告書の山に埋もれているのでね。

大　佐　そうそう、報告書を提出してください。

ワルツ　（大臣に）それが最終的な結論ですか？

大　佐　もう十分経過しました。大臣閣下はまだたくさんの執務がおありなのです。

ワルツ　時間のことを僕に言うなんて、たいしたもんだ！　時間を思い通りに使うことができるのは僕のほうですよ。お望みなら教えて差し上げますが、あなたがたに残された時間は実際、少ししかないいんだ。

大　臣　さあ、お話もできたことだし、お近づきになれて愉快でしたよ。そろそろ、どうぞ、ご遠慮なくお引き取りください。またいつかお話ししましょう。

ワルツ　こりゃ驚いた！　いいですか、船乗りの妻のところに、誰かがやって来て、沖にあなたの御主人の船が見えたと知らせてくれたとします。そうしたら船乗りの妻は船を一目見ようと駆け出すんじゃないですか？　それとも知らせてくれた男に、報告書を持って水曜日にまた来てくださいなんて言いますか？　しかも報告書を読むつもりなんて、どうせないんだ。あるいは、農夫が真夜中、「納屋が火事だ！」と、たたき起こされたとします。寝巻のまま駆け出すんじゃないですか？　最後にこういうのはどうだろう。町を攻め落とした将軍が入ってくると、市長が出てきて、町の鍵を渡してほしいなら、紋章入りの公用箋に請願を書いて出せ、なんて偉そうに将軍をどやしつける。そんなことがありますか？

大　臣　（大佐に）この男はいったい何を言っているんだ。

大　佐　どうかお引き取りください。報告していただいたことはすべて、検討いたしますが、とりあえず謁見は終わりです。

ワルツ　それなら忍耐力の最後の蓄えを振り絞ることにしよう。僕は理想的に精確な人間の言葉であなたと話しています。これは瞬時のうちに思考を伝達するために、自然が人間に与えてくれたものです。どうかこの可能性を活用して、理解に努めてください。もちろん、目にみえる形で僕が自分の力を証明すれば、さすがにあなたも僕のことをもっとまともに受け止めるようになるとは思いますが……でも最初は、あえて言葉だけという贅沢を試してみたいんですよ。ヴィジュアル教材を使ったり、実物による脅しといったことは抜きに。どうか理性を別の向きに切り替えて、僕がアクセスできるようにしてください。実際、僕の発明にはそれだけの価値があります！

大臣　（ベルを鳴らす。）それは十分認めておりますよ。極めて興味深い。ただし、いまは後回しにできない用事があるので……また、ちょっと後で、貴殿のお力になれることもあろうかと。

ワルツ　素晴らしい。それなら控室で待ちましょう。きっと、すぐにもう一度、僕に会いたくなりますよ。というのも――

従僕のゴルプが入って来る。

大佐　（ゴルプに）こちらのワルツ様をお送りしなさい。

ワルツ　無作法者め！　せめて言いかけたことを最後まで言わせろよ。

大佐　乱暴な言葉遣いをされないよう、お願いします。

大臣　さあ、もういいから。

ワルツ　なんて美しいんだろう、この窓からの眺めは！　手遅れにならないうちに、よく見ておくといい。（立ち去る。）

大臣　いやはや、どう思うかね？

大佐　まあ、一番安物の精神病患者でしょう。

大臣　いまいましい。これからは訪問者には事前の健康診断を求めることにするよ。ベルク将軍はいますぐこっぴどく叱っておこう。

大佐　私はすぐに気づきました。こいつは頭がおかしいと。着ているものからも分かります。それにあの鋭くオオカミのような目つきからも。ちょっと見てきましょう――控え室で一悶着起こすのではないか、心配ですから。（立ち去る。）

大臣　（電話で）ベルク将軍につないでくれ。（間。）やあ、将軍。そう、私だ。今日はご機嫌はいかがかね？　いや、今日はご機嫌いかがかな、と聞いたんですよ。そうそう、腰痛のことは知っているが——どうです、ちょっとはいい？　いやあ、春はいつでもそうでしょう……え、誰が？　いや、まだ報告は受けていませんね。昨晩？　残念なことだ！　眠っている間に亡くなった、というのがせめてものことかな、気の毒だが。うん、大佐を差し向けますよ。もちろん年金を受けてしかるべきでしょう。ただ、その件はうちの省の管轄ではないのでね。そりゃ受けられると思いますよ。だから言っているじゃないですか、それは私が決めることじゃないって。私には何の関係もないんだから。おや、なんてこった！　いいでしょう！　なんとかしてみますよ。ところで将軍、あなたの目をかけている人《プロテジェ》のことで、ちょっと言っておきたいことがある。あなたが差し向けてきた、例の発明家のことです……いや、実際、私のところに来たんだがね、会ってみたら、何のことはない、単に頭がおかしいだけだった。（大佐が入ってきて、大臣が機械的に差し出した手に、手紙を渡す。）でたらめばかり言っていたので、ほとんど力ずくで追い払わなければなりませんでしたよ。何が発見なものか！　この手のよくある話でね、遠くで爆発を起こすことができるとかいう、ありもしない突飛な機械がどうのこうのとか。いや、それにしてもこの男、どうやって将軍のところまで？　ははあ、他の誰かの紹介で、まず少将のところに来たんですか。なるほど、階段を一段一段登ってね。いや、将軍、あなたに対して腹を立てているわけでは全然ないんですがね、この男の奇怪なたわごとのせいで私の貴重な時間が大量に奪われてしまった。そのうえ、こういう男は人殺しでもしかねない。そう、そう、そんなことはよく分かっていますよ、しかしながら、用心には用心を重ねた方がいい。この種の手合いを今後こちらに回さないようお願いしますよ。どうかお大事にしてください。ええ、それはなかなか辛いでしょう、よく分かります。アナベラさんにもよろしく。え、乗馬を？ なんとまあ、若いころのパパみたいに、そのうち賞を取るんじゃないかな。ご機嫌よう、それではまた。（大佐に）これは何の手紙だね？

大佐　ご自分でご覧になってください。興味深くないわけでもないものです。

大臣　しかしねえ、これじゃ何にも判読できない。こりゃ一体、何だ？ 文字なんてものじゃなく、なんだかくねくね線がうねっているだけじゃないか。誰からなんだね？

大佐　先ほどの狂人から渡されたものです。

大臣　あのねえ、これはもう我慢の限界を超えているよ。いい加減にしてくれ。

大佐　実はですね、私が判読してありますので、いま読み上げさせていただきましょう。いや本当に、じつに面白いものです。「軍事大臣殿、もしも我々の会話にもっと興味を示されていたならば、僕が計画した事件は単に説明のための実例といったところだったでしょう。しかし、いまやそれが威嚇になってしまう。もっとも、そうなるとは予期していましたけれど。手短に言えば、僕は協力者とソウナン……ソウカン……」読めないな。ああ、分かった！「協力者とソウダンのうえ、きっかり正午に、わが装置が置いてある極めて遠い地点から彼がそれを操作して、ここから三十三露里《ヴェルスタ》のところで爆発を引き起こすことにしました。つまり、爆破されるのはあの美しく……おあ……おあい……」なんて筆跡だろう！「……美しく……」

大臣　よくもまあ、そんな頭のおかしい人間の書いたたわごとを解読する気になったもんだ。

大佐　「あおい」に違いない。そう、「美しく青い山です。まさにあなたの窓から見えている。その瞬間を見逃さないように。素晴らしい印象を受けるでしょう。貴殿の控室で待機しているサルヴァトール・ワルツより」

大臣　実際のところ……お笑い芸人だ！

大佐　どんな顔をしてあの男がこの手紙を私に押し付けたか、御覧いただきたいくらいでした。

大臣　まあ勝手にさせておくしかないな。しばらく待たせておけば、立ち去ってくれるだろう。もしも戻ってきたら、もう面会はできないと言えばいい。

大佐　もちろんのことです。

大臣　うちの将軍は電話で思い切り叱り飛ばしてやったから、痛風どころではなくなったんじゃないかな。ちなみに、昨晩、誰が亡くなったか、知っているかね？　ペローの爺さんだって。葬式に出てもらわないといけない。それから明日、未亡人の年金のことでブルゥクと話さなければならないって、思い出させてくれるかな。どうもペロー夫妻はこのところひどく困窮していたらしい。悲しいなあ。そうとはまったく知らなかった。

大佐　しかたありません、人生とはそういうものです。一人が死ねば、別の一人が世の中に登場する。私はいつだって気分は上々です。毎日が新しいロマンです！

大臣　こりゃ驚いたね。

大佐　今はもう春。外は暖かく、通りではミモザを売っています。

大臣　今日、昼食はどこで？　私の家でどうだね？　ビーフステーキのオニオン・ソテー添え、それにアイスクリーム……

大佐　なんと、その誘惑には打ち勝てませんね。あまりゆっくりできないとしても、どうかお許しください。なにしろ、ロマンもたけなわなので！

大臣　許すよ。おや、もう十二時十分前だ。

大佐　閣下の時計は遅れています。私の時計だと十二時二分前です。時計台に合わせて、正しい時間にしてありますから。

大臣　いや、君のほうが間違っている。私の時計は、ポケットに入れて持ち運べる太陽みたいに正確だよ。

大佐　議論はやめておきましょう。もうすぐ時を打つのが聞こえるはずですから。

大臣　さあ、そろそろ行こうか、腹が減った。お腹の中でオーケストラのチューニングが始まったみたいだ……

十二時の時を打つ音。

大佐　ほら、聞こえましたか？　正しかったのは誰でしょう？

大臣　この場合、仮に——

すさまじい威力の爆発が遠くで起こる。

大臣　なんてことだ！

大佐　まるで火薬庫が爆破したみたいだ！　大変だ！

大臣　いったい全体、いったいこれは……

大佐　山《い》！　山を見てください！　ああ！

大臣　何も見えない。霧と埃で……

大佐　いえ、今なら見えます。山頂が吹っ飛んでしまった。

大臣　あり得ない！

ゴルプと第一の役人ゲルプが駆け込んでくる。

第一の役人　お怪我はありませんか、閣下。何やら、おそろしい爆発が起こりました！　町中パニックです。ご覧になってください……

大　臣　出て行け！　ここから出て行ってくれ！　窓の外を見てはいかん！　これは軍事上の機密だ……私は……私には……（気を失う。）

第二の役人と、警棒を持った軍事省の守衛が駆け込んでくる。

大　佐　閣下は気分が悪くなられた。楽な姿勢にするのを手伝ってくれ！　水と、濡れたタオルを持ってきて……

第二の役人（ブリク）　暗殺未遂だ！　大臣が負傷された！

大　佐　どこが負傷なものか……それよりも、山を見てごらん。山だ、ほらあの山を！

三人の男たちが駆け込んでくる。

第一の役人　あり得ないことだ！　これは目の錯覚でしょう。

絶望的な電話のベルの音。

軍事省の守衛（グリプ）　恐ろしや、恐ろしや……大いなる災いとあまたの禍事《まがごと》の時来たる……恐ろしや！

第一の役人　ちょうど今日は私の名の日なんですよ。

第二の役人　山だって！　どこに山がある！　眼鏡を貸してくれたら王国を半分くれてやる！*

大　佐　もうちょっと……どうして軍服ばかり濡らしているんです……額を濡らさなければ！　大臣の大きな、立派な、気の毒な額を……ああ、諸君、なんという大惨事だろう！

第三の役人が駆け込んでくる。

第三の役人（ブレク）　すでにすべての消防隊が急行しています。警察も手段を講じています。工兵部隊にも指令が出ており――何が起こったんです、どうして大臣は横たわっているんです？

第二の役人　爆発で窓ガラスが割れて、破片が当たって死んじゃったのさ。

第三の役人　でも私が言っているように、これは地震ですよ。逃げられる人は早く逃げないと！

大　佐　諸君、こんな醜い空騒ぎはもういい加減やめてください。おや、どうやら意識が戻ったみたいだ。

大　臣　寒い……どうしてここに濡れぞうきんが？　かまわないでくれ、起き上がりたいんだから。さあ、皆、出て行ってください。よくもまあ、私の執務室にこんなにひしめき合って。さあ、行った、行った……（部屋は空っぽになる。）大佐！

大　佐　こちらにお掛けください。どうか落ち着いて。

大　臣　君はバカか、何が起こったのか、理解しているのかね？　これは悪夢のような偶然の一致で起こった自然災害なのか、それともあの男の仕業なのか！

大　佐　落ち着いてください。じきに何もかも明らかになりますから。

大　臣　第一に、私の肩をさするのを止めてくれないかね。それから、窓のすぐそばであんな風に大騒ぎするのを止めるように言ってくれ……私は落ち着いて、じっくり考えなければならない。もしもこれがあの男の仕業だとすると……どれほどの可能性が――頭がおかしくなるほどだ……彼はどこだ？　ここに呼んでくれ。まさかどこかに行ってしまったんじゃないだろう？

大　佐　どうか気を静めてください。町中がパニックになっていて、騒ぎを静めるのは不可能です。おそらく、火山の噴火だったんでしょう。

大　臣　あのシルヴィオをいますぐ、直ちにここに連れてくるように！

大　佐　シルヴィオと言いますと？

大　臣　いちいち訊き返すな。そんな風に頬骨を動かさないでくれ。あのハツマイ、ハツムイ、ハツミイ――

大　佐　ははあ、あのいまいましい発明家にもう一度会いたいとおっしゃる？　かしこまりました。

（立ち去る。）

大　臣　考えをまとめなくちゃ……考えを……わが哀れな理性よ、集合ラッパを吹き鳴らせ！　奇怪な出来事が起こって、私はそこから奇怪な結論を出さなければならない。神よ、力と知恵を与えたまえ。私を強め、導きたまえ。救いの手を差し伸べるのをどうか止めないで……くそ、これはいったい誰の足だ？

記　者（グラプ）（執務デスクの下から這い出してくる。）いや、いや、なんでもありません。ごたごたに付け込んで、たまたまここに入り込んだだけです。さて、質問させていただいてよろしいでしょうか。大臣のいくつかの言葉から判断すると、この国民的大惨事に軍事省は何らかの形で関与していると……

大臣　君はいますぐ銃殺だ！

記者　……あるいは、いずれにせよ、その原因についてある程度推量はしている。もしもご説明いただければ……

ベルの音で、ブリク、ブレク、ゲルプが駆け込んでくる。

大臣　この男をつまみ出して、どこかに閉じ込めてくれ！　いや、ちょっと待てよ――家具の下にまだ隠れていないか、探してくれ。

もう一人見つかる。

第二の記者（グロプ）（第一の記者に）恥を知れ！　自分が捕まったからといって、どうして俺のことまで密告するんだ。

第一の記者　誓って言うが、俺が密告したわけじゃない！

第二の記者　そうか、そうか……お前の肋骨をへし折ってやるからな。

二人は部屋から引きずり出される。

第一の記者　（引き立てられながら）大臣閣下、どうか私をあいつとは別の場所に入れるよう、指示してください。私には家族があります。子供たちもいて、家内は身ごもってい――

大臣　黙れ！　ここにはまだ他の連中も潜んでいるに決まっている……ごろつきどもめ！　……連中を縛り上げ、地下室に放り込んで、舌を切り取ってやれ……ああ、我慢できない！　あの男はどこにいるんだ？　どうして来ないんだ？

大佐とワルツが入ってくる。ワルツはのんびり、歩きながら新聞を読んでいる。

大佐　やれやれ、やっとのことで見つけました！　この変人は壁のくぼみ《アルコーヴ》にのんびり腰を下ろして、新聞を読んでいたんですよ。

大臣　さあ、こちらにどうぞ。なんとけっこうな……

ワルツ　ちょっと待ってください、このコラムを読み終えるまで。古い新聞が好きでしてね……なんだか心にぐっとくるものがある。居酒屋でもうとっくに話を聞いてもらえなくなった乞食みたいでね。

大臣　そんな話が信じられるものか！　あり得ない。大佐、手を貸してくれ……この男は頭がおかしいと言ってくれ！

大佐　ずっとそう申し上げておりました。

大臣　（大佐に）そういう君の、鼻につくくらい自信たっぷりなところが好きだよ。（ワルツに）さて？　窓の外を見て、説明してください。

大　佐　どうもワルツ氏は爆発があったことさえ気づいていないようです。町ではいくつもの仮説が飛びかっていますが……

大　臣　大佐、君に訊いているんじゃない。私が知りたいのは、彼の見解だ。

ワルツ　（新聞をたたむ。）さあ、どうです、僕のちょっとした実験はお気に召しましたか？

大　臣　まさか、あなたのやったことだと信じろと言うんですかな？　そんなことを信じ込ませようと――大佐、席をはずしてくれんかね。君がいると話の筋道が分からなくなる。君には苛々させられるよ。

大　佐　人は去り、仕事は残る。（立ち去る。）

ワルツ　すっかり様変わりしてしまった！　すり鉢形の、フジヤマだったのに、いまじゃなんだかテーブル・マウンテン（一般に、台形状の山のこと。南アフリカにはそういう名前の山がある）みたいだ。僕があの山を選んだのは、優美な姿に惹かれたからだけじゃありません。人が住んでいないからでもあります。岩と、雑草と、トカゲだけ……とはいえ、トカゲたちは全滅してしまった。

大　臣　お分かりかな、あなたは逮捕されているってこと。この件で裁判にかけられるだろう。

ワルツ　この件で？　へえ、一歩前進だ。つまり、僕が山を爆破したという考えをすでに容認しておられる？

大　臣　何も容認などしていませんよ。しかし、わが理性は、この……その……要するに、あの大惨事が単なる偶然の一致だとは認めようとしないんですな。日蝕なら予言することはできるだろうけれど……いや、いや、自然災害は正午きっかりに起こったりはしない。数学に、論理に、確率論に反している。

ワルツ　それであなたは、あれは僕のやったことだという結論に至った。

大　臣　もしもあなたがダイナマイトを仕掛けて、共謀した連中が爆発を起こしたのだとしたら、あなたは懲役刑に処せられる――結論というのはせいぜいこんなところですな。大佐！（ベルを鳴らす。）大佐！（大佐が入ってくる。）報告はなにか上がって来ているかね？

大　佐　こちらにございます。

大　臣　見せてくれ……はて、さて……「きれいさっぱり吹き飛ばされたのは通称……と呼ばれる山の上部半分で……」バカみたいにくどくどしい文章だな……「あるいは、換言すれば、高さ六一〇メートル、基底部の幅一四一五メートルのピラミッド状の山塊である。吹き飛ばされずに残った山の基底部には、深さ二〇〇メートル以上のクレーターが形成されている。爆破された部分は微細な粉塵となって山の下部の斜面に降り注いだほか、山麓の野原の上空にいまだに漂っている。近隣の村落において、そして町の郊外でさえも、窓ガラスが割れたが、人的被害は今のところ報告されていない。町は極度の騒乱状態にあり、多くの者たちが地下震動を恐れて自分の住居を離れている……」けっこうだね。

ワルツ　すでに申し上げたように、僕は技術に関しては素人ですが、どうも僕の無知につけこんでおられるんじゃないですか。僕か、または共犯者が密かに坑道を掘るなんて、手の込んだ仕掛けをしたとはね。そのうえ、ダイナマイトによってこの種の爆発を引き起こせるなどと、軍事の大家であるあなたが本当に考えているとは、信じられませんよ。

大　臣　いいか、大佐、この男を尋問してくれ。彼とは話ができん。いつもわざと混乱させるようなことばかり言っている。

大　佐　かしこまりました。それでは、ワルツ殿、貴殿はこの事件に関与していないんですね？

大　臣　そうじゃない、その反対だ！　君は間違った側から始めている……その逆だよ。彼が言うには――

大　佐　ははあ。それではワルツ殿、この事件は貴殿の関与なしには済まされなかったということですか？

大　臣　違う、それじゃ全然だめだ……実際、君はどうして質問をそんな風に捻じ曲げてしまうんだろう！　この男は自分の機械を使って爆発を引き起こしたと主張しているんだ！

ワルツ　ああ、子供たち、子供たち……いつになったら、いいかげん、もうちょっと賢くなるのかな？

大　佐　それではワルツ殿……いや、いったい何を訊けばいいんだろう？

大　臣　ワルツさん、いいですかな……私は老人だ……かつては戦場で人の死も見た。多くのことを経験し、見てきた……。ですが、正直に言えば、さきほど起こったことには心底ぞっとさせられ、奇怪きわまりない想念が頭から離れません……。

ワルツ　探していたシガレットケースは見つかりましたか、大佐？

大　佐　余計なお世話だ。それはそうと、大臣、ちょっとしたご提案をさせていただいてよろしいでしょうか？　閣下はお疲れです。これからちょっと休んで昼食をとってください。私のほうでは、この男を精神病院に送りますから。それから学識者による専門家委員会を招集すれば、地質学の観点から、即座にあの災害の本当の理由を突き止めてくれるでしょう。

大　臣　（ワルツに）この男を許してやってください……実際、子供なんです――しかも、あまり頭のよくない。私はいまあなたに、悲しみと予感の重みに耐える老人として話をしている……私は真実を知りたい――それがどんな真実であっても……真実を私から隠さないでください。老人をだまさないでください！

ワルツ　真実なら実験の一時間前に申し上げましたよ。いまでは僕が嘘をついていたわけではないって、はっきり分かったでしょ。あなたの秘書の言っていることはもっともです。落ち着いて、すべてをじっくり考えてください。誓って本当のことですが、僕の道具は残忍なものに思えるかもしれませんけれど、僕自身はいたって博愛心に富んだ人間です。想像できるよりも、はるかに博愛心があると言ってもいい。あなたは人生で多くの苦難を味わってきたとおっしゃった。しかしあえて申し上げますが、僕の人生こそ、ひとえにひどい物質的困窮と精神的苦痛の連続で、いまやすべてが変わろうとしているときでさえも、いまだに過去の厳しい寒さを背負っているように感じるんです。ちょうど、雨の夜の後でも、きらめく庭園の朝の影たちの中に不吉な冷気を感じるように。あなたはいま、身を引きさくような痛みを感じておられると思いますが、お気の毒です。この痛みは、慣れ親しんだ世界、慣れ親しんだ伝統的な生活が目の前で崩れていくとき、誰でも味わうものでしょう。でも、僕は自分の計画を実行に移さなければならない。

大臣　この男は何を言っているんだ……いったい、何を……

大佐　私の意見はご存知でしょう。自然がしかけた悲惨ないたずらのせいで、閣下は心をかき乱された。それ自体はもっともなことですが、そこにこの狂人はつけ込もうとしているんです。いま町の中がどんなことになっているか、想像がつきます。通りという通りがふさがってしまって、私はとてもデートの場所に辿りつけそうにない……

大臣　いいですか……私は年取った人間だ……私には――

戸棚からジャーナリストのゆめ（ロシア語で「ソン」Сон。夢、眠りを意味する）が現れる。この役は女性が演じてもよい。

ゆめ　ああ、こんな長々しい話、これ以上聞いていられない。ええ、そうです、大臣閣下。こんな風に登場するのはあまり礼儀にかなったことではないとは、分かっています。でもわたしがこれまで何回あなたの秘密の使命を新聞業界で遂行してきたか、そしてどんなにしっかり赤い舌を白い歯の奥にしまっておけるか、いまさら思い出させてさしあげる必要もないでしょ。同僚のワルツさん、わたしの苗字はゆめと申します――いえ、コラムニストの「ウメ」と混同しないでくださいね。あれはまったく別人です。さあ、握手しましょうか？

大佐　なんたる破廉恥さ！　追い出しましょうか？

大臣　もうどうでもよくなった。放っておきなさい……心が麻痺してしまったみたいだ……助言してくれる人なら、誰でも歓迎するよ。

ワルツ　それじゃ握手しましょうか。とはいえ――どうして僕のことを「同僚」って呼ぶんです？　僕は新聞には一度も書いたことはないし、若いころの詩は全部燃やしてしまった。

ゆめ　いえ、わたしがその単語を使ったのは、もっと深い意味でのこと。あなたの魂が近しいものに感じられるんです――そのエネルギーと機知、冒険の熱……後できっと、お時間のあるときに、説明してくださるに違いないと思っています――わが国の有名な風景を一変させるほどの、興味深い現象が起こる時間をどうして正確に予測できたのか……でもいまは、もちろん、あなたがしかるべき機械を発明して、それを使ったんだと、喜んで信じましょう。大臣閣下、これは直感ですが、この方は狂人ではありません。

大臣　（大佐に）ほら、そう考えるのは私一人じゃないんだ。

大佐　医師が診察をするまでは、私は自分の最初の見解に従います。

ゆめ　まあ、素晴らしい。みな自分の見解に従っていればいい。それでわたしたちはゲームをすることになります。

ワルツ　そう、ゲームなんだ。大佐は僕のことを偏執狂《パラノイア》だと見なし、大臣はほとんど悪魔みたいなものだと思っている。で、あなたは――ペテン師だと考えている。でも僕は、もちろん、自分独自の考えを守り続けるんだ。

大　臣　ゆめさん、ご覧のとおり、我々は奇妙な状況にありまして――

ゆ　め　親愛なる大臣、人生に奇妙なことなんてありませんよ。あなたは未知の事実に直面している。そして、その事実を認めなければならない。そうでなければ、自分の知的無能を認めるしかありませんね。さて、提案があります。さらに何度か実験を行ってもらうというのは、どうでしょう。だってワルツさん、そういうことできますよね？

ワルツ　まあ、そうするしかないかな。どうやら、土台がまだ十分に準備されていないようですから。

ゆ　め　ワルツさんはその土台とやらに、かなり独自の態度をとられているようですけれど。（大臣に）いかがでしょう、わたしの提案をどう思われますか？

大　臣　考えているところです。考えている。

ゆ　め　考えないほうがいいですよ。悪くなるばかりだから。

大　佐　（ワルツに）どいてもらえますか。私は自分の上司の隣に座りたいので。

ワルツ　僕にはここのほうが居心地がいいんだけど。

大　佐　言っておきますがね――

ゆ　め　皆さん、どうか言い争いはやめてください。（大臣に）いかがです、考えに考えた結果は？

大　臣　責任はあまりにも巨大なのに……決断力がまったくない……滑稽な状況に陥る可能性は

――我慢ならない……大統領は世論を解き放って私を批判させて……私はずたずたにされてしまう……

ワルツ　いまそんなことは大した問題じゃないでしょう。僕が訊きたいのは、実地試験《デモンストレーション》をさらにやってほしいのか、それとも今日のでもう十分なのか、ということなんだ。それが質問だよ。

大佐　わが大臣にそんな口のきき方をすることは許しませんよ……

ゆめ　皆さん、わたしたちはみないささか興奮しているので、まあ、少しくらい言葉が乱暴になってもいいことにしましょう。（大臣に）さあ、どうぞ考えを最後まで押し進めてください。

大臣　……でも相談できる人がまったくいない……この秘密を解き明かすのは、恐ろしい……恐ろしい……

ゆめ　簡単なことでしょ。信頼できる人たちを集めて委員会を作って、そこでゲームをすればいいんです。大佐、その椅子はそのままにしておいて。実際、いまはそんな些細なことどころじゃないでしょう。

大佐　いや、彼にはここに座って欲しくないんだ。

ゆめ　いいから、いいから。さて、大臣、いかがですか？

大臣　わからない……私にはできない……

ワルツ　長いこと考えすぎだよ。うんざりだ。ゆめさん、それで行こう。あなたは僕の役に立ちそうだ。

大臣　いやはや！　皆さん、私の精神状態に驚いておられるのかな？　それなら申し上げましょう、私は皆さんが理解していないあれこれのことを理解しているんですぞ。私は想像力の人間だ。我が国がここから引き出せるものすべてをはっきりと思い描くことだってできる……。ただし、その一方で……よろしい、思い切って危険な賭けをしましょう！　さらに実験をしてもらおうじゃないか。

ゆ　め　歴史的な言葉ですよ。その言葉が聞けたことを嬉しく、また誇りに思います。ええ、実験は行われなければならないし、その結果、われらの発明家は鮮やかに苦境を脱するんじゃないでしょうか。そうじゃありません、ワルツさん？……もちろん、準備のための時間ももらって、仲間と相談できるでしょう……

ワルツ　僕に必要なのは、実験の三十分前に無線で指示を送ることだけです。

ゆ　め　ええ、もちろん、もちろんです……。まあ、この件がうまく収拾できて、嬉しいですね。

大　臣　しかし、実験をやってみても何の結果も得られなければ、二つのものが破滅して、取り返しがつかなくなります。私の信望と、こちらの紳士の命です。

ワルツ　一つだけコメントするとですね、論理的に言って、あなたがやっているように、懸念と脅迫をまぜこぜにするなんて、許されないことですよ。

大　佐　まあ、お手並み拝見といこうじゃないか！　専門家たちが山の崩落の原因を明らかにしたとき、あなたがどんな顔をするか、見ものですな。それにしても、なんて素敵な山だったろう！　夜ごと金色の空を背景に、あの藤色のすり鉢を見ていると、人間のちっぽけさと、母なる自然の偉大さと安らぎについての不思議な思いを度々、私も、私の束の間の女友達もかき立てられたものです。私は泣きました。

ゆ　め　その母なる自然にワルツさんは足払いをくわせたってわけね。（大臣に）さて、それでは——具体的に、その先は？

大　臣　その先は……そうだな、まず実験を三、四回やってもらいましょう。実務能力に長けた人間を集めて、実験地点を選んでもらわないと。
ワルツ　そして、できるだけ早くやる必要がある。
大　臣　そして、できるだけ早くやる必要がある……ということはつまり、いや、どうしてそんなに急がなければならないんです？　それとも、売り込もうというつもりですか……他の誰かに？
ワルツ　僕がせっかちだということは、ご存知のはずですよね。振り出された小切手に対して、支払いが求められている。引き延ばす意味はありません。
大　臣　ねえ、君、謎めいた譬えを使って話すのはやめてくださらんか――誰でも、疲れて苛々している人間でも理解できるように話してくれませんか。
ゆ　め　気にしない、気にしない。もう全部決めたんですからね、これでお開きにして、みな家に帰れますよ。
大　佐　この男が逃げ出した病院の住所さえ、知らないんですよ。
ワルツ　僕はホテル住まいです……ほら、ここに住所が書いてある。
ゆ　め　ええ、信じますとも。つまり、こういうこと。大臣閣下、どうか先延ばしにしないでくださいね。委員会を招集して、明日にでもすぐに始めましょう。で、ワルツさんはそうかっかしないでください。引き延ばしなどないよう、わたしがちゃんと見張っていますから。
ワルツ　それじゃ三日だけ待とう、それ以上は待てない。
ゆ　め　四日で手を打ちましょうか。だって皆さん、尊敬すべきご老体ばかりですからね、そう軽々とは動かせませんよ……
大　臣　しかし、皆さん、私としては一つだけ条件をつけなければならない。ここで話し合ったことは軍事上の最高機密であるからして、一言も外に洩らさないようお願いしますよ。

ゆめ　そうしましょう。わたしの新聞は黙っていますよ——少なくともライバル紙が特ダネをすっぱぬく前の日までは。

大臣　なんて嫌なことを言うんだろう……なんてやくざな人間だ……。そういえば、大佐、ここでとっ捕まえた新聞記者の二人は……

大佐　鍵をかけて閉じ込めてあります。ただあえて申し上げますが、長いこと勾留しているわけにはいきません。明らかに法律に反することですから。議会で質疑が行われることになって、ご存知でしょうが、それは面倒なものです。

大臣　大丈夫だ、大統領に話すから。ろくでなしどもは黙らせてやろう。

ワルツ　不思議だなあ、この世界地図は、まさに僕が小学校のとき持っていたやつだ。コルシカ島のところにまったく同じ染みがあるし。

大佐　コルシカじゃなくて、サルディニアでしょう。

ワルツ　つまり、地名が間違って印刷されているんだ。

大佐　閣下、この男に私をからかうのをやめろと、おっしゃってください。

ゆめ　静かに、静かに。ワルツさん、これで一件落着ですから、わたしたちは退散してもいいでしょう。

大臣　ただ機密のことだけは、くれぐれも忘れないように！　地震説でも、火山説でも好きなように言いふらしてけっこうですが、ここで出た話は、皆さん、一言も洩らさないように、一言も、ですぞ……

ベルク将軍とその娘アナベラが入って来る。

ベルク将軍　取り次ぎもなく入らせていただきましたが、そんなことどうでもいいでしょう、身内ですからな、ゲラッ、ゲラッ、ゲラッ（こんな風な笑い方をする）。

大　臣　将軍、いまはだめです、忙しいので……

ベルク将軍　なるほど、彼はここですか、祝い事の張本人は、ゲラッ、ゲラッ、ゲラッ。どうです、大臣殿、わがお気に入り《プロテジェ》はそんなに狂っているわけでもないでしょう、ね？

大　臣　後生だから、将軍、軍事省全体に轟き渡るような大きい声を出さないでください。後で話しましょう……

ベルク将軍　すごい爆発だった！　単純で、強力で、ほれぼれする！　アイスクリームをすぱっとナイフで切ったみたいだ。それなのにあんたは、狂人だって言うんだ。たいした狂人だよ。

大　臣　これが彼の仕業だとどうしてわかる？　まだ何も分かっていないんですよ……

ベルク将軍　じゃあ他の誰が？　彼に決まっている。たいした奴だ！（ワルツに）あなたの機械を見せてもらわなくてはね。

ワルツ　まっぴらごめん。

ベルク将軍　しかも、たいした鼻っぱしだ！……いや、素晴らしい……芸術的ですらある。この男には何かがあるってね、私はすぐに分かったんだ。（大臣に）ところで、例の未亡人の件で指示するのを、忘れてはいませんね？　そういえば、一つ、付け加えるのを忘れたことがあって――

大　臣　後で、後で……。皆さん、申し訳ありませんが、失礼します。もうへとへとだ、少しは私の身にもなってください！

アナベラ　（ワルツの前に歩み寄って）つまり、あなたが本当に山を吹き飛ばしたのね？

ワルツ　ええ、そうするように指令を出しました。
アナベラ　あそこにはね、昔、魔法使いと、白い、白いカモシカが住んでいたのよ。知っていた？

幕

訳注（＊）　三六六頁　シェイクスピア『リチャード三世』の、「馬を！　馬をよこせ！　馬の代わりに我が王国をくれてやる！」という科白をもじったもの。

第二幕

長いテーブルについているのは、軍事大臣、大佐、およびベルク、ブリク、ブレク、ゲルプ、グロプ、グラプ、グリプ、ゴルプ、グルプ、ブゥルク、ブルゥクという十一人の老将軍たち（最後の三人は人形によって演じられるが、他の将軍たちとあまり違わない）。

大臣　さて、全員そろったようですね。
グロプ　ブリクはどこです？　ブリクがまだ来ていないな。
ゲルプ　いないだって？　そこにいるじゃないか。
ベルク　ゲラッ、ゲラッ、ゲラッ。
グラプ　（ブリクに）将軍、どうして皆、あなたの姿に気づかないんだろう？　だって、そんなに小柄でもないのに。
グロプ　失礼、なぜだか目に留まらなかったんですよ。つまり、これで全員です。
大臣　よろしい……始めよう！
ベルク　（ブリクに）目に留まらないというのは、金持ちになれるってことだね！

ブレク　（グロプに）目に留まらなかったのは、彼が近眼だからじゃないかな？

皆笑う。

ブリク　ええ、それが私の不幸なんですよ。
グロプ　いや、将軍が入ってくるところを見ていなかっただけです。ところで、皆さん、なんてことだ、われわれは十三人いる！
大臣　発明家をここに呼ぶことができるのは議論が終ってからのことだし、大統領も五時前にはいらっしゃれない。十三人というのはどうも気色が悪いなあ……
大佐　私は席をはずしてもいいです、もしもどなたか私の代りに書記を務めてくださるなら。
大臣　いやいや、そんな……ただ、どうにも気色が悪い……
大佐　それならどうぞお構いなく、私が退席いたします。
大臣　そういちいち言葉尻をとらえて腹を立てるもんじゃない！　うんざりするよ、本当に！
グラプ　わが親愛なるエンジニア君を呼びましょうか、ほら、頬ひげをはやしたあの金髪の男ですよ。いずれにせよ彼はすべてを知っているわけでしょう？
ゲルプ　法に反する提案だ。私は抗議する。
大臣　教えて欲しいんだが、隅にあるあの大きな箱はいったい何です？
大佐　ああ、あれは文書庫から持ってきたものです。中には地勢図が入っております。
大臣　チセイ？　脳みそのことかね、それとも世の中を治めるほうかね？
ベルク　ゲラッ、ゲラッ、ゲラッ。

大佐　いえ、土地のありさまを記述した地図のことです、もちろん。役に立つかと思って、運び込ませたんです。もしもお望みでしたら、片付けさせますが。
大臣　その箱を開けてくれたまえ、親愛なる大佐君。

箱からゆめが出てくる。

大臣　そうだと思った。
ゆめ　どちらに座ればよろしいでしょうか？
グロプ　やっぱり十三人だ！　一、二、三……（数える。）驚き、桃の木！
ブリク　また私のことを忘れていますよ。
グロプ　確かに、その通りだ。
大臣　さあ、そろそろ始めましょうか。ただ、よろしいですか、ゆめさん、あなたには議決権はありませんよ。静かに座っていてください。
ゲルプ　私は抗議します。ゆめゆめ余計な人間がここにいてはならない。
ベルク　もうたくさんだ、将軍。これは虚構《フィクション》なんだから。だって夢夢と言ったでしょう。人数は今も前と変わりませんよ。
ゲルプ　そうであるならば、抗議は取り下げます。
大臣　諸君！　いまから例の三つの実験についての報告を聴くことにいたします。これらの実験を行ったのは、ソル……サル……サルヴァトール・ワルツなる人物です。これはいわば単なる形式ではあります。というのも我々全員がいずれにせよ実験の結果を既に知っているからです。それと同時に、これは我々の審議の基礎となるべき、必要不可欠な形式でもあります。どうかすべての注意力を集中していただきたい。我々は本日中に、大いなる責任をともなう重要な決定を採択しなければなりません。その決定の意義は過小評価しがたいものであります。諸君、どうか神経を張り詰めていただきたい。そしてできる限り、グリップ将軍、報告の最中に絵を描いたりしないようお願いします。

グリップ　絵を描いていると報告が頭に入りやすくなるんですよ、本当の話。

大　臣　いや、君はいつだってなんだか込み入ったものを描いているじゃないか。ほら、影までつけている……いまいましい。

グラプ　（グリップに）どれどれ。まあ、これが自動車だとすると、あまり似ていないね。

大　臣　さあ、もういい加減にしてください。会議は始まっているんです。これから報告を聴きましょう。報告書は誰のところに？　グラプ、あなたが持っているのかな？

グラプ　いや、持っているのはグロプ将軍です。

グロプ　いえいえ、私じゃありませんよ。つまらない告げ口はやめてもらいたい。

大　臣　それじゃ諸君、誰のところにあるんです？　グラプ将軍、あなたが書いたんでしょう？

グラプ　共同で取りまとめて、それからゲルプ将軍がその先誰かに渡したんです。

大　臣　誰に渡したんです、ゲルプ将軍？

ゲルプ　これは面白い、どうしてグラプ将軍は人のせいにするんだろう。私は報告書など見てもいませんよ。ただ、たまたま知っているんですが、それはブレク将軍が持っています。

ブレク　報告書って、いったいどんな？

ブリク　はばかりながら申し上げますが、報告書を清書したのはグルプで、それをチェックしたのがブゥルクでした。

大　臣　(グルプとブゥルクに) つまり、報告書はあなた方のところに？

二人は当然ながら、沈黙を守っている。

大　臣　誰も手を挙げない？　よろしい。つまり、報告書は失われてしまった――そもそも作成されていたとして。

ベルク　あら不思議、どうして有らない、有ったもの。*

大　臣　それじゃあ、違うやりかたをしましょう。報告書を持っている人は手を挙げてください。

ゲルプ　この件に関して提案があります。報告書を新たに作成することとし、会議を後日に延期するんです。

大　臣　なんてことを言っているんだ。恥を知れ！　むかつく！　大佐、一体全体、どうしてこんなことが起こるんだね？　どういうことなんだ？

大　佐　私はまったく関係ございません。

大　臣　関係大ありだよ。どうしてかって言えば、君は最初から自分には関係ないという顔をして……そして……そして、こんなことはばかばかしい、あの発明家は単なる狂人だ、という立場で……うぬぼれた態度をとって来た――それでどうだ、こんな風になって嬉しいだろう。

大　佐　大臣閣下、私は職務を遂行する義務を負うものでありますし、非力ながら可能な限り遂行しております。しかしながら、個人的な見解については、変更することはいたしかねます。

グロプ　ゲルプの提案に私も賛同します。親愛なる大臣閣下、この一件は延期いたしましょう。実際、どうして時間を無駄にする必要がありますか？……来週にでも集まればいいんです、元気溌剌として。いや実際の話。

大　臣　素晴らしい。その場合、私は直ちに辞職願を出します。たったいま提出された動議に賛成の者は？　賛成の場合は起立願います。おや、誰も起立しない？　動議は却下されました。それでは、今度は私のほうから提案があります。口頭で報告することを、ゲルプ将軍に求めます。

ゲルプ　一体全体、どうして私なんです？　みんなで一緒に書いたんですよ。

大　臣　大変けっこう。それでは閉会とします。私は後任を見つけてくださるよう、今すぐ大統領にお願いします。

ゲルプ　いや、ちょっと待ってください、ちょっと……どうしてそんなに……ゴルプ将軍にまだ訊いていませんよ――どうして彼に訊かないんです？

ゴルプが立ち上がる。彼は唖者だが、手話で何かを言おうとする。

大　臣　残念ながら、手話はわかりません。口がきけないんなら、治療したらいかがですか？　うんざりする！　話せるようにしてくれる教授がいますよ……もぐもぐと不明瞭な話し方でもね。

皆の声　話してくれ！　話してくれ！　お願いだ！　話が聞きたい！

大　臣　黙れ！　この醜悪な状況からの唯一の出口と私が考えるのは――

ゆ　め　一言挟んでもいいでしょうか？

ゲルプ　それは法に反している。

ゆ　め　お金を自動販売機に挿入するみたいに、一言挟ませていただきます。即座にすべて動き出します、すぐに分かりますよ！

大　臣　話してください。もうどうでもいい。なんたる醜態だ！

ゆ　め　報告はわたしがいたします。わたしは皆さん以上にとは言いませんが、皆さんと同じくらいには事情に通じておりますから。よろしいでしょうか？

ゲルプ　私は抗議を取り下げます。

大　臣　まあ、しかたないか……諸君、ゆめ氏に依頼することとしましょうか……結局のところ、これは単なる形式であって、我々は皆報告の内容はすでに知っている。しかし、ゆめ氏は簡潔で正確な形式を与えてくれるでしょう。票決をする必要はないと考えます。皆賛成ですね？　ゆめさん、どうぞ話してください。

ゆ　め　手短にお話しします。一昨日、サルヴァトール・ワルツは三つの課題を遂行するよう求められました。第一に、人気のない無人の岸辺から二〇〇キロ離れたところにある岩だらけの島を爆破すること。具体的な地名はあえて一切出しませんが、これも報告を煩わしいものにしないためですので、皆さん、お許しください。いずれにせよ、どこの場所の話か、お分かりでしょう。

皆の声　そうだ、必要ない……そんな細かいこと……小文字で書くようなことだ！……

ゆ　め　その次に指定された地点の一つは、広大な人跡未踏の沼地の真ん中、もう一つは砂漠でした。ワルツはこれらの地点の正確な位置をきっかり午前六時に通知されると、自分の仲間と連絡を取ると言って、ただちに立ち去りました。監視の結果明らかになったように、彼は実際に無線を使って指令を出したのです。その指令は、たまたま傍受した人を驚愕させないよう、彼自身が暗号化したものでした。事前に飛行機が派遣され、相当な距離から結果を観察することになっていました。六時半、つまり正確に三十分後に、指定された島が完全に吹き飛ばされました。きっかり七時には沼地で爆発が起こり、さらにその三十分後には砂漠でどかんと一発轟いた。

騒然となる。

皆の声　素晴らしい！　それは素晴らしい！　なんていうことだろう！　前代未聞の出来事だ！

ゆ　め　しかしながら、予期せざる――しかもかなり遺憾な――珍事なしにも済まされませんでした。まず島の消滅を観察していた飛行機の中に、自家用飛行機に乗ったどこかの愚か者が紛れこみ、飛行記録を打ち立てようとしました。沼が爆破されると、その地方の主要都市の水源となっていた川が直ちに干上がってしまいました。最後に、三番目の一番いまいましいことは、爆発の数時間後に、ある有名な旅行家が――その苗字は皆さん、新聞で知ることになるでしょう――砂漠の真ん中で巨大な漏斗状の穴にたまたま行き当たり、それにいたく興味を持ったということです。

皆の声　そりゃ本当に面白い。興味を持たないわけがない！　そりゃたいしたもんだ！

大　臣　あなたの言葉から察するに、今日すぐにでも町中にその三つの……現象についての噂が広まると覚悟しなければならないんですかな？

ゆ　め　残念ながらそれは不可避です。そして、山の頂上が吹き飛ばされたことに関して、それを地震のせいにする説明が流されましたが、今回はもっと信憑性のある説を考えなければなりませんね。どっちみち世間の人たちは地震説なんて信じていないんですから。

大　臣　そう、そう、考えなければ。でも分からない……目が回る……。このことは後で検討しよう、後でね。

ブリク　質問があります。いま報告者は興味深い現象を非常に鮮やかに描き出してくれましたが、
その原因をどこに求めるべきかというと、つまり、その原因は今年の春の異常な暑さの結果、土壌が過熱したことに求めるべきではないのでしょうか？

大　臣　何のことを言っているのか、さっぱりわからん。

ゆ　め　いえ、いえ、気にすることはありません——ブリク将軍は、その、特にどうというつもりもなく、単に科学的な仮説を披露しているだけですから……。ただし、わたしの考えを最後まで言わせてください。皆さんは全員、爆破地点の選定に参加し、現地からの報告を聞きましたね。
そうして皆さんが確信したのは、第一《プリーモ》に、サルヴァトール・ワルツは課題を遂行したということ、第二《セクンド》に、このような期限のうちにこういった条件のもとで課題を遂行した以上、多数の共謀者の手を借りての仕業ではないかといった憶測は全面的に、憤然と捨て去るべきだということです。

皆の声　そうだ！　もちろん！　当然のことだ！　明白だ！

ゆ　め　さらに、わたしとしましては、次のことに注意を向けていただきたいと思います。ワルツ氏の装置がどこにあるか知らない以上、わたしたちはもちろん、ワルツ氏が愛情をこめてテレモールと呼んでいる機械が本当にいかなる距離からでも作動する、という彼の主張が正しいかどうか、判断することはできません。しかしながら、二番目に提案された地点が一番目の地点から七〇〇キロ離れているという事実に鑑みれば、この装置の戦闘能力の範囲はいかなる大胆な夢想さえもはるかに凌駕するものです！

大　臣　話はそれで終わりですか、ゆめ君？

ゆ　め　おおよそのところ、まあ、これで全部みたいです。

大　臣　本件に関して誰か意見を述べたい者はいるかね？　誰もいない？　大佐、君の顔には微笑

みが浮かんでいるようだが。

大　佐　大臣閣下、私の見解はご存知でしょう。このワルツなる男の精神が健康であると医師に診断されない限り、私は彼のことを真面目に考えることができません。

ゲルプ　賛成。医師の診断が行われるまですべて延期することを提案します。

グロプ　私も賛成だ。何よりもまず我々は、自分たちが相手にしているのが誰なのか、知らなければならない。

大　臣　素晴らしい。これで閉会とします。大統領は今日すぐにでも私の辞職願を受理して下さるに違いない。

ゲルプ　それなら提案を撤回します。

グロプ　私も撤回。

ゲルプ　会議を再開してください。

皆の声　お願いです、お願いです！

大　臣　予め警告しておきますが、あの発明家の精神が異常であると仄めかすような言葉が一言でも発せられたら、私は帽子をかぶって出て行きますよ。会議を再開します。まず私から発言します。さてそんな訳で、諸君、実験が行われ、その結果は期待以上のものであった。（グリプに）何か言いたいことがありますか、将軍？

グリプ　いえ、いえ、――鉛筆を探していただけです。

大　臣　期待以上のものであった。発明家は自分の機械が驚くべき力を備えていることを証明した。換言すれば、このような破壊兵器を使用できる国家は、地上で全く特別な地位を占めることになるだろう。現時点では、好戦的な隣国どもが陰謀を張り巡らしていることを考慮に入れると、わが国がこのような地位を占めることは極めて魅力的である。一人の兵士も動員することなく、我々は自分の意志を全世界に押し付けることができる。これが我々の出すべき唯一の結論である以上、諸君、今私は直ちに、思慮深く明確な回答を必要とする問題を提起したい。すなわち、実際問題として、我々の次の一歩はどんなものであるべきだろうか？　ブリク将軍、どうぞ発言して下さい。

ブリク　我々の次の一歩は、我々の思慮深く責任ある一歩は、いかなるものでなければならないかというと……というと……それは明確なものでなければなりません。

大　臣　それだけ？

ブリク　私は、そもそも……はい、これだけです。

大　臣　着席してください。次はグロプ君、どうぞ。

グロプ　私ですか？

大　臣　そう、そう、君ですよ。さあ、どうぞ。

グロプ　今日は準備ができていないので……もうちょっと、その、精査してみないことには……。病気だったものですから……軽い動脈硬化の気味がありまして……

大　臣　そういう場合はお子さんたちに証明書でも書いてもらうべきだったね。感心しないな！　着席したまえ。次はグリプ将軍！

グリプ　申し訳ありませんが、質問が聞こえませんでした。

大　臣　聞こえなかったと言われても、驚きませんよ。もう一度繰り返しましょう。貴殿の考えでは、いかなる……おや、ブルゥク君、手を挙げていますか？　違う？　それは残念だ。グリプ君、着席してください。感心しないな！　ゲルプ君、どうぞ。

ゲルプ

魂に寄せて

魂よ、あなたはなんと性急なことか
なんと激しく故郷を目指すことか
素晴らしい出来栄えとはいえ
狭苦しい骨の籠から外に出て！

あなたの家を私は知らないし
道も見分けられないけれど
あなたの後を追い、この獲物を抱え
飛んで行くことができるだろうか？

大　臣　君、気は確かかね？
ゲルプ　トゥルヴァリスキーの詩です。宿題だったので。
大　臣　黙れ。
ブレク　よろしいですか？　私には分かりますぞ。
大　臣　恥ずかしくないか、諸君。どうです、諸君の中でも一番高齢でよぼよぼの爺さんにも分かるのに、諸君はまるっきり分からないときた。恥を知れ！　どうぞブレクさん。

ブレク　我々の次の一歩は次のようなことであるべきであります。つまり、こちらの方に（ゆめの方を示す）今の話を全部文書にしていただき、そのハエ殺し《ムホモール》なる機械の詳細な仕様書を提出するようにお願いしなければなりません。

大臣　それは素晴らしい！　ただ、残念ながら、将軍、今話題になっているのはこちらの方ではありません。どうぞお座りください。さあどうだね、大佐、愉快な光景じゃないか。これが君の気分のもたらした結果ですよ。誰も何も分からないし、分かろうともしない。それなのに我々は国家的重要性を帯びた問題に直面している。その問題を解決することが、我々の未来の全てを左右することになるというのに。諸君、もしもお勤めが嫌ならここに来る必要はありません。家でのんびり日向ぼっこでもして、唇をぴちゃぴちゃやっていればいいんです。実際それが一番いい。

死んだような沈黙。

大臣　ひょっとしたら、あなたは答えてくれますか、ゆめさん？

ゆめ　わたしの答えは水晶のように明瞭です。

大臣　どうぞ答えてください。

ゆめ　一刻も早くサルヴァトール・ワルツから、あの素晴らしい機械を買い取らなければなりません。

大臣　なるほど。その通りだ。突然現れた新人がいきなり正解を言ったのに、他の長老たちはでくの坊みたいに座ったままだ。その通り、諸君、買い取らなければならない！　全員賛成ですか？

皆の声　買い取ろう、買い取ろう！……。どうして、買えるさ……もちろん、買い取ろう……

ベルク　何でも買うよとムラート（白人と黒人の混血）が言った**。ゲラッ、ゲラッ、ゲラッ。

大　臣　それでは、動議は可決されました。今度は価格について話し合わなければならない。どんな数字を提示したらいいだろう？

ゲルプ　九百。

グロプ　九百二十。

グラプ　千。

ゲルプ　二千。

間。

大　臣　さて、それでは――価格が決まったところで……

グロプ　二千二百。

ゲルプ　三千。

大　臣　価格が決まった――

グロプ　三千二百。

間。

大　臣　……決まったのは、三千二百ということで……

ゲルプ　九千。
グロプ　一万二百。
ゲルプ　二万。
ブレク　私なら――百万出そう。

騒然となる。

大　臣　その数字で止めておいたほうがよさそうだ。
皆の声　どうして、そんな！……面白かったのに！……もっと、もっと！……
大　臣　騒ぐのはやめたまえ！　百万というのは、もしもあの男が値段をつりあげようとした場合、我々が出せる上限額だ。とりあえずは、まあ、二千くらいと言ってみましょうか。
グロプ　二千二百。
大　臣　この問題に関する審議は打ち切ります、将軍。
ゆ　め　そろそろ売り手を呼ぶべき頃合いですね。
大　臣　大佐、彼を呼んでください。
大　佐　それが私にとってどれほど忌々しいことかについては、口を慎しんでおきましょう。私は自分の義務を果たします。
大　臣　そうか、そんな精神状態ならば、君は行かない方がいい。座っていなさい、いいから、いいから。この件は君と後でまた話そう、心配しないでいいから……。親愛なるゆめさん、彼を迎えにひとっ走りしてくださらんか。もしも誤解していなければ、彼は鏡の間で待っているはず。

行き方は分かりますか？

大佐はふてくされて、窓のほうに退く。

ゆ　め　分からないわけがないでしょう！　（退場する。）

大　臣　会議を五分間、中断します。

グラプ　あっ、あっ、あっ……足がしびれちゃった。

ゲルプ　いや、ちょっと待ってくださいよ――あなたの足は義足でしょう。

グラプ　なるほど、そうだった。

ブリク　（ベルクに）将軍、いったいどうしてお嬢さんにそんなに厳しいんです？　うちの者たちが言うには、女友達と二人で芝居を見に行くのも許されないそうじゃないですか。

ベルク　その通り、許しておりません。

大　臣　ああ、頭が割れそうに痛い、君たちには分からんだろうが……もう三日三晩寝ていない……

グロプ　どう思います、御馳走は出ないんでしょうかね？

ゲルプ　前回飲みすぎて酔っぱらったでしょう、だから今日は出ないんですよ。

グロプ　それはいわれのない中傷ですよ……私は生まれてこのかた一度も――

大　佐　（窓際で）これは驚いた、街があんなことになっている！　デモ行進、プラカード、シュプレヒコール……いまバルコニーに出るドアを開けます。

ブゥルク、グルプ、ブルゥクとグリプ以外の全員がバルコニーにどっと出ていく。グリプはずっと絵を描いている。

ゆめとワルツが入って来る。

ゆ　め　他の人たちはどこです？　ああ、なるほど、デモ行進に心惹かれたわけね。どうぞ腰を下ろして、くつろいでください。

ワルツ　観察すればするほど、君が僕にとって非常に役に立つ存在であることがはっきり分かってくる。

ゆ　め　いつでも何なりとお申しつけくださいな。

ワルツ　でもね、君は平然と、なんだか陽気に、ウィンクでもしているような調子で僕と話しているけれど、そういう調子はやめるよう、あらかじめお願いしておきますよ。君は僕の仲間であったことはないし、今後も仲間になることは絶対にない。もしも僕の使い走りになりたいのなら、ほろ酔い気分の共謀者みたいにではなく、ちゃんと部下らしく振舞ってください。

ゆ　め　すべては毎月の支払っていただける感謝のしるしが、どのくらいの量になるか次第です。まあ、お分かりですか——わたしはもうあなたの文体で話していますね。

ワルツ　感謝だって？　そんな言葉は初めて聞いたね。

ゆ　め　わたしがあなたの有利になるよう、いい仕事をしたってこと、いますぐにご自分で確認できますよ。長老たちがかなり悪くない提案をしてくるでしょう。でも慌ててはいけません。わたしがいなかったら、あの老人たちは何も決められなかったでしょう。

ワルツ　だからこそ、君のその抜け目ないところは、僕の役に立つだろうと言っているんです。しかしね、当然のことながら、明日になれば僕には召使なんて掃いて捨てるほどたくさんできる。君はその前にうまく言い寄ってきた――幸運なことにね――だから、伝令役として採用してあげよう。

ゆめ　心に留めていただきたいんですが、わたしはまだあなたのゲームの規則を正確には知りません。いまのところはまだ、生まれ持った直感によって、手探りでその規則に従っているだけなんです。

ワルツ　僕のゲームの唯一の規則は、人類への愛なんだ。

ゆめ　これはまた、たいそうな！　でも、つじつまが合いませんね。わたしからはレポレッロ（ドンファンの召使）の取るに足らない権利さえ奪っておきながら、ご自身は世界のドンファンになろうとしている。

ワルツ　僕はほんの一瞬でも、君が僕の目指していることを理解できるなどとは考えない。待っているのはもううんざりだ。彼らを呼んで下さい、古い世界にけりをつける潮時だ。

ゆめ　いいですか、ワルツさん、でもやっぱりものすごく興味をそそられるんですが……わたしたち、お互いによく理解しあっていますからもったいぶることなんて、ないじゃありませんか。教えて下さい、あれはどんなふうにやっているんですか？

ワルツ　僕が何をやっているって？

ゆめ　何をおっしゃる……あの爆発のことですよ、もちろん。

ワルツ　分からないなあ。あの装置の仕組みを知りたいんですか？

ゆめ　冗談はよして下さい、ワルツさん。装置のことは放っておきましょう――あの人たちにはそう説明すればいいんです、でもわたしには駄目。とは言うものの、わたしは爆発そのものなんかには興味ないんです。爆弾を地下に仕掛けることなんて、誰でもできるでしょう。でもわたしが知りたいのはあなたがどうやって事前にその場所を推測するのかということなんです。

ワルツ　どうして推測しなければならないんです？

ゆ　め　ええ、言い方がまずかったようですね。もちろん、どんな場所が指示されるか、事前に知ることなんてできません。でも、手品師がカードを一枚こっそり滑り込ませるように……要するに、もしもここにあなたの助手がいるならば、どこを爆破地点として指定すべきか、専門委員たちの頭に吹き込むことはそんなに難しくないでしょう。で、その地点では準備がすべて整っているというわけ……そういうことですね？

ワルツ　これはまた馬鹿馬鹿しい手続きだ。

ゆ　め　ええ、知っています、もちろん知っています。全ては実際にはもっと複雑で、もっと手が込んでいるんでしょう。あなたは素晴らしいプレーヤーですね。でもわたしはただ、一つの例として……わたしだって、ほら、あなたの曖昧な言葉をぱっと捉えて、その意図を推測しようとしたんですから……それで、例えば、島という暗示を出したのはわたしだったんです――あなたがちらっと島のことを口にしたような気がしたからです。どうです？

ワルツ　馬鹿馬鹿しい。

ゆ　め　ワルツさん、お願いですから、もっと率直になって下さい。せめてボタン一つ分だけでも胸を開いて、わたしに教えて下さい。死ぬまで忠実であることをお約束しますから。

ワルツ　伏せっ、ワンコ！

ゆ　め　いいでしょう、でもいつ教えてくれますか――もうすぐ？　明日にでも？

ワルツ　あの紳士の皆さんを、どうぞ、呼んで下さい。

ゆめ　なんて強情なんでしょう！

ゆめは命じられたことを実行する。皆は印象を語り合いながらバルコニーから戻って来る。

グラプ　なんと絵のように美しいデモ行進だったろう。こういう素晴らしい天気の日には、また格別ですな。

ブレク　最後のプラカードの文字は読めましたか？

グロプ　どのプラカードです？「我らに真実を！」ってやつですか？

ブレク　いや、そうじゃなくて最後のです——「今日は砂漠、明日は我らが爆破される」。訳が分からない。いったい何のことです？　選挙かな？

大臣　遺憾極まりない。軍事上の機密を守れないとは、どういうことだ！

ベルク　私が一番気に入ったのは、「断固打倒ダイナマイト団」というのです。シンプルで力強い。

ゲルプ　（ゴルプの手話を解釈しながら）ゴルプが言うには、これほどの動乱は国王暗殺の時以来です。

ブリク　我が不幸は、近眼だということ……

大臣　うんざりだ、腹が立つ。学者たちを集めなければならんな……何とか説明させないことには……（ワルツに気付いて）ああ、そこにいたか。ようこそ。こちらに座って下さい。諸君、席について下さい。会議を継続します。さて、それでは……大佐！

大佐　何の御用でしょうか？

大臣　君の手元に——いや、それじゃなくて——苗字を書いたメモがあるだろう……ありがとう。

それでは……サルヴァトール・ワルツ殿、私が議長を務める委員会は集中的な作業の後、貴殿の実験の結果を徹底的に検討し、審議しました。熟慮を重ねあらゆる面を考究した結果、我々は次のような結論に達しました。つまり、貴殿の発見は我々にある種の興味を抱かせるものです。換言すれば、我々としては貴殿と交渉を始めることに吝《やぶさ》かではない――貴殿の発明を入手する可能性についての交渉です。

ベルク　あるいは、あなたの入手の発明かな――ゲラッ、ゲラッ、ゲラッ。

大　臣　冗談を言っている場合ではない。笑うのをやめなさい！　グラブ君、隣の人とひそひそ話をするのをやめなさい。なんていう笑い方だ？　なんという振る舞い方です？　続けます……我々としては貴殿の発明を入手することに……いや、より正確に言えば購入することに吝かではない。確かに、現時点ではわが国の国庫は豊かではありません。しかしそれでも、我々が提案できる金額は貴殿を満足させて余りある報酬と受けとめていただけるものと期待しております。二千出しましょう。

ワルツ　ちょっとよく分からなかったんだけど――何にお金を払おうって言うんです？　実験に対して？

大　臣　よく分からなかったとしても、無理はありません。何しろ、ありえないような状況ですから。諸君、もしもそんな風にひそひそ話をしたり笑ったりしているならば、私は話すのをやめますよ。一体、何なんです？　そこのテーブルの下に何があるんです？　グリプ！　グロプ！

グリプ　誓って言いますが、何もしておりません。

大　臣　それならおとなしく座っていなさい。私が言っているのは、実験のことじゃない。あなたの装置を二千で売って下さいと言っているのです。ただし支払いはもちろんその装置を見せていただいた時のことです。

ワルツ　なんて愉快な思い違いだろう！　僕の装置を買いたいだって？　二千で？

大　臣　そうです。とは言え、大変異例なことではありますが、額を三千まで上げることができなくもありません。

ワルツ　ゆめ君、僕のテレモールを買いたいんだって！　ゆめ君、聞いてますか？

ゆ　め　駆け引きをして、釣り上げればいい！　手に切り札を持っているんですから。

大　臣　三千――いや、四千だとしても――あなたの機械の本来の価格を相当上回る金額ではないかと思いますがね。お分かりのように、我々としては貴殿に歩み寄ろうとしているのです。

ワルツ　それじゃ歩むどころか、突っ走っていますよ。でも残念ながら、僕はその走りを止めなければならない。馬鹿げたことに心を奪われているようですが、僕は自分の装置を売りません。

しばしの間。

大　臣　一体それはどういうことですか――売らないというのは？

ワルツ　売らないに決まっているじゃないですか！　なんという荒唐無稽な発想だろう。

ゆ　め　大の実務家から小さな助言を差し上げましょう。ワルツさん、アクセルを踏み込み過ぎないように。

大　臣　いやはや、どうも私の言ったことを理解していただけなかったようだ。もしもそれでは不十分だと思われるなら、違う価格を提案させていただくに吝かではありません、いや全くのところ……とは言え……要するに、一万ならいいですかな？

ワルツ　冗談じゃない。そろそろ本題に移らなくては。
大　臣　だから今本題に移ろうとしているところです！　それでは、二万とか、まあ、五万では
……諸君、力を貸してください、何だってでくの坊みたいに座っているんです？
ブレク　百万。
大　臣　よろしい、百万出そう。これは……これは、途方もない金額ですよ。新たに税金を取り立てなければならない。しかし、いずれにせよ、それで行きましょう――百万で。
ゆ　め　ワルツさん、大金ですよ。
ワルツ　だから言っているじゃないか、僕は誰にも、何にも、売るつもりはないって。
ゆ　め　この人ときたら、なんて頑固なんだろう！
大　臣　つまり、百万でもご自分の機械を売ることに合意しない、そういう訳ですか？
ワルツ　そういう訳です。
大　臣　それではどうして自分で値段を言わないんです？　よろしいですか、あなたがどんな値段を言おうとも、こちらとしては検討する用意がある。
ゆ　め　ストップ、ワルツさん。今が潮時です。
ワルツ　もううんざりだ！　そんなことのためにここに来た訳じゃない。皆さん、あなた方に売るための商品なんて、僕は持っていない。
大　臣　言いたいことはそれで全部ですか？
ワルツ　この問題に関しては――そうです。今度は全く別のことを話しましょう。
大　臣　その通り。全くその通りですよ、発明家殿。実際我々は今から全く別のことを話しましょう。貴殿は先ほど「もううんざりだ」と怒鳴られましたな。私も同じことを言いたい――「もう

うんざりだ！」と。もしもご自分の発明を譲って下さらないのなら、直ちに逮捕します。そして取引に応じない限り、貴殿は牢屋に閉じ込められることになる。もううんざりだ、発明家の先生！　今に分かりますよ……貴殿は……言うことを聞かなければ——貴殿は牢獄で朽ち果てるまでだ……そして皆私を支持するでしょう、何しろ、貴殿の所有しているものは個人の手にあってはあまりに危険なものだからです。ずるがしこく立ち回るのは、もう十分だ！　貴殿はなんですか、我々が馬鹿だとでも？　明日隣国に出向いてそちらで商売の駆け引きをするつもりですか？　とんでもない！　今すぐ貴殿が同意するか、あるいは私が警備兵を呼ぶか、どちらかだ。

ワルツ　これで二度目じゃないかな、僕の自由を奪うと言ってあんたが僕を脅すのは——まるで僕の自由を奪うことができるみたいじゃないか。

大　臣　逮捕だ！　お前はもう存在しない！　大佐、指示を出してくれ……

大　佐　かしこまりました、喜んで。とっくにそうすべきだったんです！

皆の声　そうだ、とっくに……やっつけろ……窓から放り出せ……四つ裂きだ……それでいい！

ゆ　め　ちょっと待って下さい、大臣。冷静な頭を失わないようにしましょう——どんな頭でも、頭は頭ですからね、失くすべきではありません、思い出だって詰まっている大事なものでしょう。皆さん——そしてあなたもです、親愛なるワルツさん——そんな風に人を動かそうとするやり方は無駄です。皆さんのご提案について、ワルツさんに落ち着いて考えてもらいましょう。つまり、機械がここに届けられる前に百万、そしてもう百万は届けられた後に——そうすれば、何もかも完璧に丸く収まるに違いありませんよ。そうじゃありませんか、ワルツさん？

ワルツ　同じことを繰り返すのに、もう疲れたよ。装置は売らないって。

大　臣　大佐、今すぐ！　奴を連れていけ、縛って引き立てろ！　牢屋にぶち込め！　要塞監獄に！　地下牢に！

ワルツ　それなら七時間後に、つまりきっかり真夜中に面白い現象が起こりますよ——とてもためになる現象です。

大　臣　ちょっと待て、大佐。（ワルツに）その現象とやらは……どんなものでしょう？

ワルツ　今日あんたが僕に暴力を行使するかも知れないということを見越して、僕は相棒と約束しておいたんだ。もしも真夜中までに僕から連絡がなければ、この国の一番栄えている町の一つを、直ちに爆破するようにと——どの町かは言いませんよ、サプライズだ。

大　臣　まさか、そんなことが……運命が私に対してそんなに残酷だとは……

ワルツ　でもまだそれでお終いじゃない。もしも爆発の五分後に僕から連絡がなければ、今度は別の町が吹き飛ばされる。そんな風に僕からの呼び出しがない限り五分ごとに同じことが繰り返されていく。で、お分かりでしょう、皆さん、僕がもう死んでしまっていたら、まさかあの世から降霊術みたいにノックする訳にもいかないでしょう。従って、僕からの知らせを受けないまま、わが装置はこの国全体を見る見るうちに一握りの塵に変えてしまうでしょう。

大　臣　この男の言う通りだ……その通り……全部お見通しだったんだ！……不幸な将軍諸君、何か考えたまえ！　ゲルプ！　ベルク！

ゲルプ　監獄にぶち込んでしまえ、監獄に！

ベルク　私の考えはちょっと違いますね。皆さん、彼のことを罵ってばかりいるけれど、私は気に入りました。なかなか勇敢な若者だ！　彼を科学技術長官に任命しましょう——それで万事うまくいく。

大　佐　ハラキリをする前に、私はもう一度声を上げ、断固と繰り返させていただきます。この男を精神病院に送れ、と。

ワルツ　大統領を待っている必要などないでしょう。仕事に取りかかりましょうか。皆さん、もっと近くに寄ってください。そうでないと、どうも勝手が悪いんでね。さて、今度は私の話を聞いていただきましょうか。

大　臣　（床に身を投げ出す。）先生、私はとても年を取った、皆に尊敬されている人間です――ご覧のように、その私がこうしてあなたの前にひざまずいているんです。どうかあなたの装置を売ってください！

皆の声　何をおっしゃる、何を……立ってください、大臣閣下……いったい誰の前に……こんなことは見たこともない……

大　佐　こんな屈辱、見ていられない。

大　臣　お願いです……いや、放っておいてくれ――私からのお願いをどうしても聞いてもらうから……どうか可哀想だと思ってください……どんな値段でも……お願いです……

ワルツ　どうか、この人をどこかに連れていってください。僕のズボンをよだれだらけにしちゃったじゃないか。

大　臣　（立ち上がって）何か気付けになるものをくれ！　大佐、君と一緒に死のう。親愛なるわが大佐よ……なんという恐ろしい気分だろう……早く短剣を持ってきてくれ！　（グロプに）それは何だ？

グロプ　ペーパー・ナイフです。よく分からないんですが――ブゥルクが渡してくれたので。

皆の声　さあ、見せてください、どんな風にやるものか……それで試して……きっとうまくいく……さあ、お願いします……

大佐　この裏切り者どもめ！

ゆめ　静かに、皆さん、お静かに！　これからどうやら演説が始まるようですから。親愛なる大臣様、あなたは私の椅子に座らなければなりません。私の席の端を譲って差し上げます。大臣の席はいまはふさがっていますから。さあ、彼が何を言うのか、興味津々です。

ワルツ　ご静聴をお願いします、皆さん！　僕は新しい生活の始まりをここに宣言する。こんにちは、生活！

ゲルプ　起立しますか？

グロプ　立たなければなりませんか？

ワルツ　いや、僕の話を聞くのは、座ったままでも、寝ながらでもかまいません（皆笑う。）、皆さん、なんだかとても可笑しそうですね。

大臣　いえ、彼らは特に訳もなく——つまり不安のあまりです。神経がおかしくなって……私自身も……話してください、どうか話して。

ワルツ　古ぼけたかび臭い世界はもう終わりだ！　時の窓からは春が吹き込んでくる。そして僕は、いま君たちの前に立つ僕は——昨日までは一文無しの夢想家だったのに、今日は地上のすべての国を完全に支配するご主人様——僕の使命は、新しい世界に秩序を与え、過去のごみを掃き出すこと。なんと喜ばしい仕事だろう！

＊＊＊

ちょっと訊いてもいいですか——あの、お名前を知らないんですが……

グラプ　こちらはグリプです。

ワルツ　ちょっと訊いていいですか、グリプさん、どうしてあなたはテーブルの上で、そのおもちゃの自動車をいじっているんです？　変だなあ……

グリプ　何も持っていませんよ、遊んでなんかいません、皆証言してくれるはずです……

ワルツ　でもいまテーブルの下に隠しましたね。はっきり見えたんだから。あれは僕が子供のとき持っていた、布張りのボディの赤い自動車とまったく同じもののように見えた。どこにやったんです？　たった今、テーブルの上を走らせていたでしょ？

グリプ　そんなことはありません、誓ってもいい……

皆の声　おもちゃなんて無かった……グリプは嘘をついていない。誓ってもいい……

ワルツ　つまり、そんな気がしただけかな。

大　臣　続けてください、どうか話を続けて。結論をずっと待っているのは耐え難いことです。

ワルツ　喜ばしい仕事！　僕は長いこと君たちの世界に取り組んできた――それは不明瞭な資料と亡霊のような数字、理性に対する障害と誘惑をたくさん含んだ問題のようなもので、解くことも、放り出すことも不可能だった。僕は長いこと君たちの世界に取り組んでいた――と、突然、未知数エックスの火花が燃え上がり、問題を解決してくれた。いま僕にはすべてがはっきり分かる。僕の秘密の爆弾は、代々受け継がれる王冠よりも、民衆による選挙よりも、自分の夢、夜の恐怖に対して昼間に復讐する権力者の憎しみよりも、頼りになる。僕の治世は平和なものになるだろう。確かに、どこかのずる賢い人間がこう言うかも知れない――統治の基礎として脅しは、叡智の大理石に如《し》かず、と……。でも子供たちには説教の言葉よりも、脅しのほうが役に立つ。そして恐怖の授業は、忘れられない授業になるだろう……。ちょっとでも反抗的な態度を見せたら、その気配だけでも、即座に罰せられると叩き込んだほうが、よっぽど簡単ではないか――いつでも重々しい本をひっかきまわし、善と叡智の曖昧な説明をそこに求めるよりも。この強情な世界を僕が六昼夜のうちに破壊しつくせるという、「いろは」みたいに単純な考えに慣れ親しめば、誰でも好きなように生きることができる——というのも、すでに環は描かれていて、君たちはその中にいる。そこは広々としていて、仕事にも、詩歌にも、学問にも自由に没頭することができるのだ……

ドアが勢いよく開く。

皆の声　共和国大統領閣下！

将軍たちは立ち上がり、まるで誰かを出迎えに行き、随行して戻って来るように動く。しかし、その誰かの姿は見えない。姿が見えない大統領は空いている椅子の前まで案内され、ゲルプと大臣の動作から、その席に着くよう勧められていることが分かる。

大臣　（空っぽの椅子に向かって）大統領閣下、あえて申し上げますが、ちょうどいい時にいらっしゃいました！　今日一日の間に——大佐、灰皿を大統領閣下のほうに——今日一日の間に、何やら非常に重大なことが起こりましたので、閣下のご臨席はどうしても必要なことであります。大統領閣下、いくつかの兆候から判断するに、我々はいま、国家の転覆の前夜にあると結論せざるを得ません。あるいは、より正確に言えば、その転覆はいま、この部屋で起こりつつあるのです。信じがたいことですが、そうなのです。私は、少なくとも、そしてこの——委員会と、そして……要するに、ここにいる全員が服従しなければならない、避けがたいことを受け入れなければならないと考え……そして、いま演説を聞いているところなのです。その演説がどんなものか、説明しにくいのですが、でもそれは……でもそれは、大統領閣下、それはほとんど玉座からの勅語のようなものです！……

ゆ め　さあ、ワルツさん、先に行きましょう。あなたの姿にはほれぼれします。天才的です。

大 臣　どうか大統領閣下も聞いてください、ともかく聞いてください……

ワルツ　僕には分かる――諸君はこの生活、本物の生活を味わうことを渇望している。しかし、完全に自由なのは亡霊だけだ。他方、生活は常に柵を、つまり物質的な境界を感じていなければならない――自分の存在を自覚するために。だから僕が君たちに柵を与えよう。苦労の花束と愉しみの薔薇で君たちはその柵を飾り、隠すだろう――でも、この庭の鍵は僕のところに保管されている……大統領閣下、あなたにも見えませんか、この将軍たちがテーブルの下でぜんまい仕掛けの小さな自動車を走らせているでしょう？　見えませんか？　いえ、大統領はそのような特徴をお持ちですから、まさに目に見えないものを見ることができるのではないかと思ったんですよ。

ゆ め　ワルツさん、脱線しないで。みな完璧におとなしく座っています。おもちゃなんてありませんよ。お話を聞きましょう。ところで、これから何とお呼びしたらいいのでしょうか？

ワルツ　まだ決めていない。ひょっとしたら、名前を持たない統治者のままでいるかもしれない。考えてみよう。僕はまだ、もっと一般的な問題も解決していない。つまり、この世界の背骨と肋骨に、どんな市民生活の調和を与え、僕の国家の才能や、富や、力をどう分配するのがいいか、ということだ。考えてみよう……でも、一つだけはっきり分かることがある。僕の作った柵を受入れ、そのことを忘れずに――しかし、習慣の密かな管理に記憶を委ねてしまえば――子供たちの目には見えない境界の内側では、世界は幸せだろう。薔薇色の空が頬笑みかけるだろう。すべての民族は永遠に溶け合って、仲のよい一つの家族になる。僕は思いやり深く監督し、夢を溶けやすい現実と照合しよう。そして善が栄え、悪はこれまで提案されてきた最良のものからさらに選び出された法律の光の中で、溶けさるだろう……。信じてほしい、僕には人類の幸福がこの世の何よりも大事なんだ！……この幸福のために、自分の発明を君たちに譲り渡したり、あるいは破壊したり、それとも自分の故郷の町を爆破したりする必要があるというのが正しいならば、僕はそうするだろう。でも人々への愛にこれほど燃えながら、この盲目的な世界を救わないなんて——いや、この権力を手放すなんてことが僕にできるだろうか？　今日は手始めに君たちだが、明日僕は他のすべての国々に同じ命令を送ろう——そうすれば地上は静かになるだろう。いいですか、僕は騒がしいのに耐えられないんだ——騒音が聞こえると、こめかみのあたりで、まるで黒い三角形みたいに痛みが飛び跳ねる……いや、我慢できない……。隣の部屋で子供が吹くラッパの音に苦しめられているとき、どうしたらいいだろう？　おもちゃを取り上げればいい。僕も取り上げよう。手始めにこんな命令を出す——地上のすべての火薬とすべての兵器を永遠に廃絶すること——塵一つ、ネジ一つに至るまで——それでお終いだ！　戦争の記憶は伝説となり、農家の女たちが語り継ぐだけの空疎なおとぎ話になり、学問によって否定されるだろう。この先はもう騒がしいことはなく、並外れて血気盛んで、自分を侮辱した人間を裁判抜きで懲らしめたい人は、こん棒を取ればいい。こんな風にして——こういった布告によって、僕は自分の治世を始める。それは全人類の幸福のための自然な基礎になるだろう。その幸福がどんな形をとるかについては、しかるべき時にまた伝えることにする。遠爆《テレモール》の性能について改めて口にしたいとは思わない。だからこそ、尊敬する大統領閣下、余計な言葉なしで今すぐに答えてほしいんです——僕の意思をただちに実行に移すことに賛成かどうか。

間。皆、空っぽの椅子を見つめている。

ワルツ　いまや、吾輩が宣言した静けさの時代においては、諸君の沈黙は同意を表す相応の印と見なさなければならない。

大　臣　そうです、大統領は同意されています……同意されています……諸君、大統領は同意されている。そして私は真っ先に、忠誠の宣誓をいたします……私は努めて……新しい生活が……これは老兵の誓いであります……（泣き出す。）

皆の声　あなたを信じます……ここにいるのは皆同胞……遺恨は忘れて……

ワルツ　老人は涙もろいからなあ。古い雪は溶けると汚くなる……もういいでしょう、立ちなさい。接見はこれで終了とする。皆の衆、さあ、仕事に取りかかってください。僕はここに残るから――ここには、豪華な部屋は少なくないようだけれど……僕が一番気に入っているのは、あなたの執務室だ。大佐、しかるべく指示を出してください。

ゆ　め
彼は勝利した――そして小さな人々の幸せは
すでに自分たちの手を離れ、彼に委ねられた。

幕

訳注（＊）　三八七頁　原文は「（あったものが）跡形もなく消え失せた」を意味する慣用句を、語音転換《スプーナリズム》によって変形したナンセンスな表現。

訳注（＊＊）　三九六頁　この科白はおそらくプーシキンの「金と鋼（ブラート）」という詩を踏まえたもの。『すべてを買おう』と金が言った／『すべてを取ろう』と鋼（ブラート）が言った」

訳注（＊＊＊）　四〇九頁　フォントを変えた部分は、原文がおおむね五脚ヤンプ（弱強五歩格）というリズムを基調とした韻文または韻文に近いもの（ただし脚韻を踏まないブランク・ヴァース）になっている。以下同様。この韻律は、シェイクスピアが戯曲で好んで用いたもので、ロシアでも一九世紀以降、しばしば用いられた。

第三幕

第一幕と同じ舞台装置。ワルツがデスクに向かって座っている。頭に包帯を巻いている。そのそばに大佐。

ワルツ　いや、これ以上はもう無理だ……今日はこれで十分だろう。
大　佐　しかし困ったことに、これは全て後回しにできない案件なのです。
ワルツ　ここは寒くて暗いなあ。この巨大で明るい部屋がこんなに暗くなることもあるなんて、思ってもみなかったよ。
大　佐　……しかし、そのうえ——仕事というものは溜まれば溜まるほど、ますます後回しできなくなるものです。
ワルツ　そう、そう、いつでもそういうものだ……どうして我がゆめ君はまだ来ないのかな？　もう時間なのに。
大　佐　信じがたいほどの渋滞とごたごたが生じています。活気ある交差点の代わりに、わが国の生活はこの執務室で危険な行き止まりになっています。

ワルツ　もういいかげん、そんな風に小言めいたことを言うのはやめてくれないかね——うんざりだよ。

大佐　失礼しました、狂気閣下、しかし私は自分の職務を全うに果たしているだけです。

ワルツ　なんとも立派に響く敬称だな……そんな暗い顔をしておどけて見せるとはね。僕が君を秘書として雇っているのは、逆説が好きだからに過ぎないんだ。まあ、それから、これは君への腹いせでもあるんだが。

大佐　私は自分の務めを果たしていると思っております。これ以上は天の神様でも私にお求めになることはできません。そして私のここに、この胸にあることは、誰にも関係のないことです。

ワルツ　君のそこにあるのは胸じゃなくてお腹だから、なおさらだよ……いや、今日はこれ以上は仕事ができない——できないと言ったら、できないんだ……頭が重い……

大佐　その頭がこれ以上痛むはずはありません。傷はたいしたことがなかったんですから。

ワルツ　痛む訳じゃないんだ……いや、気が滅入るだけだ、もううんざりだ……何もかも複雑でややこしくなっている——まるでわざとのように。傷のことは忘れていたが、暗殺未遂のことは覚えている。ところで、たった今僕が出した、ちょっとした軽やかな指令は、二十分後には実行に移されるだろう。その結果について誰かがすぐに報告してくれるものと、期待しなくては。

大佐　そういったお仕事については、知らないでいることをお許し下さい。私は門外漢ですから。しかしそのデスクの上でわが不幸な祖国が耐え難い苦しみの中で震え、呻いているのです。

ワルツ　阿呆どもの姑息さとペテン師どもの悪ふざけさえなければ、この国はとっくの昔に幸せになっていたはずなんだ。だがそもそも、いいかね、大佐、僕は仕事をするのは週に一回だけと決めたんだ、まあ例えば——毎週水曜日とか。

大佐　私の義務は、その間にこの国は滅びてしまうと指摘させていただくことです。
ワルツ　滅びてなんかいるもんか。誇張しないでくれたまえ。
大佐　いえ、狂気閣下、誇張などしておりません。
ワルツ　くだらない。
大佐　くだらない？　何百万人もの労働者が工場から追い出され、食べるものも無くなったということが、くだらないんですか？　産業界を覆う、恐ろしい大混乱はどうです？　それから、人類愛に満ちたあなたの最初の布告のおかげで失われた、経済のバランスはどうです？　これがくだらないことですか？　そして言うまでもなく、生活のあらゆる領域で混乱と不吉な動揺が生じていて、誰も何にも分からない。議会は精神病院みたいだし、街頭では衝突が起こり、あまつさえ、隣国の軍隊がぞろぞろといとも容易《たやす》くわが国の国境をあちこちで越えて来ています――一体何がこの国で起こっているのか、見てやろうという訳です。彼らがどうしたらいいかよく分からず、嗅ぎ回っているだけだというのが、せめてもの救いです。どうやら、強大で幸福な国家がいきなり自分の軍事力を壊滅させ始めたことに、びっくりしているんでしょう。ええ、もちろん、おっしゃる通りこれは全てつまらないことです！
ワルツ　君もよく知っているだろう、僕は隣国にも世界の他の全ての民族にも、わが国を手本にするようにと命令を出したんだ。
大佐　その命令がなんと立派に遂行されていることでしょう！　わが国の大使がドイツであなたの最後通牒を伝えたところ、ドイツ人は理由の説明もなしにその大使を本国に召還するよう、わが国に求めてきました。そして、召還の知らせが届くのも待たずに、ドイツの方から大使を退去させたのです。大使は今旅の途中ですが、きっと旅を楽しんでいることでしょう。一方、わが国の駐イギリス大使は話をきちんと聞いてもらえましたが、その後で医師たちが彼のところに差し向けられ、外交的狂気の突然の発作という考えをあまりに強く吹き込んだものですから、大使が自ら精神病院に入りたいと言い出したぐらいです。駐フランス大使は比較的軽傷で済みました――大使の提案は新聞各紙で陽気な笑いの嵐を呼び起こし、わが国には政治煙幕コンクールで一等賞が授けられました。他方、駐ポーランド大使は――ちなみに彼は私の古い友人ですが――命令を受け取ったとき、拳銃自殺の道を選びました。

ワルツ　どうでもいいことばかりじゃないか……

大佐　一番ひどいのは、こういった報告をあなたがちゃんと読もうともしなかったことです。

ワルツ　全くどうでもいいことだ。今日、これから……十二分後にある王国に対して及ぼされる作用が、世界の目を覚ましてくれるだろう。

大佐　もしも世界中で、今のわが国と同じ様な幸福が訪れるならば――

ワルツ　何だって君は、そんなに絡むんだね？　僕はただ、今日は疲れた、一日中馬鹿みたいな報告を読んでなんかいられない、と言っているだけだよ。水曜日に読むさ――それで何の問題がある？　それに、もし待っていられないなら、自分で読めばいいじゃないか――僕は喜んで署名してあげるよ、それでおしまい。

大佐　私は最後まで率直に申し上げます。普通に権力を保持している者たちの肩から、軋轢や崩壊に対する責任をあなたは下ろしました。しかしながら、その責任をあなたは無視してしまった。その結果生じたのは、あなたの裁可なしには、破滅的な混乱を止めるために何一つ企てられない、という事態です。しかし、あえて申し上げますが、あなたはどの一つの問題だってまともに理解する能力が無いし、自分の実験のために選んだこの国で、法律、経済、市民生活がどんな風に行われる習わしになっているか、知りたいとも思わなかった。あなたは政治の問題も、商業の問題もまるっきり分からなくて、最初のうちは私たちにとって殺人的な熱心さで書類を読むことに没頭していたのに、それが今では日に日に嫌でたまらないものになりつつある訳です。

ワルツ　僕には過去の生活の込み入った蜘蛛の巣など、研究する義務はない。破壊者は焼き払う建物の設計図など、知らなくていいんだ——そして、僕はその破壊者だ。これから建設を始める時、何もかも素晴らしく単純なものになるということが、明らかになるだろう。

大　佐　あなたと話していても役に立たないようです。私たちは皆、あなたの妄想の参加者に過ぎません。そして、今起こっていることは全て、あなたの病んだ脳の中のどよめきとさざ波に過ぎません。

ワルツ　何て言った？　もう一度繰り返してくれ。大佐、大佐、それじゃあ言い過ぎだよ。逆説にはうんざりしてしまうことだってある。

大　佐　私はいつでもクビになってもいいという覚悟であります。

電話。

ワルツ　ああ、きっと、ゆめ君からだ。早く来るように言って下さい。

大　佐　（電話で）かしこまりました……かしこまりました。（ワルツに）軍事大臣閣下が用があるそうです、重要な案件で——暗殺未遂のことです。もちろん、お会いするべきでしょう。

ワルツ　僕が期待していたのはゆめが……仕方ない、この杯も飲み干さなければならないか。

大　佐　（電話で）ワルツ様が、大臣閣下をこちらにお通しするようにとのことです。

ワルツ　ある一点では、君は実際正しいよ。混乱は止めなければならない。しかし、だからと言って、僕が朝から晩まで書類に取り組んで汗を流すべきだ、なんてことには全くならない……

大　佐　失礼します――私は以前の上司の出迎えに参りますので。

軍事大臣が入って来る。

大　佐　ようこそ、よくいらっしゃいました。私はとても――

軍事大臣　いいから、君、いいから。悠長に挨拶なんかしている暇はない……私はひどい状態でね。

（ワルツに）誓って申し上げます、誓って……

ワルツ　どうしたんです？　またヒステリーの発作ですか？

大　臣　たった今知らされたところです……どうしてこんなに遅れたのかわかりません……あなたの命を狙った不届きな暗殺未遂の件です……そこで私は誓って申し上げたいのですが……

ワルツ　それは、僕のプライベートな問題です、もう必要な手段を講じました。

大　臣　失礼ながら、まことに失礼ながら……どんな手段でしょうか？……誓って申し上げます――

大　佐　落ち着いて下さい、親愛なる、忘れがたい大臣殿。今のところまだ、私たちを脅かすものは何もありません。昨日、路上でどこの馬の骨とも分からない無鉄砲な男が――残念ながら、その男はまだ捕まっていませんが、いずれ捕まえます――空気銃で撃ったんです、つまり……ワルツ様を狙って。それで弾丸が頭をかすめたという訳です。

ワルツ　お気付きかな、空気銃ですよ。繊細な観察力と言うか、気の利いた皮肉と言うか。

大　臣　私の人生にとって大事なもの全てをかけて誓います、何度でも何度でも誓います、この犯罪にはわが国の市民の誰一人として関与しておりません。ですので、この件に対して国民は無罪であります——いえ、それどころか、嘆き悲しみ、憤慨しております……

ワルツ　もしも地元の愚か者か誰かが関わっていると僕が疑っていたら、この国の半分はとっくに青い空間に漂う軽やかな塵になっていたでしょうね。

大　臣　まさにその通りです！　私は恐怖に襲われて……誓って申し上げますが、そんなことはなかったのです。そのうえ、私は既に正確な情報をつかんでおります——発砲は、隣国から潜入した工作員の仕業なのです。

ワルツ　僕も同じ情報を受け取っている。思うに、罪を犯した国はもうそろそろ……。（時計を見る。）うん。もう罰せられている。

大　臣　なるほど！　策略家の連中は我々にとって壊滅的な粛清の渦に、あなたを引っ張り込もうとしていたんです。ああ、ほっとしました……そうです、素晴らしいことです、罰を与えなければならない……やれやれ……ところで、親愛なる大佐、君はこの何日かで痩せたんじゃないかね——そのうえ何だか、その、大人っぽくなった……仕事が大変なのかな？

ワルツ　あまり甘やかさないで下さい、彼の仕事ぶりには感心しません。さて大佐、君に頼みたいことがある。あちらから既にニュースが届いていないか聞いてきてくれたまえ。

大　佐　（大臣に）またお会いできますか？　ほんのちょっとでも？　ギャラリーでどうでしょう——あのペリクレスの彫像の前では？

ワルツ　彫像のことなんていいから。さあ、行きなさい。

大佐が出て行く。

大　臣　いやあ、彼も実に大人になったもんです。口元には皺《しわ》ができて……お気付きになりましたか？

ワルツ　僕が彼をここで働かせているのは、純粋に悪戯心からなんですよ、うんざりさせられるまでと思って。でもきっと、もうじきうんざりさせられるだろうな。見たところ彼は丸々と太った鳩に似ているけれど、痩せこけたカラスみたいにカーカーうるさく鳴くんですよ。さて、親愛なる大臣、僕があなたに言いたかったのは、こういうことです。僕が受けている報告によれば、この国では様々な混乱が生じていて、ごたごたの中で武装解除は遅々として進んでいません。気に入らないなあ。混乱と停滞はあなたの責任です。そこで僕はこう決めた――一週間、この事態を観察することを完全にやめて、全部あなたの手に委ねようと。一週間経ったら、手短に報告して下さい。もしもその期限までに、国内が完全に沈静していなかったなら、僕はこの国に罰を与えざるを得ないだろう。分かるかな？

大　臣　はい……分かります……しかし――

ワルツ　あなたの語彙豊かな辞書から、その「しかし」という言葉を取り除いた方がいいね。

大　臣　私が申し上げたいのは、ひとえに……責任が重すぎます！……人がいません……皆いなくなってしまいました……そんな仕事をどうこなしたらいいのか、分かりません……

ワルツ　大丈夫さ、こなせるよ。だいたい僕がここにいるのは、そういう雑用をするためじゃないんだから。

大　臣　そのようなご命令は、正直なところ、いささか唐突だったものですから。もちろん、努力いたしますが……

大佐が入って来る。

ワルツ　どうした、大佐？　何か愉快なニュースでもあるかい？
大　佐　私は軍人であり、私の仕事は戦争であり、戦闘には心が浮き浮きします。とはいえ、あなたのしたことは、戦争なんてものではなく、途方もなくおぞましい大量殺戮です。
ワルツ　つまり、サンタ・モルガナが吹き飛ばされた、ということかな？
大　臣　サンタ・モルガナ！　あの国で秘蔵っ子みたいに、皆に愛されている町が！
大　佐　かの国がだいぶ前から、我々の敵であることは、承知しております。連中だって、わが国を破壊できるものなら、遠慮などしないでしょう。しかしながら、繰り返し申し上げますが、貴殿がされたのは途方もなくおぞましいことです。
ワルツ　君がどう評価するかなんて、僕にはどうでもいいんだな。大事なのは事実だ。
大　佐　あの素晴らしい町のあった場所は、今では空っぽの穴になっています。最初の試算によれば、六十万人以上の人たちが死にました。つまり、町にいた人たち全員です。
ワルツ　そう、これである程度の印象を与えるに違いない。猫が悪戯でちょっと引っ掻いただけでも、高くついたな。
大　臣　六十万人とは……一瞬のうちに！……
大　佐　サンタ・モルガナの住民の中には、わが国の市民が千人ほど含まれていました。個人的に知っていた人もいます——ですので、特に喜ぶ理由はございません。

大　臣　なんだ、それはまずい！　それじゃあ台無しだ……

ワルツ　その逆だよ……これは君たちの国の騒ぎと怠慢に対する副次的な罰でもあると、考えたまえ。ところで、あちらの反応はどうだい？

大　佐　茫然自失し、気を失ったような状態です。

ワルツ　大丈夫。じきに我に返るさ。（電話。）きっと、ゆめ君からの電話だろう。国家の仕事は今日はこれでもう十分だ。

大佐が電話に出る。

ワルツ　（大臣に）それはそうと、あなたの軍服は気に入らないな。文官の服を着たらいいんだ。なんて俗悪な勲章なんだろう！……それとも、こうしようか。いつか暇なときに軍服を考えてあげよう……シンプルでエレガントなやつをね。

大　臣　この勲章の数々は、わが人生の道標なのです。

ワルツ　道標なんて無くても済むさ。さて、大佐、ゆめ君はどこだね？

大　佐　残念ながら、電話はあなたの伝令からではなく、不幸な隣国の人々の、当地における代表者からでした。直ちに謁見していただきたいと申しております。

ワルツ　なんとも迅速に悟ったもんだな。最初は地質学者の諸君に相談するんじゃないかと思ったよ。覚えているかね、大佐、君が以前提案したことを？

大　佐　あのとき私はすぐに自分の間違いを正し、精神科医に助けを求めるよう提案させていただきました。この使者に今お会いになりますか？

ワルツ　会う気は全くない。まっぴらご免だ！
大　臣　私が彼と話しましょうか？
ワルツ　一体全体どうしてのこのこ僕に会いに来られるのか、分からないな。
大　佐　彼をこちらに差し向けたのは、わが国の外務大臣です。
大　臣　私が喜んでお話ししましょう。あの国の皆さんとは、けりをつけなければならないこともあるんです。
ワルツ　好きなようにして下さい。あなたのけりとやらは僕には関係ない。
大　臣　で、どのような指令を？
ワルツ　普通の指令さ。もしも彼の国が真夜中までに降伏しないならば、今度は首都を爆破してやると伝えて下さい。
大　佐　その場合、わが国の市民を直ちに退去させるよう、隣国の代表者に伝えるべきかと思いますが——なにしろ、隣国にはわが国の市民が少なからず住み着いていますから。
ワルツ　わが国の市民が残ったままじゃいけない、という法もないだろう。考えてもみたまえ！……まあ、好きなようにしてくれ。最後通牒、爆発、圧力——こういった言葉にはもう飽き飽きだ。いくら繰り返したところで人々が理解するのは事後のことなんだから。僕はあなたをこれ以上引き留めません、親愛なる大臣。
大　臣　それではこれから私と彼で……大佐、彼を私のところに連れてきて下さい。
大　佐　もう控室にいます。
大　臣　素晴らしい。急がなくては。親愛なる大佐、もしも後で私に会いたいなら——
ワルツ　しっ！

大　佐　ほら、私の今の境遇がお分かりでしょう。
大　臣　大丈夫……元気を出しなさい。これから公使閣下とお話しできると思うとわくわくしますよ。（立ち去る。）
ワルツ　もしもゆめ君が十二時までに来なかったら、捜しに行って下さい。君の制服も変えてあげよう。闘牛士の出で立ちはどうかな？
大　佐　私の職務には、あなたの冗談を聞くことも含まれます。
ワルツ　それとも――ナポリの漁師の格好はどうかな？　チロルの住人は？　いや、サムライの服を着せてあげよう。
大　佐　私がまだ自殺していないのは、単に、狂人の戯言のせいで死ぬ必要なんてないからです。
ワルツ　狂人の戯言なんてことを口にするなと、前にも言ったと思うがね。
大　佐　お好きなように。（間。）それにしても、サンタ・モルガナの大聖堂はなんて素晴らしかっただろう……旅行客がたくさん来ていた、魅力的なお嬢さんたちがコダックを持って……
ワルツ　いずれにせよ、今日僕がちょっとしか仕事をしていないなどとは、君も文句は言えまい。
ゆ　め　（ドアの後ろから）入ってもいいですか？
ワルツ　入ってもいいんじゃなくて、入らなくてはならない！　準備万端整ったかな？
ゆ　め　はい。きっと満足されると思います。
ワルツ　僕は君が来るのを、今か今かと待っていたんだ。この執務室から出て行くと決めたときから、ここにいると退屈で、不愉快で、そのうえ、ゆめ君、なんだか怖くなるほどだ。さてと、お見合いはいつかな？
大　佐　私は、もちろん、口を出す権利はありませんが、しかしながらお聞かせ下さい――何なんです、引っ越しするおつもりですか？
ワルツ　何だ、親愛なる大佐、君にまだ僕のささやかな秘密を打ち明けていなかったかな？　これはうっかりした！　その通り、ここから出て行くんだ。
大　佐　どちらへ、と聞いてもよろしいでしょうか？
ワルツ　いやあ、まさにそれが問題なんだよ。君はどうも、地理はあまり得意じゃないみたいだな？
大　佐　その分野での私の成績には、批判される謂れはありません。
ワルツ　それなら、もちろん、パリモラという小さな島について、聞いたことがあるだろう――君の国の南の端の岬から、八十海里ほどのところにあるあの島のことを？　やっぱり！　知らないんだ！
大　佐　そんな島はありません。
ワルツ　それじゃ落第点のさらにマイナスだよ、大佐。一言で言えば、その島を徴発したんだ。僕が仕事をこの国から始めたのは、ひとえに、この国の領土の中にあの宝石があるからじゃないか、と時折、思えるくらいだ。余計な苦労から解放してくれた……この上なく穏やかな気候、永遠の春、虹色に輝く鳥たち……そして、そのサイズがまた、僕にちょうどいいんだな。パリモラ島は、海辺沿いの道を自動車で回ると……ええと、何時間くらいだったかな、ゆめ君？
ゆ　め　まあ、五時間くらいでしょう、あまり急がなければ。
ワルツ　うん、もちろん急いだりはしないさ。僕は安らぎと静けさが恋しくてたまらないんだ――僕がどんなに静けさを愛しているか、君たちには想像もつかないほどだろう。あの島にはアセロラもアボカドもアロエも――要するに〈ア〉で始まるすべての植物が生えている。とはいえ、こんなことは、大佐、どんな教科書にも書いてありますよ……昨日僕は、二日以内という期限をつけて、この島から住民をきれいさっぱり一掃し、君の国の成金商人たちが避暑を楽しんでいる、いまいましい別荘やホテルをぶっ壊すようにという指令を出した。（ゆめに）もちろん、実行されただろうね？

ゆ　め　もちろんです。

ワルツ　悲しむことはないさ、大佐、僕はきっと、君の国の首都を世界の首都にして、まあ、三か月に一回くらいは、うまく行っているか見にやってきて、何日か過ごすから。もちろん、島にも報告書を送ってもらおう——ただし、生きた言葉で書かれた報告書を頼むよ、肝心なのは数字抜きで、ということだ、数字抜きでね。要らないから、数字なんて……。島で僕は素晴らしい宮殿に住むだろう——で、この親愛なるゆめ君が、僕のためにスタッフ全員をそろえてくれたばかりなんだよ。そこから僕は静かに落ち着いて、世界を統治するだろう——ただし、そのときも、僕の機械は今ある場所に残したままでね、それはここからとても遠いところで、僕の生まれた国の中でさえもない。それは君たちの知らない国に、他の地域の、あの……。おっと危ない、もう少しでうっかり口を滑らすところだった！　滑らしたほうがよかったかな……君たちは二人とも、耳をそばだてたけれど、今ではもうがっかり落ち込んでしまった。やれやれ、ありがたいことに、僕はこのデスクをもう二度と見ることはないだろう——僕に歯をむき出し、背中を折れ曲がらせるこのデスクを。いざ、パリモラへ、一刻も早くパリモラへ！（大佐に）さて、どうだい、僕の計画は分かったかな？

大　佐　分かったのなんのって。

ワルツ　それは上出来。これから親愛なるゆめ君といっしょに取りかからなければならない仕事があるからね、それゆえ、大佐、君には姿を消してもらいましょうか。そう、ちょうどいい、この書類は全部持って行って、君の以前の上司と一緒に解決してください。僕は大臣に全権を委任してあるから。

大佐　取り返しのつかない事態は、他人に責任を押し付けることによって醸成されるものです。

（立ち去る。）

ワルツ　さあ、行った、行った。さて、ゆめ君、君の見つけた掘り出し物を見せてもらおうか。

ゆめ　あなたが神経質になっているのは、きっと、昨日の襲撃の結果でしょう。包帯に触らないで。いいですか、包帯を巻いて差し上げたのはわたしです。ですから、あなたの健康に対して責任があるんです。直してさしあげましょう。

ワルツ　放っておいてくれ。すっかり忘れていた……くそっ。（包帯をはぎ取る。）

ゆめ　どうかしていますよ、今日のあなたはまったくよくありませんね。ついこの間まで夢中になって壮大な改革に取り組んでいたのに、どうしてそんなに急に、熱が冷めちゃったんです？

ワルツ　何も冷めちゃいないさ。ちょっと休みたいだけだ……

ゆめ　気を付けてください、ワルツ様、危険な道です！

ワルツ　君が口を出すことじゃない……君の仕事は、僕が個人的に頼んだ任務を遂行することだ。ところで、聞きたいんだが……一悶着起こさずに、あの大佐を厄介払いする方法は何かないかなあ？

ゆめ　えっ、厄介払いと言うと？

ワルツ　あの男はもう必要ないんだ。不愉快な人間でね、だから僕としては——まあ、簡単に言えば——消えてもらいたい。跡形もなく。事故とかなんかで。どうだろう、うまく仕組んでもらえるかな？

ゆめ　日を覚ましてください、ワルツ様。今日は血をたっぷり味わったんですね。

ワルツ　いや、冗談だよ、冗談……生かしておくさ。ただ、僕にまとわりついて、馬鹿げた質問ばかりするのは、勘弁してほしい！　それじゃ君が集めた人たちを呼んでください、どこにいるんです？

ゆめ　ドアの向うです。まず最初に建築家に会うべきでしょう、それから、料理人にも。

ワルツ　料理人か——それはいい。料理人というのは素晴らしいな。それじゃ、始めようか……実際、今日はなんだか気持ちが休まらない。

ゆめ　それでは、いますぐに。（立ち去る。）

ワルツ　それにね、ゆめ君……僕は轟き渡るような立派な称号を毛嫌いし、歴史のあらゆる求めに従って玉座を飾りたてることもしなかったけれど、そんなこと無駄だったんじゃないかという気がし始めているんだ——王のマント、司祭たち、国民の祝日とかも無しで済ませて……なんだ、ゆめ君はここにはもういなかったのか……馬鹿だな！（ノックの音。）どうぞ！

建築家のグリプ　こちらに参りましたのは……自己紹介をお許しいただければ……

ワルツ　いや、これはいい、素晴らしい。僕はいますぐ、自分の好きなものを全部言いましょう。そうしたら、すぐに、何か美味しいものを作ってくれるかな。若い頃は、ねえ、ひどい食生活でしたよ、いつも、いつも腹を空かせていて、暮らしのすべてが虚数で定義できたくらいだ——つまり、マイナス食事というわけ。だからいま、失ったものを取り戻したいんです。あなたをパリモラに連れて行くまでに、ビーフステーキのオニオン・ソテー添えをうまく作れるかどうか、確かめなければならない。

グリプ　申し訳ありませんが……お分かりでしょうか、自分は──

ワルツ　それとも、例えば……チョコレート・アイスクリームかな……一文無しだったころ、眠れない夜にはなぜか、とりわけ夏には、食べたくてしかたなかったなあ──腹いっぱい、甘く、爽やかなチョコレート・アイスをね。その他には、こってりしたパイも好きだな。それから魚なら何でも──ただし、燻製のコイだけはだめだけれど……いったい、どうしてずっと黙っているんです？

グリプ　お分かりでしょうか、その、かっ、閣下、自分はそもそも、建築家なのです。

ワルツ　なんだ……それならそうと、すぐに言えばいいのに。バカみたいな誤解をしてしまったじゃないか。そのせいで、何か食べたくなってきた。よろしい。僕に何が必要か、もう聞いていますか？

グリプ　宮殿だと伺っております。

ワルツ　そう、宮殿です。大変けっこう。僕が好きなのは、巨大で、太陽のように輝かしい、白亜の館だ。僕のために、おとぎ話に出てくるようなものを建ててください、おとぎ話のような設備をつけて。円柱に、噴水、空が全部見渡せるくらいの広々した窓、それからクリスタルの天井……それに加えて──僕の長年の夢なんだが……こんな装置が欲しいんです──電気で動かすのか、技術に弱いので、よく分からないのだけれども──要するに、目が覚めたら、ボタンを押す。するとベッドがするすると動いて、まっすぐ浴槽《バスタブ》に運んでいってくれる、という……それから、さらに、すべての壁に蛇口が備え付けられていて、そこから氷のように冷たい、色んな飲み物が飲めるようにしてほしい……これはすべて、僕が大昔、運命に注文しておいたものなんですよ──そう、蒸し暑く、騒がしく、汚い家の隅っこで間借り生活をしていたころ……思い出したくもない。
グリップ　設計図を描いてお見せしましょう……気に入っていただけるものと思います。
ワルツ　だが、肝心なのは、この全部をすぐに建ててしまわなければならない、ということです。十日与えよう。それで十分だね？
グリップ　いえ、困ったことに、資材の調達だけでも、一月以上かかります。
ワルツ　勘弁してくれ。それなら海軍の艦隊をまるごと投入するさ。資材は三日で届けられる……
グリップ　自分は魔法使いではありません。建設には最低、半年はかかります。
ワルツ　半年？　それならもう、出て行ってくれ――お前などに用はない。半年だと！　そんな厚かましいことを言うやつは――

ゆめが入って来る。

ゆ　め　どうしたんです？　怒鳴り声をあげたりして？
ワルツ　十日やると言ったのに、この男は卑劣にも――
ゆ　め　そんなことでしたか、誤解ですよ。もちろん宮殿は期日までに完成するでしょう――もっと早くできるかもしれない。そうでしょ、建築家の先生？
グリップ　実際、ちょっと勘違いしたようです……はい、もちろん、完成させられます。
ワルツ　そうこなくちゃ。今日すぐに石工の手配をしてください。僕は列車を百本と船を五十隻出させますから。
グリップ　すべては御意の通りに。

ワルツ　さあ、行った、行った。準備に取り掛かってください……いや、ちょっと待って、包みを忘れていますよ。

グリプ　これはうっかりしました！　せがれのために、ぜんまい仕掛けのおもちゃを買ったんです。ご覧になりませんか？

ワルツ　いや、いや、けっこう。冗談じゃない。けっこう毛だらけですから。さあ、行ってください。

グリプは立ち去る。

ワルツ　先に進もう、ゆめ君、この先に……一人一人個別に謁見しているなんて、我慢できないから、全員まとめて呼んでください。いちいちこんなに手間どっていたら、たまったものじゃない。明日にでも、すべてのおもちゃ屋を閉鎖するよう、命令を出そう。

ゆめ　（ドアの向うに）皆さん、どうぞこちらに。

入って来るのは、料理人のグリプ、運転手のブリク、歯科医のゲルプ、管理人（女性）のグラプ、スポーツ・インストラクターのゴルプ、庭師のブレク、医師のグロプ。皆同じ黒い服を着ているが、その中でグリプは白いコック帽をかぶり、グラプはスカートをはいている。

ワルツ　さて、ゆめ君、誰が何の担当か、説明してください。例えば、ほら、こちらのご老体は？

ゆめ　運転手のブリクです。

ワルツ　なるほど、運転手か。しかし、それにしてはちょっとよぼよぼじゃないだろうか。

ブリク　その代り、大変な運転歴があります。履歴をちょっとご披露させていただきますと、子供のころに乗っていた三輪車に、ゲルマンという伯父がいたずら心から、ガソリン・エンジンを取り付けまして、その後二か月の間、入院する羽目になりました。成年に達してからは、レーサーになりました。賞を取ったことがないのは、ひとえに、極度の近眼だったからであります。その後、お抱え運転手として高級車を運転しておりまして、最後の王様が窓の外から狙撃されて暗殺されたときも――神よ、お裁きください――手前の運転する車に乗っておられました。

ゆ　め　町で一番の運転手です。

ブリク　王族の方々からも、王族ではない方々からも、推薦状をいただいております。その上、閣下のために特注された自動車の小さな模型もお持ちいたしました……（包みをほどこうとする。）

ワルツ　いや、いや、余計なことを……やめてくれ。ゆめ君、包みを開かないよう、爺さんに言ってやってください。よろしい、採用しましょう、採用だ……下がってください、では次の人。

ゆ　め　歯科医のゲルプ、輝かしい名医です。

ワルツ　なくてはならない人材だ！　実際、口の中の焼け付くような痛みに苛まれながら、何時間も診療所で待たされたあげく、今度は不潔でせっかちな藪医者の手にかかる、というのは地獄ですよ。その恐怖を知ってもらいたいなあ……

ゲルプ　私は抜歯がいいとは思っていません。私のドリルは実に静かなものです。

ワルツ　あなたも採用だ、パリモラに連れていこう。で、こちらのご婦人は？

ゆ　め　いわば管理人とでも言いましょうか、マダム・グラプです。

ワルツ　ああ、そうか……ゆめ君、ちょっと聞きたいんだが……皆さん、ちょっとゆめ君と話があるので……聞かないように……（脇に寄り、ゆめにひそひそ話しかけると、ゆめは頷く。）……そうか、素晴らしい。（グラブに）願わくば、マダム、あなたには……つまり……いや、その……まあ、いいや……後で話しましょう。
グラブ　わたくし、二十年あまり、ある高名な学校で校長をしておりましたの。古典的な、古代ギリシャを手本にして作られた学校で、教え子たちは横笛を吹いておりました。わたくし自身もギリシャ風の長衣《キトーン》をまとっておりました。あの年月、いったいいくつ取っ手のついた壺《アンフォラ》を割ってしまったことか……
ワルツ　いいです、いいです。後でちょっと……いまここではちょっと。で、こちらはどういう人です？
ゆ　め　ゴルプ、スポーツ・インストラクターです。だって、おっしゃっていたでしょう、スポ——
ワルツ　そうだ！　僕は、ほら、あまり……知っての通り——貧乏暮らしが続き、胸も薄く、肺病の兆候もあって……知的な仕事が多くて……でも、筋骨隆々たる若者を羨ましく思っていたんだ。自分の身長よりも高くジャンプしたり、拳骨の一撃で黒人の巨漢をノックアウトしたりできたら、なんて楽しいだろう！　そう、僕は毎日運動で体を鍛えたい！　ありとあらゆる種類の運動場を設置するよう命令しよう。建築家にそのことを伝えるのを忘れないように——ゆめ君、メモをしておいてください。（ゴルプに）先生ご自身は、例えば、ここからあそこまでジャンプできますか？　跳んで見せてください。どうして黙っているんです？
ゆ　め　こちらは素晴らしいスポーツマンですが、残念ながら、生まれつき口がきけないんです。
ワルツ　でも僕が望んでいるんだ、跳んで見せるようにと。
ゆ　め　ここの床はつるつるし過ぎていると、手話で言っています。

ワルツ　でも僕の望みだ。

ゆ　め　ワルツ様、彼のことはもういいでしょう。何事もしかるべき時に。今度は、こちらの非常に有名な――

ワルツ　嫌だ、僕がぜひと望んでいるんだ。

ゆ　め　……非常に有名な庭師をご紹介します。きっとあなたのために……

ワルツ　分からないな、どうして僕が望むことをやらないんだ？　庭師だって、どこにいる？　庭師なんか、必要ないよ。

ブレク　苗字はブレクと申します。私は自分の花たちの顔に、喜びでも、悲しみでも、どんな表情でも浮かべることができます。私の薔薇たちは、花びらだけでなく、葉も香ります。私は世界で初めて青いダリヤの育成に成功しました。

ワルツ　けっこう、けっこう……どんどん育成してください……で、こちらは、どうやら料理人のようだね？

料理人のグリプ　料理人でございます、神の御恵みによりまして。

ワルツ　ああ、料理に関する僕の要求は、もう建築家に話してしまった。彼から話を聞いてください――同じことを繰り返すのはうんざりだから。

ゆ　め　そうしましたら、こちらの執事を特に強く推薦申し上げます。（あいまいな身振り。）

ワルツ　そう、そう、皆で相談して決めてください。まだ沢山いるのかな？

ゆ　め　（またもや曖昧な身振り。）こちらは、文書庫の司書たちの王様です。

ワルツ　彼には、世界中のすべての図書館から、稀覯《きこう》本を集めるよう頼もう。僕は稀覯本だけからなる図書館が欲しいんだ。さてと、これで全員、面接を終えたかな？

ゆ　め　いいえ。
ワルツ　まだ誰が残っている？　この男か？
ゆ　め　違います。
ワルツ　どういうことだ、誰も見当たらないけれど……
ゆ　め　医師をお忘れです。ほら、こちらが――ドクトル・グロプ。
ワルツ　初めまして。
グロプ　今日は気分はいかがですかな？
ワルツ　最高ですよ。ただ、どうか僕には触らないでください。
グロプ　食欲はありますか？　よく眠れましたか？
ワルツ　僕は健康です、健康そのもの。ほら、包帯だってもう取ってしまったし。どうかしましたか？　どうか覚えておいてもらいたいんだが、あなたを連れていくのは万一のためですからね。だから、しつこく僕につきまとう必要はないんです。必要ないと言ったら、必要ないんだ……
グロプ　ええ、ええ、もちろんですよ。あなたにあれこれ質問するのは、単に、友達としてのことです。
ワルツ　ゆめ君、僕はこの男を知っている！
ゆ　め　落ち着いてください、ワルツ様。誰もあなたに危害を加えようなどとは思っていませんから。
グロプ　怖がらないでください、あなたの味方ですから。
ワルツ　知っているぞ！　以前どこかで会ったことがある！
グロプ　脈だけでもちょっと……

ワルツ　もちろん、以前会ったことがある！　ここにいる他の連中全員にも、前に会ったことがある！……欺瞞だ！　陰謀だ！　放っておいてくれ！……
グロプ　今日は非常に落ち着きがありませんな……この調子だと、今晩もう一度――
ワルツ　ゆめ君、この男を追い払ってくれ！　他の連中もみんな！
ゆ　め　ええ、ええ、いますぐに。そんな大声でどならないでください。

面接を受けた人物は徐々に立ち去っていく。

ワルツ　なんて不愉快な男だ！　それに、だいたい――何もかもがとても変だ……気に入らないな……
ゆ　め　まあ、しかたありませんね、あの人たちをみんな連れて行くんでしょう？　あなたの……ええと、なんと言いましたっけ？　パリミン？　パリマリー？　そこに連れて行くんですね？
ワルツ　うんざりだ――召使選びなんて一日中やっていられないよ。これは僕の仕事じゃなくて、君の仕事だろう。いずれにせよ、医学の助けは借りないで済ますよ……あのペテン師どもめ！そんな風に首を振らないでくれ。子供じゃないんだから。じゃあ、先に進もうか、先に……
ゆ　め　次のグループはきっと気分を少し良くしてくれると思いますよ。おや、もう顔がほころんでいますね！
ワルツ　どこにいるんだい？
ゆ　め　隣の部屋です。覗いてみますか？
ワルツ　いいかい、ゆめ君――白状しないといけないんだが、僕は見たところ、もちろん、もう若くない。それに、色んなことをくぐり抜けて来た。苦労人というか、そんなところだ……でも、信じてもらえないかも知れないけど……僕はとても、とても内気なんだ。本当ですよ。そして、たまたま――その、必要に迫られて、貧乏人の憂鬱と嫉妬の二日酔いと夢の潔癖さから――いつかそんなことになってしまって、ゆめ君、あんなことはもう二度と、二度と……。そして今、僕の心臓は狂ったように激しく打ち、唇はカサカサになり……馬鹿げている、もちろん！　でも、僕がどんな、一体どんな幻を見ていたか、僕の哀れな孤独がどんなにきらめいていたか……どんな夜を過ごしていたか……夢に現れる姿はあまりにも強烈で、あまりにも鮮やかだったので、翌朝、自分の部屋に一本のヘアピンも落ちていないのに、自分でもちょっと驚くほどだった――誓って本当のことだ！　ちょっと待ってください、ちょっと。次の人たちをまだ呼ばないで。少し気持ちを落ち着かせてほしい……聞いて下さい、君にお願いがある。僕のための仮面を持っていないかな？

ゆめ　何を言うんです？　カーニバルでもやろうって言うんですか？　いえ、そんな用意はありません、そんなこととは思わなかったから。

ワルツ　僕が欲しいのは、顔半分を隠すようなのではなくて――ほら、こういう……どう説明したらいいかな――顔を全部隠せる仮面だ……

ゆめ　ああ、それなら別の話です。その戸棚の中に、きっと、ありますよ。見てみましょう。

ワルツ　何と言うか、クリスマスのときに子供たちがかぶるような……

ゆめ　ほら、ちょうどそういうのが、いくつかありました。どうぞ選んで下さい。例えば、サンタクロースのとか。これじゃ駄目ですか？　では、この豚のは？　これも嫌ですか？　いいのがあった――どう？　気難しいんですね。これは？

ワルツ　うん、これにしようかな。

ゆめ　ちょっと怖い仮面ですね。ブルルッ！

ワルツ　普通の顔だよ。どうやって顔にはめるんだろう……

ゆめ　どうしてそんな格好でご婦人たちと会おうと思うんですか。分かりませんね……

ワルツ　これで申し分ない。さあ、急いで！　そんなにおしゃべりばかり、していないで。次の人たちを呼んで下さい。

ゆめが手を叩くと、五人の女たちが入って来る。

ゆめ　わたしは美女を探して国中を回って来ました。そして、その努力が実を結んだのではないでしょうか。いかがです？

ワルツ　これで全部？

ゆめ　何とおっしゃいました？　仮面越しにぶつぶつ言われても……何ですか？

ワルツ　これで全部？　この二人だけ？

ゆめ　一人ですって？……ここには五人、五人せいぞろいしていますよ。五人の第一級の別嬪さんたちです。

ワルツ　（より若い二人のうちの一人に向かって。）お名前は？

娘　イザベラよ。でも、お得意さんたち、あたしのことリス《ベルカ》って呼ぶの。

ワルツ　何てこった……（二番目の娘に。）あなたのお名前は？

二番目の娘　オリガよ。お父さんはロシアの公爵だったの。タバコくださらない？

ワルツ　僕は吸わないんでね。歳はいくつですか？
イザベラ　あたしは十七、お姉さんは一つ年上。
ワルツ　変だなあ、君は見たところずっと年上に見えるよ。ゆめ君、一体何が起こっているんだ？
それに、この……女たちは？……
ゆ　め　どの娘がいいですか？　ほら、この娘？　どう、なかなか美人でしょ？　東洋趣味です
ね？
ワルツ　どうして彼女はそんなに……そんなに……
ゆ　め　聞こえません、何ておっしゃいました？
ワルツ　どうして……彼女はそんなに太っているんだ？
ゆ　め　まあ、ご存知でしょう、遊び相手にいいのは、いつも痩せっぽちとは限らないでしょう。
でも、こちらの娘はガリガリですよ。
ワルツ　この娘？　でも、怖い顔をしている……ゆめ君、怖い顔をしている——それに、なんだか
……おかしなところがある……

太った女が、いきなり歌いだす——『もう行って、私を見ないで』の旋律で。*

太った女
暗闇と渡し船
そして遠くの灯火

広い川の岸での
永遠の別れ

遠くでは誰のものとも
分からない歌声……
抱きしめたけれど
あなたは連れていかれた……

水面に映った灯火を
千々に砕く波と
兵士たちの叫び声と
鎖の立てる音だけが

暗闇の中で繰り返す
私の人生はもうお終いだと
私のいい男《ひと》は枷を嵌められ
渡し船で運び去られていくと

ワルツ　変な歌だなあ！　悲しい歌だ！　いやはや、何か思い出してきた……この歌詞は知っているぞ……もちろんだ！……これは僕の詩だ……僕が書いた詩じゃないか！

太った女　流刑囚の歌以外にも、陽気な歌を知っているわ。
ワルツ　もう止めて下さい、お願いだ、これ以上は歌わないで！
イザベラ　この人は足でピアノを弾いたり、トランプをシャッフルすることさえできるのよ。
ガリガリ娘　わたしは生まれつきこんななの。好きな人には、それがたまらないのね……
ワルツ　ゆめ君、この娘は手が無いじゃないか！
ゆ　め　いろんな娘たちを集めるように言ったでしょう。何がお気に召さないのか、分かりかねます……
年老いたブロンド女　わたしは控えめな女です……わたしは遠くにいて見ているだけ……あなたと同じ部屋にいられるなんて、何という幸せでしょう……
ゆ　め　この人は詩人なんです。才能のあるボヘミアンです。最初の日から、あなたに惚れ込んでしまいました。
年老いたブロンド女　（ワルツに近寄りながら）わたしがどうしてあなたの肖像写真を手に入れたか、お聞きになって……わたしを見て下さい、ほら——わたしは全身あなたのものよ。わたしのブロンドの髪も、わたしの胸も、他人の口づけで重くなったわたしの手も……わたしを好きなようにしてちょうだい……こちらの綺麗なお人形さんたちと遊んじゃ駄目よ——この娘たちはあなたの直観に相応しくないわ……わたしは、わたしたちが二人とも恋焦がれていたあの幸せを差し上げましょう……わたしの暴君様……
ワルツ　僕の体に触るんじゃない！　くそばばあめ……
太った女　ヒヨコちゃん、こっちに来て……
ガリガリ娘　ヴィーナスも手が無かったわ……

ワルツ　あっちに行ってくれ！　ゆめ君、これはなんていう悪夢だ！　よくもまあ、こんなことを……くそっ……（仮面を剝ぎ取る。）僕が要求したのは三十人の若い美女だ。それなのに君が連れて来たのは売春婦二人と醜女《しこめ》三人だけじゃないか……お前はクビだ！　この裏切り者め！

ゆ　め　別嬪さんたち、お帰り下さい。王様《スルタン》はご機嫌ななめです。

娘たち、一列になって退場。

ワルツ　それに、人を愚弄するにも程がある！　どうしてこんなくずばかり集めてきたんだ？　僕が注文した娘は、若くて、美しくて、初々しくて、優しくて、物憂げで潤んだ目をしていて、おとなしくて、ふんわりしていて、きゃしゃで、思慮深くて、優美で、夢見がちで……

ゆ　め　もういいわ、もう十分でしょう。

ワルツ　いや、十分なものか！　ちゃんと聞くんだ！　俺はいったい何者だ——田舎の悪場所のセールスマンか？　それとも、欲望を妨げるものなど何もない、世界の帝王か？

ゆ　め　正直なところ、分かりません。かなり複雑な問題ですから……

ワルツ　えっ、複雑だって？　それならその「複雑」とやらを見せてやるさ！　今日中に、首都のすべての若い娘の写真を収めたアルバムを届けてくれたまえ。俺が自分で選ぶから、自分でね。なんて図々しいやつだ！……いや、素晴らしいアイデアが浮かんだ。そんなに前のことではないが……いや、ひょっとしたらだいぶ昔のことか……どうだったかな……まあ、いずれにせよ、彼女の姿を見たんだ——あの、うら若くて……ああ、思い出した——あの馬鹿将軍の娘だ。それなら、いいか、あの娘がいますぐここに届けられるよう、手配をしてくれたまえ。

ゆ　め　そのことなら、娘さんのパパとご自分で話してください。
ワルツ　いいだろう――それならパパをここに連れてきてくれ。ただし、いますぐだぞ……

急ぎ足でベルク将軍が、足を引きずりながら登場。

ベルク　ただいま参上しました！　痛風だからといって、寝てばかりもいられません。病気などけろりと治ったみたいに、床から跳ね起きましたよ。どうです、調子はいかがですかな？　王冠がちくちくしませんか？　王の豪勢な肩掛けにはうんざりしませんか？　ゲラッ、ゲラッ、ゲラッ！
ワルツ　（ゆめに）将軍に僕の望みを伝えてください。
ゆ　め　それはちょっと気まずいですね……
ワルツ　お願いだ、ゆめ君、お願いだから……
ゆ　め　いいでしょう――それじゃ、最後の力を振り絞って……あのう、将軍、あなたの魅力的なお嬢様はいまおうちにいらっしゃいます？
ベルク　いや、まったく違いますな。ある種の軍事的かつ私的性格の考慮によって、うちの器量よしは外国に送らざるを得なくなったのじゃよ。
ワルツ　へえ、考慮だって？　図々しくも考慮ができるとはね？
ベルク　いきなり喧嘩腰ですな、まったく！　他の人たちはそのことを罵っているけれども、私はあなたのそういう勇み肌のところが好きですよ！　いや、まったく！
ゆ　め　そんなことを言っても無駄ですよ、ワルツ様、もう止めてください……話題を変えましょう。

ワルツ　話題を変えろと言うんなら……いいだろう……一言で言えば、将軍、お手数だが、直ちにお嬢さんに連絡を取って、迎えの飛行機が差し向けられるとお伝え願いたい。いまどこにいる？

ベルク　おや、まあ、あなた、どうして私をそんなに驚かすんです？　うちの娘は飛行機なんか、一度も乗ったことがないし、これからも、私が生きている限り、乗ることはありません。

ワルツ　あんたに訊いているんだ——あんたの、娘は、どこだ？

ベルク　でも、いったいどうして、藪から棒にそんなことを？

ワルツ　あんたの娘はただちにここに送り届けられなければならない……ただちに、だ！　ところで、齢はいくつだっけ？

ベルク　娘ですか？　十七歳です。そう……亡くなった家内が生きていれば、もう五十二歳ですよ。

ワルツ　答を待っているんだ。さあ、早く——彼女はどこだ？

ベルク　まあ、何と言ったものか、あっちの世界ですよ、きっと。

ワルツ　あんたに訊いているんだ——娘はどこだ？　僕の島に連れて行くんだから。さあ？

ベルク　（ゆめに）何を私に求められているのか、まるっきり分かりませんな……島ってなんのことです？　誰を連れて行くんです？

ワルツ　俺はあんたに訊いているんだ——

ゆ　め　ワルツ様、もう十分です、止めましょう……お行儀が悪いですよ！

ワルツ　黙れ、ちくしょう！　あんたに訊くのはこれがもう最後だぞ、将軍、娘はどこにいるんだ？

ベルク　申し上げるつもりはありませんな、ゲラッ、ゲラッ、ゲラッ。

ワルツ　なんだって、つもりはないだと？　俺は……つまり、あんたは娘を僕から隠したのか？
ベルク　それはもう見事に。どんな猟犬を使っても捜し出せませんよ。
ワルツ　つまり、あんたは……娘をここに連れて来ることを拒否するんだな？　そういうことか？
ベルク　どうやら、ちょっと飲み過ぎたようですね……もしもこれが冗談だとしたら、あまり趣味がいいものとは言えませんよ。
ワルツ　いや、冗談を言っているのはあんたのほうだろう！　白状しなさいよ、さあ？　白状することくらい、なんでもないでしょう？　ほら、笑ってあげるから……冗談なんでしょ？
ベルク　いえ、これっぽっちも。確かにちょっと洒落のめすのも好きですが――それが欠点でしてね――いまは真面目です。
ゆ　め　ワルツ様、そうです！　そうなんです！　何かが変わってしまった！　将軍は実際、冗談を言っているわけではないんです。
ワルツ　よかろう。もしも貴下の娘がここに、この部屋に、明日いなかったら、そのときは、いいかね、明日ただちに、恐ろしい、極めて恐ろしい処罰を下すことになる。
ベルク　どうぞ、どんな処罰でも下してください。でも、うちの娘に会うことは絶対にありませんよ。
ワルツ　それなら、いささか古風なやり方で始めよう。将軍、ありとあらゆる方法でじっくり時間をかけて拷問をしてから、あんたを絞首刑にしてやる。これで十分かな？
ベルク　予め率直なところを申し上げておきますがね、私は心臓があまりよくないので、拷問のプログラムはさほど長いものにはならないでしょうよ、ゲラッ、ゲラッ、ゲラッ。
ゆ　め　ワルツ様！　将軍！　もういいでしょう、親愛なる将軍、彼をそっとしておいてください……お分かりのように……

ワルツ　他の処罰も行ってやる。しかも、いますぐに。あんたが自分の娘っ子をここに連れて来るか、あんたの国が全部、町という町、村という村がことごとく吹き飛ばされるかの、どちらかだ。

ベルク　悲劇の主人公は二つの選択肢の板挟みになるものですが、私には、そういった高貴なジレンマがピンときませんでした、これまで一度も。すべての問題は私にとって、一角獣です。どうぞ、爆破してください、ね。

ワルツ　全世界を爆破してやる……彼女も死んでしまうだろう。

ベルク　それでもけっこう。でもねえ、あなたは単純なことを理解しようとしておられない。つまり、世界プラス私プラス私の娘が破滅したとしても、娘がですね——強い表現で恐縮ですが——凌辱されるより、千倍もましだ、ということです。

ワルツ　どうぞ、ご勝手に——僕は彼女と結婚するから。

ベルク　ゲラッ、ゲラッ、ゲラッ！　腹の皮がよじれて死にそうですよ……

ワルツ　でも、もしも僕が寛大だったら？　途方もなく気前がよかったら？　将軍、百万出しましょう……いや、二百万……

ベルク　いえ、だから——これは全部ご冗談でしょうって、申し上げたでしょう……

ワルツ　……百万はいますぐに、残りの百万はお嬢さんがここに届けられてから……いや、それより、自分で値段を言ってください……

ベルク　しかも、これはずいぶん下種な冗談ですな。

ワルツ　これ以上耐えられない……彼女はどこだ、どこだ、どこなんだ？

ベルク　わざわざ探しても無駄です。うちの娘は貴殿の機械と同じくらい、しっかりと隠されております。さて、それではお暇《いとま》させていただきますよ。（立ち去る。）
ワルツ　将軍を引き留めろ！　ゆめ君、僕は知らなければならない……何も方法がないなんてことは、あり得ないだろう……ゆめ君、助けてくれ！
ゆ　め　残念ながら、ゲーム・セットです。あなたの負け。
ワルツ　ゲームって何のことだ？　いったい何のことを言っているんだ？……君は奇怪であいまいな考えで僕をがんじがらめにしている――それは、自分では絶対に受け入れたくない考えばかりだ……君も分かるさ……明日すぐに、僕は大粛清を始め、処刑しまくるんだ……
ゆ　め　ワルツさん、今の今までわたしはあなたを励まし、支持してきましたが、それも、ひょっとしたら、こういうやり方があなたのためになるんじゃないかと、ずっと考えていたからです。でも今となってみると……
ワルツ　黙れ！　我慢ならない！　わが王国ではそういう話し方は禁止だ！
ゆ　め　いえ、それどころか、逆に、必要不可欠です……
ワルツ　出て行ってくれ。
ゆ　め　今出て行きます――あなたにはがっかりしました。でも最後に、ちょっとした真実を打ち明けてあげましょう。ワルツさん、あなたの機械なんて無かったんですよ。

彼の背後に回り、緞帳の後ろに消える。既に軍事大臣と大佐が入って来ている。二人とも今度は文官の制服を着ている。大臣はすぐに、第一幕のときと同じようにデスクに向かって腰をおろし、書類の上に上体を屈める。

ワルツ　ゆめ君！　どこにいる？　どこに……

大臣が執務しているデスクに歩み寄る。

大　臣　（ゆっくり首を上げる。）ええ、もちろん、これは興味深いものです。
ワルツ　つまり、これはすべて虚構だ、僕が単に作り話をしているだけだとお考えですか？……
大　臣　ちょっと待ってください、ちょっと待って。第一に、落ち着いてください。第二に、これから言うことを、理解するよう努めてください……
ワルツ　いや、ちょっと待てよ……どうしたらいいか、やっとわかった。
大　臣　私が言いたいのはこういうことです。貴殿の発明は、いかに興味深く重要なものであったとしても——いや、より正確に言えば、貴殿がそう考えているからこそ——
ワルツ　いや、ちょっと待って……
大　臣　……貴殿が私の執務室において、私と行おうとされている会話の主題にはなり得ません。ですので、お願いですが……
ワルツ　そいつはすごいや！　それなら見せてあげましょう……子供にだって、知恵遅れの子供にだって、はっきり分かるはずのことさ！　お分かりですか、僕が持っている武器の威力はすごいもので、それに比べたら、あなたの国の爆弾なんてなんでもない——せいぜい、指パッチンか、豆鉄砲みたいなものです……
大　臣　お願いですから、そんなに声を張り上げないで下さい。私が貴殿をお通ししたのは誤解によるものでした——こういったことは私ではなく、部下たちが対応いたします。それでも私は貴殿の話を最後まで聞き、全てを考慮しましたから、もうこれ以上はお引止めしません。もしお望みならば、貴殿の計画を文書の形で提出されても結構です。

ワルツ　それが僕への答えのすべてですか？　この瞬間にどんな町でも、どんな山でも破壊することができる、この僕に対する？

大　臣　（ベルを鳴らす。）手始めにあの美しい山から、なんてことのないよう願いますよ。（大佐が窓を開ける。）ご覧なさい、なんて美しいんだろう……なんと静かでなんと穏やかなんだろう！

ワルツ　馬鹿、まぬけ！　分かっているのか――俺は全世界を壊滅させられるんだぞ！　信じないのか？　そうか、信じないんだな？　それなら、それでいいさ――教えてあげよう、機械は、どこか別の所にあるんじゃなくて、ここにあるんだ。俺が持っているんだ、俺のこの胸の、ポケットに入っているんだ……。あんたは俺の権力を認め、認めたことに伴うあらゆる結果を受け入れるか、それとも――

既にしかるべき人物たちが入って来ている――グリプ、グラプ、およびグロプ。

大　佐　狂人だ。直ちに連れ出すように。

ワルツ　……それとも、恐ろしい破壊が始まるかだ……何をするんだ、放してくれ、俺に触るな……触ると俺は――爆発するぞ。

彼は無理矢理連れ出される。

大　臣　気を付けて、この気の毒な男に怪我をさせないよう……

幕

一九三八年九月
カップ・ダンティーブ

訳注（＊）　四四三頁　ベシェンツォフ作詞によるロマンス（一八五八年）。金で買われるようにして裕福な家に嫁いだ恋人と別れざるを得なくなった貧しい男の気持ちを歌ったもので、やるせない旋律は当時ロシアで広く知られていた。

作品解説

『処刑への誘い』作品解説

小西昌隆

『処刑への誘《いざな》い』（以下『誘い』）は一九三四年、ベルリンの地でロシア語時代の最後の長篇『賜物』にとり組むなか、その作業を一時中断するかたちで執筆された。初稿に費やした期間は二週間、この作家にしては異例の短さだが、その後の修正を経て生み出されたのはまぎれもない傑作だ。翌一九三五年六月から一九三六年三月にかけてパリの『現代雑記』に連載され（当時の筆名はB・シーリン）、一九三八年、同じくパリのドーム・クニーギ社から単行本として出版された。序文をつけて『斬首への誘い』と改題した、息子ドミートリイとの共訳による英語版が、一九五九年、パトナム社から刊行されている。

小説の舞台となるのは、十九、二十世紀が古代と呼ばれるような未来におけるどこかの都市、すでに文明の進歩はとまり、市民は平等どころか均質なまでに統治されているかのようだ。すべては法にもとづいてなされつつ、一方でその適用はほとんど恣意的である。この不条理にみちたディストピア的な世界で主人公キンキナトゥス・Цは「認識論的卑劣さ」の罪により、死刑判決を受ける。彼はこの世界で唯一「生きた、現実の存在」である。主人公は独房を訪れる看守や監獄長や弁護士や同獄囚にふりまわされながら、日々、手記をしたため、本を読みつつ、いつ訪れるとも知れない処刑の日を待ち、妻との面会の日を待ち、監獄長の幼い娘や壁の向こうの物音が期待させる救出の日を待っている。そして十九日目、不意を撃つように死刑執行の日が訪れる——これが小説のあらすじである。主人公は徹底的に受動的な立場に置かれ、監獄のなかで日々繰り返される茶番劇を待ち受けるばかりでとり立てて事件らしい事件が進行してゆくわけでもなく、「認識論的卑劣さ」という謎めいた罪がいかなるものなのか作中で明らかにされることもない。

この小説がアンチ・ユートピアもののSFであり、不条理小説の要素をあわせもっていることは明らかだが、特徴的なのは、メタフィクション的な面をもかねそなえていることだ。主人公には自分をとりまく登場人物たちや世界そのものが虚構、パロディ、その場しのぎのものにみえているが、彼がいざ処刑される段になって覚悟を決めると周囲の世界は実際に虚構性をあらわにし、舞台装置と化しつつ解体していってしまうのだ（このラストシーンにかんしては象徴派詩人アレクサンドル・ブロークの戯曲『見世物小屋』（一九〇六）の影響がつとに指摘されている）。そんななか主人公が処刑によって死んだのか死んでいないのか、しばしば議論されるとおり、結末すら両義的な描き方をされている。

かように多様な顔をもつ一篇だが、アンチ・ユートピアもののつねとして、『誘い』は政治小説として読まれうる。しかしナボコフにとってそれがどこまで、あるいはどういったかたちで政治的な小説だったのか、その点は確認しておいていいだろう。ナボコフがのちに語ったところによれば、作中で曖昧にされていた小説の舞台は西暦三〇〇〇年のロシアである（ちなみに地理的にはクリミアを思わせる）。ナボコフが一篇の執筆にあたっていた一九三四年六〜七月の時点で、スターリンの大粛清はまだ始まっていないが、ナボコフの愛読した詩人のひとりニコライ・グミリョフ（一八八六〜一九二一）がすでにボリシェヴィキによって銃殺されていた。ナボコフはこれに深い衝撃を受けており、彼のソヴィエト＝ロシアにたいする眼差しに、ひいては本作にも大いに影響しているだろう。しかしここでよりみておきたいのは、『誘い』執筆の前年からとり組んでいた『賜物』第四章に組み込まれる作中作『チェルヌイシェフスキイの生涯』（以下『生涯』）である。これはタイトルにあるとおり十九世紀の革命的民主主義者ニコライ・チェルヌイシェフスキイ（一八二八〜一八八九）を扱った伝記小説、というより伝記小説のパロディだが、『誘い』はその大がかりな副産物だといっていい。ロシアが「なぜこんなにだめになってしまったのか」（『賜物』）、亡命者の立場からその源を十九世紀に遡って探ろうとしたのが『生涯』だとすれば、未来におけるその帰結をみようとしたのが『誘い』だと位置づけることができるのだ。すくなくとも、動機においてはそうだったはずだ。

しかし、だからこの作品が政治小説なのかというと、ナボコフの文脈に即せばそう単純にいうことはできない。「創作の動機」といったものは、きっかけとしてどれほど重要だろうと、ナボコフが書くこと《エクリチュール》に身をさらすなかで操を立てるようなものではいささかもないからだ。『生涯』の創作にあたってナボコフは膨大な取材を行っているが、作品のために選ばれた素材は、当然ながら、ナボコフのともすれば反動的な傾向にそぐうものにかぎらない。革命運動の指導者に与えられる役回りは愛すべき三枚目といったところで、その描き方はたんに「冒瀆」的であるだけでなくチェルヌイシェフスキイに独特の魅力をまとわせてもいる。それどころか、ナボコフは資料を読み込むにつれ、あるいは筆が進むにつれ、細部に淫してゆく。チェルヌイシェフスキイの生涯は、作者自身が〈書き方教本〉、〈近視〉、〈天使のように澄みやか〉、〈旅〉等と呼ぶ、もろもろのテーマによって縦横に貫かれているのだ。ナボコフのいうテーマは、けっして「作者の言わんとすること」のようなものではない。音楽用語やチェス用語でいうものをおそらく念頭に置いており、諸細部がその偶然的な出会いをつうじてひとつの系列をなしたものを指してテーマと呼んでいる。ナボコフにとって書くことを駆動させるのは、執筆動機や言いたいことではなく、そうした細部のほうなのだ。『生涯』の叙述は主人公の生涯よりもそうしたテーマのほうを気ままに追いかけて、いや追い立てられてといったほうが正しいのだが、時間的な秩序や統整的な視点を攪乱し、肯定的であるにせよ批判的であるにせよある完結した主人公の生涯のイメージを描き出し、そのことで読者に何事かメッセージを伝えようとする伝記小説的な目論見そのものが宙吊りにされてしまう。

ではその副産物たる『誘い』の場合はどうだろう。革命的＝（アンチ）ユートピア的──チェルヌイシェフスキイが長篇小説『何をなすべきか』のなかで描いた「水晶宮」と呼ばれる未来の社会主義的ユートピアをナボコフは反転させている──な設定や、投獄、（擬似的）処刑という受難、死刑反対論、権力批判のような大枠のところで『生涯』とのあいだに連続性を認めることができるのは明らかだし、作中で繰り返し立ち現れる赤のイメージはソヴィエト＝ロシアへの批判的視座を担保しているだろう。それでもこの小説は『生涯』同様、怒りや悲劇よりはるかにユーモアにみちている。それは主人公の獄中手記においてすら同断であり、彼が深刻になればなるほどその文体は乱れ、ユーモアを漂わせずにはおかないのだ。そのとき主人公がどれほど死を恐怖しているにせよ、実のところ彼は処刑そのものは受け入れている。彼が死刑に反対して政治闘争を繰り広げることはけっしてない。死刑にかんして批判の鉾先が向けられるのは、その期日が知らされないことの一点に限られる。「死刑判決は死の刻を正確に知ることであがなわれるから」（第一章）だ。主人公のこうした受動性はたえず細部にたいして開かれた作家自身の感性と通じ合うものがある。詳述は避けるが、『生涯』が『誘い』を派生させるときナボコフにとって重要だったのは、やはり些細な事柄のほうであり、浮気な妻や、チェルヌイシェフスキイをとりまく同性愛的な雰囲気、あるいは「水晶宮」が社会主義というよりフリーセックスのユートピアだったということのほうなのだ。

こうしたナボコフの感性はたんに非政治的なのではない。むしろ政治そのものに抗しようとする、反政治的なものだったというべきだ。これが『誘い』を単純に政治小説といえないもうひとつの理由だ。ナボコフにとってこの小説が政治的だとしたらその反政治性においてである。ナボコフの伝記作家でもある研究者ブライアン・ボイドによれば、ナボコフはまさに『誘い』の執筆にとり組んでいるさなか、ある手紙のなかで、亡命作家たるもの亡命者のイデオロギー問題についてなにか述べなければ、などと考えるべきではない、「甲板上や海上でなにが起きようと自分のボイラー室しか知らないボイラーのように」自分の創作活動に専念すべきだ、と確信をもっていっていた。政治的にはこうした態度は日和見どころか敗北主義だろうし、実際、敗北を余儀なくされるだろう。しかしナボコフはそうした政治的敗北そのものに、細部とユーモアのしなやかさをもって対抗しうるし、それを乗り越えうると信じていたのだ。以下でわれわれは細部をフォルマリスティックにみることで、ナボコフの『処刑への誘い』はいかに作られているか、その巧みさの一端を解説していくが、そこにはナボコフの反政治性が底流としてあることをあらかじめ確認しておきたい。

先に『生涯』でエクリチュールを駆動させるのは細部＝テーマだということに触れたが、『誘い』におけるそうしたテーマは、いうなれば〈空想〉、〈机〉、〈登場人物の入れ替わり〉などにおいて、語る主体とより複雑な関係を結んでいる。『生涯』でテーマが伝記小説のジャンル的なあり方を攪乱したのとは逆に、『誘い』ではテーマが反復されるのにともなって虚構空間が明確な遠近法のもとに整備されていくかのようなのだ。
〈空想〉のテーマをみてみよう。順番を逆にたどることになるが、まず第六章から。主人公は独房の外に出ると、ちょうど鳴りはじめた時計の鐘の音にあわせてかつて暮らした街の様子を想像する。そのとき映画のワイプのように「目の前でなにか夢みたいなものが戯れ（中略）まるでニッケルめっきの球面が一点でまばゆく陽光を照り返しているときのその点のまわりの千の虹色の針みたいに」空想の世界が開けてくる。つまりこのワイプによって現実と想像は截然と分節されている。しかし第一章の逃走シーンにみられる〈空想〉では想像がどこから始まったのか明確でない。キンキナトゥスの独房を監獄長が訪れ、ふたりのやりとりが一段落すると、なぜか主人公は――そこがあたかも監獄長の執務室であったかのように――退室を促され、そのまま脱獄してしまうのだ。そして逃走のはてに自宅の前まで来ると「キンキナトゥスは正面階段を駆けのぼり、扉を押し開け、灯りのついた自分の独房に入った。ふり返ると、もう閉じ込められていた」。つかの間の逃走劇がたんなる空想だったことは明白だが、描写は一方で、とくに指標をともなうことなく空想の逃走劇へ移行してしまっていたのだ。

さらに第一章冒頭近くまで遡ると、看守とのダンスシーンはそれが現実なのか想像なのかも定かではない。主人公は「ワルツを一周」申し込まれ、踊りながらふたりして廊下にとび出し、「独房へ戻ってくると、ここでキンキナトゥスは友好的に気絶と手をとり合っている時間があまりに短かったのを残念に思った」。「気絶と手をとり合って」踊っていたとあるのは、たんなるレトリックなのか（気絶するほど甘美なダンス）、それとも実際キンキナトゥスが気を失っていたことをいっているのか。キンキナトゥスが気を失っていたとして、はたしてダンスをしているさなかに気を失ったのか、そもそもダンスシーンが気絶のなかでみた空想だったのか。――こうしたことを詮索するのは当たり前の感覚ではくだらないことにみえるかもしれない。実をいえば、われわれも主人公が気絶したのか否か確定したいわけではない。必要なのはこうした当惑のなかにとどまることであって、レトリックととるにせよ、実際に気絶したのだととるにせよ、この場合、安易に了解してしまうほうが誤読である。作品のとくに序盤に集中するこうした曖昧さや混乱は、たんなる演出や文学的技巧やレトリックにとどまらないのだ。ナボコフはむしろ意図的に曖昧さ、混乱として組織している。読者を解消不能な混乱のなかに置こうとしているといってもいい。そのことは第二章から三章にかけて〈机〉と〈空想〉と〈登場人物の入れ替わり〉のテーマが複雑に交錯する箇所をみればわかりやすい。そこではどこからどこまでが空想でどこからどこまでが現実なのか、明確に腑分けすることは不可能だ。主人公たちが城塞の屋上へ散策に出るくだり（第三章）すら、みようによっては空想である。とはいえここで求められているのは、混乱を整理することではなく、混乱を混乱として享受することだ。そうした混乱をつうじて弁証法的に虚構空間は整理されていく。この小説は虚構空間が成立していくさまをパフォーマティヴに示しているのであり、そのために通過しなければならない一段階として混乱が要請されているのだ。

いいかえれば、この小説の語り手にはキンキナトゥスの物語を十全に語るような外的な立場が確保されていない。むしろ彼のそうしたありうべき立場、たとえばキンキナトゥスの空想をそれとして同定してみせるような立ち位置は、みずから語っていることの内部から生成してくる。この語り手は語る主体として能動的にふるまう以前に、ある受動性のなかに置かれている。前衛的な実験をとおしてナボコフが確認しようとしているのは、そうした主体の受動性なのだといえようか。

虚構空間の、そして受動的な語り手のこういった混乱が不条理でディストピア的な小説世界を演出していることは容易にみてとれるだろう。この小説の不条理、ディストピアは方法論的なものでもある。それを内側から統禦しうるような語り手の生成は不条理なディストピアそのものを統禦しつつあるともいえるかもしれない。あるいは逆にそのなかへ十全にとり込まれてしまったのか。おもしろいのはエンディングで主人公をとおして同じ方法論が反復されるとき、逆に虚構空間を解体させてゆくことだ。先に触れたとおり、彼が死を受け入れる覚悟を決めるや世界は文字どおり虚構として総括され、解体してゆく。そこにナボコフ的な受動性をつうじた反政治的な態度と通じるものをみるのはあながち無理な話でもない。

　ともあれここでみておきたいのは語り手の受動性である。そうした受動性は第一章冒頭ですでに表明されている。つまりこの語り手はいわば同時に『誘い』のテクストの読者なのだ。語り手は自分が『誘い』の書物そのものを手にしていることに触れ、あまつさえそのとき口にしていたかたわらのさくらんぼうの減り具合に言及している。主人公と妻の面会の場面では、夫婦水入らずどころか妻の一族が総出で押しかけるにおよんで、「こんなことになるとは思いもよらなかった」とわれわれ読者になり代わって驚いてみせる（第九章）。主人公に救出の手を差し伸べるかのような壁のむこうの物音にかんして、それに疑いの目を向けつつも、いまのところ信じておきたいと口にする様子（第十三章）は、今後の展開を予想しながら物語にどっぷりはまっている読者そのものだ。語り手は同時に読者であり、読者が読むように語っている。いわばわれわれ読者から不可視の書物をわれわれに代わって読むかのように。

　語り手にして読者というこうした中間的な語り手のあり方は、ある意味で、ナボコフが初期作品から持続的に用いている手法を戯画的《ユーモラス》に実体化したものだ。つまりナボコフは決定的な転換が生じる場面であえて主人公の内面描写を省くのだが、そのときあたかも目の前で繰り広げられている映画のワンシーンをそのまま文字に起こすようにして一場を構成させるのだ。映画の観客のように語ること。ただしそれはたんに、たとえば『誘い』の第二章で主人公の過去をふり返る際、エピソードを導入する「子供時代、郊外の芝生にて」といった小見出しめいた言い回しや、次のエピソードまでに省略された時間の流れを表現して「十二、十三、十四」と数え上げられる年齢が、無声映画の字幕を思わせるリズムで挿入されていたり、あるいは妻との幸福な時代を描き出しながら職場でのひとコマを唐突に切り上げてデートのシーンへ移行する際「するとほら」のひと言で場面転換が済んでしまったりするのが、あたかも映画を観ている人間の視線をそのままなぞっているようにみえる、そうした例にとどまるものではない。先にみた映画的なワイプによる場面転換もそうだが、ナボコフはこの時期こうした手法をよく用いている。しかしそうしたなかば実験的な例もやはり初期から用いられているナボコフ的な手法を可視化したものでしかない。つまりナボコフはそもそも映画的だったのだ。したがってむしろ一見しておよそ映画とはかかわりないようなところにも深く映画的に規定された手法が用いられている。映画の観客としての語り手はそこに踏み越えられないスクリーンがあるかのように、それにたいしてひたすら受動的であるほかないとでもいった風情で語る。そこにあるのはナボコフにおける表層的であることへのこだわりである。

長篇第一作『マーシェンカ』のラストシーン、かつての恋人との再会を目前にした主人公がふいに心変わりして旅立ちを決意する場面をみてみよう。主人公は再会の場所へ向かう途中、公園のベンチに腰をおろす。目の前では建築作業員たちが朝早くからせっせと仕事をしている。主人公がそれをぼんやり眺めていたかと思うと、そのあいだに彼のなかで態度変更が生じていて、物語は急展開を遂げる。彼がなにをどう考えて再会をあきらめたのか、ナボコフはほとんど読者に伝えない(もちろんなにも伝えなければこの場合ただ不条理なだけに終わってしまうので必要最低限のことは書かれているが)。その間描写されるのは建築現場の光景ばかりだ。この描写は主人公のショットとショットのあいだに挟み込まれた捨てカットのようなもので、前後のショットの差異（心情の変化）を際立たせるために、さらにいえば主人公の内面描写を省くためだけに導入されているといってもいい。こうした決定的な転換点を描写で処理するところにナボコフ的な語り手の、映画の観客の眼差しを思わせる受動性がある。繰り返せば、そこで志向されているのは内面ではなく、表層なのだ。

したがってこれは登場人物の内面とほどよく調和した風景描写を差し挟み、場を抒情的に盛り上げつつ、ひとつのまとまった全体として完結させるような「作者の見る目の余裕」（バフチン）をもった眼差しではない。そうした手法はゴーゴリ以降トゥルゲーネフがほとんど陳腐化している。ナボコフにおいて特徴的なのはその場の光景が主人公の内面とおよそ不調和なところにある。原理的に主人公の眺めている光景はなんであってもかまわない。光景は彼の目に映っているが、彼はそれを見ていないからだ。場の全体を成り立たせるのはまとまりを欠いた偶然的な隣接関係でしかない。

『誘い』でもっとも美しい場面も『マーシェンカ』と同じようなしかたで構成されている。ほとんど生き別れのような母親が面会に来るときのやりとり（第十二章）がそれだ。主人公は彼女にむかってあなたは贋物だ、母親のパロディだと言い募っていたのだが、彼女のある言葉がきっかけでその確信に疑いが生じる。一方で母親のほうはべらべらと無駄なおしゃべりを続けているが、やがてそれをさえぎるようにして、彼は言う。

「いや、やはりあなたはただのパロディだ」キンキナトゥスはつぶやいた。

彼女は物問いたげに頰笑んだ。

「この蜘蛛、この格子、この刻を打つ時計の音みたいに」キンキナトゥスはつぶやいた。

「そうだったの」と彼女は言い、また洟を擤んだ。

「そうね、つまりそういうことよね」彼女はもう一度言った。

ふたりは互いのほうを見ずに押し黙り、その間、むやみといい響きで時計が刻を打っていた。


ここでは引用に先立つ母親の駄弁が『マーシェンカ』の捨てカットに相当する。主人公の耳にそれは聞こえているが、彼はそれを聞いていない。テクスト上にナボコフが展開させている母親の長ったらしいおしゃべりは母親についてのなにがしかの情報を主人公に提供するためのものではもちろんなく、そこで経過している物理的な時間を読者に追体験させるためのものとしてある。そのとき主人公はある考えに耽っているのだが、ナボコフにはそれをなまなましく描き出すわけにはいかない。ナボコフにとって必要なのは彼の思考している時間を表層的に提示することであって、時間を埋めるためにナボコフは母親にしゃべらせているのだ。そのあいだに主人公のなかでは決定的な態度変更が生じている。すなわち、彼は目の前の女を自分の母親であると認めるにいたったのだ。

そのことを表現するのに「あなたはパロディだ」というそれまで繰り返していた科白をここでもう一度反復させているのが、『マーシェンカ』にはみられなかったナボコフの見事なまでの演出の冴えだ。この言葉は事実確認的に「あなたはパロディだ」といっているのではない。おそらく彼女に累が及ぶのをおそれたのだろう、それは絶縁を宣言するパフォーマティヴなひと言である。彼女が実際に母親であるか否かにかかわりなく、それはこの状況下で、言葉のうえでは否定されなければならない。いうなればこの科白も、一転して緊張を孕みつつ、やはり表層をなしている。それもまた主人公がなにを考えたのか書かないための言葉だからだ。あえて確認しておくと、ここで主人公に「お母さん！」などと叫ばせようものなら——かりにそれが心のなかの叫びだろうと——あらゆる意味でぶち壊しである。内面を表現するような言葉はナボコフのはりめぐらせた表層をあっさり踏み抜いてしまうだろう。

ナボコフは母親のほうにも同じ言葉を反復させて主人公による反復とのシンメトリーを構成している。こちらで生じた態度変更はわかりやすい。最初の「そうだったの Вот как」は蜘蛛等にかんしていわれたことへの驚きとも疑惑ともつかない素朴な反応だが、二度目の「そういうことよね вот, значит, как」で彼女も息子の言葉の意味するところを理解している。こうして母親の承認をめぐるふたりのやりとりは、それによって意味されていることを欠如として放置したまま、単純な科白の表層をなぞるだけで閉ざされる。しかしこの場面はそれだけで十二分に成立しているし、それどころか最上級の卓抜さで成立している。

このナボコフ的な手法のヴァリエーションは、同獄囚が死刑執行人の正体を明かす第十五章と主人公が獄中手記を終える第十九章にみられる。前者においてキンキナトゥスは、同獄囚がその正体を明かすのに先立って、「［彼は］あるとんでもなく単純な考えに、いや考えそのものというよりもむしろ——それがこれまで頭に浮かばなかったことに、呆然としていた」と曖昧に触れられたきり、その後同獄囚が長広舌を揮っているあいだもその正体が明らかになった（ナボコフはいかにもナボコフらしく、自前の斧＝処刑道具をみせつける同獄囚＝処刑人の身ぶりを描き出すことだけで処理している）あとも、いっさい描写の対象から外されている。彼の「考え」というのが同獄囚の正体をめぐるものであったことを、読者は、直後でその事実が明らかになるとき、同時に、そこからふり返るとき、遅ればせに知る。しかしそれは主人公にとってすでに周知の事実なのだから、いまさら叙述が彼の内面に言及する必然性はない。実際、母親の駄弁に対していたときと同様、彼はもはや目の前で繰り広げられていることにはなんの関心も寄せていないだろう。とはいえこれはそこではじめて同獄囚が処刑人であったことを知る読者にとって捨てカットなどではない。ナボコフは主人公と読者の事実確認の瞬間に時間的なずれを設けることで必然的に内面描写を省略させているのだ。

獄中手記が終えられるシーンは次のように構成されている。キンキナトゥスは自分の知っているなにかを正確に伝えるための言葉を探しあぐね、手もとに残された最後の紙に「死」と書きつけてそれに抹消線を引く。そこでベッドの下に隠れている蛾（描写からみて、ヨーロッパ最大の鱗翅類オオクジャクヤママユである）に気をとられていると、折から独房へやって来た処刑人たちに、これから刑が執行されると告げられる。書くべきことを書き終えたいと願い出てふたたび紙を前にすると、キンキナトゥスは「突然、実はもうすべて書き終えていたのだと悟った」。ここでは手記のことを忘れて蛾に気をとられているシーンが捨てカットに相当する。ただしそれはキンキナトゥスにとってもそうなのだ。捨てカットを挟んで紙のうえの「死」という表記が彼には以前とまったく異なった意味を帯びてみえてくる。もちろん蛾が彼の認識になにか特別な変化をもたらしたわけではない。たんに、書くことへ没入する彼の意識に切断線を引いただけだ。その間主人公は手記のことなどなにも考えておらず、いわば自分の意識に捨てカットを挿入したことで、手記を終えることができたのだ。そこには「死」という表記の見え方だけでなく、主人公自身の書く主体としてのあり方にも転換が生じている。彼は書くことを意志することによって書き終えることはできず、切断＝捨てカットを経て、ある受動性のなかに身を置くことによって書き終えることができたのだ。

意識の没入を切断させた主人公は、とりもなおさずナボコフ的手法をみずからにとり込んでおり、細部や表層にたいするナボコフ的な語り手と同じような受動的な立場に身を置いている。だがそれははたしてなににたいする受動性なのか、このことは確認しておいていいだろう。最後にメモ書きされ、抹消線を引かれた言葉にたいするものであるよりも、それはおそらく、書くことそのものにたいする受動性なのだ。書くことにたいしておのれが開かれると同時に、その外部が――ラストシーンへ続く展開にあるとおり――消えてゆく。そこから還元されてゆく現実性は、すでに触れたように政治性とみることもできるだろう。ナボコフの反政治的主体の「死」＝「死」は、物理的、政治的な「死」に先立っている。それは書くことへの受動性において「死ぬこと」であり、且つそこから逆に書くことが立ち上がってくるような「死」である。

今回訳出にあたって底本としたのは *Набоков В.В.* Приглашение на казнь // *Набоков В.В.* Русский период. Собр. соч. в 5 т. СПб.: Симпозиум, 2002. Т. 4 だが、一文欠落した箇所や若干の誤植があり、適宜初版の *Сирин В.* Приглашение на казнь. Париж: Дом книги, 1938 及び英語版 Vladimir Nabokov, *Invitation to a Beheading*, trans. by Dmitri Nabokov in collaboration with the author (New York: Vintage International, 1989) を参照した。また英語版からの邦訳、ウラジーミル・ナボコフ『断頭台への招待』富士川義之訳（『集英社版世界の文学8　ナボコフ』集英社、一九七七）も大いに参考にさせていただいた。

英語版にロシア語版を大きく書き換えたところはないが、登場人物名や地名や、その他細かな表現に異同がある。主人公の名はロシア語版では Цинциннат Ц.、英語版で Cincinnatus C. となっており、ロシア語版をそのままカナ書きすれば「ツィンツィンナート・Ц」なのだが、古代ローマの独裁官キンキナトゥスにちなんでいる（その際ナボコフはローマ人の家名《コグノーメン》をファーストネームに転用している）ため、固有名ではあるものの、今回の翻訳では英語版にならってラテン語の呼び名から訳すことにした。主人公の名前をラテン語化したのにともない、母親の名前も、ロシア語版の

Цецилия をカナ書きすれば「ツェツィーリヤ」となるところを「カエキリア」とラテン語風に改めてある。ただしこの異同については書き換えというより固有名の「翻訳」によるものといっていい。

英語版での細かな異同のうち、もっとも問題になるのが主人公の罪名である。「認識論的卑劣さ」（ロシア語では гносеологическая гнусность で、/gn/ と /s/ の音に韻がある）が英語版では gnostical turpitude とされており、「グノーシス主義的卑劣さ」ともとれるこの書き換えられた罪名は、本作を宗教的、神秘主義的文脈で読もうとするとき大いに参照されるが、epistemological でも gnoseological でも、さらに Gnostic でもなく、あえて gnostical を訳語に選んだところにナボコフの狙いがあるように思う。語義をそれほどずらすことなく（英語は「知（認識）にまつわる卑劣さ」ともとれる）ロシア語の音の遊びを「翻訳」するのにこの稀少な語彙が最適だとナボコフは考えたのではないだろうか。だとすればこれもまた一種の「翻訳」であって、書き換えというほどのものではないだろう。

なお今回の翻訳に際して邦題を『処刑への誘《いざな》い』と改めた。「イ」の反復がうるさいこのタイトルにくらべ、「オウタ（ダ）イ」の韻を踏んでいる富士川訳の邦題『断頭台への招待』のほうが圧倒的に素晴らしいことはいうまでもない。にもかかわらず変更に踏み切ったのは、ロシア語の原題に忠実であることと、タイトルにボードレールの詩「旅への誘い」（『悪の華』）の引喩のあることがその理由である。

ナボコフと演劇

沼野充義・毛利公美

1　劇作家としてのナボコフ

劇作家としてのナボコフは、日本にはこれまでまったく紹介されなかっただけでなく、世界的に見ても専門家の注目を集めることが稀で、本格的に研究されることがあまりなかった。それは必ずしも彼の戯曲が小説に比べて価値の低い、出来の悪いものだからではない。本巻に収録された『事件』『ワルツの発明』を見ればわかるように、ナボコフは劇作家としても二〇世紀ロシア演劇史の中に確固たる地位を占めるべき存在だった。ほぼ同時代のソ連で、小説家としても劇作家としても重要な作品を残した作家としてナボコフと比較できるのは、おそらくミハイル・ブルガーコフだけではないか。奇しくも、ナボコフの『賜物』とブルガーコフの『巨匠とマルガリータ』は、ほぼ同じ時期に書かれた、二〇世紀ロシア小説の歴史の中に並んで聳え立つような長編である。しかし、劇作家としてのブルガーコフがよく知られ、高く評価されているのに対して、ナボコフはロシア演劇の通史の中でも言及されることは稀である。

どうして、劇作家としての側面がこれまで閑却されてきたのか。今読むことのできる彼の戯曲は全部で八編にのぼるが、そのすべてが彼の生涯の前半の「ロシア語時代」にロシア語で書かれ、亡命ロシア人コミュニティのかなり狭い世界で受容されるだけに留まっていた。そして、亡命ロシアの定期刊行物などに掲載されたとしても、その後長いこと再版されることも、単行本戯曲集としてまとめられることもなく、英訳もナボコフの生前には『ワルツの発明』を例外として、一切出版されなかった。それゆえ英語だけでナボコフを読み、アメリカ文学、ないしは英語圏文学としてもっぱらナボコフを研究してきた英米の研究者にとって、彼の戯曲は存在しないも同然だったのである。英訳で初めて主要戯曲を収めた本がまとめられたのは、ナボコフの死後、一九八四年のことだが（『ソ連から来た男、およびその他の戯曲』、英訳者は息子のドミトリー・ナボコフ）、それとて反響はほとんどなかったという。ナボコフをもっぱら『ロリータ』の作家として知る英語圏の大部分の読者にとっては、関心を惹かれるものではなかったようだ。

しかし、そういった状況はいま徐々に変わりつつある。ロシア人研究者によるしっかりとしたアーカイヴ調査も行われ、よりきちんとした校訂を経て、演劇の領域におけるナボコフの全貌がいまようやく見えるようになってきたのだ。その集大成と言えるのは、ナボコフ演劇研究の第一人者であるアンドレイ・バビコフの編纂による『モルン氏の悲劇　戯曲集　演劇講義』（二〇〇八年）で、ここには現時点で知られているナボコフのすべての戯曲のロシア語テクストが収録されている。そういった流れを受けて、今回、「ナボコフ・コレクション」にもついに戯曲を二編収録する運びになった。どちらも、もちろん、本邦初訳。一九三〇年代の末、つまりロシア語時代のナボコフが作家として頂点を極めた時期の作品である。

ここではまず、劇作家としてのナボコフの全体像を手短に紹介しておこう。

ナボコフは作家としての経歴の一番早い時期から、詩と並行して戯曲に手を染めていた。一九一八年一月、ロシア革命直後、一時的にクリミアに家族とともに逃れていた彼は、抒情的な一幕ものの韻文の戯曲『春に』という作品を書いている（原稿はアーカイヴに保存されているが、未公刊）。つまり劇作家ナボコフの誕生は、小説家に先んじていたとも言える。

その後一九二〇年代前半には、以下の四編が次々に亡命ロシアの定期刊行物に発表された。

『放浪者』（一九二三）　二人の対照的な兄弟（一人は放浪者、一人は大酒飲みの盗賊）の居酒屋での出会い。一八世紀イギリスの劇作家ヴィヴィアン・カームブルードによる四幕もの悲劇の第一幕だけをシーリン（当時のナボコフの筆名）がロシア語訳した、と装ったもの。ヴィヴィアン・カームブルード Vivian Calmbrood というのはもちろん架空の作家で、じつは Vladimir Nabokov のアナグラムになっている。

『死』（一九二三）　二幕のドラマ。一八〇六年、ナボコフが学生生活を送ったイギリスの大学町ケンブリッジを舞台とする。大学教師の亡くなった妻をめぐって、当の教師と、ひそかに彼女に恋をしていた学生の対話。

『おじいさん』（一九二三）　一幕のドラマ。一九世紀初頭のフランス。かつてギロチンによる処刑を奇跡的に逃れた貴族が、再度死刑執行人と出会う。

『極』（一九二四）　一幕のドラマ。南極探検の際に遭難して死亡したロバート・スコットをモデルにしている。

これら四編は一幕か二幕の短い作品で、韻文によって書かれている。ナボコフが敬愛した一九世紀初頭ロシアの国民的詩人プーシキンには「小悲劇」と称せられる、同様に短い一連の詩劇があるが、ナボコフの詩劇もその伝統を受け継ぐものと言えるだろう。しかし、ナボコフの劇作にとって、決定的に重要な転機となるのは、一九二三年暮れから一九二四年初頭にかけて書かれた『モルン氏の悲劇』である。これは全五幕の本格的な長編戯曲であり、シェイクスピアの例にならって弱強五歩格の無韻詩で書かれている。ヨーロッパのどことも知れない国を舞台とし、名前を秘めて即位した王（モルン）を中心に、不倫の愛、決闘、革命の流血、反革命、モルンの殺害未遂と自殺などがめまぐるしく展開し、現実と幻想の交錯のうちに、「舞台には人が渦巻き、言葉は沸騰する」（ブライアン・ボイド）。多くの登場人物を配し、四年間にわたる出来事を扱う複雑な作品であるだけに、ナボコフはこの執筆にあたって、散文による創作メモ（作品のプロットの「記述」）を別途用意したが、これは長編小説の構想としても通用しそうなものだった。

しかし、この作品は生前一度も活字にされることがなかっただけでなく、没後も長いことアーカイヴに保管されたままで、初めてロシア語テクストが公刊されたのはようやく一九九七年になってからである。詩作から出発し、やがて習作的な短編小説での助走期間を経て、一九二五年に『マーシェンカ』によって長編作家の道を歩み始め、その後は長編を中心に創作活動を展開した——これが一般的に知られる作家としての軌跡だが、改めて『モルン氏の悲劇』をその中のしかるべき場所に置いてみると、この作品こそが詩・短編といった短い形式から、長編小説という大きな形式への飛躍を準備したことが分かるだろう。

『モルン氏の悲劇』以降、ナボコフは韻文による劇作をやめ、『ソ連から来た男』（一九二六年初演）、『事件』（一九三八年初演）、『ワルツの発明』（一九三八年執筆）という散文による多幕ものの長編戯曲を三編書いた。『ソ連から来た男』（五幕のドラマ）は、亡命ロシア人がひしめく同時代のベルリンを舞台にしているという意味では、その後の二編とは違い、具体的な時と場所を描いた「時局的」な作品である。主人公はソ連との貿易に携わる実業家を装い、ソ連と行き来して反革命地下活動を行っている男。彼の束の間のベルリン滞在の間の様々な出会いが目まぐるしく展開する。本巻に収録された『事件』『ワルツの発明』については、この後の個別の解説に譲るが、この二つの戯曲の前後に、『処刑への誘い』『賜物』というロシア語による長編の頂点を極める作品が書かれていることだけ、付記しておこう。

この後、ナボコフはプーシキンの未完の詩劇『ルサールカ（水の精）』の結末をプーシキンに代わって書くという離れ業をやっているが（一九三九年）、これは本来、完成しないまま終わってしまった『賜物』第二部に使われるはずのものだった。そして迫りくるナチスドイツの脅威を逃れ、一九四〇年にアメリカに渡ってから、ナボコフは戯曲を書くことはなかった。一つだけ、戯曲に準ずる例外的な作品としては、スタンリー・キューブリック監督の映画化のために、ナボコフが自ら書いた『ロリータ』の映画脚本（執筆一九六〇年、一九七四年に大幅改稿の上で単行本として刊行）がある。ただし、この脚本は一九六二年に完成した実際の映画には、部分的にしか使われなかった。

最後に、こうした劇作家としての経歴を通じて、ナボコフがどんな演劇を求めていたのか、彼の戯曲の革新性は――もしもそう呼べるものがあるとして――何だったのか、簡単に触れておきたい。既存の小説や詩に対してと同様、あるいはそれ以上に、ナボコフは既存の戯曲に対して批判的だった。アメリカの批評家エドマンド・ウイルソン宛の手紙の中で彼は、グリボエードフの『知恵の悲しみ』とゴーゴリの『検察官』のみがロシアの生み出した偉大な戯曲だと述べているし（一九四三年六月一一日付）、スタンフォード大学で行った講義の一つ、「悲劇の悲劇」では、ロシアだけでなく世界の演劇に目を向けながら、真の傑作の名に相応しいものは、ゴーゴリの『検察官』の他には、シェイクスピアの『リア王』『ハムレット』、そしてイプセンの一、二編の戯曲（ただしイプセンについては留保つき）だけだというのである。ちなみに一九四一年のこのスタンフォード大学での演劇に関する授業は、実質的にナボコフのアメリカ移住後初めての本格的な大学教師としての仕事であり、演劇がナボコフにとって普通考えられている以上に重要なものであったことが分かる。

それにしても、ナボコフの審美眼はあまりにも厳しく、彼の挙げる傑作戯曲リストはあまりにも狭い。ロシア演劇に関して言うならば、二〇世紀ソ連の戯曲を彼が全面的にこき下ろしたのは分かるとしても、チェーホフの戯曲さえ傑作と認めていないのが興味深い（『ロシア文学講義』でナボコフはチェーホフの『かもめ』を詳細に論じているが、おおむねチェーホフの劇作の美点を賞賛しながらも、重大な欠陥を指摘することを怠らない）。しかし、因習に囚われたままの演劇を非難する言葉の痛烈さにおいて並外れたものがあったにせよ、一九世紀末からスタニスラフスキーを中心に発展してきた写実的な演劇、つまり現実をできる限り忠実に再現する場としての舞台という考え方に叛旗を翻し、演劇を芸術として革新しようという方向においてナボコフは、二〇世紀初頭のロシアの前衛たちと共通していたと言えるだろう。

ロシア・アヴァンギャルド演劇の旗手、メイエルホリドは、イタリアの仮面即興喜劇コメディア・デラルテ、リアリズムを超えて新たに動き出していた劇作における象徴主義（たとえばアレクサンドル・ブロークの『見世物小屋』）などへの強い関心を踏まえ、写実主義の因習に縛られない新たな演劇の可能性を演出家の立場から大胆に探っていった。また演出家・演劇理論家のニコライ・エヴレイノフは、自然そのものに本質的に演劇性がそなわっていて、演劇は完全に自然な制度であると主張するとともに、「生活の演劇化」を唱えた。エヴレイノフと言えば、一九二〇年にペトログラードで六千人とも八千人ともいわれる一般市民を演者として二月革命を再現した街頭スペクタクル『冬宮奪取』がとりわけ有名だが、これもまた「生活の演劇化」、つまり演劇を劇場空間から解き放って実生活の中に取り入れ、日常そのものを演劇的なものに変えてしまう試みだった。革命の時代に相応しい、じつに巨大な規模での実践例ではないか。

ナボコフ自身の演劇観といえば、このような過激な「生活の演劇化」とは明らかに一線を画す立場であり、舞台と客席の間にある目に見えない「第四の壁」を取り払って、観客を演劇の祝祭的空間の中に招き入れようとするアヴァンギャルドにほぼ共通してみられる志向性とは無縁だった（この点については、次節の『事件』の解説を参照）。しかし、エヴレイノフが力説する、自然が本来持っている演劇性といった考え方は、明らかにナボコフ自身の世界観と共通するところが大きい。伝統的なリアリズムの立場からすれば、人間生活の現実がまず先にあり、それを模倣的《ミメシス》再現するのが芸術だということになるが、ナボコフの演劇観はそれを引っ繰り返すものだった。つまり、芸術というものは独自の論理をもって自律的に存在すべきものであり、人間生活の因果関係の論理やそれに支配される因習的演劇の決定論に縛られることのない創造の自由を獲得したものこそが真の芸術の名に値する——スタンフォード大学での講義を見ると、おおよそこういった演劇観が読みとれる。ここでナボコフは、「演劇的決定論」を超えて演劇の理想を体現したものを「夢の悲劇（dream-tragedy）」「夢のドラマ（dream-drama）」と呼んだ。おそらく『モルン氏の悲劇』『事件』や『ワルツの発明』といったナボコフ自身の戯曲もまた、彼自身の考えではこの「夢のドラマ」に属するものだったのだろう。

（沼野充義・毛利公美）

2 『事件』作品解説

戯曲『事件』は、一九三六年にパリで新しい亡命ロシアの常設劇団「ロシア・ドラマ劇場」を作ったイリヤ・フォンダミンスキーの呼びかけに応じて書かれた。フォンダミンスキーは元社会革命党員だが、ボリシェヴィキが政権を握った後パリに居を定め、亡命系の主力雑誌『現代雑記』の編集者の一人として亡命文学者たちの支援に人生を捧げた人である。経済的に困窮していたヨーロッパ時代のナボコフにとって大切な恩人でもあり、数少ない心を許せる友人の一人だった。依頼を受けてすぐに取りかかったものの、十年ぶりの戯曲執筆は容易ではなかったようだ。いったん筆をおいた後、戯曲は翌三七年十二月に南仏マントンで書きあげられ、一九三八年三月四日にパリで初演された。演出を手掛けたのは、ロシア・アヴァンギャルドの画家であり、エヴレイノフやメイエルホリドと組んで舞台芸術家としても優れた仕事を数多く残したユーリー・アンネンコフである。

初演の評判は散々だった。観客席の反応は第一幕から二幕、三幕と進むにしたがって冷やかになり、二日後の「最新ニュース」紙の劇評でもひどくこきおろされた。当時の亡命ロシア演劇界は、「失われた祖国」ロシアの古典をノスタルジックに繰り返すか、軽い娯楽物でお茶を濁すかのどちらかであり、新しい演劇を作り出そうとするナボコフの実験的な試みは即座には理解されなかったのだ。ところが二回目の公演はまったく違う雰囲気に包まれた。最前列ではナボコフのよき理解者であった詩人ホダセーヴィチやゲッセンらが大笑いし、観客席は大いに沸いた。初演の際の酷評はかえって話題をよび、結局、芝居は四回も舞台にかけられ、満員の劇場から出てきた人々はこの劇をどう評価するか口々に議論を戦わせ、「シーリンの『事件』は、まさに今シーズンの〝事件〟となった」と言われるほどの大評判となった。

戯曲『事件』には「三幕のドラマ的な喜劇」という副題がつけられている。演劇における「ドラマ」とは、喜劇、悲劇と並ぶジャンルのひとつである。ギリシャ・ローマの古典劇では悲劇の主人公は神話や歴史上の大人物に限られており、その後、市民社会の発展にともなって誕生した、ごく普通の市民が抱える葛藤をまじめに扱う作品が「ドラマ」だ。チェーホフが『かもめ』や『桜の園』を「喜劇」と名づけたことによる論争からもわかるように、複雑な筋をもった近代以降の戯曲を喜劇・悲劇・ドラマに分類すること自体に無理があるともいえるが、いずれにせよ、これら三つのジャンルが互いに別のものとされるなかで、戯曲を「ドラマ」でもなく「喜劇」でもない「ドラマ的な喜劇」と名づけたことは、既存の演劇の概念を壊そうとするナボコフの意識を強く反映している。

『事件』は、主人公トロシェイキン夫妻を殺そうとして投獄されていたバルバーシンが釈放されたという知らせに端を発する。その日は夫妻と同居する妻リューボーフィの母の誕生日で、親類や友人、有名作家などが招かれており、他にも噂を聞いて駆けつけた招かれざる客やトロシェイキンが雇ったへぼ探偵など、さまざまな人々が入り乱れてどたばた騒ぎを演じる中、好奇心丸出しの人々の本性や、恐怖に取りつかれたトロシェイキンの俗物ぶり、夫婦のすれ違いが明らかになっていく。

演劇の古典的な形式では、喜劇は常にハッピーエンドで終わる。バルバーシンが去ったとわかる結末は、臆病で卑怯なトロシェイキンにとってはハッピーエンドかもしれない。しかし、夫との生活に絶望したリューボーフィにとっては、密かに期待していた元恋人との再出発という可能性が消える悲劇の結末でもある。第一、互いに見て見ぬふりをしていた本性が暴かれ、本音が語られてしまった後で、同じように生きていくことなどできるわけがない。この戯曲で起こる真の事件とは、外面的な出来事ではなく、登場人物の内面にもたらされた変化なのである。そうした意味で、この戯曲は単なる「喜劇」ではなく、主人公たちの内なる葛藤を描く「ドラマ」なのだ。

「ドラマ的な喜劇」という副題がついた戯曲は非常に稀だが、二〇世紀初頭のロシアでよく似た副題をもつ作品があった。エヴレイノフの戯曲『最も重要なこと―ある者にとっては喜劇、またある者にとってはドラマ』(一九二一年ペトログラードで初演、一九二五年にはヨーロッパ二十六カ国で上演。舞台装置はアンネンコフ)である。謎の魔術師が役者たちを雇って実人生の中での役割を与え、芝居によって得られる幻想の力で苦しみや悩みに満ちた生活を幸福なものに変えてしまおうとする話だ。この芝居のヨーロッパでの大成功に伴い、ベルリンのロシア作家同盟でそのパロディ劇が上演されたとき、ナボコフはエヴレイノフ役を演じている。芸術を現実よりも上位に置き、人生を舞台になぞらえるような考え方はナボコフにも共通する。ナボコフはスタニスラフスキーのリアリズム演劇もメイエルホリドやエヴレイノフによるロシア・アヴァンギャルド演劇も認めていなかったが、後者の演出が芝居の演劇性を強く意識させることは高く評価していた。ナボコフは作品世界の本当らしさを揺るがせ、その虚構性を暴こうとする。『事件』でも、登場人物たちが自分たちの生を演劇の比喩で語る台詞がちりばめられ、次々と訪れる戯画的な客たちは、彼ら自身が属する世界をあからさまな茶番劇に変えていく。

製作中の肖像画の中から抜け出したかのように登場するヴァガブンドワ老婦人の名前は無為徒食の放浪者を意味するヴァガボンド、ひいては中世ヨーロッパで世俗的な抒情詩を披露しながら各地を放浪したヴァガンテン(遍歴学生たち)を想起させる。老婦人のしゃべり方は中世・近世ロシアで活躍した放浪芸人スコモローヒが街頭や市場で披露した見世物芝居に独特のもので、詩法にのっとった韻律のリズムは持たず、行末だけ単純な韻を踏む。韻文を翻訳する際、ナボコフ自身は韻律よりも意味を重視するべきだと主張していたが、この戯曲では彼女の滑稽なしゃべり方が芝居の虚構性をグロテスクなまでに強調する役割を果たしているため、大道芸人の口上のもつ独特のリズム感や、最近日本でも盛んな即興のラップのような軽さを伝えるべく、韻を踏むように訳した。

他の登場人物の名前にも遊びがみられる。リュボーフィの母には、チェーホフの名前を女性のものに変えたアントニーナ・パーヴロヴナ、主人公トロシェイキンには戯曲『どん底』の作者ゴーリキーと同じアレクセイ・マクシーモヴィチが与えられている。トロシェイキンは宿敵が出獄する前にほかの土地へ逃げようと画策して「カプリの友人」と連絡を取り合っていたと語り、「イタリア人」からの連絡がないのをいぶかしむが、これらの言説もゴーリキーを連想させる。彼は革命前の七年間をカプリで過ごし、ソ連社会主義リアリズムのモデルとされる長編『母』もここで書かれたからだ。一九二一年以降、再びイタリアを中心とするヨーロッパで暮らしながら国内外の若い作家たちを援助していたゴーリキーは、一九三二年に最終的にソ連に帰国し、一九三六年に死亡した。

『事件』にはさまざまな文学作品や他の戯曲へのアリュージョンがちりばめられているが、なかでも最も重要なのはゴーゴリによる喜劇『検察官』だろう。作品全体の構造自体が『検察官』を逆さまにしたものだという指摘は、上演当時の劇評から既になされていた。ゴーゴリの戯曲が検察官を騙るフレスタコフに翻弄される人々の愚かさを滑稽に描き、本物の検察官到着という衝撃的な知らせで幕を閉じるのに対し、『事件』では恐ろしいバルバーシンが永遠に去ったとわかるところで終わるからである。バルバーシンの言葉として伝えられる「第一幕で壁にライフルがかかっていたとしたら、最後の幕で必ず不発に終わるべきだ」というチェーホフの有名な言葉のパロディは、言うまでもなくこの芝居の結末を暗示している。舞台上で「事件」が起こらないという結末そのものがチェーホフ的な「静劇」の伝統をふまえたものだと言えるが、ナボコフの戯曲の台詞はリアリズム演劇のそれとは異なり、いかにも「芝居がかった」ドタバタ劇の様相を呈しており、チェーホフ劇を「七十八回転のレコードで演じたかのよう」（ブライアン・ボイド）にぎこちなく耳障りに響く。『検察官』の幕切れで、検察官到着の知らせに驚愕した人々は石と化し、一分半ほどそのまま動きを止める。メイエルホリドが一九二六年に行った演出では、この「だんまりの場」でいったん降りた幕が再び上がった時、そこには俳優と同じ格好をした人形が並んでいた。人間を人形とすり替えることで、舞台上のすべてが作りものであることを暴露したのである。

一方、『事件』第二幕の終わりでは、女流作家であるリュボーフィの母が客たちに神秘主義的できどった作品を朗読するシーンで、動きを止めた人々の上に彼ら自身の姿が描かれた透明な幕が重なり合い、トロシェイキン夫妻だけが、一枚の絵と化したその茶番劇の世界の外へ歩み出る。これに先立つ第一幕では、画家であるトロシェイキンが、舞台の上から観客席を見たところを描いた絵の構想を妻に語って聞かせる。これら二つの「絵」に共通するのは、主役の二人以外の人々が一枚の絵として認識され、二人はその絵の外側にいるという点、そしてそれが舞台上の物語世界と客席の現実世界を隔てる「第四の壁」を問題にしているという点である。

ロシア・アヴァンギャルドの演出家たちは、リアリズム演劇がまるでそこに客席が存在しないかのようにふるまうことを問題視し、「第四の壁」を故意に意識化させたり、「壁」を取り払って舞台と客席を一体化させたりしたが、ナボコフにとっては、演劇のほかの約束事はすべて壊されるべきだが、「第四の壁」だけは絶対に壊せないというのが信条だった。彼は一九四一年にスタンフォード大学で行った講義「劇作」のなかで、自分が認める舞台上の唯一にして絶対の約束事として、

「片方は、見え、聞こえるが、向こうに干渉することはできず、もう片方はこちらの心理に干渉するが、見たり、聞いたりすることができない」（秋草俊一郎訳）という公式を掲げる。舞台という虚構の世界と観客席が地続きになっている劇場という空間において、生身の役者たちには客の顔が見えていても、物語世界の住人としての彼らには実際の客席は決して見えない。『事件』第一幕の「第四の壁の向こうを描いた絵」は画家の構想にすぎないし、第二幕で下ろされるのはあくまでも中幕であり、二人が歩み出た場所は依然として舞台の上。トロシェイキンが「照明が当たった狭いステージで二人きり。後ろには――俺たちの人生の芝居じみたぼろい衣装、二流のコメディの凍りついた仮面。前には――暗い深淵と無数の目、目、目、俺たちの方を眺めて俺たちの破滅を待ち受けている」と言うとき、その「無数の目」はやはり想像された客であって、劇場にいる本物の観客ではないのだ。

上記の法則は演劇の舞台にだけではなく文学を含めた芸術とその受容者のすべてに当てはまるものだが、ナボコフの考えによれば、この関係性はさらに「私と私が見ている世界の相互関係において発生することに非常に近い」。虚構の舞台と現実を隔てる壁は、エゴとノン・エゴ、存在と非存在のあいだに横たわる壁と等しいものであり、彼にとって「第四の壁」の問題は、我々人間の生のあり方に通じるきわめて重要な問題だった。彼は「壁」を問題化することで、「いまここ」という生にしばられた我々の認識もまた有限であることを意識させようとしたのだ。

ある人の目に映っている世界がいかにその人の思い込みによって成り立っているかというテーマを、そして、自分の世界認識に疑問をもたず他者の痛みに鈍感な俗物たちの残酷さを、ナボコフは繰り返し扱っている。『事件』も例外ではない。戯曲の幕開けでトロシェイキンが探しているボールは、彼にとっては絵の小道具でしかないが、死んだ息子のことが忘れられないリュボーフィにとって、ボールは息子のことを思い出させ、苦しめる物である。ボールはちょうど五つ。劇の冒頭で見失われたボールの数は、二人の息子が二歳で死んでからの三年という年月に等しい。同じ経験をしても一人一人の感じ方はそれぞれ違う。本当に分かりあうことは不可能だとしても、大事なのは他者がどう感じているかを想像し、思いやろうとする気持ちだろう。「事件」というタイトルのロシア語 событие は、分解すると со-бытие（共-実存）という別の語になる。この戯曲の隠されたテーマは、それぞれにエゴを抱えた人々がいかに共に生きていくかという問いなのだ。

『事件』は初演で成功を収めた後、プラハ、ワルシャワ、ベオグラード、ニューヨークでも好評を博したが、時代が第二次世界大戦へと突入しヨーロッパの亡命ロシア社会が衰退する中で、上演はしばらく途絶える。ソ連崩壊後の新生ロシアでも、ナボコフの戯曲がかけられることはさほど多くないが、二〇〇八年には映画化され（ロシアでいま最も人気がある女優の一人チュルパン・ハマートヴァがヒロインのリュボーフィを演じている）、二〇一二年にはモスクワ芸術座で上演された（コンスタンチン・ボゴモロフ演出）。

戯曲のテクスト自体は、一九三八年の初演の翌月に『ロシア雑記』第四号に掲載されたきり長く活字にならず、ロシア語の本としてはソ連崩壊後のナボコフ再評価の波の中で一九九〇年に出版された『戯曲集』（イワン・トルストイ編）が初めてのものである。作家存命中には英訳もされていないため、他の多くの作品が抱えるような版による差異の問題は存在しない。

なお、主人公の名前は伝統的な翻字法に従うならトロシチェイキンとなるが、発音された際の響きを重んじてトロシェイキンとしたこと、作中の兄弟姉妹のどちらを兄・姉とするかはすべて訳者の独断であることを最後に断っておく。

（毛利公美）

3　『ワルツの発明』作品解説

一九三八年、『事件』が好評を博したことを受け、ナボコフはさっそく次の戯曲『ワルツの発明三幕のドラマ』に取り掛かった。執筆が完成したのは、南フランスのカップ・ダンティーブ、一九三八年九月である。テクストはすぐに『ロシア雑記』一九三八年一一月号に掲載された。この戯曲もアンネンコフの演出によって、亡命ロシア人の「ロシア劇場」で上演される予定になり、一一月にはアンネンコフの住居でナボコフが俳優たちの前で朗読し、配役も決められたのだが、アンネンコフが些細なことで劇場側に腹を立て、初演は延期になってしまった。そうこうするうちに、ヨーロッパの情勢は悪化の一途を辿り、第二次世界大戦が勃発するとともに演劇活動どころではなくなってしまった。

戯曲の中の時代は特定されていないが、戯曲執筆とほぼ同時代だと考えてよさそうだ。英訳版の登場人物表では一九三五年頃と指示されている。舞台となるのは、おそらくヨーロッパのどこかの架空の国。時代も場所もはっきりしない設定は『事件』の場合と変わらないが、『事件』ではほぼすべての登場人物がロシア語形の名前を持っているのに対して、『ワルツの発明』の登場人物の名前は大部分がゲルマン的またはラテン的に響くもので、ロシア人らしいものは一つも見当たらない。戯曲のタイトルでも使われている「ワルツ」(ロシア語では「ワリス」Вальс)は、普通名詞としてはもちろんダンスの一種の円舞曲の意味だが、ここでは主人公の発明家の姓になっている。ナボコフがどうしてこのような名前を選んだのかについては諸説あるが、いずれにせよこれはロシアで普通に見られる姓ではない。さらに「ワルツの発明」という言い方自体が、多義性をはらむものになっている。つまりロシア語の原題は、語学的に言って、「ワルツ（という人物）による発明」という意味にも、「円舞曲の発明」という意味にも取れるからだ。この曖昧さは意図的なものだろう。発明家のファーストネームのサルヴァトールは、語源的にはラテン語で「救済者」の意味を持つ（現代のイタリア語ならば「サルヴァトーレ」、スペイン語なら「サルバドール」）。

その他、戯曲の登場人物の多くは、同様に「意味のある」名前を与えられている。ワルツの補佐役となる「ゆめ」という人物の名前は、原文では「眠り、夢」を意味するロシア語の普通名詞「ソン」（Сон）である。この名前の場合、音よりも意味が重要なので、日本語訳ではあえて「ゆめ」とした。この人物はロシア語原文では文法的に男性形を用いて話しているのだが、「女性が演じてもよい」というト書きがあり、実際、ワルツの様々な個人的な要望に応える世話係という役割を担うので、女性的なイメージが強い。さらに後の英訳では登場人物表に「シェイクスピア的な仮面舞踏会スタイルの男性用黒服を着た、三十歳の潑溂とした女性」とより具体的に指定されているので、読者に与える印象を重視してここでは、やや女性らしい言葉遣いを採用した。ただし、実際の上演の際に、「ゆめ」の役を男装した女性が演ずるならば、言葉遣いは男性的なものに変えたほうが効果的ではないかと思う。

それ以上に厄介なのは、互いに似ていて紛らわしい将軍たちの名前である。ロシア語ではすべて四文字で、BかGの子音で始まる、これらの名前はとうてい覚えきれるものではなく、音の洪水か眩暈のような印象を引き起こすのだが、それもナボコフが崇める天才ゴーゴリに学んだ「名前の氾濫」とでも呼ぶべき、意図的な手法である。これらの名前もそれなりに「意味」を持つものが多い。

たとえばベルクは明らかにドイツ系だが（ドイツ語で「山」の意味）、グリプはロシア語で「キノコ」、グロプはやはりロシア語で「棺」の意味になる。さらに事情を複雑にしているのは、同じ名前を名乗る人物が幕ごとに違う役割を担って入れ替わり立ち替わり登場することだ。グラプという名前の持ち主にいたっては、第一幕と第二幕では男性なのに、第三幕ではなんと女性として登場する。これではあまりに目が回るので、登場人物表では、読者の便宜のために、そういった役割の変化も記しておいた。なお、登場人物表はロシア語の初出時には添えられていなかった。

この作品は、ナボコフの戯曲のうちでは唯一例外的に、作家の生前に英訳が単行本として出版されている（Vladimir Nabokov, *The Waltz Invention*, New York, 1966）。訳者は息子のドミトリー・ナボコフで、一九六四年夏にイタリアのミラノで翻訳したという注記があるが、当然父親も目を通しているだろうから、作者本人の修正の筆が多少なりとも入っている可能性がある。ここでロシア語・英語の二カ国語にわたって創作したナボコフ固有のテクスト問題が生ずる。英訳はこの場合、単なる二次的なテクストではなく、作家自身が加筆している可能性がある以上、ロシア語原文の本人による改訂版と見ることが可能だからだ。さらに問題を複雑にしているのは、『ワルツの発明』の場合、一九三九年の夏、ナボコフ自身がフランスの各地で「蝶と蛾の採集に勤しんでいる合間」に、自らロシア語のテクストに加筆を行ったということだ。英訳は基本的にその改訂版に拠っているのだということ。つまり少なくとも、一九三八年のロシア語初版（R１）、一九三九年のロシア語改訂版（R２、未刊草稿）と、そのR２に基づいた一九六六年刊行の英訳（E）の三つの版が存在することになる（ただしR２のテクストは発見されておらず、保存されているかどうかも不明）。

今回の翻訳は、R１とEを仔細に比較検討したうえで、基本的にはR１に基づいて行っている。一九三〇年代のナボコフの言葉の勢いを伝えたいと考えたからである。内容面に関するロシア語原文と英訳の異同、つまりR1の後でR2のために加筆された箇所はさほど多くはなく、ナボコフ自身が英訳への序文で説明している通り、主としてペローの死に関する細部、「ゆめ」の女らしさを強調するディテール、それから第二幕に新たに挿入されたアナベラとワルツの会話などである。逆に第二幕でのワルツの韻文による演説は——ワルツは自分の理想を、シェイクスピア戯曲風の弱強五歩格で朗々と謳いあげるのである——英訳では一部カットされている（ロシア語の韻文の響きを、英訳で保持することが難しいためと思われる）。散文で書かれた本文の中に韻文を埋め込む手法は、ナボコフの場合、『ワルツの発明』の直前に書かれた長編『賜物』でおなじみのものだが、日本語でロシア語の韻文を再現するのはもちろん不可能なので、拙訳ではせめて視覚的にわかるようにしようと考え、韻文の部分はフォントを変えて表記した（拙訳の『賜物』でも同様の処理をしている）。

これらの加筆の中で、その後のナボコフの創作につながる興味深い点としては、新たに挿入されたアナベラとワルツの会話がある。英訳では第二幕でワルツが得意になって演説をしている最中にアナベラが入ってきて、ワルツに話しかけ、それにゆめが応答するのだ。その部分だけ英訳から訳出しておこう。

アナベラ　（ワルツに）あなたは野生動物の保護区を爆破してはいけないわ。休まなくては。ほら、素敵な雑誌を持ってきてあげた。きれいな写真を見れば、悪い夢なんて見なくなるわよ。

ゆ　め　なんて無神経な娘だこと。

ワルツ　きみは男の夢や、疑いや、悪魔について、何が分かるのかな？

アナベラ　女の子は、閉ざされた本に開かれた心でアプローチできるの。

ゆめ　キスを約束しているってことね。口を開けて、目を閉じて。なんていうあばずれだろう。

こうしてロシア語初版では第一幕の終わりに一瞬しか登場しない無邪気そうな美少女アナベラは、英訳では男を誘惑する「ニンフェット的」な側面を見せるようになる。これはもちろん『魅惑者』、さらには『ロリータ』に発展していくモチーフである。ナボコフ自身は英訳への序文で、作者の伝記を作品に投影するような読み方を痛烈に批判しながら、「私は無限の政治的権力を渇望したこともないし、ガンプ（英訳でのベルク将軍の名前）の娘はロリータよりも五歳年上である」と予防線を張っているが、『ロリータ』でハンバートが幼い日に恋した美少女の名前がやはり「アナベル」であったことは、偶然ではないだろう。なお、『ワルツの発明』英訳に添えられた登場人物表によれば、アナベラだけが唯一人、多かれ少なかれ「リアル」な人物とされているのも興味深い。

英訳が出版された一九六六年といえば、キューバ危機による全面核戦争の危機（一九六二年）を脱し、核軍縮の方向に世界が舵を切り始めた時期とはいえ、米ソ冷戦は相変わらず続いており、核の恐怖が取り除かれたわけではなかった。それではロシア語の原著が発表された一九三八年当時のヨーロッパ情勢はどうだろうか？　ナチスドイツはこの年まず三月にオーストリアを併合、九月にはズデーテン地方を獲得してどんどん勢力圏を広げ、一一月には「水晶の夜」事件を起こして、ユダヤ人迫害を本格化していった。一方、ソ連ではスターリンの支配下、大規模な「大粛清」が荒れ狂い、最盛期を迎えていた。翌一九三九年九月にはナチスドイツとソ連がポーランドに侵攻し、第二次世界大戦の火蓋が切って落とされる。戦争前夜、途方もない大量殺人が近い将来起こる危険があるという予感が漂い始めていたころだろう。ナボコフ自身が政治的メッセージなど持っていなかったと言い張ったとしても、この時期に『ワルツの発明』のような作品はかなり強烈なメッセージとして受け止められたのではないか。

もっとも、第一次大戦後には、かつてなかったような大量殺人兵器による世界制覇という主題が文学に登場することは珍しくなくなっていた。ソ連の作家アレクセイ・トルストイは『技師ガーリンの双曲面』（一九二七）という有名なSF作品を書いているし、今では忘れられたドイツの作家ハインツ・フォン・リッヒベルクには「アトミット」（一九一六）という短編があり、これは未曾有の強力な殺傷力を持った新兵器を発明家が政治家に売り込みに来るという、『ワルツの発明』によく似た設定の話である。ちなみにリッヒベルクはナボコフにはるかに先駆けてなんと「ロリータ」というタイトルの短編も書いているので、ナボコフとの「関係」をとかく云々する向きもあるのだが、ナボコフがリッヒベルクを読んでいたという形跡はない（ナボコフはそもそもドイツ語が不得意だった）。

とはいえ、原爆の開発がまだ進んでいなかったこの時期に、どこでも自在に爆発を起こし、大量殺人を行うことができる遠爆《テレモール》という兵器を考案したことは、ナボコフの先見の明だった（この点は英訳への序文でナボコフ自身も、誇らしげに強調している）。戯曲の中ではこの兵器によって、隣国のサンタ・モルガナという都市の住民六十万人の命が一瞬のうちに消滅する。戯曲執筆から七年後、広島と長崎に原爆が投下されたとき、ナボコフは自分が書いた戯曲のことをはたして思い出さなかっただろうか？

最後に、こういった明らかな「時事性」にもかかわらず、『ワルツの発明』が芸術的にはナボコフの先鋭的な演劇観の実践の試みであったことを指摘しておこう。先述の通り、ナボコフはスタンフォード大学での講義で、演劇の理想として「夢のドラマ」という考え方を挙げている。それは夢の論理が、因習的な演劇的決定論の代りに機能しているドラマのことであり、『ワルツの発明』はその実例となっていると見ることができる。控室で待っている間にワルツが見た夢がじつは戯曲で展開する出来事の大部分を成しており、夢ゆえの不条理や荒唐無稽なドタバタの表層を通じて、ときどき「現実」が透けて見え、最後には夢の覆いがはずされるという構造になっているからだ。「なんだ、それじゃ要するに夢オチか」と思われる向きもあるだろう。しかしナボコフの功績は、小説や詩では不可能な、誰もまだ見たことのなかった不条理でグロテスクな世界の光景を、あくまでも緻密に夢の（あるいは悪夢の）論理に従って現出させたことにある。

（沼野充義）

文献

Владимир Набоков, Трагедия господина Морна. Пьесы. Лекции о драме. Составитель: Андрей Бабиков. СПб.: «Азбука-классика», 2008.（ウラジーミル・ナボコフ、アンドレイ・バビコフ編『モルン氏の悲劇　戯曲集　演劇講義』サンクトペテルブルク、アズブカ・クラシカ社、二〇〇八年）今回の翻訳にあたっては、『事件』『ワルツの発明』のどちらも、本書を底本とした。バビコフ氏による詳細な註にも大変助けられた。同氏は訳者二人にとって長年の共通の友人であり、今回は作品の選定の段階から助言をいただいている。記して感謝したい。

ウラジーミル・ナボコフ『ナボコフの塊　エッセイ集　1921–1975』秋草俊一郎編訳、作品社、二〇一六年（ナボコフのスタンフォード大学での講義「劇作」および「悲劇の悲劇」を訳載）。

毛利公美「描かれた『第四の壁』——ナボコフの戯曲『事件』——」、日本ロシア文学会『ロシア語ロシア文学研究』第三二号、二〇〇〇年、一五一～一六五ページ。

ウラジーミル・ナボコフ略年譜

（太字は本コレクション収録作品）

1899（0歳）	4月22日、サンクト・ペテルブルグの貴族の長男として生まれる。父は帝国法学校で教鞭をとり、母は鉱山を所有する地主の娘。3歳からイギリス人家庭教師に英語を学び、7歳からはフランス語も学ぶ。10歳からトルストイ、フローベールをはじめ、英語、ロシア語、フランス語で大量の詩や小説を読む。
1911（12歳）	テニシェフ実業学校の2年生に編入。
1915（16歳）	夏、ヴァレンチナ・シュリギナと恋に落ちる。
1917（18歳）	10月、テニシェフ実業学校を卒業。11月、クリミアに逃れる。
1919（20歳）	赤軍の侵攻を受け、4月、クリミアを脱出。ギリシア、フランスを経由してロンドンに着く。10月、ケンブリッジ大学トリニティ・カレッジに入学。当初は動物学とロシア語、フランス語を専攻。
1920（21歳）	8月、一家はベルリンへ移住。
1922（23歳）	3月、父がロシア人極右に撃たれ死去。6月、大学を卒業しベルリンへ移住。スヴェトラーナ・ジーヴェルトと婚約する（翌年破棄される）。12月、詩集『房』刊行。
1924（25歳）	多くの短篇のほか、映画のシナリオや寸劇を書く。
1925（26歳）	4月15日、ヴェーラ・スローニムと結婚。
1926（27歳）	3月、**『マーシェンカ』**刊行。秋、戯曲『ソ連から来た男』執筆。
1928（29歳）	9月、**『キング、クイーン、ジャック』**刊行。
1930（31歳）	9月、**『ルージン・ディフェンス』**刊行。
1932（33歳）	10月から11月にかけてパリ滞在。朗読会を行いながら多くの編集者、文学者、芸術家らと交わる。11月、『偉業』刊行。
1933（34歳）	12月、『カメラ・オブスクーラ』刊行。
1935（36歳）	6月から翌年3月にかけ「現代雑記」誌に**『処刑への誘い』**を連載。
1936（37歳）	2月、『絶望』刊行。
1937（38歳）	4月から翌年にかけて「現代雑記」誌に**『賜物』**を連載。6月、フランスへ移住。
1938（39歳）	3月、戯曲**『事件』**パリで初演。自ら英訳した『暗闇の中の笑い』（『カメラ・オブスクーラ』改題）がアメリカで出版される。9月、戯曲**『ワルツの発明』**執筆。**『密偵』**刊行。11月、**『処刑への誘い』**刊行。
1939（40歳）	10月から11月にかけて、「魔法使い」（邦題**『魅惑者』**）執筆。

1940（41歳）	5月、フランスを離れ、アメリカに移住。アメリカ自然史博物館で鱗翅類研究にとりかかる。
1941（42歳）	ウェルズリー大学、スタンフォード大学などで講義。12月、『セバスチャン・ナイトの真実の生涯』刊行。
1942（43歳）	ハーバード大学比較動物学博物館の指定研究員となり、以降4年間は文学作品以上に鱗翅類研究に勤しむ。
1947（48歳）	6月、『ベンドシニスター』刊行。
1948（49歳）	肺疾患に罹る。コーネル大学でロシア文学の教授に就任。
1952（53歳）	ハーバード大学スラヴ文学科で客員講師。4月、**『賜物』**のロシア語完全版が初めて単行本として出版される。
1953（54歳）	12月、**『ロリータ』**脱稿。
1955（56歳）	アメリカの出版社に**『ロリータ』**刊行を拒否されたため、ヨーロッパへ原稿を送る。9月、パリのオリンピア・プレスから出版される。
1956（57歳）	12月、フランス政府は**『ロリータ』**を発禁とする。
1957（58歳）	5月、『プニン』刊行。
1958（59歳）	8月、アメリカでもようやく、パトナム社から**『ロリータ』**刊行。3週間で10万部を売る。
1959（60歳）	9月、息子ドミトリーとの共訳で**『処刑への誘い』**出版。10月、フランス語版**『ロリータ』**刊行。11月、イギリス版も出版。
1962（61歳）	4月、『青白い炎』刊行。9月、スイスのモントルーに居を定める。
1963（64歳）	5月、英語版**『賜物』**刊行。
1964（65歳）	9月、英語版『ディフェンス』（ロシア語版原題は**『ルージン・ディフェンス』**）刊行。
1965（66歳）	英語版『目』（ロシア語版原題は**『密偵』**）刊行。
1966（67歳）	2月、戯曲**『ワルツの発明』**英語版刊行。
1967（68歳）	1月、『記憶よ、語れ』刊行。8月、ロシア語版**『ロリータ』**刊行。
1968（69歳）	4月、英語版**『キング、クイーン、ジャック』**刊行。
1969（70歳）	5月、『アーダ』刊行。
1970（71歳）	9月、英語版『メアリー』（ロシア語版原題は**『マーシェンカ』**）刊行。
1971（72歳）	息子ドミトリーとともにロシア語短篇の英訳を始める。
1972（73歳）	10月、『透明な対象』刊行。
1974（75歳）	2月、映画脚本**『ロリータ』**刊行。8月、遺作となる『見てごらん道化師を！』刊行。11月、ロシア語版**『マーシェンカ』**『偉業』がアーディス社から再出版される。以降、同社がナボコフの全ロシア語作品を再出版することになる。
1977（78歳）	6月末、気管支炎発症。7月2日、ローザンヌ病院にて死去。

本作品中には、現代においては差別表現と見なされかねない表現が含まれているが、著者が執筆した当時の時代背景や文学性に鑑みて、原文を損なわない範囲で翻訳している。

Владимир Набоков
Избранные сочинения

ПРИГЛАШЕНИЕ НА КАЗНЬ

СОБЫТИЕ
ИЗОБРЕТЕНИЕ ВАЛЬСА

ナボコフ・コレクション

処刑《しょけい》への誘《いざな》い

戯曲《ぎきょく》 事件《じけん》 ワルツの発明《はつめい》

発　行　2018年2月25日

著　者　ウラジーミル・ナボコフ

訳　者　小西昌隆《こにしまさたか》　毛利公美《もうりくみ》　沼野充義《ぬまのみつよし》

発行者　佐藤隆信

発行所　株式会社新潮社
〒162-8711　東京都新宿区矢来町71
電話　編集部　03-3266-5411
　　　読者係　03-3266-5111
http://www.shinchosha.co.jp

印刷所　株式会社精興社

製本所　加藤製本株式会社

ISBN978-4-10-505607-0 C0397

Владимир Набоков
Избранные сочинения

ナボコフ・コレクション［全5巻］

Машенька / Король, дама, валет
マーシェンカ　奈倉有里 訳　［ロシア語からの初訳］
キング、クイーン、ジャック　諫早勇一 訳　［ロシア語からの初訳］ *

Защита Лужина / Соглядатай
ルージン・ディフェンス　杉本一直 訳　［ロシア語からの初訳］
密　偵　秋草俊一郎 訳　［ロシア語からの初訳］

Приглашение на казнь / Событие / Изобретение Вальса
処刑への誘い　小西昌隆 訳　［ロシア語からの初訳］
戯曲
事件 ワルツの発明　毛利公美　沼野充義 訳　［初の邦訳］ *

Дар / Отцовские бабочки
賜　物　沼野充義 訳　［改訂版］
父の蝶　小西昌隆 訳　［初の邦訳］

Лолита / Волшебник
ロリータ　若島正 訳　［増補版］
魅惑者　後藤篤 訳　［ロシア語からの初訳］

＊は既刊です。
書名は変更になることがあります。